KB043515

정언기 장편소설

우아한
짐승의 연애

가하

지은이 정은기
펴낸이 이형기
펴낸곳 도서출판 가하

초판인쇄 2013년 9월 2일
1판 2쇄 2013년 10월 2일
출판등록 2008년 10월 15일 제 318-2008-00100호

주소 서울 영등포구 양평로 67, 1209 (당산동5가, 한강포스빌)
전화 02-2631-2846   **팩스** 02-2631-1846

www.ixbook.co.kr

ISBN 978-89-6647-677-0 03810

값 9,000원

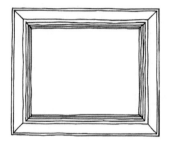

+프롤로그	7
+01	15
+02	31
+03	51
+04	70
+05	100
+06	125
+07	141
+08	169
+09	197
+10	218
+11	242
+12	259
+13	281
+14	302
+15	330
+16	354
+17	373
+18	395
+19	414
그 후, 에피소드 1	427
그 후, 에피소드 2	437
작가 후기	455

타다다닥, 다다다, 첨벙! 풍덩!

늘씬한 몸매를 한껏 드러내는 하늘색과 야광색 비키니를 각각 입은 두 아름다운 여자가 전속력으로 달려와 호텔 수영장 물속으로 뛰어든다. 적도의 강렬한 태양이 작열했고, 그녀들이 일으키는 포말 사이로 오색의 무지개가 눈부시게 부서져 내렸다.

"꺄아악! 까르르."

스물네 살 싱그러운 그녀들, 다희와 주영은 저희들끼리 물장난하며 즐거워했다. 그녀들이 내지르는 기분 좋은 탄성과 웃음소리가 주위의 시선을 단박에 사로잡았다. 한쪽에서 수구를 즐기던 외국인 남자들은 행동을 멈추고 탐스럽게 물오른 두 여자를 대놓고 감상했다.

"우우, 우우!"

짓궂은 남자들이 아름다운 그녀들을 향해 일제히 강력한 물세례를 퍼부으며 수작을 부린다. 앞, 뒤, 옆에서 무섭게 쏟아지는 물세례에 그녀들은 앞을 제대로 볼 수 없었고 정신마저 차릴 수 없었다. 힘이 센 남자들이 일으키는 물살에 가녀린 몸이 이리저리 제멋대로 휘청거렸다.

"꺄아악!"

"그만, 그만. 하하하."

두 여자가 등을 돌리며 물세례를 뚫고 나왔다. 마지막까지 남자들의 거친 물장난은 멈추지 않는다. 간신히 소용돌이 속에서 빠져나온 두 여자의 얼굴에는 열렬한 환영 인사에 만족해하는 함박웃음이 담겨 있었다.

둘은 쌍둥이처럼 수영장 턱에 두 팔을 벌리고 누운 자세로, 구름 한 점 드리우지 않은 높고 푸른 하늘을 올려다보았다.

"여기 끝내준다. 파라다이스가 따로 없네. 그렇지, 주영아?"

다희가 뜨거운 태양빛에 실눈을 뜬 채로, 옆에 있는 친구를 돌아보았다.

"다, 다, 다희야!"

같이 누워 있었던 주영은 어느새 선 채로 다희를 내려다보고 있었다. 제대로 말하자면, 그녀의 가슴과 얼굴을 번갈아 보며 입을 벙긋대고 있었다.

"왜에?"

여전히 사태 파악을 못하고, 해맑은 미소로 친구를 올려다보는 다희.

"너, 너, 가슴이, 가슴이."

"내 가슴이 뭐?"

그녀가 제 가슴을 본다. 가리개가 없다. 봉긋하고 탐스럽게 부풀어 있는 젖가슴이 한눈에 들어온다. 선홍빛의 유두까지 여실히 드러났다. 앙증맞은 팬티만 걸친 반나신의 여체가 하늘을 향해 보란 듯이 누워 있었다.

"으아악!"

짧은 외마디 비명을 지르며, 다희가 수영장 물속으로 삽시간에 사라졌다. 가슴을 가린 채로 숨을 참으며 물 안에서 고개만 세차게 흔들고 있다.

"잠깐만 기다려. 내가 수영복 찾아볼게, 어?"

주영은 친구의 비키니를 찾으려고 부산히 레이더를 돌려대며, 수영장 가운데로 걸어 들어갔다. 다희는 물 안에 잠긴 그대로 친구의 다리가 멀어지는 걸 지켜보았다.

'주영아, 빨리······.'

급속도로 숨이 말랐다. 울긋불긋했던 그녀의 얼굴은 하얗게 질리는 단계로 접어들었다.

'제, 발······, 주영아.'

그녀의 희미한 시선에 자신을 향해 가까이 다가오는 뭔가가 보였다. 그것은 빠른 속도로 헤엄쳐 왔다.

'3미터, 2미터, 1미터······, 주영이니?'

삽시간에 그녀가 강한 힘에 의해 물 밖으로 꺼내졌다. 그녀의 가슴이 다시 태양빛 아래에 노출되고 말았다. 그러나 노출에 대한 수치심을 느끼기보다는 모자란 숨을 폐 속으로 밀어 넣는 일이 더 시급했다. 다희는 공기 중의 산소를 흡입하느라 여념이 없었다. 그리고 그녀의 흐트러진 호흡을 뚫고, 낯선 누군가의 거친 호흡이 섞여 들어왔다.

"흐읍! 아앗!"

그제야 다희는 자신이 한 남자의 품에 안겨 있다는 걸 깨달았다. 안겨 있을 뿐만 아니라, 농밀하고 진한 키스를 나누고 있었다.

'떨어져야 하는데……, 밀쳐내야 하는데…….'

그녀의 생각과 행동은 전혀 일치하지 않았다. 밀어내기는커녕 제 스스로 남자의 허리를 다리로 휘감았고, 남자의 목에 팔을 둘러 그의 단단한 몸에 꽉 달라붙었다. 낯선 남자의 입술을 탐하고 탐했다. 달콤한 입맞춤에 몰입했다.

"아읏!"

다희의 교성이 터진다.

순식간에 그녀의 가슴으로 입술을 가져간 남자는 과즙이 듬뿍 담긴 과육을 베어 물듯, 젖가슴을 물고 잡아당겼다. 생경한 침범에 당황한 그녀가 파닥거렸다. 그 전율에 반응하듯 남자의 입술이 더욱 거칠게 움직인다. 선홍빛 유두를 잘근대며 지분거리고 삼켜댔다. 남자의 거친 자극으로 그녀의 가는 목이 하늘을 향해 한껏 젖혀졌다.

남자의 무자비한 혀가 물줄기가 흐르는 가슴골과 목선을 훑으며 타고 올라갔다. 그녀의 턱을 가볍게 물더니, 도톰한 입술을 다시 머금었다.

"으음."

다희가 애욕에 절어버린 은밀한 신음소리를 냈다. 남자는 그 틈새를 놓치지 않고 입 안으로 침범해 들어갔다. 순식간에 혀가 엉키며 탐욕스럽게 서로를 흡입하는 농밀한 키스가 이어졌다.

우아한 짐승의 연애

남자의 손이 그녀의 젖가슴을 강하게 쥐고 눌러댔다. 손가락으로 동그랗게 원을 그리며 희롱하고, 손가락 사이에 유두를 끼우고 짜릿함이 느껴지도록 비틀어댔다. 유선을 타고 흐르는 전율에 그녀의 몸이 활처럼 휘어지면서, 상체 일부가 수영장 밖으로 눕혀졌다.

"어서요. 빨리 해줘요."

다희의 새된 음성이 그를 더욱 자극했다.

남자의 손이 그녀의 턱선과 목선을 따라 유려하게 미끄러져 내린다. 손이 지나간 자리마다 남자의 혀가 붉은 키스마크를 새기며 따른다. 점점 아래로 내려간다. 애욕을 참지 못한 그녀의 몸이 파닥대며 꿈틀거리기 시작했다.

남자의 혀가 배꼽 주위를 맴돌다가 더 아래로 향했다. 그녀의 팬티라인을 혀로 살살 건드려대다 천 끝을 입에 물었다. 반쯤 물에 잠겨 있던 그녀의 엉덩이를 들어 올리고, 팬티를 문 채 아래로 끌어내렸다.

"아! 제발, 빨리 해요. 시간이 없어요."

애욕에 흠뻑 잠긴 다희의 사타구니 사이로 남자의 혀가 침범했다. 그곳을 흡입하는 남자의 거친 숨소리가 났다.

"아!"

다희의 교음이 하늘을 찌를 듯 솟구쳤다.

"다희야, 다희야."

"으으응."

누군가가 그녀의 어깨를 잡고 거칠게 흔들어댔다. 다희는 자신의 어깨를 잡은 손을 가차 없이 쳐냈다.

"한다희이이……."

다희가 짜증을 내며 소리 나는 곳으로 고개를 홱 돌린 그 순간, 타앗!

태양빛이 플래시처럼 터졌다. 그녀의 현실과 꿈의 경계가 흔들려댔다.

"아, 안 돼……."

싱가포르 창이공항으로 향하는 KAWA A380기가 남중국해를 순항 중에 있다. 인천공항을 출발한 지 서너 시간이 흘렀다. 대만 영공을 지나서부터 계속되는 바다의 향연 속에, 바깥 풍경이 지루해진 여행객들은 천태만상으로 널브러져 있었다.

"흐으응."

조용한 기내 안에 다희의 교성인 듯, 탄성인 듯한 신음소리가 낮게 퍼지고 있었다. 그 소리에 흥미를 느낀 몇몇과 눈살을 찌푸린 몇몇의 시선이 따갑게 꽂혔다.

방금 비행기 화장실에서 싱가포르 열대기후에 맞는 의상으로 갈아입고 자리로 돌아온 주영이 야릇한 잠꼬대를 하며 잠들어 있는 다희를 흔들어 깨웠던 것이다.

"선잠 자면서 뭔 잠꼬대야? 다희야, 다희야!"

주영은 더 우악스럽게 친구의 어깨를 잡고 흔들었다. 이내 다희가 번쩍 눈을 뜨며 상체를 일으켰다. 그녀가 멍한 시선으로 주위를 두리번거렸다.

"이제 깼냐? 신음소리 꽤 리얼하던데, 꿈에서 남자라도 만나셨나?"

"어어, 어어? 아, 아니?"

다희는 얼결에 실토했다가, 민망해져서 강한 부정어를 남발해버렸다. 주영은 제 추측을 확신해버렸다.

"불쌍한 내 친구. 사춘기 남자애처럼 몽정이 웬 말이냐."

"아니라니까."

"됐거든. 그러게 내가 연애 좀 하라 했지? 하긴 여행지에서 썸씽 생기는 것도 나쁘진 않아. 그렇지?"

다희는 주영의 단정 짓는 말에 반론을 제기하고 싶었지만, 입을 다물었다. 아니라 한들 친구가 믿어줄 것 같지도 않았다.

"이제 거의 왔나 보다."

다희가 민망함을 숨기려 창밖으로 시선을 돌렸다. 지겹도록 보이던 남중국해를 거의 지나가고 있었다. 저 멀리 싱가포르의 흙빛과 초록이 서서히 눈에 들어왔다.

"다희야, 오늘 밤 우리 바닷가에서 알몸수영 해볼까?"

"뭐?"

주영은 진지한 표정으로 다희의 손을 맞잡았다.

"기회를 줘야 남자가 다가오지. 너 예전부터 바다에서 알몸수영 해보고 싶댔잖아. 창재 씨가 그러는데 윤 사장 사유지 앞에 한적하고 분위기 끝내주는 바닷가가 있대."

"설마, 남의 집에 들어가서 그걸 하자는 건 아니겠지?"

"걱정 마. 윤 사장이 요즘 카지노에서 매일 밤샘하느라 집이 거의 비어 있다니까."

"그래?"

"윤 사장 같은 재벌들이 모여 사는 곳이니, 거기서 운 좋게 남자 만나면 그야말로 로또 아닐까? 넌 소원했던 알몸수영 해서 좋고, 근사한 남자까지 만나면 더 좋고."

"난 재벌 취미 없거든?"

"우리 김순채 여사가 늘 그러잖아. 이왕이면 다홍치마라고."

"정말 밤에 집 비는 거 맞대?"

다희는 주영의 제안에 슬쩍 한 발을 들이밀어본다. 남자 만나는 것보다는 알몸수영에 더 구미가 당겼다. 친구 말대로 알몸수영은 그녀의 은밀한 워너비 중 하나였다.

"오늘 밤 선녀와 나뭇꾼 한번 제대로 찍어보자구, 친구?"

"생각해보자구. 나도 옷이나 갈아입어야겠다."

다희는 미리 꺼내놓았던 옷을 챙겨들고 화장실로 향했다. 화장실 문을 잠그고, 좁은 공간에서 옷을 하나씩 벗어냈다. 거울에 비친 자신을 돌아본다. 평소 자신과는 다른 느낌의 그녀가 거울에 담겨 있다. 꿈속에 보았던 낯선 남자의 검은 실루엣이 잠시 스친다.

"누굴까?"

친구에게 괜히 통박을 놓기는 했지만, 다희는 이미 묘한 설렘에 사로잡혔다.

'알몸수영?'

주영의 뜬금없는 제안이었지만, 그녀의 가슴은 어느새 콩닥콩닥 조용한 파문이 일고 있었다. 설명하기 힘든 미묘한 전율과 기분 좋은 긴장으로 가슴이 계속 뛰어댔다.

우아한 짐승의 연애

+01

싱가포르. 적도와 가까운 나라인 만큼 공항에 내려서면서, 후끈 덤벼든 습하고 더운 공기가 한겨울에 적응하느라 고단했던 콧속을 노곤해질 만큼 단숨에 녹였다. 걱정했던 것보다는 기온이 심하게 높지 않았지만, 한국 추위에 노출됐던 1월인 만큼 갑작스럽게 끼친 열기 앞에서 동안거에 빠져 있던 온몸의 신경과 세포들이 반란을 일으키듯 들고일어나 여린 살을 간질였다.

창이공항 일각. 캐리어를 찾아서 나온 다희와 주영은 긴 의자에 앉아 있었다. 다희는 온몸에 선블록 크림을 바르고 있었고, 그 옆에 주영은 로밍해 온 휴대전화와 씨름 중이었다. 주영은 벌써 10분째 전화를 받지 않는 남자친구 때문에 심기가 불편했다.

"아으, 또 안 받아. 또."

주영은 종료 버튼을 누르자마자 다시 재연결 버튼을 눌렀다.

다희와 그녀의 친구 주영은 4박5일의 적당한 일정으로 여행을 가장한 밀월여행 중이었다.

다희에게는 휴식을 위한 여행이었다. 그녀는 학부에서 서양화를 전공하고 미술행정 대학원에 진학하면서 지난해 말 큐레이터 입사공고에 원서를 냈다. 큐레이터 공채 기회가 자주 있는 게 아니라 떨어질 것을 예상하고 내본 거였는데, 운 좋게도 국내 3대 갤러리에 해당하는 Y갤러리에 입사하게 되었다. 이번 휴가는 표면상으로 그녀의 취업 축하를 위한 것이었지만, 사실은 원래 주영의 밀월여행을 위한 계획이었다.

주영의 남자친구 이창재는 사장 수행비서로 현재 싱가포르에 두 달 넘게 체류 중이었다. 오랫동안 얼굴을 못 본 안타까운 연인을 위해 다희는 과감히 방패막이가 돼주기로 했다. 주영의 부모님은 딸의 단독 여행을 내내 반대해오다가, 다희와의 동행을 전제로 허락해주었다.

다희는 친구가 이번 여행을 어떤 마음으로 준비하는지 지켜보았다. 환락의 뜨거운 밤을 지새우고 다음날이면 졸면서 사장을 수행하게 될 창재의 모습이 눈앞에 선했다.

"주영아, 팔 뻗어봐."

제 몸에 크림을 다 바른 그녀는 주영에게도 발라주기 시작했다. 한쪽씩 번갈아 꼼꼼히 발라주고, 오렌지컬러 그물 니트를 주욱 잡아 내려서 목과 등 위쪽에도 발랐다. 이번에는 핫팬츠 아래로 드러난 다리를 허벅지부터 종아리까지 죽죽 훑으며 크림을 바르고 있을 때였다.

"다희야, 사람들 좀 봐봐. 우릴 묘하게 보는데?"

주영은 여전히 휴대전화 리다이얼을 하면서 재밌다는 투로 말했다.

"왜?"

다희는 여전히 친구의 다리를 손으로 훑으며, 공항 로비를 지나가는 사람들을 보았다.

"뭐야? 저 표정들은?"

동서양인들의 얽힌 시선이 그녀들에게 향하고 있었다. 다희가 의아한 표정으로 보는데, 주영이 다정한 표정으로 어깨에 은밀하게 손을 두르며 귓속말로 속삭였다.

"우릴 레즈비언 커플로 보는 거 같지?"

"뭐? 설마."

황당한 표정으로 다희는 사람들에게로 다시 시선을 돌렸다.

'오호라.'

방금 전까지 알 수 없었던 낯선 시선의 의미가 딱 그걸 가리키고 있었다. 여자끼리 크림을 발라주는 모습이라면 충분히 오해할 만했다.

"저 사람들 기대에 한번 부응해볼까?"

이미 장난기로 번들거리는 친구의 미소를 보며 다희마저 장난기를 발동시켰다.

"그래볼까, 자기야?"

다희의 못된 손등이 주영의 얼굴을 유혹하듯 훑어 내렸다. 제대로 장난을 치자 마음먹은 다희의 눈빛은 사랑하는 연인을 대하듯 애틋하고 촉촉하게 젖어들었다. 그에 부응하듯 주영은 완전히 느끼는 표정을 지으며 두 눈을 지그시 감고 야릇한 탄식까지 슬쩍 흘렸다.

"아!"

둘을 바라보는 불편한 시선에 확인도장이라도 찍듯, 장난꾸러기 주영이 다희의 볼에 촉, 입술을 붙였다 떼었다. 그녀들의 도발적인 행동을 바라보던 사람들은 자신이 더 민망해하며 홱 고개를 돌리고는 사라져갔다. 사람들의 즉각적인 반응에 흡족해하며 둘은 서로 마주보았고 누가 먼저랄 것 없이 박장대소했다.

"하하하."

— 자기야.

주영은 자지러질 듯 웃다가, 휴대전화 너머에서 창재의 목소리가 들리자 벌떡 일어섰다. 진짜 자기와 연결이 되자, 그녀들의 레즈비언 놀이는 곧바로 종료되었다.

"그게 무슨 말이야. 아직까지 휴가를 못 받음 어떡해."

애교 미소를 살살 흘리던 주영이 갑자기 큰 소리를 냈다. 수화기 너머에서 쩔쩔매며 상황을 설명하고 있을 창재의 모습이 훤히 보였다. 계속 "어, 어." 대답만 하던 주영은 결국 인상을 잔뜩 쓴 채로 통화를 끝냈다. 몹시 실망하고 짜증이 난 얼굴이었다.

"Y호텔에 룸 예약했다고 일단 짐 풀래. 아직 일 안 끝났나 봐."

"내일까지 스케줄 빼기로 한 거 아니었어?"

"원래는 그랬지. 아, 몰라. 일단 택시 타자."

잠시 후, 둘을 태운 택시는 창이공항을 빠져나와 Y호텔이 있는 센토사 섬으로 향했다. 열대기후임을 한눈에 알아볼 수 있는 팜 트리가 즐비하게 늘어선 이스트코스트 고속도로로 진입하자, 공항에서 하던 얘기를 미처 끝내지 못한 주영이 울분을 터뜨렸다.

우아한 짐승의 연애

"비서가 자기 몸종이야? 수행비서라도 퇴근 시간은 지켜줘야지."

"Y호텔 사장 정말 실망이다. 우리나라 최고 호텔 CEO가 술주정뱅이에 심지어 도박까지? 다른 건 또 없어? 여자 문제도 심각한 거 아냐?"

"여자 문제가 빠지겠니? 삼종 세튼데. 태어날 때 은수저 물고 나온 놈이 돈 쓰는 거 말고 할 줄 아는 게 뭐겠어."

"아무리 그래도 일주일이나 카지노에 틀어박혀서 꼼짝 안 한다는 게 말이 돼? 사장이 도박에 미쳤는데 회사에선 아무 말도 안 해? 하물며 이사진에서 뭐라고 해야지."

"사주 아들이잖아. 사주 집안이 보유한 총 주식이 전체 60퍼센트가 넘는다는데, 자리보전 하려면 입 다물어야지. 우리 자기 말로는 회장인 아버지 주식보다 현재 사장 주식이 더 많대. 어머니가 1대 주준데 전권을 아들한테 일임해서 호텔에 대한 파워는 지금 사장이 더 막강하다더라. 현금 동원 능력도 상상 초월이래."

"우리나라 재벌들 세습체제 정말 문제다."

다희는 아예 혀까지 쯧쯧 찼다. 주영은 Y호텔 사장의 일대기를 그리는 작가라도 된 양 신나게 읊어댔다.

"젊은 나이에 사장 달고, 다음엔 회장 될 거고, 나이 들어선 당연히 그룹 회장 될 거고. 전 세계에 널린 자기 호텔 돌아다니면서 관광하고, 카지노 들락거리면서 평생 그러고 살겠지. 그런 부류가 뭐 아쉬워서 머리 아프게 일하겠어. 우리 자기 같은 똑똑한 인재 데려다가 등골 빼먹기나 하겠지."

"나, Y호텔 주식 살까 봐."

다희는 주먹까지 불끈 쥐었다. 눈빛은 투지가 불타는 애국 투사의 그것인 양 이글거렸다.

"갑자기 주식은 왜?"

"주식 한 장이라도 주주는 주주니까. 주주총회에서 사장의 구린 사생활을 폭로하는 거야. 주식 한 장으로 사장 코털은 못 건드리겠지만, 망신은 줄 수 있잖아?"

"오우, 멋지다, 내 친구! 그런데 말야, Y호텔 주식 넉 장이 앞으로 네가 받을 한 달 월급인 거는 알고 있니?"

"뭐? 호텔 주식이 그렇게 비싸?"

"웬일인지, 현 사장 취임하고 3년 동안 회사 규모도 엄청 커지고 주식도 많이 올랐대."

"사장은 죽어라 일 안 하는데 직원들만 잘 뽑았나 보네. 에이, 맘에 안 들어. ……그런데 왜 싱가포르야? 일 년을 여기서 꼼짝도 않는다며. 카지노라면 차라리 마카오를 가지, 하필 싱가포르래?"

"사람들 눈을 조금은 의식한 거겠지. 일하는 척은 해야 되니까. 작년에 여기 Y호텔 오픈하고 자리 잡을 때까지 사장이 직접 관리한다는 명목으로 들어와서 저러고 있잖아. 비서실에서 3개월마다 수행비서가 번갈아 들어와서 일처리하고."

"참내, 노는 구실도 버라이어티하다."

"내 말이. 능력 있는 우리 창재 씨는 벌써 두 번째 차출이잖아. 이번에 3개월 꽉 채우면 자그마치 6개월이야."

"어쩐지, 창재 씨 사진 보면 얼굴이 점점 안 좋아진다 싶더니.

우아한
짐승의 연애

그 못된 사장 때문이었네."

"그래도 저녁 시간에는 맞출 수 있다니까 그나마 다행이지, 뭐. 빨리 보고 싶다. 보고 싶어서 눈이 짓무를 것 같아, 흑흑."

주영은 짐짓 우는 척하며, 방금까지 열변을 토하느라 얼굴이 달아오른 다희에게 귀엽게 윙크한다. 남자친구와의 재회가 미루어져 속상했을 텐데도 아무렇지 않은 척 밝게 웃었다. 그런 친구를 보며 그녀도 살풋 웃었다.

고속도로를 빠져나온 택시는 40여 분 만에 센토사 섬으로 진입하고 있었다. 그 자체가 하나의 거대한 리조트 도시인 센토사 섬. 해안도로를 따라 5분 가량을 달리자, 센토사 섬 중에서도 싱가포르에서 유일하게 외국인에게 사유지를 허락해준 센토사코브를 알리는 표지판이 나타났다.

센토사코브 초입에 위치한 Y호텔 입구에 도착하기까지 해안을 따라 럭셔리한 요트들이 선박장에 가지런히 배열되어 있는 것이 보였다. 요트에서 하루를 보낼 계획을 세우고 있는 다희와 주영은 요트를 보자 같은 흥분과 설렘으로 마주보며 활짝 웃었다. 택시기사만 없었다면 여고생처럼 끼야호! 소리라도 질렀을 태세였다.

호텔 룸에 들어서자 두 사람은 바쁘게 움직였다. 체크인을 마치고 올라오는 길에 창재의 전화를 받았다. 20분 후에 호텔로 차를 보낸다는 거였다. 한시라도 빨리 남자친구를 만나고 싶어 마음이 바빠진 주영은 호텔에 둘 짐과 가져갈 짐을 따로 챙기느라 손발이 바빠졌다.

"이것두, 이것두. 아, 요걸 뺄 뻔했다."

주영은 제 캐리어에서 닥치는 대로 물건을 빼서 쳐다보지도 않고 다희에게 던져댔다.

"차근차근 봐. 또 돌아오지 말고."

"어, 그러고 있어. 샤르도네, 그게 어딨지? 어디다 뒀더라."

주영이 와인을 찾는 동안, 다희는 친구가 준 옷과 준비물을 작은 가방에 차곡차곡 챙겼다.

2분 같은 20분이 지나자, 차가 도착했음을 알리는 인터폰이 울렸다.

주영은 혼자 남겨둬서 미안하다는 말이 무색할 정도로, 10초도 채 지나지 않아 자취를 감춰버렸다. 부산했던 주영이 떠나자 스위트룸 안은 적막강산처럼 고요해졌고 쓸쓸함마저 감돌았다. 그러나 이야말로 다희가 간절히 원했던 자유였고 휴식이었다.

테라스 창을 열고 바닷바람을 온몸으로 맞았다. 이국적인 바다 향으로 인한 설렘이 온몸을 휘감았다. 스위트룸의 뷰포인트는 그야말로 아트였다. 푸른 바다를 배경으로 흰색 요트가 말끔하게 정박해 있는 해안가와 팜 트리로 조경해놓은 깔끔한 산책로, 큐레이터인 그녀의 이목을 붙잡기에 충분한 세련되고 아름다운 조형물, 바닥이 훤히 드러나 보이는 넓은 호텔 수영장까지 호텔의 전경이 한눈에 꽉 들어찼다.

아래를 내려다보았다. 사람이 하나도 없는 한적한 수영장을 보니 기내에서 주영과 했던 말이 떠올랐다.

'알몸수영.'

몸에 실오라기 하나 걸치지 않은 채 물을 헤집고 다니는 에로틱한 자신의 모습이 머릿속에 그려졌다.

"진짜 한번 저질러봐?"

이래서 여행을 하는구나 싶었다. 낯선 여행지에서의 일탈이 매력적으로 느껴졌다. 다희는 일단 들뜨는 기분을 잠시 접어두고 욕조에 몸을 담그기로 했다. 여섯 시간이 넘는 비행으로 고단해진 몸을 풀고 싶었다. 이미 해가 뉘엿뉘엿 넘어가고 있어 약간의 허기가 느껴졌지만, 우선은 목욕부터 하기로 했다.

욕조 옆으로 창이 나 있어 욕조에 앉아서도 바다가 보인다는 게 꽤나 마음에 들었다. 새하얀 욕조에 물을 받고, 비치되어 있던 아로마 오일을 몇 방울 떨어뜨렸다. 머지않아 욕실 안은 은근한 향으로 가득 채워졌다.

짐정리를 하는 동안 업 스타일로 묶어놓았던 머리끈을 풀어내자 찰랑찰랑 물결치듯 머리카락이 흘러내렸다. 원피스 홀터넥의 매듭을 풀고 중간부터 시작되는 지퍼를 끝까지 내렸다. 가슴에 걸쳐져 있던 원피스를 엉덩이 아래로 밀어 내리자 툭 하고 가느다란 발목 아래로 떨어졌다. 브래지어 후크를 풀기 위해 두 손을 뒤로 가져가려는 순간, 인터폰이 울렸다.

"으으, 신주영. 또 뭘 놓고 간 거냐."

인터폰 울리는 소리가 주영의 목소리로 들렸다. 수화기를 들기 전인데도 전화기 너머에서 친구가 대기하고 있음을 알 수 있었다. 넓은 욕실 안에 인터폰이 있었기 때문에 거실까지 나갈 필요는 없었다.

— 다희야……, 나, 레오파드 슬립이랑 가운 안 가져왔어.

"그러게 잘 챙기라고 했지."

— 미안. 너 알지? 오늘 밤에 입으려고 거금 들인 거. 사랑하는 친구야, 갖다줘, 제발.

덜렁이 주영에게 늘 있는 일이었다.

주영과 통화한 지 30분 후, 다희는 싱가포르 최고의 부촌으로 손꼽고 외국인 사유 빌라가 즐비한 센토사코브 서쪽 지역으로 향하고 있었다. 택시는 해안도로를 따라 달렸다.

주영은 Y호텔 사장의 개인빌라에 가 있다. 사장은 수행비서와의 동선을 최대한 짧게 하기 위해서 개인빌라 내에 게스트 룸을 따로 준비해두었다고 한다. 여자친구와 함께 시간을 보내기로 했다는 허락을 사장에게서 받았는지야 모르겠으나, 사장의 호출이 있을 경우를 대비해 창재는 여자친구를 빌라로 초대한 거였다.

잠시 생각에 빠져 있는 동안, 어느덧 택시가 천천히 속도를 줄였다. 밖은 이미 어둠이 짙게 내려와 있었다. 국립공원을 연상시킬 만큼 아름다운 팜 트리가 땅 아래 묻어놓은 조명을 받으며 우뚝 솟아 있었다. 택시가 길가에 멈추자 무심히 앞을 내다본 그녀는 앞에 나타난 뭔가를 보고 어이가 없어 입이 저절로 벌어졌다.

부촌 입구에 도착한 택시 앞을 거대한 철옹성 같은 철문이 막아섰고, 사설경호원이 택시로 다가왔다. 건장한 경호원은 그녀에게 신분증 제시를 요구했고, 초대한 입주민이 누구인지도 물어왔다.

'설마 했는데, 진짜 신분증 검사를 할 줄이야.'

다희는 일단 주영이 알려준 대로 Y호텔 사장인 윤서후를 찾아 왔다고 했다. 이미 말이 전달되어 있었는지 경호원은 여권을 확인한 후에 굳게 닫혀 있던 철문을 열어주었다. 삼엄하고 고압적인 분위기에 주눅이 들 만도 한데, 다희는 오히려 별천지로 들어가는 아이처럼 신기했고 들뜨기까지 했다.

경호원은 택시기사에게 빌라에서 나와야 할 시간을 정확하게 일러두는 걸 잊지 않았다. 다시 돌아 나오는 시간까지 체크당하는 걸 지켜보고 있자니, 그녀에게 미묘한 호기심이 일었다.

과연 택시기사는 그녀를 내려놓고 이 도로를 몇 분 만에 주파해서 빠져나가야 할까? 만약 시간 안에 나가지 못하면 어떻게 되지? 도착하면 택시기사를 붙잡고 괜히 택시비 흥정으로 시간을 끌어볼까? 이 요상한 별천지에서 어떤 일이 생길지 짓궂은 궁금증이 모락모락 생겼다.

드디어 철문을 지나자, 본격적인 부촌 센토사코브가 그 위용을 드러냈다. 초입부터 하나같이 개성 있고 아름다운 자태의 빌라가 도로를 사이에 두고서 양쪽으로 자리 잡고 있었다. 단순한 집의 의미를 뛰어넘은, 자연과 어우러져 설치되어 있는 설치미술품으로서의 가치도 충분했다. 빌라마다 개인 수영장과 개인 요트를 정박해놓은 접안 시설도 눈에 띄었다. 뒤로 갈수록 빌라 간의 간격이 벌어지면서 초입에서 보았던 빌라와는 규모와 미적인 면에서 견줄 수도 없을 만큼 화려한 빌라들이 나타났다.

드디어 윤서후 사장 개인 빌라에 도착했다. 택시에서 내려선 다희는 난생 처음으로 집의 규모와 아름다움이 주는 위압감에 넋을 잃고 말았다.

"이게 집이야, 궁전이야."

앞마당에 해당하는 빌라 앞에는 차에 대해서 잘 모르는 그녀라도 한눈에 알아볼 수 있는 차량이 전시되어 있었다. 비행접시처럼 납작하게 엎어놓은 검은색 람보르기니와 날렵한 곡선이 인상적인 빨간색 포르셰, 귀족세단의 대명사 은색 메르세데스 벤츠 E클래스, 사막을 달리는 차로 유명한 오렌지색 허머.

"웬 돈지랄이야? 아스팔트 도시국가에서 사막에나 어울리는 허머는 오버 아닌가?"

빌라의 위용에 압도돼 있던 것도 잠시, 그녀는 너무 과한 규모와 전시용이 분명한 카 컬렉션과, 카지노에 일주일째 짱 박혀 있다는 Y호텔 사장까지, 돈지랄이 분명한 작금의 시추에이션이 일련으로 한 꾸러미에 꿰어지자, 또 한 번 애국심이 들끓었다.

"Y호텔 주주가 되자, 반드시."

농담처럼 던졌던 말이었지만, 비로소 주주가 돼야 할 목표를 찾은 듯 주먹까지 불끈 쥐었다. 당당히 주총에 참석하여, 열혈 애국민의 떳떳한 모습으로 윤서후 사장 앞에 한 장의 주식을 휘날리며 외쳐주리라.

'똑바로 살아, 이 자식아.'

그녀의 눈에 이글이글 분노의 불꽃이 치솟았다.

게스트 룸은 사장의 전용 빌라 옆 건물에 따로 마련돼 있었다.

주영과 창재의 행복한 시간을 방해하지 않고 바로 돌아 나오려

했지만, 주영은 혼자 있었다. 아직 사장에게서 퇴근 허락을 받지 못한 창재의 미안하다는 문자만 연신 도착하는 중이었다.

다희는 낙심한 친구를 위로한다는 명목으로 게스트 룸에 잠시 머물기로 했다. 둘은 주영이 남자친구와 함께 마시려 준비한 샤르도네 와인 한 병을 눈 깜짝할 새에 해치웠다. 안주거리는 당연히 Y호텔 윤 사장이었다.

취기가 살짝 오르자, 주영은 뭔가를 떠올리며 장난기 어린 표정으로 다희를 쳐다보았다.

"다희야."

대답 대신 와인을 한 모금 물고 주영을 바라본다.

"우리 지금 나가볼까?"

"어딜?"

"바다. 지금 그거 해보자. 알몸수영."

"뭐?"

주영의 느닷없는 제안에 그만 사레가 든 그녀는 콜록거리며 와인을 뱉어냈다.

"미쳤어? 그러다 누구 오기라도 하면 어쩌려구."

"그러면 땡큐지."

"안 할래. 남의 집에선 좀 그래."

"뭐 어때. 창재 씨 거기서 밤새울 것 같은데, 뭐. 아까 잠깐 나가 봤는데, 바닷물도 따뜻하고 파도가 세지 않아서 강에 들어가는 것 같더라. 나가보자."

"……괜찮을까?"

주영이 강력히 주장하자, 다희도 슬슬 동요했다.

"여기까지 와서 이런 일탈도 안 하면 무슨 재미야. 딱 오늘이 기회야. 나가자. 전화 오면 바로 들어옴 되지. 3분 거리도 안 되는데."

어느새 다희의 눈도 호기심과 장난기로 반들반들 윤기가 돌았다.

"그럼 그래볼까?"

둘은 스프링처럼 소파에서 튕기듯이 일어섰다. 주영은 해변에서 마실 와인 한 병을 꺼내 와 와인스크루로 코르크를 빼내었고, 다희는 욕실에서 큼직한 샤워타월을 가지고 나왔다. 두 여자가 나갈 준비로 분주히 움직이고 있을 때, 휴대전화가 울렸다.

"여보세요?"

일이 틀어지려나, 아쉬움으로 보는 다희와는 달리 주영은 반사적으로 테이블에 놓여 있던 휴대전화를 향해 몸을 날렸다. 그 바람에 와인이 쓰러질 뻔한 걸 다희가 간신히 붙잡았다. 방금 전까지 어떻게 두 시간이나 바람맞힐 수 있냐고, 헤어지겠다고 엄포를 놓던 여인이 할 행동치고는 꽤나 민첩하고 간절해 보였다.

"지금 출발한다고? 알았어. 조심해서 와, 자기야. ……우웅, 아니야. 늦게까지 일한 우리 자기가 피곤하지. 난 하나도 안 지루했어. 나도 사랑해."

고도의 콧소리와 애교 연기가 작렬하는 친구를 어이없다는 시선으로 물끄러미 보던 다희는 결국 툭 웃음이 터졌다. 전화를 끊은 주영의 머릿속에서 바닷가 수영은 이미 흔적 없이 사라졌을 게 분명했다. 행복에 젖어 전화를 끊은 주영은 그제야 미안한 표정으로 건너다보았다.

"나한텐 여우짓 안 통해. 좋아 죽겠다는 표정 다 들켰거든."

다희는 슬쩍 노려보다가 이내 표정을 풀고 환한 미소를 지었다.

"얼른 준비해. 난 술도 깰 겸 좀 걸어야겠다."

"……택시 불러줄까?"

"아냐. 나가면서 적당히 잡아 탈게."

"미안해. 그리고 고마워."

"한 가지만 합시다. ……불밤, 불휴야. 알았지?"

"불타는 밤, 불타는 휴가?"

다희는 술이 약한 편은 아니었지만 후끈한 밤공기 탓인지, 바닷바람 탓인지 살짝 취기가 돌았다. 빌라를 나와 바닷가 산책로를 따라 걷자니 이내 기분 좋은 나른함에 젖어 들었다. 그 나른함 뒤를 슬쩍 덮치는 주영의 은근한 밀어가 되살아났다.

"지금 그거 해보자. ……알몸수영. 여기까지 와서 이런 일탈도 안 하면 무슨 재미야. 딱 오늘이 기회야."

친구의 달콤한 속삭임이 귓가를 계속 맴돌았다.

어두운 밤바다를 보자 하얗게 부서지는 파도의 포말이 그녀를 유혹하듯 손짓했다. 밤하늘 별들도 용기를 부추기듯, 일제히 눈을 감으며 구름 속으로 모습을 숨겼다. 윤 사장의 빌라도 제법 멀게 보였다. 반대편으로 고개를 돌렸다. 이웃집이라고 하기엔 너무 멀리 떨어져 있는 빌라의 불빛이 희미하게 보였다.

"여기선 괜찮지 않을까?"

방금 전까지 돈지랄이라며 누군가를 심하게 비난했던 일이 양심을 살짝 꼬집었지만, 친구 말대로 평생에 한 번 올까 말까 한 기회인 것은 맞다. 이내 어두운 하늘과 검푸른 빛이 도는 바다가 자기를 감쪽같이 감춰주리라는 근거 없는 확신이 뇌리에 꽉 들어찼고, 일말의 망설임은 술기운에 밀려 이미 저만치 사라져버린 뒤였다.

　어느새 해변가 커다란 팜 트리 근처에 그녀가 벗어서 잘 갈무리해둔 가방과 샌들, 원피스, 속옷이 남아 있었다. 그리고 어두운 바닷물 속에는 하얀 팔로 우아하게 물을 접으며 유유히 떠다니는 나체의 그녀가 있었다.

　또한……, 그 해변에는 물아일체의 그녀를 한심한 시선으로 바라보는 한 남자의 따가운 시선도 있었다.

+()2

싱가포르 마리나베이샌즈 카지노 VIP룸. 포커 테이블에 네 사람이 앉아 있다. 그들 앞에 높이 쌓인 짙은 색의 칩이 카지노 내에서 유일하게 베팅 제한 없이 진행되는 VIP 포커 테이블임을 알게 한다.

톡톡톡. 토도독.

방금 전 올인을 외치고 모두의 패가 뒤집히는 걸 천천히 확인하는 일본인 금융맨이 초조한 듯 손가락으로 테이블을 두드려대고 있었다. 그러나 1분도 채 지나지 않아 모든 칩이 반대편에 앉아 있는 남자에게로 쓸려 가는 모습을 뼈아프게 바라봐야만 했다. 금융맨이 빈손으로 자리를 떠나자, 이제 남은 건 세 사람.

깡마른 체격에 화장과 성형으로는 절대 감출 수 없는 삶의 고단함이 묻어 있는 50대 후반의 중국 여성. 아마도 그녀는 21세기 초 중국의 부동산 호황기에 급작스럽게 부동산 재벌이 되었을 것이다. 카드를 만지는 거친 손을 보면 알 수 있었다. 지금 이 여자는 반대편에 앉은 홍콩계 미녀에게 포커를 가장한 뇌물을 대려고 한다.

정열적인 레드 드레스를 입고 툭 터진 옆라인으로 미끈한 다리를 드러내놓고 있는 홍콩계 미녀는 현재 싱가포르 정치를 한 손으로 쥐락펴락하는 총리의 정부이며 로비스트였다. 표정은 흐트러짐 없이 도도했지만 실상 그녀는 맞은편에 앉은 남자 때문에 몹시 기분이 언짢았다.

상반된 외양의 두 여자 사이에 앉아 있는 바로 이 남자. 그는 Y호텔의 사장이며 실질적 오너인 윤서후다.

잘 다듬어진 조각 같은 얼굴, 수영선수처럼 매끈하게 자리 잡은 근육, 훤칠한 키. 명품 리미티드 에디션으로 코디한 맵시 나는 자태는 어딜 가나 여성들의 이목을 끌어당겼다. 노골적으로 교태를 흘리는 여자들의 시선을 마냥 심드렁하고 무심하게 무시해버리는 건 그의 일상이었다.

이 자리에 있는 두 여자 역시 그의 외모에 심취해 있었다. 짐짓 아닌 척하는 홍콩 미인과는 달리 부동산 재벌은 노골적으로 추파를 던지고 있었다. 머리가 지끈거린다.

「오백 받고 오백 더.」

서후는 판을 키우기 위해 두 여성을 자극했다.

「콜.」

「콜.」

두 여성이 다시 그의 페이스에 말려들었다.

그가 흥미를 전혀 느끼지 못하는 포커 테이블에 일주일째 상주하는 이유는 Y호텔의 영업 정지 위기 때문이다.

한 달 전 호텔에 투숙했던 남미 여행객이 소지한 마약이 문제였다. 마약은 싱가포르에선 소지만으로도 이유 여하를 막론하고 사형이 구형될 만큼 중범죄에 해당했다. 여행객은 호텔 내에서 체포되었

우아한
짐승의 연애

다. 호텔과 투숙객은 아무 연관이 없었기에 그때까지 문제가 될 건 없어 보였다.

하지만 총리는 서후를 못마땅해하고 있었다. 이곳에 진출한 외국 기업 중 뇌물을 건네지 않은 외국인 사업가는 그가 유일했기 때문이다. 그런 서후의 호텔에서 시기적절하게 사건이 발생했으니 그냥 넘어갈 리 없었다. 역시나 싱가포르 정부에 대놓은 소식통은 영업 정지를 검토 중이라고 알려왔다. 사회적 도덕성에 민감한 정부라는 타이틀에 맞는 그럴듯한 핑계거리였다.

일 년 전 오픈한 Y호텔의 성장세는 그야말로 파죽지세였다. 이런 시점에 영업정지는 지난 일 년간의 노력을 물거품으로 만들 만큼의 위기였다. 아직 안건으로 상정되지는 않았지만 총리가 암암리에 표를 모으고 있었기에, 서후는 모든 일을 제쳐놓고 이 일에 매달렸다.

한 달간 수차례 미팅을 제안했지만 총리는 번번이 거절했다. 동원 가능한 모든 루트를 써서 협상 테이블로 끌어내려 했지만 요지부동이었다. 그러나 총리가 간과한 게 있었다. 거부를 당할수록 더 집요해지고 악착같아지는 서후의 습성을 말이다.

「하프.」

서후가 지금까지 걸린 돈의 절반을 걸겠다고 하자, 두 여성이 동시에 침을 삼켰다. 잠시 망설이던 중국 여성이 먼저 응했다.

「콜.」

「체크.」

로비스트는 잠시 몸을 사린다. 서후의 입꼬리가 미세하게 올라갔다.

그랬다. 총리를 움직일 수 있는 방법은 하나! 이 여자였다. 그녀는 최근 총리를 자리에서 끌어내리려는 세력의 싹을 자르기 위해, 그들을 매수할 막대한 자금을 필요로 했다. 그런 그녀의 발걸음은 자연스럽게 카지노로 향했다. 싱가포르에 진출하기 위한 외국 기업이나 정계 인사들과 티 나지 않게 뇌물을 주고받는 자리로 카지노 룸을 이용했다.

물론 서후는 뇌물을 쓸 생각은 전혀 없다. 다만, 뇌물이 흘러가는 수로를 잠시 차단해서 숨어 있는 총리를 수면 위로 끌어올리려는 노림수였다. 약점을 알고 있으니 협상 테이블로 스스로 기어 나오라는 무언의 압력을 가하는 중이라고나 할까. 테이블에 나온 총리를 설득하는 일은 협상의 귀재인 그에게는 어린아이 손목 비트는 일만큼이나 쉬운 일이 될 것이다.

「오픈.」

딜러가 카드 오픈을 말하자 두 여성의 시선이 서후의 손으로 쏠렸다. 그러나 정작 그는 두 사람의 움직임에는 무신경한 채 제 생각에 빠져 있었다.

그는 지난 며칠간 그녀의 테이블에 합석하여 적은 돈을 잃어주며 경계심을 낮추게끔 만들었다가 사흘이 지난 뒤부터 본격적으로 속내를 드러냈다. 그녀에게 건너가야 할 뇌물을 철저하게 차단한 것이다. 그럼에도 불구하고 그녀가 그를 테이블에 계속 참여시킨다는 것은, 이 뇌물을 얼마나 필요로 하는지를 알려주는 반증이었다.

서후는 테이블이 마감되면 일부러 칩을 환전하지 않고 카지노에 맡겼다. 다음 날 테이블에 들어올 때에는 전날 맡겨둔 칩을 모두 꺼내 테이블에 올렸고, 그날 획득한 칩을 포함해서 또다시 카지노에 맡겨두었다. 이렇게 쌓인 칩의 높이는 앞에 앉은 사람의 눈을 가릴 만큼 어마어마한 산을 이루었다. 돈의 위력 앞에서 그녀가 스스로 무너지기를 기다리며 서후는 느긋한 표정을 지었다.

스르륵, 스륵. 촤르르륵.

또 한 판이 정리되었다. 이번에도 어김없이 중국 재벌이 베팅한 거액의 칩이 그에게 쓸려 갔다. 뇌물을 줘야 하는 쪽이나, 뇌물을 받아야 하는 쪽이나 당황하기는 마찬가지였다. 중국 재벌은 예상한 액수보다 더 많은 돈을 잃고서야 패잔병의 모습으로 자리를 떠났다.

다른 날과 똑같은 반복이었다. 그와 홍콩 미녀만이 자리에 남아 서로를 응시했다.

「칩을 왜 바꾸지 않죠?」

인내심이 바닥난 홍콩 미녀가 처음으로 말을 건넸다. 그녀의 세련된 미국식 영어 발음이 매혹적으로 들렸다. 서후는 고액의 칩 몇 개를 손가락으로 톡톡 건드리며 심드렁하게 응수했다.

「이건 내 관심 밖입니다.」

「포커 테이블에 앉아서 칩에 관심이 없다는 말은 좀 우습군요.」

「그야 사람마다 다르니까.」

현재 곤란에 처한 사람은 분명 서후였지만 그에게서는 오히려 여유가 흘렀다. 수려한 외모와 부드럽지만 강단이 느껴지는 눈매. 홍콩 미녀는 서후의 강한 남자 포스에 완벽하게 압도당했다.

「포커페이스를 잘 익혔군요. 어떤 테이블에 속해도 들키지 않겠어요.」

「나야 내 얼굴을 볼 수 없으니까 잘 모르겠고. 상대방 눈동자는 좀 읽는 편이죠.」

「눈동자를 읽는다?」

「한국말로는 심연을 읽는다고 하죠. 눈빛이나 눈물로는 거짓연기를 할 수 있지만, 동공은 거짓말을 할 수 없으니까.」

「내 심연을 당신에게 들켰다는 말인가요?」

「그야 좀 더 두고 보면 알지 않을까요?」

언제까지라도 이어질 것 같았던 두 사람의 팽팽한 눈싸움이 그녀가 시선을 내리며 일단락되었다. 강렬한 선홍빛이 도는 얇은 입술에 교태를 흘리더니, 긴 손가락을 움직여 누군가에게 전화를 걸었다.

'됐어!'

그의 내부에서 쾌재를 부르는 짜릿한 탄성이 울렸다. 그러나 여전히 표정은 느긋하고 흐트러짐이 없었다.

딜러가 오늘의 마지막 승부가 될 카드를 돌리기 시작했다. 뒤이어 경쾌한 노크소리가 들리고 VIP룸의 문이 열렸다.

"사장님."

서후의 수행비서인 이창재가 조용히 들어와 휴대전화를 넘겼다. 전화기를 건네받아 아무 말 없이 통화 내용을 듣던 서후는 전화 너머의 상대에게 잠시 양해를 구하고, 이 비서에게 호텔에 도착해 있는 팩스를 확인했는지 눈짓으로 물었다. 호텔 영업 정지를 백지화하겠다는 총리의 자필 서한이 팩스로 도착되어 있는지에 대한 물음이었다.

"확인했습니다."

이 비서가 빠르게 답변했다. 서후는 전화 상대에게 감사하다는 말을 남기고 전화기를 이 비서에게 넘겼다.

'끝났군.'

드디어 지긋지긋했던 포커 테이블을 벗어날 수 있게 되었다.

"올인."

어차피 이 테이블 위에 올라 있는 칩 중에서 그의 돈은 단 한 푼도 섞여 있지 않았으니 아쉬울 것도, 미련도 없었다. 며칠간 그녀에게 잃어준 칩마저도, 그녀가 도착하기 전 테이블에서 만들어둔 타인의 칩이었다. 이런 걸 두고 남의 손으로 코 풀기라고 하던가?

이내 편두통으로 멍했던 머릿속이 명료해지고 있었다.

서후는 자신의 빌라와 연결되어 있는 해안가 초입에 차를 세웠다.

차 안에 양복 상의와 넥타이, 구두를 던져두었다. 맨발에 와이셔츠 단추 두어 개를 풀어 헤치며 해안가의 모래를 밟아 나갔다. 걸으며 무심히 소매를 걷어 올리자, 단정하던 그의 본질은 그대로이면서 군더더기 없이 날렵한 실루엣이 드러나며 자유로운 매력이 살아났다. 그의 매력은 결코 닫히는 법이 없었다.

긴 다리를 모래바닥에 꼭 붙이고 바다를 향해 서자, 불어온 바닷바람이 풀린 와이셔츠 깃 사이로 스며들어 단단한 가슴을 훑고 빠져나갔다. 비로소 지난 한 달간 그를 괴롭혔던 문제에서 해방되었다.

카지노를 나서면서 서후는 이 비서에게 빌라 앞 해안가에 휴식처와 샴페인을 마련해놓도록 지시했다. 빌라를 거치지 않고 이 홀가분한 기분 그대로 해변으로 달려가고자 했다. 그런 그의 시선에 이 비서가 초조하게 시계를 보는 모습이 걸렸다. 평소라면 개의치 않았겠지만, 오늘은 모든 걸 포용할 수 있을 만큼 너그럽게 풀려져 있던 터였다.

"이 비서, 무슨 일인가?"

"아, 아닙니다. 사장님."

"두 번 말 시키는 버릇 고치라고 했을 텐데."

"죄송합니다. 실은…… 여자친구가 여기에 와 있습니다. 사장님께서 오늘 하루 쉬어도 좋다고 하셔서."

이 비서는 답답할 정도로 더듬거리며 말하면서도, 그 와중에 휴가를 썼다는 말까지 꺼내놓았다. 총리 문제에 매달려 있느라 잠시 잊고 있었다. 얼마 전 언뜻 들었던 기억이 났다.

"죄송합니다. 곧 돌려보내겠습니다."

"휴가 주기로 한 걸 잊은 건 난데, 어째서 여자친구를 고생시키나. 그만 가봐."

"네? 저, 그럼…… 저는 여기서 내려도 될까요? 여자친구 주려고 선물을 사뒀는데, 그게 회사에 있어서요."

참내, 눈치 보는 사람답지 않게 하고 싶은 말을 조목조목 잘도 꺼내놓는다. 그의 허락이 떨어지자 이 비서는 눈치 보며 주춤하는

우아한
짐승의 연애

것도 잠시, 택시를 잡아타고 부리나케 사라져버렸다.

문득 이 비서의 모습이 떠오르자, 갑자기 괘씸하다는 생각이 스멀스멀 올라왔다.

호텔의 존폐 위기에 여자친구를 부르다니. 아무리 그가 좋은 마음으로 오케이 했어도 한 번은 더 사양했어야 하지 않나? 기다렸다는 듯이 냉큼 감사합니다? 흐음. 두고 보자, 이 비서. 몇 갑절로 험난한 회사 생활이 기다리고 있으니. 결코 솔로인 그가 이 비서를 부러워해 괜한 심술을 부리는 건 결코 아니었다, 단연코!

이 비서는 순진해서 별다른 장난 없이 심각한 표정으로 보기만 해도 진땀 흘리며 어쩔 줄 몰라 했다. 그 모습을 보며 즐거워할 자신을 상상하자 미소가 지어졌다. 그러나 곧 웃음을 지우고, 특유의 무표정으로 얼굴을 고쳤다.

츠르륵, 솨아아. 차르르, 솨아.

위기를 넘긴 후에는 늘 지금처럼 바닷바람을 온몸으로 맞는 게 습관이 되었다.

아버지 윤중석 회장에게서 호텔 사업을 물려받은 지 3년. 국내와 아시아 지역 호텔 체인에만 사업이 국한돼 있던 Y호텔은 그가 맡으면서 유럽과 북남미 지역까지 체인망을 확장했다. 과도한 사업 확장에 불만과 우려를 표하던 주주와 이사들도 있었지만, 최고의 시설과 최상의 서비스를 뛰어넘는 감동을 주는 서비스를 지향하며 매출이 급상승하는 쾌거를 이루었고, 걱정을 보기 좋게 불식시켰다.

서후는 오랜만의 여유를 만끽하며, 마련되어 있는 휴식처를 향해 느긋하게 걸어갔다. 발아래 차이는 모래알이 부드럽게 그의 고단한 발을 어루만졌다.

차박차박.

밀려온 바닷물에 젖은 모래알이 밟히는 소리가 들려왔다. 바지 아랫단이 차츰 젖어드는 걸 개의치 않고, 더 바다 쪽으로 들어가 모래를 밟으며 걸었다. 바닷바람마저 부드럽게 목덜미와 셔츠 안을 어루만지듯 파고들었다.

첨벙!

바다 안쪽에서 물을 밀어내는 인위적인 소리가 들려왔다. 순간 귀를 의심했다. 사람이 있을 리가 없다. 조금 벗어나 있긴 하지만, 이곳은 그의 사유지 근처였다. 바다까지 사유지는 아니었지만, 타인이 일부러 자신의 빌라 앞에 있는 바다를 두고 이곳으로 넘어올 리 없었다.

참방참방. 츠르르.

또다시 소리가 들렸다. 이번에는 그의 귀에 확실하게 꽂혔다. 모처럼의 휴가를 보내려던 그의 계획에 불청객이 뛰어든 게 분명했다. 순식간에 그의 아름다운 미간이 일그러졌다. 이런 흐트러진 모습을 누구에게든 보이는 게 못마땅했고 불쾌했다. 임 집사를 불러 끌어내리라 생각하며 돌아서던 그의 시선에 섬광처럼 무언가가 스쳐 지났다.

"저건!"

아름다운 나체의 여자. 못마땅하고 불쾌한 기분을 한 방에 날려버릴 만큼 유혹적인 자태의 여체였다. 그리 멀지 않은 바다에서 실오라기 하나 걸치지 않은 여체가 평화롭기 그지없는 표정으로 물살

우아한
짐승의 연애

을 헤치고 있었다. 그의 존재를 전혀 알아채지 못한 자유로운 여인은 구미를 당기기에 충분히 훌륭한 보디의 소유자였다.

'꽤나 흥미로운 취미를 가졌군.'

그녀의 몸짓에 넋을 놓고 바라보던 서후가 툭 실소를 터뜨렸다. 웃음소리마저 섞여 나왔다. 그리곤 스스로에게 놀랐다. 낯선 여자의 몸에 시선을 빼앗긴 탓인지, 자신이 소리 내어 웃었다는 것이 낯설어서인지, 그는 자신이 놀란 감정의 근원을 명확히 알 수가 없었다. 생경한 감정에 기분이 나빠진 그는 이만 여자가 자신의 사유지에서 나가주기를 바랐다. 여자가 먼저 그를 발견하고 등을 돌려주면 고맙겠다고 생각하는 찰나였다.

'이런, 맙소사.'

그녀는 풍만한 가슴 위로 두 손에 모은 물을 공중에서 에로틱하게 쏟아부어 내렸다. 머금고 싶을 만큼 탐스러운 젖가슴과 희롱하고 싶은 밝은 분홍빛 유두가 물에 촉촉이 젖어들자, 은은한 달빛에 더 도드라지게 빛났다. 제 자신이 흘려 내린 물줄기가 가슴골과 여린 살을 간질이는지, 간지러움을 못 견디는 어린아이처럼 천진난만하게 까르르 웃기까지 한다.

여자의 웃음소리에 서후의 양쪽 입꼬리도 함께 딸려 올라갔다. 그러나 이내 여자와 제 웃음을 털어내려 고개를 흔들었다. 다시 물을 모은 여자의 두 손이 머리 위로 올라갔다. 여자의 과감한 행동이 이어지자, 서후의 민감한 뇌리에 기분 나쁜 감정이 일었다.

'설마 당신도……, 날 위한 선물인 건가?'

그에게 연줄을 대고자 하는 부류는 늘 차고 넘쳤다. 파티를 빙자한 자리에서 노골적인 추파를 던지는 여성의 뒤에는 대부분 누군가의 숨은 의도가 있었다. 실력보다는 로비로 호텔 하청을 받고자 했고, 뒷돈을 대고 중역 자리를 바라기도 했다.

일 관련뿐만이 아니었다. 혼기가 찬 여식을 둔 부모들은 노골적으로 딸을 앞장세워 그의 눈에 들고자 했다. 서후는 음흉한 속내를 숨기고 좋은 인상으로 다가오는 부류들의 가식적인 웃음이 본능적으로 싫었다. 거부감이 일었다.

그가 파티 자리를 의도적으로 기피했던 것도 이 거부감이 크게 작용한 탓이었다. 어쩔 수 없이 가야 할 자리라면 서진 누나가 있을 때는 누나와 동행했고, 누나가 없는 지금은 사촌 여동생과 함께 갔다. 뭇 재벌가 자제들과 다르게 처세하는 그의 이런 금욕적인 태도는 그를 사위로 삼고자 하는 부모들의 애를 더 태우기에 충분했다.

'그런데 당신이란 여자는, 참……'

서후는 지금의 이 과감한 접근이 몹시 당황스러웠다. 천진하게 물을 쏟아붓는 여자의 표정을 보니, 숨은 의도를 의심하는 것 자체에 죄책감이 들었다. 에로틱한 유혹에 어울리지 않는 순진한 미소를 가졌으니 당연했다. 하지만 지금의 그로서는 작금의 이해불가 상황을 일단 의심할 수밖에 없었다.

'여긴 내 사유지야. 무슨 의도로 여기까지 왔는지는 모르겠지만, 이제 그만하자고.'

서후는 휴대전화를 꺼내들었다. 여자는 지금껏 그의 존재를 눈치 못 챘는지, 아니면 모른 척하는 건지, 여전히 물장난을 치며 아이처럼 즐거워했다.

"임 집사님, 해안가에 불법침입자가 있네요."

물소리가 잦아들었다. 교태롭던 웃음소리도 뚝 끊겼다. 이어 날카로운 서후의 음성이 다시 고요함을 갈랐다.

"경찰에 신고하고 곧장 이쪽으로 오세요."

서후는 전화를 끊고, 여자의 행동을 지켜보았다.

첨벙, 첨벙!

당황한 여자가 내는 거친 물소리가 다급하게 들려왔다. 달아나려는 여자는 밖으로 나오는 게 아니라 점점 바다 안쪽으로 멀어져 갔다.

「이봐, 물장난 그만하고 나와.」

서후가 영어로 여자를 향해 소리 질렀다. 경고 섞인 그의 말은 냉혹하게 바다를 향했다.

첨벙첨벙.

서후의 말을 알아들었는지, 위협을 느낀 여자가 어두운 바닷물에 감추어졌다. 그녀가 물을 쳐내는 소리만이 멀리서 희미하게 들려왔다.

「더 들어가면 위험해. 당장 나와. 이봐!」

서후의 외침과 섞여, 다급한 여자의 음성이 그의 귀를 뚫었다.

"꺄아악! 사, 사람 살려! 사람 살려!"

여자의 목소리가 심상치 않았다. 그의 몸이 움찔거렸다. 하지만 여자에 대한 의심은 여전히 남아 있었다. 이마저도 유혹하기 위한 미끼인가 싶어, 그는 머뭇거렸다.

"사, 살…… 려줘요! 살려……."

꼬르륵. 퐁!

물속으로 가라앉는 소리가 들려왔다. 한동안 물을 접는 소리도, 살려달라는 소리도 들리지 않았다.

서후의 미간이 잔뜩 좁혀졌다. 긴급을 요한다는 판단이었다. 여자의 의도 따위는 이제 안중에 없었다. 일단 살려야 한다. 더 두고 본다는 건 시간낭비다. 그는 전력질주하여 바다로 달려가 망설임 없이 물로 뛰어들었다.

풍덩, 촤악, 촤악.

서후는 힘껏 팔을 휘두르며 여자를 마지막으로 보았던 지점을 향해 빠른 속도로 다가들었다. 물밑으로 잠수했다. 어두운 바다 속은 온통 흙빛이었다. 그가 일으킨 흙탕물이 부릅뜬 눈을 아프게 찔러댔지만 눈을 깜빡일 수가 없었다. 순식간에 눈앞에서 여자를 놓칠 수도 있다. 그녀가 있던 곳을 훑고 있다 생각했지만 보이지도, 만져지지도 않았다.

'벌써 물살에 휩쓸려 간 걸까.'

더 안으로 들어갔다. 그가 팔을 휘저을수록 흙탕물이 점점 심해져 시야를 뿌옇게 가렸다. 그녀를 찾지 못하는 시간이 길어질수록 불안감이 몸과 정신을 흐트러놓았다. 불안할수록 그의 팔은 더욱 세차게 물살을 걷어내고 있었다.

바로 그때, 물을 휘젓던 그의 팔에 부드러운 여자의 허리가 감겨왔다. 순간적으로 있는 힘껏 여자의 몸을 강한 팔에 휘어감아 끌어당겼다. 그녀를 앗아가려는 물살의 힘이 거세게 작용했지만, 놓치지 않겠다는 그의 완강함을 상대하기에는 역부족이었다. 곧 그의 눈앞에 달콤한 잠에 빠진 듯 눈을 감고 있는 새하얀 얼굴이 들어왔다. 그의 불안감을 일순간 걷어내는 순수하고 맑은 얼굴이었다.

촤악, 차르르, 차륵.

그는 한 팔로 그녀를 단단히 붙들고, 다른 한쪽 팔로만 물을 저어 물속을 빠져나왔다. 자신의 팔에 힘이 빠져 혹여 여자를 놓치게 될까 봐, 그녀의 부드러운 등을 가슴에 힘을 주어 밀착시키고 계속 물살을 헤쳤다.

수심이 얕아지는 곳까지 가까스로 빠져나온 그는 축 늘어진 그녀를 가볍게 들어 올렸다. 가쁘고 거친 그의 호흡이 그녀의 얼굴과 가슴 위로 흩어져 내렸다. 의식을 잃은 그녀의 팔이 아래로 떨어졌다. 모래사장에 여자를 내려놓은 그는 그 앞에 무릎을 꿇고 앉았다. 먼저 동공과 호흡부터 살폈다.

「이봐, 이봐.」

서후는 그녀의 볼을 찰싹찰싹 두드렸다. 미동이 없다. 물에 젖은 매끄러운 여자의 벗은 몸이 그의 깊고 검은 눈동자에 가득 들어찼다.

"하아."

그는 그녀의 나체에 사로잡히기 전에, 자신의 와이셔츠를 거칠게 뜯어냈다.

투두둑.

단추가 순식간에 뜯겨 나갔고, 그의 몸에서 벗겨진 와이셔츠로 그녀의 가슴부터 민망하게 드러난 아랫부분을 덮었다. 그녀의 매혹적인 몸은 달빛에 일부 가려졌고, 이제는 그의 탄력 있고 아름다운 등 근육이 달빛을 반사해서 하얀 빛을 뿜어냈다.

"목숨 갖고 장난 친 거면 가만 안 돼."

영어와 한국어가 마구잡이로 섞여 나왔다. 그도 자신이 무슨 말을 하는지 의식하지 못했다. 그저 여자의 숨을 빨리 되돌려놔야 한다는 위기감만이 가득했다. 그녀의 목을 뒤로 제쳐서 기도를 확보하고는, 깍지 낀 손을 하얗고 풍만한 가슴골 사이로 가져가 여러 차례 세게 눌렀다. 그녀의 코를 막고 아래턱을 꽉 눌러 쥐었다.

'하압.'

한가득 숨을 들이켜서 입을 맞추었다. 자신의 숨을 여자의 폐 속으로 온 힘을 다해 밀어 넣고 떨어졌다. 여자는 아무 반응이 없다. 한 번의 시도로 막힌 기도가 뚫리지 않았던 거다.

다시 깍지를 껴서, 좀 더 힘을 줘 여자의 가슴골을 세차게 눌러 댔다. 힘껏 몰아쳐대는 반동이 가해질수록, 그의 몸에서 떨어지는 물방울이 그녀의 가슴과 입술, 얼굴로 후두둑 떨어졌다. 그가 다시 입술을 맞추려는데, 여자의 입술이 흔들리며 살짝 반응을 해왔다.

'헉.'

미세하고 짜릿한 순간적인 반응에 움찔한 그가 놀라며 떨어졌다. 숨결을 느낄 만큼 가까운 거리에서 그녀의 다음 움직임을 기다렸지만, 움직임은 없었다.

'잘못 느낀 건가?'

그는 그녀의 입이 더 열리도록, 여린 턱을 더 세게 쥐고 입술을 벌렸다. 숨을 크게 들이켜고 재빨리 입술을 가져다댔다. 숨이 들어 갈 공간을 확보하려고 치아 사이를 그의 혀로 거칠게 벌리자, 그녀의 말캉한 혀와 그의 혀가 맞닿았다. 여자의 혀가 닿자 그에게서 본능적으로 그것을 흡입하고자 하는 솔직한 반응이 꿈틀거렸다. 그는 얼른 제 입술을 떼어냈다.

'이런, 제길!'

위급상황에서 꿈틀대는 자신의 욕정에 욕지거리가 튀어나왔다. 그는 심호흡으로 일시적으로 흐트러진 정신을 다잡았다. 힘을 잃은 그녀의 혀가 기도를 막지 못하도록, 손가락을 집어넣어 얇은 혀를 아래로 최대한 내리눌렀다.

'하앗.'

공간이 확보되자 다시 숨을 가득 흡입했다. 입술을 포개고, 호흡을 불어넣었다. 그 순간 그녀의 입술과 혀가 격렬하게 움직여왔다. 그녀가 무사하다는 반응이 왔다. 뒤이어 계속 입을 맞추고 있으면, 여자를 그대로 빨아들여 위험에 빠뜨릴지도 모른다는 위험신호가 그를 강하게 흔들었다. 얼른 입을 떼고 그녀의 얼굴을 옆으로 돌려주었다.

"쿨럭쿨럭."

그녀가 격렬하게 몸을 움직이더니, 바닷물을 토했다. 그 모습을 보고 나서야 서후는 안도했다. 온몸에서 기운이 죄다 빠져나가는 것 같았다.

모래사장에 바닷물을 토해내고도 아직 다희의 정신은 온전히 돌아오지 않았다. 그녀는 미미한 힘으로 한쪽 팔에 의지해서 힘겹게 일어나보려 했지만, 이내 팔이 꺾이면서 쓰러졌다. 그녀의 등 뒤로 딱딱한 팔이 들어와 든든하게 받쳐주었다. 다희는 겨우 반쯤 뜬

몽롱한 눈으로 올려다보았다.

"⋯⋯누, 구?"

서후는 그녀가 내뱉은 두 음절을 듣고 미간을 찡그렸다.

'한국말? 한국사람?'

위급상황이라 생각할 겨를이 없었지만, 바닷물에 빠지면서 그녀는 분명 한국말로 살려달라 외치고 있었다. 여자가 무사하다는 확신이 들자, 이내 부글부글 화가 치밀어 소리를 질렀다.

"당신 미쳤어? 야밤에 바다 수영이 말이 돼? 당신 뭐야? 누가 보냈어, 어?"

"⋯⋯누, 구세요?"

희미한 초점을 맞추어 남자를 보았지만 다희는 흐릿한 실루엣만 느꼈다. 달빛을 등지고 있는 남자의 얼굴은 그저 검게만 보였다. 순간 맑은 그녀의 갈색 눈동자가 그의 심연에 깊이 자리했다.

두근!

서후의 손이 저절로 자신의 왼쪽 가슴에 가 닿았다.

쿵쿵.

그의 심장이 살갗을 뚫고 나올 듯이 강하게 뛰었다.

'뭐야?'

그는 이상반응을 보이는 제 심장박동이 신경 쓰였다. 그러나 조난을 당한 사람에게 느끼는 찰나의 연민이고, 여자를 구하느라 숨이 가빠져서 피를 공급하기 위해 심장이 격한 운동을 시작한 거라고 치부해버렸다.

"꼼짝 말고 있어."

서후는 등을 받쳤던 손을 빼고는 그녀를 모래사장에 내려놓고 일어섰다. 화가 나 거칠어진 숨소리와 퉁명한 음성과는 어울리지 않을 만큼 부드럽고 조심스러운 움직임이었다. 뛰어들면서 모래사장에 던져둔 휴대전화를 찾아 들고는 통화를 하며 휴식처를 향해 뛰어갔다.

　"임 집사! 지금 바로 호텔 연계병원에 병실 하나 만들어요. 그리고 여자 옷 한 벌 준비해서 오고. ……질문하지 말고 바로 움직여요!"

　자기 할 말만 하고 전화를 끊은 서후는 휴식처에 놓여 있던 커다란 러그와 밤바람의 한기에 대비해서 놓아둔 블루톤의 헐렁한 니트 셔츠를 낚아채서는 곧장 그녀에게로 돌아왔다.

　그녀에게 가까이 다가간 서후는 멈칫했다. 여자의 몸은 그야말로 고혹적이었다. 그의 젖은 와이셔츠 아래로 그녀의 맑고 하얀 몸이 여실히 비쳤다. 아슬아슬하게 감싸여 인형처럼 누워 있는 자태는 탐하고 싶을 만큼 매력적이었다. 서후는 그녀의 유혹을 밀어내고 있다 생각했지만, 사실 끊임없이 유혹당하고 미혹되고 있었다.

　'원한다면 오늘의 이 빚은 당신 몸으로 받아주지. 하룻밤 적선하는 게 뭐 어렵겠나?'

　빚 청산이 됐든 그녀의 유혹을 받아들이든, 일단 그녀를 무사히 병원으로 데려가 고른 호흡과 정상 체온으로 돌려놓은 후의 일이었다. 그녀를 러그로 감싸서 들어올렸다. 기력이 쇠진한 그녀는 건전지를 빼앗긴 인형처럼 그가 이끄는 대로 고분고분했다. 따뜻한 그의 체온이 몸에 닿자, 젖은 채로 방치되어 있었던 그녀가 체온에 굶주린 사람처럼 농밀하게 파고들었다. 러그로 둘둘 말려 자유롭지 못한 상태에서도 놀랍도록 강한 힘으로 그의 품속으로 밀고 들어왔다.

"으으음."

이 여자는 지금 무의식에 지배당하고 있을 뿐이다. 생존을 위해 무의식이 내리는 명령에 따르고 있는 거다. 여자가 침대에서 이 같은 행동을 했다면야 그의 반응이 180도 달랐겠지만, 이 순간 그는 그녀를 야멸치게 떼어내지 않았다. 한기로 바들대는 그녀의 차가운 입술이 그의 심장에 닿는 순간, 정신을 수습하려 애쓰던 그는 일순간 무장해제되었다. 그의 걸음이 더욱 **빨라졌고**, 그만큼 호흡도 **빨라졌다**. 그는 오로지 자신의 차만 보며 뛰었다.

+03

　낯선 소음이 다희의 의식을 조금씩 뚫고 들어왔다. 아직 자신을 공격해대는 물속에 갇혀 있는 것 같아 두려움에 눈을 꼭 감았다. 눈을 뜨고 지금 있는 곳을 확인하기가 두려울 만큼 죽음의 공포에 제압당했다.

　"당신, 미쳤어? 야밤에 바다 수영이 말이 돼! 당신 뭐야? 누가……."

　날카로운 남자의 비명 같은 외침이 그녀의 의식을 강타하고 흘러갔다. 다희는 잔뜩 움츠린 채로 자신을 노려보는 남자를 보았지만, 어두운 실루엣만 보였다.

　화면이 어지럽게 흘러 지나갔다. 그녀가 질주하는 차 안 뒷좌석에 누워 있었고, 다음 순간 화면은 운전하는 남자의 뒷모습에서 멈췄다.

　"이봐, 정신 놓지 마! 당신 누구야? 누군데 남의 사유지에 무단으로 침입한 거야?"

　다희는 입술을 움직여보았지만, 굳게 닫힌 입술은 움직이지 않았다.

"내 말 듣고 있어? 정신 차려. 당신 이름이 뭐냐구?"

사시나무처럼 떠는 그녀의 손을 의지가 되도록 꽉 붙잡고 있는 남자의 손. 위안을 주는 손보다 더 부드러운 남자의 목소리. 생사를 넘나든 그녀에게 계속 말을 걸어주는 낯선 남자. 그의 음성을 등대 삼아 머리가 점차 생각이라는 걸 하기 시작했다. 서서히 제자리를 찾고 있었다.

내가 어디에 있는 거지? ……싱가포르. 오늘 도착했어.

뭘 하고 있었지? ……바다에 들어갔어. ……옷을 벗고. ……아, 알몸?

속으로 자신에게 질문을 던지던 머릿속에 선명히 들어박히는 단어.

알. 몸.

"꺄아악!"

비명을 지르며 깨어난 다희는 벌떡 몸을 일으켜 팔, 가슴, 허리, 허벅지를 빠르게 훑어내렸다.

손에 환자복이 만져졌다. 갑작스럽게 팔에 통증이 끼쳤다. 미간을 찌푸리며 내려다본 왼쪽 팔에 링거 바늘이 꽂혀 있었다.

"……!"

천천히 주위를 둘러보았다. 조명을 잔뜩 낮추어놓았지만 실물을 확인하기에 불편하지 않았다. 그녀는 시각보다는 소리에 더 예민해져 있었다. 천장에 달린 에어컨에서 냉기를 흘려 보내는 작은 소음, 하얀 수증기를 내뿜는 가습기의 얕은 소음, 병실 복도에서 간호사에게 뭔가를 지시하는 낮은 남자 목소리까지.

"……병원?"

흩어진 기억의 조각이 머릿속을 어지럽게 유영하고 있었다. 한 조각도 이어지는 게 없어 답답했다. 나체로 밤바다에서 죽음과 사투를 벌였던 자신이 어떻게 병원으로 옮겨졌는지, 누가 옮겼는지, 꿈속에 본 남자는 누구였는지, 그 어떤 것도 선명하지 않았다. 다만 블라인드 틈새로 미명을 걷어내는 새벽녘 회색빛이 드리워져 있어, 시간이 흘렀음을 짐작만 할 수 있었다.

병실 문을 열고 중년의 남자, 임 집사가 들어왔다. 깨어난 다희를 본 그가 다행이라는 표정을 지으며 침대로 다가왔다.

"깨셨습니까?"

다희는 낯선 남자의 등장과 반가워하는 기색이 너무 어색해서 자신도 모르게 움츠러들었다.

"……네."

"병원에선 별 이상 없다는데, 괜찮으십니까?"

"네."

"다행이네요. 혹시 함께 여행 온 일행이 있습니까? 아니면 싱가포르 교민인가요?"

"……친구랑 여행 왔어요. 그런데 그건 왜?"

"의식이 없으셔서, 아직 신원 확인을 못했습니다. 의사가 위급한 상태는 지났고 곧 깨어날 거라 해서, 따로 대사관에는 연락하지 않았습니다."

"아, 네."

"제가 묵고 계신 데까지 모셔다드릴 수도 있고, 일행분께 연락을 취해드릴 수도 있습니다. 편하신 대로 말씀해주세요."

너무 정중하고 조심스러운 임 집사의 말투 때문에 자신이 지나치게 존중받고 대접받고 있다는 기분이 들었다. 그의 부드러운 태도에 다희의 경계심이 한층 수위가 낮아졌다.

"저, 그보다……."

정작 묻고 싶은 걸 물으려는데, 차마 입이 떨어지지 않았다. 그녀가 발견됐을 때의 모습이 어땠을지가 너무나 또렷이 보였다. 그를 제대로 쳐다보지 못하고 시선을 피하며 물었다.

"……절 구해주셨나요?"

"제가 아니라, 저희 사장님이십니다. 해변에 쓰러져 계신 걸 발견하셨다고 들었습니다."

"아……, 혹시 사장님이 여자분이세요?"

'제발 그렇다고 해주세요. 여자 사장님이 저를 구하셨다고 말해주세요. 제발…….'

"아닙니다. 저희 사장님은 남자분이세요. 저에게 일처리를 맡기고 바로 가셨습니다. 워낙 바쁘신 분이라."

"……남자시구나. ……남자셨구나."

남자인 줄 알고 있었다. 무의식중에 들은 강한 남자의 목소리. 아닐 거라고, 아닐 수도 있다고, 아니었으면 좋겠다고 부질없는 희망을 가져본 것뿐이다. 일말의 희망이 여지없이 꺾이고 나니 어깨가 반으로 접히는 것은 어쩔 수가 없었다.

나체라니, 한밤중에 나체로 발견되다니. 그 사장님은 얼마나 황당하고 놀랐을까. 그녀에 대해 뭐라 생각할까. 영화 맨 인 블랙에 나오는 기억 지우는 스틱을 간절히 손에 넣고 싶어졌다.

말없이 있던 임 집사가, 난감한 표정에서 울상으로 시시각각 변하는 그녀의 표정을 살피다가 조심스럽게 말을 꺼냈다.

"저희 사장님이 워낙 바쁘신 분입니다. 걱정 안 하셔도 될 겁니다."

"네?"

올려다보자, 집사는 그녀를 달래듯 다정하고 몸에 밴 정중함을 유지하며 온화한 미소를 지었다.

"좀 더 쉬시는 게 좋을 것 같습니다. 링거가 끝나면 정밀검사를 받게 되실 겁니다."

"아, 아니에요. 정밀검사까지는 안 해도 돼요."

"사장님께서 직접 지시하셨습니다. 몸에 이상이 없도록 모든 조치를 하라고 직접 지시하신 일이라……."

"저는 정말 괜찮아요. 정말이에요. 사장님께는 제가 정중하게 거절했다고 해주세요."

"사장님께 말씀드려보겠습니다. 그럼 친구분 연락처를 주시겠습니까?"

"네."

"옷은 옷장 안에 준비해두었습니다."

"제 옷을요?"

임 집사는 대답 대신에 입가에 가벼운 미소를 지어 보였다.

이때 병실 문이 열리고 간호사가 들어왔다. 간호사의 등장으로 대화가 잠시 끊어졌다. 간호사는 링거 병을 확인하고, 임 집사에게 링거 바늘을 빼겠다고 했다. 그가 고개를 끄덕이자, 약솜으로 누르고 링거 바늘을 빼냈다. 바늘이 빠져나가는 아릿한 통증으로 다희의 미간이 살짝 찌푸려졌다. 간호사는 누른 약솜 위에 테이핑을 해주고 이내 밖으로 나갔다.

팔이 자유로워진 다희는 사이드테이블에 놓여 있는 메모지를 가져와 주영의 전화번호를 적어 건넸다. 그는 메모지를 확인한 후, 가볍게 목례하고 돌아섰다.

"저, 감사하다는 말씀을 드리고 싶은데요."

다희가 들릴 듯 말 듯 작은 목소리로, 나가려던 그를 다시 돌려세웠다.

"네?"

그가 돌아보자, 그녀는 차마 마주보기가 민망해 시선을 아래로 내렸다.

'굳이 사장님의 얼굴은 안 뵈어도 좋겠습니다.'

이 말은 얼른 꿀꺽 삼켰다.

'얼굴은 안 뵙고, 감사하다는 마음만 전할 수 있다면 무엇이라도 다 하겠습니다.'

이 말도 역시 목 뒤로 넘어갔다.

다희는 고개를 들어 임 집사를 쳐다보았다. 생명의 은인에게 이런 마음을 갖는다는 게 너무 염치없어 부끄러웠지만, 적나라하게 몸을 드러낸 자신을 발견한 남자와 대면할 수는 없었다.

"통화라도 하고 싶어요. 도와주신 분께 감사인사는 해야…… 많이 바쁘신 분이라니…… 전화 통화만이라도."

"글쎄요, 사장님께서 시간을 내실 수 있으실는지 모르겠습니다."

"그렇죠?"

갑자기 그녀의 목소리가 너무 커졌다. 당연히 '왜요?'라는 안타까워하는 말이 나왔어야 했다. 표정도 너무 급작스럽게 밝아졌다. 얼른 피어올랐던 밝은 표정을 지웠지만 임 집사가 희미하게 웃고 있었다. 이미 속마음을 들켜버렸으니, 다희는 솔직해지기로 했다.

"죄송합니다. 어제는 사정이 있었어요. 예의가 아닌 줄은 알지만, 구해주신 분을 직접 만나는 건 좀…… 정말 피치 못할 사정이 있거든요. 괜찮다면 전화로만……."

"그것 역시 사장님께 말씀드려보겠습니다."

"꼭 통화는 꼭 하고 싶어요. 정말입니다. 직접 뵐 수 없는 사정은 그분도 이해하실 거예요."

"알겠습니다. 사장님께서 허락하신다면 제가 연락드리겠습니다."

"꼭 부탁드릴게요."

다희는 최대한 정중하고 다소곳한 얼굴을 하고, 간곡한 어조로 안타깝다는 의미를 전달했다. 꼭 전화로만 감사 인사를 전할 수 있게 해달라는, 위대하신 집사님의 능력을 보여주시기를, 간절한 주문을 듬뿍 담아 임 집사에게 흘려 보냈다.

'신이시여, 저의 앙큼발칙함을 벌하소서!'

그는 웃어 보이고 밖으로 나갔다. 문이 닫히는 걸 보고 다희는 제자신이 못마땅해서 머리를 콩콩 쥐어박았다.

"한다희, 목숨 빚진 은인한테 못된 맘보나 쓰고, 이러다 벌 받는

다, 벌.”

얼른 퇴원해버리는 게 상책이겠다 판단한 그녀는 냉큼 침대에서 내려와 병실에 딸려 있는 화장실로 들어가 세수를 하고 나왔다. 어젯밤 고생 탓에, 물기만 닿아도 금세 생기가 돌던 얼굴은 여전히 푸시시했고, 눈 밑에 짙은 다크서클이 내려앉아 있었다.

다희는 옷장으로 가 문을 열었다. 당연히 자기 옷이 걸려 있을 거라 생각했는데, 옷걸이에는 처음 보는 화이트 톤의 스트라이프 원피스가 걸려 있었다.

“우와.”

그 옆에 남자 와이셔츠 한 장이 함께 걸려 있었지만, 시선이 확 꽂히는 원피스에 가볍게 떠밀려버렸다. 원피스를 옷걸이에서 내려 자세히 살펴보았지만 역시나 자기 옷이 아니었다.

“그럼, 내 옷은……?”

길게 생각할 것도 없었다. 어젯밤 고이고이 접어 누구 눈에 띌까 싶어 야자나무 아래에 놓아둔 가방과 샌들, 원피스, 속옷이 머릿속에 꽉 들어찼다. 지옥 같은 현실이 스멀스멀 제 모습을 드러내고 있었다. 여권 분실에, 모처럼의 여행을 위해 야심차게 준비했던 야시시한 속옷 분실. 지금쯤이면 누구에게든 발견되었으리라는 민망함에 골이 띵 울려왔다.

“이건 또 뭐야?”

옷장 아래쪽에 신발 상자와 작은 상자 두 개가 놓여 있었다. 신발 상자 안에는 바이올렛 스웨이드 샌들이 있었다. 화이트 원피스에 어울리는 완벽한 코디네이션이었다. 원피스에 신발까지 준비해준 따뜻한 배려를 받으니, 조금 전의 경거망동한 태도를 더 비난하고 싶어졌다. 신발 상자 옆에 놓인 작은 상자가 자신도 열어달라며 그녀의 눈길을 잡아끌었다. 원피스에 샌들까지 있는데 더 필요할 게 있나? 의문이 드는 머릿속에 야릇하고 얄궂은 생각이 자리했다.

"설마, 설마, 아닐 거야, 아니어야 해."

주문을 외며 조심스럽게 상자를 열었다. 가려진 얇은 종이 포장지를 양쪽으로 걷어냈다.

딩동댕!

경쾌한 차임벨이 그녀를 조롱하듯 머릿속에 긴 여운을 남기며 사라졌다.

흰색 레이스로 장식된 실크 소재의 브래지어와 팬티가 소담스럽게 담겨 있었다. 이쯤이면 절망이다. 또다시 밀려든 수치심에 다희의 눈이 질끈 감겼다.

모르는 남자에게 알몸으로 구출된 마당에 더 민망할 게 뭐 있겠나 싶었는데, 여전히 그녀의 볼을 후끈하게 만드는 일이 남아 있다니 놀라웠다. 다희는 몸에 걸칠 모든 것을 완벽하게 마련하는 혜안을 가지신 참으로 고마운 생명의 은인께 감사의 인사를 거듭 올리오며, 뻔뻔하게 옷을 흡수해버리겠노라 자포자기했다. 누구를 원망하리오! 스스로 홀라당 벗고 바다에 뛰어든 제 탓을 할 밖에.

병실 문을 걸어 잠그고 환자복을 훌훌 벗어버린 그녀는 한 치의 망설임도 없이 팬티와 브래지어를 착용했다.

오호! 어찌나 감이 좋으신지. 한번 안았을 뿐인데 치수를 정확하게 간파하다니. 오, 놀라운 생명의 은인님 능력!

다희는 원피스를 제 몸에 꿰며 소심하게 앙탈을 부려보았다.

"생명의 은인님. 이건 너무 염치도 없고 면목도 없지만, 속옷까지 준비해주시는 치밀함은 정말이지, 정말이지…… 너무 과합니다."

울상이 된 그녀는 원피스마저 자기 몸에 맞춘 듯 딱 감겨오자 완전한 패배를 인정하며 고개를 떨궜다. 그리고 결연한 표정으로 고개를 들었다.

'더 이상은 안 돼. 악몽은 여기서 멈춰야 해.'

이 병원을 나서면서 미저리 같았던 기억은 말끔히 지우고 말리라 다짐하며, 불원천리 찾아온 싱가포르 해변에서 주인 잘못 만난 죄로 미아가 된 불쌍한 원피스와 브래지어와 팬티에게 심심한 위로의 뜻을 전했다. 망연자실해서 옷장 문을 닫으려는데, 그녀의 느릿하게 내려진 시선에 와이셔츠 소맷단이 들어왔다. 반쯤 닫았던 옷장을 다시 열어 옷걸이에 걸린 와이셔츠를 의아한 눈빛으로 보며 꺼내들었다.

"남자 와이셔츠?"

와이셔츠를 들고 침대로 와, 엉덩이를 살짝 걸치고 앉았다. 소금기를 먹은 와이셔츠는 뻣뻣하게 말라 있었다. 군데군데 갈색의 옅은 흔적이 남아 있었다. 양손으로 어깻깃 양쪽을 잡고 위로 들어보았다. 단추가 하나도 달려 있지 않았다. 그 순간.

투두둑 투두두둑.

환청처럼 단추가 떨어져가는 강한 이펙트가 들렸다.

뒤이어 밀려드는 환영 속에 하얗게 그녀의 시선을 가리며 내려앉는 천이 보였다. 물 밖으로 꺼내져 추위에 오들거리던 몸을 포근하게 감아주던 그 따스한 무언가의 실체를 대하자, 마음에 담기 버거운 고마움과 배려에 가슴이 뭉클하고 먹먹해졌다.

알몸을 들켰다는 것을 핑계로 만남을 회피하려던 것과, 속옷까지 챙겨줄 필요까지 있었을까 싶어 언짢아했던 자신의 얕은 소견이 철부지처럼 느껴져 온몸으로 홍조가 퍼졌다. 일말의 거리낌도, 일초의 망설임도 없었던 그의 행동이 그녀의 조용했던 가슴샘에 조약돌이 되어 날아와 파문을 일으켜댔다.

창재와 하룻밤을 보내고 호텔로 돌아오던 주영은 임 집사의 전화를 받고 사색이 되어 병원으로 달려왔다. 괜찮다고 아무리 안심시켜도 눈물과 콧물로 범벅된 얼굴로 다희의 팔이며 다리, 온몸 곳곳을 살펴댔다.

유난을 떠는 친구에게 밀려 임 집사는 자리를 피했다. 그 사이 퇴원 수속을 끝내놓고 호텔까지 타고 갈 리무진까지 준비해주었다. 한사코 만류해도 그는 사장님께 꾸중을 듣는다는 이유로 거듭 리무진을 이용해줄 것을 강요했다.

병원을 나서는 차 안에서 다희는 임 집사에게 사장님과 꼭 연락할 수 있도록 힘써달라고 거듭 부탁을 하고, 명품숍이 즐비한 거리에서 내려달라고 했다.

리무진의 푹신한 쿠션에서 엉덩이가 떨어진 주영은 내심 아쉬워하며 떠나는 리무진을 눈으로 계속 좇았다. 그런 주영을 낚아채서 다희는 곧장 아르마니 매장으로 향했다.

블랙과 화이트, 실버톤의 깔끔한 매장 안으로 들어선 다희는 매장 매니저에게 다가가 상자를 내보였다. 소금물에 푹 절어버린 와이셔츠가 들어 있었다. 매니저의 도도하고 날카로웠던 시선은 와이셔츠를 확인하자 곧장 세일즈 미소로 바뀌었고, 순식간에 명품으로 휘감은 다희의 옷과 신발을 스캔해 내렸다.

「무엇을 도와드릴까요, 손님?」

「이것과 똑같은 와이셔츠를 주세요.」

매니저의 표정이 매우 아쉽다는 표정으로 돌변했다.

「어쩌죠. 이 와이셔츠는 작년 리미티드 에디션입니다. 다른 때보다 특별함을 강조하는 의미로 수량이 아시다시피 전 세계적으로 스무 피스만 준비됐던 최상의 상품이었습니다. 회사에서 인정한 최고의 VVIP만을 위해 준비된 상품이라, 지금은 구할 수가 없습니다.」

「이게 그렇게 특별한 거였어요?」

매니저는 매우 안타깝다는 표정을 담뿍 담아 고개를 여러 번 끄덕였다. 옆에 심드렁하게 서 있던 주영이 호기심 충만한 표정으로 다희의 목을 휙 감아오며 냉큼 끼어들었다.

"다희야, 이 남자 무조건 물어라. 으으, 깜찍한 것. 아주 대박쳤구나. 장하다, 한다희!"

다희는 친구에게 면박 주는 눈짓을 하고 목에 감은 팔을 떼어낸 다음, 잠시 생각하다가 물었다.

「혹시 단추는 구할 수 있나요?」

「글쎄요. 단추 역시 한정 주문제작된 거라, 스페어 단추는 이미 고객분들께서 소장하고 계시고, 재주문은 회사 명단에 들어 있는 VVIP께서만 요구할 수 있습니다.」

점입가경이다. 무슨 이런 곤란한 옷이 있단 말인가. 다희는 난감한 표정으로 한숨을 푹 내쉬었다.

이때, 다른 매니저가 다가와 다희에게 설명 중인 매니저에게 귓속말로 뭔가를 전했다. 매니저는 잠시 실례한다는 말을 남기고 피팅룸 안으로 사라졌다.

한층 고무된 주영이 초롱초롱하게 눈을 빛내며 바짝 몸을 붙였다.

"다희야, 이 남자 재력 우주 대스타급인가 봐. 전 세계에 스무 장 나온 상품을 그것도 아르마니에 선택받은 사람한테만 줬다잖아."

"지금 그게 중요한 게 아냐. 단추를 살 수 있다 해도, 단추 값 물어보기가 겁난다. 대체 얼마나 부자길래 이런 귀하디귀한 옷을 함부로 찢었다니. 내가 뭐라고. 그냥 단추 하나하나 곱게 풀어서 덮어주셨으면 더 고마웠을 텐데."

다희는 와이셔츠를 망연자실 내려다보며 혼잣말로 중얼거렸다.

"이제라도 해변에 가서 모래사장 뒤집어 찾아볼래?"

"싫어. 거기는 다신 안 가!"

"정 안 되면 다른 와이셔츠라도 사든가. 우리한텐 여기 와이셔츠도 사치야. 반드시 똑같은 걸 줘야 감사 표시가 되는 건 아니잖아?"

"그래도 해볼 수 있는 데까지는 해야지. 생명의 은인인데 이만큼 노력도 안 하고, 성의 없이 선물하고 싶지 않아."

피팅룸에서 나온 매니저가 좀 전과는 사뭇 다르게 정중함과 비굴한 모드까지 느껴질 만큼 굽실거리며 다가왔다.

「저, 손님. 제가 잠시 착각했던 점 먼저 사과드립니다. 단추를 구할 수 있을 것 같습니다.」

「네? 정말이요?」

「저도 정말 다행스럽게 생각합니다. 옷을 맡겨주시면 단추 수선을 해서 준비해놓도록 하겠습니다. 언제까지 해드리면 될까요?」

「아니에요. 단추만 구해주세요. 나머지는 알아서 할게요. 언제까지 가능할까요?」

당황한 빛이 역력한 매니저는 잠시 다희와 주영의 어깨 너머에 잠시 시선을 두었다가, 이내 한 시간 이내로 구해놓겠다고 했다.

「그런데…… 가격은 얼마죠?」

다희는 마른침을 삼키며 어렵게 가격을 물었다. 눈까지 질끈 감았다. 어마어마한 값을 듣고 놀라 넘어가지 않아야 할 텐데.

「아, 무료입니다.」

「무료요?」

다희와 주영이 쌍둥이처럼 동시에 소리 높여 말했다.

「네. 그게…… VVIP분들께 저희가 무료로 드리는 특별선물 같은 거라 보시면 됩니다.」

매니저는 어색해 보이는 표정으로 억지웃음을 지었다.

"아무리 그래도 공짜로 얻은 걸로 감사선물을 할 수는 없는데……"

무료라는 말에 잠시 얼이 빠졌던 다희는 곧 정신을 수습하고는, 매장 매니저에게 한정판 정장에 잘 어울리는 넥타이를 추천해달라고 했다. 이제 막 사회인이 된 그녀가 할 수 있는 최선의 도리였다. 그렇게 다희는 지금껏 한 번도 해본 적 없는 명품 지르기를 주영의 카드로 과감히 해버렸다.

"한국 가서 줄게. 첫 월급 받기도 전에 돈 나갈 구멍부터 생기는구나."

"희망을 가지렴. 이 넥타이가 이 엄청난 스펙을 가진 남자를 물어다 줄 거야."

어깨가 축 처진 그녀의 어깨를 툭툭 다독인 주영은 시원한 아이스크림이나 먹자며 그녀를 데리고 매장에서 나갔다.

그녀들이 나가자, 피팅룸에서 클래식한 회색 정장을 입은 서후가 나왔다. 클래식한 정장의 실루엣과 그의 당당하고 자신감 있는 표정이 한 편의 예술작품처럼 완벽한 매치를 이루었다.

그가 나온 뒤로, 그에게 간택된 수십 벌의 정장이 걸린 옷걸이를 밀며 다른 매니저가 피팅룸에서 따라 나왔다. 매니저가 내민 결제지에 사인하면서도, 그의 시선은 쇼윈도 밖으로 보이는 다희의 뒷모습을 따라가고 있었다. 그의 입가에 흐릿한 미소가 머물렀다 사라졌다.

「단추는 집사가 가져다 줄 겁니다.」

「네, 사장님.」

사인을 마친 그가 매니저에게 결제지를 넘겼다. 서후는 그를 향해 90도 인사를 하는 매장 직원들을 뒤로하고 밖으로 나왔다.

'불순한 의도로 내게 접근한 건 아닌 건가?'

그녀에 대한 오해를 풀며 차로 향하던 그가 멈춰 섰다. 바라본 그곳에 다희가 있었다. 이탈리아식 수제 아이스크림을 파는 매장 안에서 아이스크림을 고르는 해사한 그녀가 보였다.

"옷이 나쁘지 않네. ……표정도 나쁘지 않고."

자신도 모르게 미소를 띠고 그녀를 보고 있었다는 걸 알게 된 서후는 곧 표정을 차갑게 고쳤다. 괜스레 어색해하며 발길을 돌리려는데 뭔가 아슬아슬한 위기감 같은 것이 엄습했다.

"뭐지? 이 기시감은?"

서후는 다시 다희가 있는 쪽을 바라보았다. 그녀 옆에 다섯 살 정도의 백인 남자아이가 서 있었다. 옆에 레고블록으로 조립한 해적선을 끼고, 아이스크림 매장 직원이 건네주는 아이스크림콘을 힘겹게 받아들었다. 고르는 데 열중한 다희는 미처 꼬마아이를 발견하지 못하고 있었다. 서후의 시선 안에서 둘의 간격이 점점 좁아지고 있었다.

'어, 어어, 이봐, 조심해.'

그의 입술이 달싹거린 순간, 아이의 손에 들린 아이스크림이 그녀의 엉덩이에 철썩 붙어버렸다.

'맙소사.'

서후는 못 말리겠다는 표정으로 다희가 하는 양을 계속 보게 되었다.

놀란 꼬마아이는 옆에 끼고 있던 해적선마저 놓쳐버렸다. 다희는 엉덩이에 차가움을 느끼고 화들짝 놀랐지만, 자신보다는 꼬마아이를 걱정하며 아이의 시선에 맞춰 내려앉았다. 실룩실룩 곧 울음을 터뜨릴 듯한 남자아이의 고사리 같은 손을 살펴본 후에 얼굴 가득 함박웃음을 머금고 말을 걸었다.

「씩씩한 남자는 이런 일로 안 울어. 안 운다고 약속하면 누나가 마술 보여줄게.」

다희는 아이에게 새끼손가락을 내밀었다. 아이는 혼쭐이 날 거라고 생각했던 것과 다르게, 마술을 보여준다는 다희가 의아했는지 그녀의 얼굴과 새끼손가락을 멀뚱히 보았다. 그러다 눈가에 그렁하게 맺힌 눈물을 앙증맞은 작은 팔로 쓰윽 닦아내고 손가락을 걸어왔다.

「잘했어. 너 숫자 셀 줄 알아?」

아이가 고개를 크게 끄덕였다.

「우와! 똑똑하네. 그럼 지금부터 눈 꼭 감고, 천천히 일부터 십까지만 세볼까?」

아이가 고개를 또 크게 끄덕였다. 눈을 꼭 붙이고 원, 투, 숫자를 큰 소리로 세나갔다.

다희는 얼른 일어나 아이가 산 아이스크림을 주문했다. 상황을 지켜보던 직원이 재빠르게 똑같은 아이스크림을 만들어 건네주었다. 그녀는 아이가 '텐'을 부르는 것과 동시에 아이스크림을 아이의 눈앞에 보여주었다. 눈을 뜬 아이는 정말 신기한 마술처럼 없어졌던 아이스크림이 제 눈앞에 있자, 얼굴 한가득 행복한 미소를 지었다.

「자, 이것도 마술을 한번 부려볼까?」

그녀는 아이가 놓쳐버린 레고 해적선을 들어 찬찬히 살펴보았다. 부딪힌 충격으로 모서리 부분에서 빠져 튕겨 나간 블록 서너 개를 무릎걸음으로 걸어서 찾아왔다. 설계도를 본 것은 아니지만, 미대 출신 특유의 색감을 발휘해서 블록을 제자리에 가져다가 맞춰놓았다.

아이는 두 번째 마술을 보았다는 듯 함박웃음을 지었다. 해적선을 받아든 아이가 엄마에게 달려가다가 다시 다희에게로 돌아왔다. 다정하게 바라보는 그녀의 볼에 쪽, 베이비키스를 날리고 부끄러워하며 엄마에게로 이내 달려갔다. 아이의 부모가 그녀에게 미안한 표정과 환한 미소로 답했다. 그녀도 밝은 미소를 지어 보였다.

아이한테서 시선을 거두던 다희는 윈도 밖에서 계속 자신을 보고 있던 낯선 남자, 서후와 시선이 마주쳤다.

"예쁜 건 알아가지고."

다희는 그에게 별 관심을 두지 않고 먼저 시선을 돌렸다. 그녀는 매장 직원이 건넨 티슈로 엉덩이에 묻은 아이스크림을 대수롭지 않다는 듯 닦아냈다.

"홋!"

서후는 그녀가 가볍게 자신을 외면하자, 저도 모르게 헛웃음을 흘렸다. 그녀와 시선이 마주쳤을 때 그는 잠시 움찔했다. 알아보는 건가 하는 착각이 순간 일었다.

그럴 리가 없지. 처음부터 의도를 가지고 접근했다면 모를까, 의식을 잃었던 그녀가 자신을 알아본다는 건 말이 안 된다. 그게 당연하다는 걸 알면서도 한편으로는 알아보지 못하는 데 서운한 감정이 일었다.

'후훗!'

또 헛웃음이 샜다. 어이없는 바람과 어이없는 추측을 하며 길거리에서 시간을 보내는 자신이 낯설었지만 이내 냉정한 제 표정으로 돌아왔다. 결코 웃은 적이 없었던 사람처럼 단호하게 입을 다물었다.

그러나 그에게 변화는 이미 시작되고 있었다. 그 변화에 대해 전혀 눈치를 채지 못할 뿐이었다. 그녀가 자기 옷에 묻은 아이스크림을 걱정하기보다 아이의 작은 손을 확인하는 걸 보던 순간부터 내내 그의 입가에서 미소가 떠나지 않았다는 것을 의식하지 못했을 뿐이었다.

"사고뭉치 맞군."

이내 그녀에게 건너갔던 시선을 거두었다. 그 순간 그의 입가에 머물던 미소가 사라졌다. 그는 돌린 발걸음을 재촉해서 차에 올랐다. 수면을 뚫고 나오려는 간질간질한 감정을 황급히 숨기려, 제 일상 속으로 서둘러 들어갔다.

+04

서후는 집무실로 Y호텔 스위트룸을 이용했다. 싱가포르에 장기간 머물 예정이라 따로 집무실을 마련하자는 의견도 있었지만, 그가 스위트룸을 개조하라고 직접 지시했다. 인테리어도 따로 하지 않았다. 거실 한 곳에 스틸과 가죽 소재로 된 사무용 책상과 의자만 놓았을 뿐이다.

각국의 임원들과의 회의는 최첨단 시청각시설이 갖추어진 컨퍼런스 룸을 이용하면 그만이었다. 타이트한 스케줄 상 영상회의가 유독 많았던 그는 국내외 호텔 출장 때마다 항상 컨퍼런스 룸을 이용했다. 상주 기간이 길어진다고 해서 그의 라이프 패턴이 달라질 이유는 없었다.

자리를 비운 사이 밀어둔 결재 서류를 검토하느라 서후는 오전 내내 책상에 앉아 있었다.

띠리리링.

책상에 놓아두었던 휴대전화가 울리자, 그는 재빠르게 시선을 돌려 전화번호를 확인했다. 임 집사의 번호를 확인하고는 전화기를 낚아채, 창을 열고 테라스로 나갔다.

'왜 저러시지?'

서후가 결재 서류를 보는 내내 그 옆을 지키고 있던 이 비서는 평소와 다른 사장의 행동에 고개를 갸웃거렸다.

'나한테 나가 있으라면 될 건데, 왜 굳이 밖으로 나가시지. …… 혹시 나 때문인가?'

이 비서는 특유의 소심한 성격대로 서후의 미묘한 행동 변화를 제 탓으로 돌렸다. 어젯밤 여자친구 일로 심기를 불편하게 했나 싶어 찜찜해하고 있었기 때문이다. 그는 얼마 안 남은 싱가포르 일정이 평탄치 않겠구나 생각하며, 막막한 심정으로 허공에다 한숨을 토해냈다.

이 비서의 끝 간 데 없는 망상에 대해 알 리 없는 서후는 테라스에 서서 임 집사와 통화하고 있었다.

"감사 전화를 하겠다고요? ……혹시, 나에 대해서 아는 눈치였습니까?"

— 그런 것 같지는 않았습니다.

임 집사의 말을 듣는 서후의 눈이 가늘어졌다.

"정밀검사에 대한 의사 소견은 어떻습니까? ……본인이 하기 싫다면 강요할 순 없겠죠. 이후로는 내가 알아서 하죠. 그 여자 연락처나 보내세요."

전화를 끊고 서후는 긴 팔로 테라스 난간을 붙잡고 서서, 잠시 생각에 잠겼다.

"감사 인사를 하겠다?"

기억이 제대로 돌아왔다면 만나고 싶지 않을 텐데. 나체를 들킨 낯선 남자를 다시 만나는 걸 불편하게 여겨야 정상일 테고. 아무리 생명의 은인이라 해도 임 집사 말처럼 아주 간곡히 부탁할 정도의 감정은 오버 아닌가?

'처음 예상대로 의도적인 접근이었나?'

그게 아니라면 마련해준 옷의 브랜드 가치를 알아보고 접근해야겠다고 마음을 바꾼 건가? 아니다. 그녀가 원피스의 가격을 제대로 알았다면, 아이스크림 매장에서 그렇게 행동할 수 없었다. 아이를 달래기보다는 얼룩이 묻어 망쳐버린 원피스에 꽂혀 먼저 울상부터 지어야 했다.

서후는 자신에게 관심을 깊는 여자들의 태도를 그녀에게 투영하고 있는 제 자신이 한심해졌다. 도저히 종잡을 수 없는 그녀의 속마음을 이리저리 가늠해보았지만 역시 쉽지 않았다. 그는 서류를 보느라 피로해진 시선을 멀리 수평선에 무심히 두었다.

딩동.

임 집사가 보낸 문자가 도착했다. 화면에 찍힌 전화번호와 팽팽한 눈싸움을 했다. 눈이 시큰할 정도로 노려보았다.

"휴우."

그답지 않은 깊은 한숨이 터져 나왔다. 이런 감정에 휩싸인 자신이 낯설었다. 그가 또다시 수평선을 응시한다. 아침나절 한 차례의 뇌우를 동반한 비가 쏟아졌다. 수증기를 잔뜩 머금은 공기가 폐 속으로 들어온다. 내려다본 수영장에는 평소와 달리 사람들 수가 부쩍 줄어 있었다.

우기의 싱가포르에는 종종 뇌우와 함께 비가 내렸다. 현지인들

우아한
짐승의 연애

은 변덕스러운 우기에 익숙했지만 관광객들은 이런 날은 수영장보다는 전시회나 도시 관광으로 방향을 돌렸다. 그러나 수증기가 공기 중의 먼지를 말끔하게 걷어 간 뒤의 햇살은 더 깨끗하고 찬연하게 빛나는 법이다. 태닝을 하고자 한다면 오히려 지금이 적합할 거라고 그는 생각했다.

테라스 창 안쪽, 책상 위로 시선을 돌려본다. 조금도 줄어들지 않은 결재 서류가 쌓여 있다. 시선을 책상 아래로 옮기자, 의자 옆에 그가 출근하면서 챙겨 온 커다란 종이가방이 보였다.

새벽, 병원에서 돌아온 그는 곧장 해변으로 나갔다. 오래지 않아 야자수 아래 놓여 있던 그녀의 짐꾸러미를 찾아냈다. 그녀의 것이 맞는지 확인하기 위해 가방을 열었다. 여권이 들어 있었고 사진을 확인했다.

'한, 다, 희.'

임 집사 편에 돌려줄 생각이었지만 그러지 않았다. 정확히 말하자면, 그러고 싶지 않았다.

"한번 보기는 해야겠군."

이내 시선을 거두어 호텔의 전경으로 시선을 돌렸다. 지금은 신선한 공기가 필요하다는 판단이 간단히 내려졌다. 사무실 안으로 들어선 그는 곧장 문으로 향했다.

"잠시 호텔 좀 둘러볼게."

"네, 사장님."

따라나서려던 이 비서의 행동을 서후의 낮고 빠른 음성이 저지했다.

"나 혼자. 대기해."

이 비서의 대답을 기다리지 않고, 한시라도 빨리 빠져나가려는 듯 그는 사무실을 나가버렸다.

"진짜 나 때문에 화나셨구나. 휴우, 막막하다."

울상이 된 이 비서의 뜬금없는 탄식이 닫힌 사무실 문에 맥없이 부딪혀 떨어졌다.

다희와 주영은 얼굴을 반쯤 가리는 큼직한 선글라스를 쓰고 수영장 비치베드에 누워 있었다. 헬스 트레이너인 주영은 운동으로 다져진 건강 미인이다. 탱탱한 근육, 바짝 상승한 엉덩이 곡선. 체구는 작지만 작은 얼굴에 신체 비율이 예술이다. 그에 비해 다희는 하얀 피부에 가는 팔과 다리, 잘록한 허리. 풍만한 가슴라인을 지닌 사랑스러운 베이글녀였다.

하늘색 비키니 차림의 다희와 야광색 비키니를 입은 주영은 태닝을 하느라 비키니 상의 끈을 풀어놓고 엎드린 자세로 서로 다른 매력을 한껏 뽐내고 있었다.

엎드려 있던 주영의 어깨가 들썩였다. 웃음을 참느라 꼭 다문 입술 새로 장난기 가득한 웃음소리가 새어 나왔다.

"그만 좀 웃어."

이미 여러 차례 경고했음에도, 주영은 더 이상 못 참겠는지 대놓고 크게 웃어댔다.

"아하하, 아이고, 배야. 하하하."

웃어도 너무 크게 웃었다. 주영은 배가 눌리는지 풀어놓은 상의를 손으로 누르면서 아예 일어나 앉았다. 여전히 '깔깔깔' 웃으며 눈물까지 찍어낸다.

"그만 좀 해. 난 창피해서 죽겠다구."

"알았어, 알긴 알았는데. 도, 도저히 못 참겠어."

주영은 유연하게 손을 뒤로 가져가 수영복 끈을 대충 묶고 비치웨어를 입었다. 그러는 동안 간신히 웃음을 멈추고, 깊이 숨을 들이마셨다가 내쉬었다.

"그런데, 그 남자 진짜 대단하다. 내가 인정하는 너의 환상적인 보디를 적나라하게 보고도 어떻게 그냥 돌아섰지? 나라면 확 덮쳤을 텐데 말야."

"물에 빠진 여자를 덮치면 그게 사이코 짐승이지, 사람이냐."

"몸도 만지고, 가슴도 막 주무르고, 입술도 막 부볐을 거잖아. 깊은 호흡까지 나눴는데 그냥 간다구? 그게 가능해?"

"내 실수다. 죄다 불란다고 말하는 게 아니었어."

이제 주영이 얄미워지려고 했다. 그녀는 다희가 무사하다는 걸 확인한 후부터 이러고 있다. 리무진에, VIP 병실이 분명한 1인 병실, 부호들의 사유지에서 다희를 구해주고 집사까지 둔, 게다가 VVIP에게만 허락되었다는 리미티드 에디션 정장을 입는 미지의 남자에 대한 궁금증으로 계속 흥분상태였다.

"그 남자 정체가 뭘까? 아직 집사님한테서 연락 없었지?"

"응. 만나는 건 부담되고 통화만이라도 했음 싶었는데."

"얘가 뭔 말 같지도 않은 소리야. 일생일대의 기회를 날리겠다고? 잔말 말고, 전화 오면 감사하니 식사 대접하고 싶다 해. 무조건 약속 잡고 만나는 거야. 알았어?"

"꼭 그래야 할까? 얼굴 마주할 자신은 정말 없는데."

때마침 휴대전화 벨소리가 울렸다. 다희와 주영은 기대감으로 눈을 반짝이며 동시에 전화기를 보았다.

내꿀물.

다희는 실망했고, 주영의 눈은 더 빛을 내며 반짝였다.

"자기야. ……지금? 어, 알았어. 바로 갈게."

전화를 끊은 주영은 물에 떠 있는 비치베드에서 수영장 밖으로 나가 섰다.

"창재 씨가 지금 시간 났다고, 얼굴 보재."

"그래."

"30분이면 될 거야. 그 안에 돌아올 테니까, 태닝하면서 잠깐 졸고 있어."

"알았어. 다녀와."

주영의 모습이 시야에서 멀어지자, 다희는 엎드려 누운 그대로 수영장 물을 보았다. 넘실대는 물을 보며 심장 박동을 느껴보았다. 지극히 정상적인 박동이다. 트라우마는 아니더라도, 며칠은 물 근처에 가지도 못할 줄 알았다. 사방이 물인 도시에서 물을 피해 어찌 휴가를 보내나 걱정했는데, 그 걱정이 무색할 정도로 가슴은 평온했고 정상이었다. 어떤 게 비정상일지는 알 수 없었지만 물이 불편하지 않다는 건 그나마 다행이었다.

'도와준 남자 때문일까?'

다희는 어젯밤 일을 떠올렸다. 바닷물은 따뜻하고 감촉이 좋았다. 무엇 하나 걸치지 않은 몸을 찰랑찰랑 부드럽게 어루만져주었다. 그 생생했던 촉감은 영원히 잊을 수 없을 거다.

'무아지경.'

그 말의 의미를 조금은 알 것도 같았다. 모든 신경과 세포, 감각들이 하나의 초점에 모이면서, 그녀라는 존재를 가리고 자연과 하나가 되게끔 이끌었다. 그렇게 자신을 잊어가고 있는데, 불쑥 낯선 남자의 외침이 그녀의 감각을 일순간에 흐트러뜨렸다.

"……님, 해안가에 불법침입자가 있네요. 경찰에 신고하고 곧장 이쪽으로 오세요."

낯선 남자가 누군가에게 그녀를 신고하라고 지시했다. 외국 경찰에게 붙잡히는 것보다도 더 시급한 건 옷을 입는 것이었다. 낯선 이들에게 나체를 들킬 수는 없었다. 그 위기감 때문에 몸을 계속 바다 속으로 숨기려 했다. 평소에 수영이 서툴지는 않았지만, 당황한 나머지 갑자기 다리에 쥐가 나고 말았다. 무리해서 몸을 움직였던 게 실수였다. 움직이지 않는 다리를 대신해 팔 힘만으로 수영을 하니 점점 물살에 쓸려서 바다 쪽으로 밀려갔고, 이내 가라앉았다. 이대로 죽는 건가 망연자실하고 있을 때, 따뜻하고 강한 손길이 자신을 잡아당겼다. 그러나 이미 그녀의 의식은 까무룩 사라지고 있었다.

출렁출렁.

그녀를 태운 비치베드가 잔잔한 수면 위에서 마치 요람처럼 살살 흔들렸다. 서서히 그녀의 몸이 노곤하게 녹아내렸다. 눈꺼풀이 무거워진다. 어젯밤 위급했던 경험은 몰려오는 잠기운에 쉽게 밀려나버렸다. 햇살이 제법 따끔했지만 덮쳐오는 수마를 이길 만큼 참기 힘들지는 않았다. 다희는 친구가 와서 깨워주리라 생각하며 달게 낮잠 속으로 빠져들었다.

"저 여자 무던한 건가, 무딘 건가."

서후는 세계적인 불가사의를 보는 듯 팔짱을 끼고, 비치베드에 누워 잠든 다희를 지켜보고 있었다. 어제 바닷가에서 생사의 기로를 넘나들었던 사람치고는 표정마저 너무 평온해 보였다.

'그만하고 이제 좀 깨어나지.'

이미 그녀의 등은 화상을 입어 붉은 물이 번져 있었다. 보기 좋게 태우는 수준을 넘어섰음은 육안으로도 알 수 있었다. 그가 지켜본 지도 20분이 훌쩍 넘어서고 있다. 그녀가 어찌 되든 상관 말자며 몇 번이나 발길을 돌리려 했지만, 그러지 못했다.

"계속 눈에 띄는군. 진짜 신경 쓰여."

그는 어느새 다희가 있는 곳에 와 있었다. 가까이에서 보니 그녀의 등은 자외선에 익어 빨간 자두처럼 변색돼 있었다. 그대로 두었다가는 매우 심각한 화상을 입게 될 거다. 이 지경이 되도록 낮잠을 즐기는 이 여인을 어찌 지나칠 수 있을까.

'이건 어쨌거나 고객 보호 차원이다.'

"흠, 흠."

서후는 그녀가 인기척에 깰길 바라며 헛기침을 해보았다. 움직임이 없다.

'정말 무던하군.'

그는 등이 더 타지 않도록 해야겠다 싶어, 가까운 비치체어에 놓여 있는 큰 흰색 타월을 가져왔다.

톡.

그는 아무 생각 없이 타월을 그녀의 등에 던져놓았다.

"꺄아악!"

엄청난 통증을 수반한 비명이 귀를 찢었다. 그녀가 스프링처럼 튀어 올랐다.

"으으으, 따가워!"

갑자기 벌떡 일어나 앉은 다희는 무의식적으로 등에 손을 댔다가 욱신대는 고통에 더 화들짝 놀라며 황급히 손을 떼어냈다. 손은 못 대고, 통증은 계속되자 그녀의 얼굴이 일그러졌다.

"아으으, 어떡해. 어떡해."

"맙소사."

서후의 짧은 탄식. 또다시 보고야 말았다. 그녀의 생생한 가슴. 탱글하게 솟은 젖가슴과 쇄골 라인, 환상적인 허리 라인이 현란하게 그의 눈을 어지럽혔다. 그랬다. 다희는 태닝을 하느라 비키니 끈을 풀어놓고 있었다.

"으악!"

다희는 낯선 남자 앞에 드러난 제 가슴을 보고 놀라며 얼른 팔을 엑스자로 만들어 가렸다. 속에서 열이 나자 등이 더 욱신거렸다.

'봤나? 당신 봤어? 으아아, 정말 미치겠네. 쓸데없이 비명은 왜 지른 거야.'

다희는 자신이 한심해서 딱 죽을 맛이었다. 망연자실하고 수치스러웠다. 이번 여행은 오는 게 아니었다. 그녀 인생 역사에 길이길이 최악의 여행으로 남을 것이다. 그녀의 온몸이 홍조로 물들었다. 부끄러움에 몸 둘 바를 모르는 그녀의 등에 흰 타월이 내려앉았다. 그가 노출된 상체를 서둘러 감싸주었다. 그러나,

"아악, 드, 드, 등, 마, 만지지 마요. 으으."

갑작스럽게 천이 화상 부위에 닿자, 소스라치게 놀라서 끙 앓는 소리가 절로 나왔다. 서후는 그런 그녀가 안쓰러웠지만 언제까지 몸이 노출된 채로 방치해둘 수는 없었다.

"참아봐. 지금 당신 가슴도 비상이야. 언제까지 남자들 좋은 일 시킬 건가?"

"아흐으, 진짜 아프단 말예요. 흐윽, 대체 당신은 누구예요?"

"내가 누군지보다는 의무실이 더 시급해."

다희는 눈물까지 맺혀서 잔뜩 울상을 지었다. 아파도 너무 아팠다. 태양빛에 화상을 입을 수 있다고는 말만 들었지, 이런 고통이 수반될 줄은 상상도 못했다.

'적도의 태양, 너 정말 왕이다.'

그녀는 비키니를 벗고 있다는 것도, 낯선 남자가 얼마나 훌륭한 외모의 소유자인지도 안중에 없었다. 그만큼 화상의 고통은 끔찍했다. 등에서 자글자글 기름이 끓고 있대도 이 정도일까 싶었다.

"의무실 어딘지. 으으으, 아세요?"

시시때때로 몰려드는 격렬한 아픔 때문에 말을 하기도 힘들었다.

"걸을 수 있겠어요?"

"네에. 흐읏."

일어서는 작은 행동에도 통증이 밀려들었다. 그렇게 매달려 있던 눈물이 떨어져 내렸다. 타월이 몸에 붙지 않게 하려고 최대한 틈을 벌리고 선 모습이 애처롭기까지 했다.

"시간 좀 단축합시다."

느닷없는 서후의 제안에 무슨 소리가 싶어 돌아보는데, 그가 그녀를 단숨에 들어올렸다.

"어어, 지금 뭐 하는 거예요?"

서후는 그녀의 투정을 무시하고, 빠른 속도로 호텔 건물을 향해 걸어갔다.

"내, 내려줘요. 아파요."

"빨리 화기 빼야 돼. 그 걸음으로 갔다간 의무실 가는 동안 뼛속까지 익을 거라구."

"그래도 안겨 갈 만큼 심각하진 않아요. 내려줘요."

"일단 안았으니, 이대로 가자구."

"당신 뭐예요? 누군데 함부로 안아요. 설마 치한이야? 당장 내려놔요."

서후는 의무실로 빨리 가기 위해서 아무래도 그녀의 입을 막아야겠다고 생각했다.

"한마디만 더 해."

"……!"

갑자기 멈춰 선 서후가 특유의 무표정한 얼굴로 뚫어지게 쳐다보았다. 일순간 그의 강렬한 시선에 압도당해버렸다.

'위험신호.'

그의 호흡이 그녀의 입술을 간질였다.

"나랑 키스하고 싶단 말로 알아들을 테니까."

다희는 그의 말이 끝남과 동시에 턱 숨이 막혔다. 말문도 막혔다. 한마디라도 꺼내놓으면 그의 입술이 곧장 그녀의 입술을 훔쳐낼 거라는, 이 남자라면 충분히 그럴 거라는 경계경보가 머릿속에서 요란하게 울려댔다.

'꿀꺽.'

그녀의 입이 굳게 닫히자, 서후는 만족스러운 미소를 짓고는 가던 길을 재촉했다. 시간을 끌수록 그녀의 화상이 더욱 심해질 테니 지체할 수 없었다.

잠시 입을 꾹 다물고 있던 다희는 아픔보다 자존심이 상했다. 낯선 남자가 호의를 빌미로 그녀를 강압적으로 대하는 게 마음에 들지 않았다. 이대로 안겨서 끝까지 가고 싶지 않았다.

'설마 진짜로 키스하겠어?'

그녀는 너무 쉽게 그를 오판했다. 잠시 후에 어떤 일이 일어날지 순수한 그녀가 어찌 상상할 수 있었겠는가.

"당장, 내려놔요! 나 진짜 화났다구요! 당장……."

서후가 갑자기 안고 있는 그녀를 제 얼굴 가까이 끌어당겼다. 서로의 호흡이 뺨에 부딪쳤다. 그의 시선이 그녀의 입술을 할퀴듯 스쳤다.

"소, 소리 지를 거예요."

'내 첫, 키스…… 를 이렇게 당할 수는 없어.'

당황한 그녀가 서둘러 제 입을 손으로 막았다. 얼마나 세게 막고 있는지, 하얀 손등에 새파란 힘줄이 도드라졌다. 파르르 떨림마저 보였다.

그는 하마터면 웃음을 터뜨릴 뻔했다가 가까스로 참고 삼켰다.

"이제 좀 조용히 가겠군."

서후는 그녀 스스로 자신의 입을 막은 것을 사랑스럽게 보다가, 얼른 정신을 수습하고 바쁜 걸음을 옮겼다.

다희는 심장이 살갗을 뚫고 튀어오를 것 같았다. 남자는 그녀의 심장이야 고장 나든 말든 아랑곳없다는 표정이었다. 수치심과 분노가 스멀스멀 피어올랐다. 앙다문 입술 사이에서 비릿한 피 냄새가 났다. 피부를 뚫을 듯이 노려보았지만 그는 무심히 걷기만 한다. 그에게 놀아나고 있다. 손바닥 위에 올려놓고 요리조리 튕기며 놀리고 있다. 그에게 희롱당해 너덜너덜해진 자존심이 몹시 쓰렸다.

'근데 이 남자 낯설지가 않아. 어디서 만난 적 있나?'

걸음을 서두르느라 그의 호흡이 점점 거칠어졌다. 그 거친 호흡이 그녀의 얼굴 위에 흩어졌다. 다희는 여전히 입을 막은 채 곁눈질로 그를 올려다보았다. 분명 처음 보는 사람인데 어쩐지 낯설지가 않았다.

'왠지 끌린다, 이 남자.'

다희는 자신을 품에 꽉 끌어안고 힘을 풀지 않는 강한 남자에게 끌리고 있었다. 한없이 끌려가고 있었다.

"으아아아악!"

Y호텔 의무실에서 다희의 괴성에 가까운 비명 소리가 새어 나온다.

"아파요, 살살, 살살 좀 해요. 살살."

다희는 의무실 침대에 엎드려서 얼굴을 침대에 박고 바동거렸다. 서후가 그녀의 어깨를 꽉 눌러서 움직이지 못하게 했다. 중국계 간호사가 그녀의 등 위에 올려놓았던 냉찜질팩을 거두고, 등 전체에 화상연고를 듬뿍 발랐다.

"으으, 따가워. 아으으."

"조금만 더 참아."

간호사는 빠르고 능숙한 손길로 두툼하고 넓게 드레싱 처리를 끝냈다. 서후가 나가 있으라는 눈짓을 하자 그녀는 목례를 하고 곧 밖으로 나갔다.

다희는 간호사가 나가는 소리를 듣고도 고개를 들지 못했다. 그녀의 첫 키스를 빼앗겠다고 엄포를 놓은 사람과 단둘이 공간에 남아 있는 게 어색하고, 어쩐지 위험하게 느껴졌다.

"가주세요."

"……"

불안하게 그가 대답이 없다. 소리가 너무 작았나 싶어서, 좀 더 크게 다시 얘기했다.

"정말 고마웠어요. 이젠 더 안 도와줘도 되니까, 제발 가줘요. 네?"

"……"

머리맡에 그가 서 있는 게 느껴지는데, 아무 말이 없었다. 움직

우아한
짐승의 연애

이지도 않았다. 그의 침묵에, 불안이 점점 공포로 바뀌고 있었다.

"당신 말야."

드디어 그가 말문을 열었다. 다희는 하마터면 안도의 숨을 표시 나게 내쉴 뻔했다.

"나, 뭐요?"

서후는 그녀에 대한 의심이 여전히 남아 있었다. 그에게 의도적으로 접근했다고 보기엔, 하는 행동이 너무 무모했다. 바닷물에 빠진 척 유혹하다가 죽을 뻔했고, 자는 모습으로 유혹하려다가 등에 화상마저 입었다. 영리하지 못해서 번번이 실패하는 어설픈 스파이인지, 아니면 정말 그와 우연히 마주치는 인연인지 감이 오지 않았다.

"무슨 말을 하려다 말아요. 할 말 없으면 그만 나가줘요. 당신이 나가야 옷을 입죠."

"아무래도, 확인을 해봐야겠어."

"……확인이라뇨? 그게 무슨…….""

다희는 영문을 모르겠다는 표정으로, 저도 모르게 고개를 들고야 말았다. 어느새 다가온 그의 손에 턱을 붙잡히고 말았다.

"뭐, 뭐예요? 지금 뭐 하는…….""

"몸은 거짓말을 못 할 테니까."

"네?"

그녀가 눈을 한 번 깜박하기도 전에, 그의 입술이 바로 내려와 그녀의 입술을 훔쳤다.

"으읍."

달착지근한 그녀의 입술에 닿는 순간 그의 핏속에 짜릿한 전율이 일었다. 그녀의 의도를 알아보고자 했던 시도였으나, 오히려 그 자신이 그녀의 입술 맛에 도취되었다. 어젯밤 인공호흡을 위해 닿았을 때 기억이 새록새록 떠올랐고 얼마나 그녀를 탐하고 싶어 했는지도 생각났다.

"이러지……."

그는 결코 멈출 수 없었다. 입 안으로 들어가 말캉한 혀를 감았다. 부드럽게 빨고, 혀끝으로 입 안을 간질였다. 달아나는 그녀의 혀를 감아서 제 입 안으로 흡입했다.

'진심으로 당황하고 있다.'

서후는 그녀의 얼굴에 숨겨진 가면이 없음을 확인하자, 더한 쾌감에 휩싸였다. 그는 주체할 수 없는 격정에 빠져들어 그녀의 입술을 더욱 탐했다. 그의 팔을 꽉 쥐었던 그녀의 팔에서 스르르 힘이 빠져나갔다. 그제야 그는 자신의 흥분을 거두며, 아쉬움 속에 입술을 떼었다.

"하아."

그녀에게서 거친 신음 소리가 흘렀다. 정신없이 몰아치는 그에게 홀려 넋을 잃었다.

"꽤 겁 없는 아가씨야. 분명 한마디만 더 하면 키스한다고 경고했는데. 내가 그렇게 너그러워 보였나?"

그가 만족한 미소를 지으며, 그녀의 턱을 부드럽게 쥐고 들어올렸다. 자신에게 시선을 맞춰놓으며 미소보다 더 부드러운 음성으로 얘기했다.

"저녁에 사람 보낼게. 식사 함께하지."

다희는 격한 첫 키스 때문에 정신을 차리지 못했지만, 그가 멋대로 내뱉는 말에 순종할 수는 없었다.

"시, 싫어요."

다희는 그에게 잡힌 턱을 빼내기 위해, 고개를 힘껏 옆으로 돌렸다. 당장 일어나서 그의 뺨을 힘껏 올려붙이고 싶었지만 할 수가 없었다. 치료하느라 상의를 벗고 있었다. 이 나쁜 남자에게 두 번이나 가슴을 보일 수는 없었다.

"나오게 될 텐데."

"당신이랑 밥 절대 안 먹습니다."

"과연 그럴까?"

서후는 그녀의 파닥거리는 반응이 즐거웠다. 그답지 않게 왜 계속 농담을 건네고 있는지 모를 일이었지만, 다시 그녀와 만나고 싶다는 것만큼은 잘 알고 있었다.

"좋아. 이유 불문이야. 당신, 밤 8시 이후에는 절대 돌아다니지 마."

"……?"

"내 눈에 띄면……, 그땐 식사하는 대신, 진짜 위험한 게 뭔지 알게 될 거야. 어떤 결정을 할지 기대하겠어. 나야 당신이 나와주길 바라지만 말야."

"마, 말도 안 돼."

그는 그저 재밌는 장난감을 발견한 아이처럼 미소를 짓고 있었다.

'이 남자 나한테 왜 이러는 거야?'

사무실로 돌아온 서후는 샤워를 마치고, 허리에 타월을 느슨하게 두른 채로 나왔다. 물 묻은 머리카락을 손으로 대충 털며 룸 안쪽에 비치된 옷장에서 넥타이와 커프스버튼까지 완벽하게 스타일링된 정장 한 벌을 꺼냈다. 오후에 국제 환경 심포지엄 유치를 위한 영상미팅이 잡혀 있어 서둘러 준비해야 했다.

"흐음."

서후는 거울에 비친 제 모습을 응시했다. 정확히는 그녀의 입술을 훔쳐낸 제 입술을 보았다.

"윤서후, 대체 왜 그런 거냐."

그녀의 촉촉한 입술 느낌과 말랑한 혀의 감촉이 짙은 잔향처럼 그의 입 안 가득 남아 있었다.

'그녀에게 끌린다.'

이제는 인정할 수밖에 없다. 의무실에 빨리 데려다놓기 위해서라는 건 핑계다. 그녀를 안고 싶었다. 품에 안았을 때 가까이 부딪쳐 오는 그녀의 달큰한 호흡에 유혹당했다.

갈아입으려던 옷을 소파머리에 걸쳐놓고 소파에 앉았다. 머릿속을 가득 채운 그녀 생각에 혼란스러웠다. 그녀를 떨치려 혼자 호텔을 둘러보려 했는데, 그녀가 또 눈에 들어왔다. 어디서든 먼저 여자를 눈에 담는 법이 없었는데, 군중 속의 그녀를 단번에 알아보았다.

"휴우."

한숨이 흘렀다. 소파머리에 뒷목을 대고 천장을 올려다봤다. 머릿속에만 머물던 그녀가 천장으로 자리를 옮겨 뛰어다녔다.

'역시 이유를 알아야겠어. 왜 그녀가 계속 떠오르는지.'

서후는 앞으로 몸을 내밀며 양 무릎에 두 팔꿈치를 세우고 손을 하나로 모았다. 엄지손가락 하나를 세워 날이 선 턱을 어루만지며 생각을 집중했다.

똑똑똑.

노크소리와 함께 이 비서가 안으로 들어왔다.

"사장님."

책상에 그가 없자, 이 비서는 침실과 연결된 문으로 다가왔다. 하지만 타월로 아래만 가리고 소파에 앉아 있는 사장을 보고서 지레 혼자 놀라 등을 돌려버렸다. 순간 남자의 몸을 보고 놀라 돌아섰다는 게 겸연쩍어졌다.

"사, 사장님, 영상회의에 활용하실 자료 가져왔습니다."

이 비서는 어색해져 더듬으며 말했다.

"책상에 두고 가."

"네."

이 비서는 놀라 두근대기까지 하는 자신과 너무 다르게, 건조하고 간단한 대답이 들리자 무색해졌다.

"이 비서, 호텔 투숙객 중에 한다희라고 찾아봐."

책상에 자료를 올려놓고 조용히 나가려던 이 비서에게 서후의 느닷없는 지시가 떨어졌다.

"네?"

서후한테서 전혀 의외의 이름이 나오자, 이 비서가 그를 향해 돌아섰다.

"나이는 20대, 한다희. 그 이름으로 예약 안 돼 있을 수도 있으니까 투숙객 확인해서 공항기록 찾아봐. 몇 호실에 있는지도 같이."

"한다희 씨, 20대요? ……다희 씨, 아니, 그분은 왜 찾으십니까?"

"내가 그걸 설명해야 하나?"

"네? 아, 아닙니다. 죄송합니다."

"나가봐."

"네."

잔뜩 얼어붙은 이 비서는 목례를 하고 서둘러 나갔다.

이 비서가 나가고, 자리에서 일어난 서후는 옷을 갈아입기 시작했다. 여전히 머릿속은 그녀로 가득했다. 의무실에 그녀를 데려다놓고 나오면서, 그는 말도 안 되는 심술을 부렸었다.

"이유 불문이야. 당신, 밤 8시 이후에는 절대 돌아다니지 마."

그조차도 자신이 그녀에게 왜 이런 말을 꺼내는지 의구심이 들었다.

"내 눈에 띄면……, 그땐 식사하는 대신, 진짜 위험한 게 뭔지 알게 될 거야. 어떤 결정을 할지 기대하겠어. 나야 당신이 나와주길 바라지만 말야."

그녀에게 돌아다니지 말라고 엄포를 놓고, 이제는 초대하고 있다. 그는 더 이상 혼란을 원치 않았다. 지금의 이율배반적인 이상행동을 유발시키는 장본인에게 직접 원인을 묻고자 했다. 원인이 그녀에게 있으니, 치료법도 당연히 그녀에게 있을 것이다.

"그래, 부딪혀보자."

서후는 거울을 보며 넥타이를 깔끔하게 맸다. 그 안에 그녀가 있기라도 한 듯, 거울을 정면으로 응시했다.

"으아아아! 이건 악몽이야! 악몽!"

다희와 주영의 스위트룸. 화장대에 앉은 주영은 침대에 엎드려서 심하게 몸부림치는 친구를 한심한 듯 일별하고, 화장에 집중했다.

"밤 8시 이후에는 나다니지 말라니, 이게 말이 돼! 이 호텔 자기가 전세 냈어?"

다희는 엎어진 채로 침대에 코를 박고 두 손으로 번갈아 침대를 두드리며 온몸으로 괴로워했다.

"뭘 신경 써. 무시하면 그만이지."

주영은 여전히 화장에 집중하며, 거울에서 시선을 떼지 않고 심드렁하게 얘기했다.

다희는 주영의 말투가 영 마뜩찮았다. 침대에서 벌떡 일어나 마스카라로 속눈썹을 올리느라 눈을 한껏 뒤집어 뜨고 있는 친구를 못마땅하게 보았다.

"그 남자 이상해. 분명 도움을 받고 있는데 고마운 마음이 전혀 들지가 않아."

"내가 보기엔 니가 더 이상해."

"내가 뭘?"

"앞뒤가 뭐든. 도와준 건 고마운 거 맞잖아. 그럼 고맙다, 저녁 식사 대접하고 싶다, 아니면 술이라도? 했어야지. 그래야 썸씽이 생기는 거구."

"네가 그 사람이 능글거리는 소릴 안 들어서 그래. 키스……."

다희는 하마터면 첫 키스를 했다는 말을 할 뻔했다. 둘 사이에 비밀이 없기는 했지만, 달콤하게 꿈꿔왔던 첫 키스를 엉뚱한 상대와 말도 안 되는 상황에서 얼렁뚱땅 해버린 것을 인정하고 싶지 않았다. 할 수만 있다면 지금의 이 기억을 오려내고 싶었다.

화장을 마친 주영은 자리에서 일어나 블랙 미니 원피스를 입은 자태를 거울에 비추며 옷매무새를 꼼꼼히 살폈다.

"암튼 됐고. 진짜 안 나갈 거야? 기분 꿀꿀한데 룸에 있음 뭐 해. 같이 클럽 가자."

"싫어. 등 욱신거려서 딱 죽겠단 말야."

"안쓰럽다, 정말. 나중에라도 생각 바뀌면 내려와. 이 호텔 클럽 물이 끝내준대."

"됐어. 와이셔츠 세탁 맡긴 거 오면 단추 달아야 돼. 집사 아저씨가 언제 전화하실지 몰라."

"그럼 그러든가. 내 전화기 놓고 갈게. 여기로 전화할 거잖아."

다희는 고개를 끄덕이고, 주영이 내미는 휴대전화를 받았다. 주영은 휴대전화를 사이에 두고 다짐을 받듯 강한 어조로 말했다.

"8시 되면 무조건 나가. 청승맞게 룸서비스 시켜서 저녁식사 해결할 생각 말고. 그 남자가 진짜 너한테 마음 있으면 찾아다닐 거구. 그래서 만나게 되면 식사든 술이든 하자고 해. 괜히 뻗대지 말고."

"됐거든. 나다니지 말라고 협박했다니까 내 말을 어디로 들은 거야?"

"그게 진짜 나다니지 말란 소리로 들리냐, 넌? 내 귀엔 데이트하잔 소리로 들린다."

"……데이트?"

"제발 남자에 대한 촉 좀 세워라, 촉! 암튼 부럽다, 계집애야. 아주 남자 복이 터졌구나. 대체 흑기사를 몇 명이나 만나는 거야?"

"험한 꼴 당하고 있는 내가 정말 부럽냐? 진심이야? 레알?"

"너 솔직히 싫지 않잖아. 진짜 관심 없으면 그 남자가 뭐라고 협박했든 무시하면 그만인데 계속 신경 쓰잖아. 너 모르지? 지금 그 남자 얘기만 한 거."

"내가?"

"너도 끌리는 거 맞거든? 내 말 듣고 그냥 쭉 가. 내 생각에 그 남자 너한테 대시하는 거 맞아. 신주영의 기막힌 촉을 한번 믿어봐. 응?"

"……내가 그 남자한테 끌린다고? 정말 그래 보여?"

"잘 들여다봐봐, 네 진짜 속마음. 알았어?"

때마침 인터폰이 울렸고, 주영은 냉큼 수화기를 들었다. 뒤이어 남자친구에게만 들려주는 특유의 애교 섞인 콧소리가 작렬한다.

"금방 내려갈게, 자기야."

단 아홉 글자로 주영은 상대의 애간장을 녹여낸다. 다희는 그런 친구를 부러운 시선으로 보았다. 그런 주영이 통화를 하다 말고 수화기를 귀에서 떼어내고 물어왔다.

"다희야, 너 야자나무 아래 옷 벗어놓은 거 맞아? 창재 씨가 낮에 가서 찾아봤는데, 아무것도 없었다는데?"

"아휴! 뭐 하나 쉽게 넘어가는 게 없구나. 다른 건 몰라도 여권은 찾았으면 했는데. 하다하다 내일은 임시여권까지 만들러 가야 돼?"

망연자실해서 중얼대는 다희를 보며, 주영은 다시 창재와 통화를 이어 나갔다. 다희를 보며 "어, 어."만 반복하던 그녀가 다시 수화기를 귀에서 떼고 물었다.

"다희야, 너 윤서후 사장 만난 적 있어?"

"어? 윤서후 사장이면 이 호텔 사장? 아니. 만난 적 없는데?"

"그렇지? ······자기야, 모른다는데? ······그래, 알았어. 응, 바로 갈게."

수화기를 내려놓으며 주영의 머릿속이 빠르게 움직였다. 다희 앞을 어지럽게 왔다갔다하며 생각했다. 어두웠던 그녀의 머릿속에 탁 하고 불이 켜졌다. 이내 환한 미소와 기대감을 드러내며 주영은 다희 앞에 털썩 주저앉았다.

"다희야, 혹시 말야······, 어젯밤 바다에서 너 구해줬던 사람, 윤서후 사장 아니었을까?"

"어?"

너무 뜻밖의 인물이라 다희와 주영은 서로 얼굴을 마주보고 눈만 깜박이며 잠시 아무 말도 하지 않았다. 그러다 둘 다 "에이, 설마!" 하며 손을 내저었다.

"윤서후 사장 어젯밤에 카지노에서 밤 새웠다며."

"창재 씨 나올 때 같이 나왔겠지. 아니다. 우리 자기 너 일 생기고 한참 뒤에 왔으니까, 사장이 그 시간에 거기 있을 수가 없겠다. 내가 깜빡했어. ……그런데 왜 널 찾지? 윤서후 사장이 창재 씨더러 널 찾으라고 했다는데?"

"나를? 동명이인 아니구?"

"아니면…… 오늘 수영장에서 도와준 사람이 윤서후 사장인가?"

"……그 남자가?"

"아우, 궁금해서 못 참겠다. 얼른 가서 물어봐야지. 우와, 둘 중 하나라도 윤서후 사장이면 이거 완전 초대박이다."

"어제는 창재 씨 괴롭히는 괴물이라며. 여자에 술에 도박 삼종 세트가 언제 초대박으로 신분상승한 거야?"

"몰라. 왠지 촉이 그쪽으로 움직이는데 어쩌라구."

"그만하고 얼른 데이트나 가셔."

시계를 확인한 주영은 늦었다고 부산을 떨며 나가다 말고 다희 앞에서 한 바퀴 휘리릭 돌아 보였다. 괜찮으냐는 눈짓을 하는 주영에게 다희는 못 말리겠다는 표정으로 손가락을 들어 오케이 사인을 해 보였다. 주영은 만족해하며 룸에서 사뿐사뿐 나갔다.

다희는 주영이 나가는 걸 보고, 침대에 엎드린 채로 테라스 밖을 내다보았다. 하늘과 바다가 온통 적하(赤霞)의 붉은 아름다움으로 물들고 있었다.

"윤, 서, 후?"

낯선 이름을 말했을 뿐인데, 수영장에서 만난 그의 얼굴이 겹쳐 떠올랐다. 문득 얼굴과 이름이 꽤 잘 어울린다 싶었지만, 이내 생각을 떨쳐냈다. 그가 윤서후 사장이든 아니든 그게 문제가 아니었다. 속마음을 들킨 게 민망해서 괜스레 친구에게 바락바락 반기를 들었지만 주영의 말은 틀리지 않았다. 그녀의 머릿속은 이미 그로 가득 차 있었다.

딩동!

다희의 상념을 덮어버리는 초인종 소리가 들렸다.

"누구세요?"

딩동!

대답 없이 초인종이 또 울렸다.

뭔가 불길한 기운이 엄습하고 있다. 저 문을 열면 왠지 세 번째 악몽이 시작될 것 같은 기시감이 그녀의 뇌리를 스멀스멀 기어 다녔다.

'열면 안 돼, 안 돼, 안 돼.'

내면의 소리와는 달리, 침대에서 내려선 그녀는 어느새 문을 열고 있었다.

'케세라세라(que sera sera). 될 대로 될지어다.'

거창하게 구호까지 외치며 문을 연 다희는 다소 민망해졌다. 초인종을 누른 이는 다름 아닌 호텔리어였다. 세탁을 맡겼던 와이셔츠와 원피스 두 벌에 고급스러운 편지봉투를 쥐여준 호텔리어는 철저하게 교육된 예의바름과 환한 미소로 인사를 하고 갔다.

문을 닫고 침대로 돌아와 귀하신 몸, 와이셔츠와 원피스를 침대 위에 내려놓고 편지봉투를 열었다. 두껍지만 부드러운 감촉의 메모지가 보였다. 금색 테두리가 둘러진 연한 옐로그린 색상의 메모지를 꺼내 들었다.

한다희 씨, Y호텔 스카이라운지, 8시, 식사합시다. Fr. 은인.

간단명료한 초대 글귀가 적혀 있었다.

두근, 두근!

드디어 연락이 왔다. 보낸 이의 사인은 없었지만 'Fr. 은인'이 누구겠는가!

다희는 망설임 없이 생명의 은인이 보낸 거라고 단정 지었다. 만년필로 흘려 쓴 그의 필체에서 느껴지는 정중함에 일순간 매료되었다. 그녀가 알려준 연락처로 간단히 전화해도 될 일인데, '진정한 신사의 품격이란 이런 것이다'를 여실히 드러내주는 손수 작성한 초대장.

다희는 초대장에 살짝 키스마크를 찍고, 만년필 필체를 두 눈에 담으며 행복을 만끽했다. 그 누군가의 인격과는 비교를 거부하고 싶을 만큼 고매하고 고귀한 품위가 흐르지 않는가!

"시간이 없어. 8시까지 단추도 달아야 하고, 샤워도 해야 하고, 화장도. 옷은? 옷은 뭘 입지?"

마음과 행동이 급해졌다. 다희는 초대장을 테이블에 내려놓고, 아르마니 매장에서 가져온 단추에 준비해준 실이며 바늘쌈지를 가방에서 꺼냈다.

실크로 된 실을 눈에 보이지도 않을 만큼 작은 바늘귀에 간신히 꿰었다. 엄마를 대신해 아빠의 단추를 달았기 때문에, 천의무봉의 경지는 아닐지라도 단추 몇 개를 달기에는 능숙한 솜씨라고 자부했다. 바늘구멍 흔적 하나 보이지 않게 감쪽같이 달아주겠노라 자신하며 바느질을 시작하려는데, 그녀의 뇌리 속에 섬뜩한 무언가가 연속해서 스치고 지나갔다.

'8시…… 8시…… 8시…….'

갑자기 목구멍이 바싹 말랐다. 마른침이 거칠고 힘겹게 목 뒤로 넘어갔다.

"이유 불문이야. 당신, 밤 8시 이후에는 절대 돌아다니지 마."

악마 같은 그의 속삭임. 그 뒤에 따라붙는 서늘한 비웃음이 꼬리에 꼬리를 물며 계속되었다. 다희의 헝클어진 머릿속이 패닉상태가 되었다.

'낭패다!'

왜 하필 8시일까. 생명의 은인께서 어렵게 스케줄을 조절해서 시간을 내주셨는데 시간을 옮겨달라고 할 수는 없다. 그래도 집사 아저씨에게 부탁해보면 일말의 가능성은 있지 않을까, 라는 막연한 기대도 잠시. 그녀 쪽에서 연락할 방법이 전혀 없다는 데 생각에 미치자, 기대감은 절망감에 쉽게 등을 떠밀려버렸다.

왜 그 남자의 괜한 심통 때문에 곤란한 상황이 초래되는지 알 수가 없었다. 계속 그에게 휘둘리는 자신이 더 못마땅하고 싫었지만, 그의 엄포와 협박은 도통 머릿속에서 떠나지 않았다. 떼어내지지도 않는다. 그의 심기를 건드리는 게 아니었다. 잠자는 사자도 아니요, 성난 사자의 코털을 건드린 쪽은 오히려 자신이었다는 자책감으로 땅이 꺼져라 한숨이 흘렀다. 한치 앞도 헤아리지 못한 자신을 책망하며 그저 제 머리만 콩콩 쥐어박았다.

띵!

Y호텔 스카이라운지에 닿은 엘리베이터가 멎었다. 문이 열리자, 고급스럽게 성장을 한 영국계 젊은 커플과 귀여운 여자아이 둘을 데려온 40대 싱가포르 인 중년 부부가 엘리베이터에서 내려 스카이 라운지로 들어섰다. 더 이상 타고 있는 이가 없는 듯 무심히 닫히던 문이 다시 스르르 열렸다. 그 사이로 다희의 괴기한 얼굴이 삐죽이 나온다.

레몬색과 회색이 섞인 스카프로 둘둘 말아놓은 얼굴에 까만 선 글라스로 눈을 가린 모습이 좋게 말하면 이슬람 여인의 차도르를 연상시켰고, 사실대로 보자면 컬러풀한 스크림 가면을 뒤집어쓴 듯 괴기스러웠다. 옅은 그린톤의 잔잔한 하와이언 문양이 프린트된 단 정한 롱 원피스 차림과는 완벽하게 상반된 모습이었다.

양손에는 사장 아저씨에게 건넬 선물과 돌려줄 원피스와 샌들 이 담긴 종이가방 두 개가 각각 들려 있었다. 착용했던 속옷을 돌려 주는 것은 예의가 아니라, 속옷만 제외하고 모두 챙겨 넣었다.

무사히 스카이라운지 앞에 도착한 다희는 안도감을 느끼는 동시에, 일이 좀 싱겁게 마무리되려나 싶어서, 007 작전을 방불케하는 차림새는 너무 오버였나 싶어 슬며시 후회가 됐다.

승리감에 젖어 귀족들이 식사의 풍미를 더하기 위해 즐겨 들었다는 필리프 텔레만의 타펠무지크(Tafelmusik) 3집 전주곡을 들으며 보무도 당당하게 스카이라운지로 들어섰다. 그러던 그녀가 그대로 몸을 틀어 입구 벽면에 찰싹 달라붙었다.

사방이 탁 트인 홀 형식의 스카이라운지 정중앙 테이블에 서후가 앉아 있었던 것이다. 그녀가 그토록 피하기를 원했던, 이 우스꽝스러운 스타일로 얼굴을 가리게 만든 장본인을 보자마자 몸이 자석처럼 끌려 벽에 그대로 붙어버렸다. 나무를 쪼아대는 딱따구리의 부리마냥 이마로 벽면을 콩콩 찧어댔다.

"오우, 하느님. 왜 끝까지 시험에 들게 하십니까!"

그의 시선을 피해 기나긴 복도를 지나오면서 엘리베이터 문이 열릴 때마다 벽면에 찰거머리처럼 찰싹찰싹 붙어대던 고생이 이렇게 허무하게 일단락될 줄이야. 여기에서 들킬 줄 알았다면 오는 길이라도 편하게 올 것을. 억울함이 사무칠수록 보란 듯이 앉아 있는 그가 더 밉살스러웠다.

"이렇게 된 바에야, 피할 수 없다면 차라리 정면돌파하자."

생각이 많은들 무슨 소용 있겠는가. 마음을 다잡은 그녀가 벽면에서 떨어져 숨을 깊게 들이마셨다. 자신감을 회복한 후 입구에 당당히 섰다. 그리고 괴물풍차를 향해 돌진하던 돈키호테처럼 과감하게 전진했다.

그녀가 홀에 들어서자, 서후는 그녀의 기묘한 차림새를 보며 미

간을 살짝 찌푸렸다. 단아한 인상을 주는 그린 롱 원피스는 그녀가
이 초대에 얼마나 신경을 썼는지를 알게 했다. 그러나 아랍 스타일
이라 하기에는 과하게 머리와 얼굴을 감싸고, 밤중인데 선글라스까
지. 게다가 그를 알아본 게 분명한데도 모른 척 고개를 돌렸다.

'어라?'

그녀가 오면 짓궂은 장난으로 상했을 기분을 풀어주고 즐겁게
디너를 즐기려고 했다. 하지만 얼굴 전체를 가린 스카프와 선글라
스, 그를 외면하는 그녀의 태도에 슬쩍 장난기가 싹텄다.

'기어이 이렇게 나오시겠다? 그렇다면!'

카운터에서 예약을 확인하느라 어색하게 서 있는 그녀를 좀 더
두고 보기로 했다. 그가 손짓을 하자 지배인이 빠르게 다가왔다.

다희는 그가 지배인에게 귓속말로 얘기하는 모습을 곁눈질로
일별하고서, 예약자 명단을 확인했다. 그런 그녀의 얼굴이 붉게 물
들어갔다. 예약자 이름이 누군지를 확인 안 했다. 생명의 은인의 이
름도, 집사 아저씨의 이름도 모른다. 당황하며 머뭇거리는 그녀에게
지배인이 다가와 자리로 안내하겠다며 앞장섰다. 영문이야 알 수 없
었지만, 이 또한 VVIP인 생명의 은인 덕분이라고 가볍게 치부해버렸
다.

'하필 이 자리일 게 뭐야.'

지배인에게 안내받아 앉은 자리는 서후와 정면으로 마주보는
최악의 자리였다. 고개를 돌리고 있는 그녀와는 달리, 그의 시선은
내내 그녀를 좇고 있었다. 아페리티보(aperitivo, 식전술)로 주문하기에
는 좀 과한 샴페인 돔페리뇽을 단숨에 들이켜더니, 그가 자리에서

일어났다.

다희는 그의 시선이 자신에게 꽂혀 있다는 걸 의식한 순간부터 내내 좌불안석이었다가, 그가 일어서자 안색이 만개한 벚꽃처럼 화사해졌다.

'가는구나. 그래, 빨리 떠나라. 가버려.'

그러나 만개했던 벚꽃 웃음은 삽시간에 후두둑 떨어져 내렸다. 테이블을 건너 다가온 그는 그녀의 옆자리에 한마디 양해도 없이 앉았다.

"테이블을 잘못 찾았네. 내 테이블은 저쪽인데."

"아닌데요. 제 자리는 여기예요. 약속 있어서 온 거니까 그만 가시죠."

"그 약속, 내가 만든 건데?"

"지금 말장난해요? 내가 여기 온 건 그쪽하고는 전혀 상관없어요."

"그래? 그렇단 말이지……. 여기가 추운가? 싱가포르에서 가장 쾌적한 실내공기를 자랑하는 호텔에서 그런 차림은 엄청난 실례지."

다희는 그제야 검은 선글라스와 스카프로 얼굴을 동동 말아놓은 그대로 앉아 있었음을 알아챘다. 그에게 신경 쓰느라 벗는 걸 깜빡 잊었다. 그렇다고 이제 와서 그의 말에 따라 벗을 수는 없었다. 그건 그에게 휩쓸린다는 증거니까.

"컨셉이에요."

"물 한잔 마실 수도 없는데, 식사자리에는 어울리지 않아. 이 비주얼은 테러 수준이라구."

"보기엔 안 좋아도 치한 퇴치용으로는 그만이죠. 치한만 떼어내면 되니까 지금은 아주 유용하구요."

"뭐, 좋을 대로. 여긴 누굴 만나러 왔지?"

"그걸 왜 말해야 되죠? 곧 일행이 올 거니까 그만해요, 제발!"

"내 생각에는 말야, 이 자리에 아무도 안 올 거야."

"무슨 말 같지도 않은 소리예요?"

그가 손목시계를 확인하고, 다시 그녀를 보았다.

"지금 정각 8시야. 한 시간만 지켜볼게. 허기가 져서 시간을 더 줄 수가 없네. 그때까지 당신 일행이 안 오면, 당신은 오늘 내 말을 무시한 벌을 톡톡히 받게 될 거야."

"그럴 일은 없을 테니까 그쪽 자리로 가서 식사나 하세요."

말이 끝나기도 전에 자리에서 몸을 일으킨 그가 그녀의 얼굴 앞까지 다가왔다. 흠칫 놀란 그녀가 얼른 입을 꼭 다물고 뒤로 물러섰다. 서후가 뒤로 물러나는 그녀의 턱을 쥐어 더 이상 움직이지 못하게 했다.

"이거 아주 거슬려. 얼굴을 볼 수가 없잖아?"

그가 그녀의 머리 위에서 스카프를 천천히 쓸어내렸다. 매듭이 없었던 스카프는 그의 손이 닿자 금세 흐물거리며 녹아내렸다. 스카프에 가렸던 하얀 얼굴과 부드러운 유선형의 얼굴이 드러났다. 그 위에 진한 핑크빛 꽃잎을 머금은 투명한 입술이 도드라졌다. 쓸어내린 손길 그대로 그는 스카프 안에 숨겨져 있던 그녀의 탐스럽고 긴 머리카락을 애무하듯 꺼냈다. 부드러운 머릿결에 계속 머물고 싶은 손을 가까스로 움직여 선글라스까지 걷어냈다. 남의 시선을 의식하지 않는 그의 행동에 그녀의 눈빛이 흔들렸다.

"한 시간이야, 아가씨. 더는 못 기다려."

머리카락을 쓸어내리는 그의 손길은 한없이 다정했다. 그녀의 심장이 풍랑을 만난 심해처럼 미친 듯이 요동쳤다. 체온이 급상승했다. 정상호흡이 안 되니 현기증마저 일었다. 그녀도 당황스러울 만큼 그에게 빠져들었다. 떨리는 감정을 들킬까 봐 눈을 질끈 감고 용기를 냈다.

"사람들이 보잖아요."

그의 느른한 손가락이 그녀의 콧등을 쓸어내렸다.

"한 시간 뒤에 보자. 그땐 요 발톱 세우는 못된 말버릇도 단단히 고쳐주지."

서후의 손이 냉정하게 떠났다. 다행이라는 안도감도 있었지만, 그가 훑고 지나간 머리카락과 콧등에 그의 감촉이 남아 여전히 아찔함 속에 머물렀다. 그녀가 눈을 떴을 때, 그는 이미 자리로 돌아가 있었다. 아무 일도 없었다는 듯 표정마저 도도했다.

그녀를 제외한 모든 움직임과 소리가 지극히 일상적이고 평온한 분위기로 흘러가고 있었다. 식기가 부딪히는 낮은 소음과 잔에 채워지는 음료가 내는 경쾌한 물소리. 민첩하게 카펫을 스치는 웨이터와 웨이트리스의 낮은 구둣발 소리. 그로 인해 순식간에 열려버린 그녀의 민감한 오감이 공간 안의 모든 감각들을 오롯이 받아들이고 있었다.

Y호텔의 클럽은 싱가포르 내에서도 최고의 시설과 서비스, 최상

의 수질을 자랑했다. 청담동 고급클럽을 그대로 옮겨놓았다는 명성답게 다른 호텔 투숙객도 일부러 원정 올 정도로 인기가 좋았다. 내국인에게는 회원제로 운영해서, 한류열풍으로 한국 클럽문화에 환상을 갖고 있는 싱가포르 젊은이들을 사로잡았다. 출입문에서 수질검사를 하는 행위 자체도 무례가 아닌 선택받는 특권으로 여겼다.

쿵쿵쿠쿵, 북적북적.

클럽 안 중앙 홀, 이미 음악에 취하고 춤에 빠지고 테킬라를 들이켜는 젊은이들로 광란의 분위기는 한층 고조돼 있었다. 스피커를 찢을 듯 울리는 음악소리는 음악이 아닌 소음이라 해야 맞았다. 사이키델릭한 분위기 속에서 몸을 흔들어대는 여자와 남자들의 몸짓이 강렬하게 살아 움직였다.

중앙 홀을 지나 2층으로 따라 올라가면, 지나는 사람이 보이지 않을 만큼 등받이가 높은 소파가 프라이버시를 유지할 수 있을 정도의 공간을 두고 세팅되어 있었다. 그중 한 소파에 나란히 앉은 주영과 창재가 키스에 열중하고 있다.

"으음."

주영이 창재의 머리카락을 움켜쥐었다. 서로의 타액이 섞이고 강렬하게 혀를 흡입하는 소리가 질척하고 야하게 계속됐다. 허리를 감싸고 있던 그의 손이 올라가 주영의 적당하게 부푼 젖가슴을 터질 듯이 움켜쥐고 손 안에서 세게 굴렸다. 그의 갑작스런 도발에 과감해진 주영은 그를 소파 등에 밀착시켰다. 미니스커트를 살짝 걷어올리고 그의 허벅지를 타고 올라앉았다. 한번 떨어졌다 다시 시작된 키스는 더 거칠고 무자비해졌다.

우아한
짐승의 연애

드르르르, 드르르르.

소파 위에 올려둔 창재의 휴대전화가 연신 진동하는데도 둘은 떨어질 줄 몰랐다. 아예 소리조차 들리지 않았다. 오래도록 이어지던 진동음이 끊기고, 잠시 뒤에 문자메시지가 도착했다는 진동이 울렸다. 하지만 둘의 광란 속으로 스며들기에는 안타까울 정도로 작은 진동이었다.

'8시 50분!'

담담하려 애썼지만, 다희는 벌써 열 잔째 물을 마시고 있었다. 바지런한 웨이트리스가 그녀의 빈 잔에 다시 물을 채워주고 지나갔다.

눈앞의 그는 포브스와 파이낸셜타임스, 이코노미스트 같은 외국 경제지를 청해서 유유자적하게 읽고 있었다. 간간이 그녀가 시간을 잊으면 큰일 나기라도 한다는 듯, 그녀를 향해 손목시계를 치켜들고 손가락으로 유리를 톡톡 건드리며 비웃었다.

'악마의 웃음.'

그의 도발이 집요해질수록, 다희는 허리를 더 꼿꼿하게 세우고 그의 행동이 얼마나 유치한지 가르쳐주려는 듯 여유로운 미소로 응수했다. 하지만 이내 애타는 시선으로 테이블 위에 올려놓은 휴대전화를 보았다.

'누구든 상관없으니, 제발 전화 좀 걸어줘, 제발.'

생명의 은인 쪽에서는 연락이 없었다. 못 나올 사정이 생겼다면 전화를 하든가, 스카이라운지로 전화를 해야 맞다. 연락처를 모르니 먼저 전화해서 사정을 물어볼 수도 없었다. 초대를 해놓고 아무 연락도 없는 그들에게 슬쩍 화가 나려던 차에, 다희는 지금껏 애써 피했던 서후를 향해 천천히 고개를 돌렸다.

Fr. 은인.

'맙소사!'

초대장을 보낸 것은 어쩌면 그녀가 생각한 사람이 아닐 수도 있었다.

'은인…… 은인…….'

저 남자의 장난기와 심술이라면 충분히 자신을 은인이라고 할 만했다. 수영장에서, 의무실에서 그녀를 도왔으니 은인이라는 단어를 사용했다고 해서 시비가 될 건 아니다. 그가 어젯밤 그녀가 생사를 넘나들었다는 걸 알 턱이 없을 테니까. 다만, 그녀가 단박에 떠올릴 수 있는 은인이 저 남자가 아니었다는 게 지금의 이 우스운 상황을 초래했을 뿐이다. 저 남자가 초대장을 보낸 게 맞다면, 지금이라도 테이블을 옮겨서 오해를 풀면 그만이다.

"하지만, 저 사람이 내가 그 룸에 묵는지 어떻게 알아?"

간과할 뻔했다. 수영장에서 우연히 만난 사람이 호실을 정확히 알 수는 없다. 게다가 이 호텔 예약은 주영도, 자신도 아닌 창재의 이름으로 돼 있었다. 저 남자가 손님이 아닌 호텔리어라 해도 사정은 다르지 않다. 이 호텔을 처음 이용하는 그녀를 얼굴만 아는 걸로 찾아낼 수는 없다. 만에 하나, 그녀의 뒤를 밟아 호실을 찾아냈다 해도 여전히 의구심이 남는다.

"초대장에는 내 이름이 정확히 적혀 있었어."

악마의 퍼즐에 말려든 기분이었다. 생각을 거듭해도 계속 꼬이기만 할 뿐 정답의 꼬리는 잡히지 않았다.

'한다희, 생각해야 돼. 생각, 생각!'

서후는 자그마한 온몸으로 장대비를 맞고 있는 강아지처럼 끙끙거리고 있는 다희를 느긋한 시선으로 웃으며 바라봤다.

'저러다 과부하 걸리겠군. 10분 뒤에 자세히 설명해줄 테니, 그 작은 머리를 이제 좀 쉬게 하는 게 어떨까?'

"뭐? 사장이 찾은 사람이 우리 다희가 맞다구?"

클럽은 블루스 타임용 음악으로 전환돼 있었다. 조용해진 공기를 주영의 날카로운 음성이 갈랐다.

테킬라를 뿜어낸 주영이 남자친구를 향해 소리를 질렀다. 창재는 손수건을 꺼내 사랑스러운 그녀의 입술을 닦아주며 고개를 끄덕였다. 언제 키스한 적 있냐는 듯 화장실에 다녀온 주영의 입술은 처음처럼 붉게 빛나고 있었다. 창재는 그녀의 입술에 느긋한 시선을 두고 건성으로 얘기를 이었다.

"자기도 알지만 예약 내 이름으로 했잖아. 투숙객 명단에 있는 한국인 입국기록 전부 뒤졌거든. 다희 씨 말고는 한다희 비슷한 이름도 없었어. 사장님이 말한 20대 한국 여자는 자기랑 다희 씨뿐이야."

"설마, 설마 그럼…… . 오늘 수영장에서 다희 구해준 사람이 진짜 윤서후 사장이었어? 오우, 대박!"

주영의 눈이 빛을 냈다. 다희의 문자를 다시 확인하며 스카이라운지에 다녀오겠다고 일어서는 창재를 그녀가 우악스러운 손으로 끌어내렸다.

"가긴 어딜 가. 오늘 드디어 다희 인생에 서막이 열리는데. 방해하지 말고 자긴 그냥 있어."

"다희 씨 문자 내용이 걸려. 데리러 와달라잖아."

"그 천치가 복인 줄도 모르고 걷어차려는데 그걸 돕겠다고? 됐고, 다희한테 문자나 날려. 윤서후 사장 걷어찼다간 내 손에 죽는다구 그래."

"직접 가서 보고 오는 게 맘 편해. 둘이 잘 만나고 있으면 얼굴 안 보이고 돌아올게. 만약 약속이 어긋난 거면 내일 우리 사장님한테 내가 죽어."

"무슨 소리야. 자기 없음 회사 일 안 돌아가잖아. 사장이 자기한테 꼼짝 못한다며."

"아, 그게……."

여자친구에게 당당하고 유능한 비서이고 싶었다. 오늘 같은 일이 생길 줄 모르고, 상사 캐릭터를 과도하게 평가절하해서 설명했다. 또다시 사장의 부름으로 싱가포르 3개월 장기출장을 떠나기 전날, 가지 말라며 우는 주영을 달랠 방법이 딱히 떠오르지 않았다. 싱가포르 호텔은 본인 아니면 제대로 굴러가지 않아 큰일이라고, 윤 사장이 도와달라며 매달리는데 모른 척할 수가 없다며 큰 소리를 쳐댔다.

"물론, 그렇지! 내 말은…… 귀찮아진다는 뭐 그런 거지. 아, 피곤해. 능력 있는 것도 참 피곤해, 그치, 자기야."

"알았어. 그럼 약속해. 둘이 만난 거 확인하면 바로 돌아와. 절대 껴들면 안 돼. 알았지?"

그는 거듭 다짐을 받고 나서야 자리를 떠날 수 있었다. 주영의 시선에서 벗어나자마자 엘리베이터를 향해 발바닥이 보이지 않게 달렸다. 만에 하나라도 사장이 말한 다희가 그녀가 아니라면 그게 제일 큰 낭패였다. 초조하게 내려오는 엘리베이터를 기다리며 서후에게 전화를 했지만, 퇴근시간 후에 상사와 통화하기란 불가능했다.

엘리베이터가 도착하자, 몸을 실은 창재는 이번에는 다희에게 전화를 걸었다. 그녀와 통화라도 해야 초조한 마음이 진정될 것 같았다. 방금 전 주영에게 둘의 동정만 살피고 오겠다고 약속한 지 3분도 지나지 않아서 그 약속을 어기고 있었다.

"자기야, 용서해줘. 사장 성격이 좀 살벌해야 말이지."

채칵, 채칵, 채칵,

9시를 향해 마지막 한 바퀴를 움직이는 그의 손목시계 초침 소리가 그녀에게도 들리는 것만 같았다. 이 위기를 헤쳐 나가기 위해 어떤 방법이라도 강구해야 한다. 9시가 되었을 때 그가 어떻게 돌변할지를 예측하기에 스물네 살의 그녀는 또래보다 훨씬 순진했다. 그가 말했던 위험이 얼마만큼 어마어마한 강도의 위험인지 몰랐다. 예상할 수 없으니 더 떨리고 두려웠다. 그녀를 초대한 게 누구인지는 이미 고민거리가 아니었다.

주영에게 도와달라고 계속 SOS를 보냈지만 전화도, 문자에 대한 답도 없었다. 오히려 그와의 데이트를 종용했던 친구가 아니던

가. 화끈한 그녀라면 오늘 밤 들어올 생각도 말라며 전화를 끊어버릴 거다. 이대로 그에게 잡혀 꼼짝없이 위험한 일을 당하게 되는 건가 조금씩 체념하려던 찰나, 휴대전화 진동 때문에 그녀의 손이 드르륵 울렸다.

"……!"

으스러져라 쥐고 있던 주영의 휴대전화 창에 '내꿀물'이 떠다녔다. 이보다 더 달콤한 단어는 없으리라.

"여보세요?"

— 여보세요? 다희 씨?

절망의 끝자락에서 가뭄 끝 단비와 같은 장재의 목소리가 흘러나왔다.

'아, 살았다.'

손목시계를 느긋하게 내려다보던 서후의 고개가 들렸다. 정확하게 시계바늘이 9를 스치는 순간에 맞춰 그녀를 바라봤다. 가엾을 정도로 하얗게 질려서 전화를 하고 있다. 그녀의 시선은 스카이라운지 입구에 꽂혀 떠날 줄을 모르고 있다.

'이제 그만 풀어줘야겠군. 강아지를 너무 궁지에 몰았어. 가엾게도.'

자신의 완전한 승리를 만끽하며 서후가 자리에서 일어섰다. 그를 보지 않고 있는데도 그녀가 어깨를 들썩이며 놀랐다. 이런 생생한 반응들이 그의 자제력을 무너뜨리고 있음을 그녀가 알 리 없겠지.

남자를 받아들이는 방법은 알고나 있을지. 그의 손길이 스치기만 해도 맑은 살갗에 소소히 일어나는 소름조차 어찌나 귀엽던지. 그녀는 아무것도 모른다. 그가 병원에서, 아이스크림 매장에서, 수영장에서, 의무실에서 그녀를 갖고 싶은 욕망을 잠재우기 위해 얼마나 강한 인내심을 끌어내야 했는지를. 이제 더 이상은 참지 못한다. 그는 지금 한계에 도달해 있었다.

그녀에게 가려 한 발을 내딛으려는데, 방금 전까지 절망의 나락으로 추락하던 그녀의 표정이 더없이 환하고 밝게 만개했다. 그 표정을 포착한 서후가 그녀의 시선을 따라 입구로 고개를 돌렸다.

'이 비서?'

그의 시선에 들어온 것은 뜻밖에도 이 비서였다. 기분 나쁜 기시감에 서후의 눈가가 가늘어졌다. 이 비서도 서후를 본 게 분명했다. 놀란 입을 다물지 못하고 입구에 우뚝 서 있었다.

"창재 씨! 여기예요."

다희가 이 비서를 향해 팔을 높이 치켜들고 그에게 나풀나풀 걸어갔다.

"창재 씨?"

그녀를 따라 서후도 이 비서의 이름을 나지막이 읊조렸다. 웬만한 일에 움찔하는 법 없는 서후가 천천히 무너지듯 의자에 앉았다. 예상치 못한 이 비서의 등장으로 청명했던 머릿속이 흐릿해졌다. 그의 귓가에 어젯밤 이 비서가 차 안에서 했던 말들이 하나둘씩 밀려왔다.

"여자친구가 여기에 와 있습니다."

서후의 시선 속에 다시없을 만큼 행복에 겨운 얼굴로 이 비서에게 귓속말을 하는 그녀가 담겼다.

'그의 여자친구!'

빌어먹을 퍼즐이 맞춰지고 있었다. 그녀가 자신의 사유지에 어떻게 들어왔는지, 해변에서 왜 알몸으로 수영을 했는지 아직껏 의문이 남아 있었다. 그녀에게 직접 들을 생각이었다. 하지만 이제 그럴 필요가 없어졌다. 눈앞에 이 비서가 나타남으로써 의문은 일제히 사그라졌다.

그의 사유지에 머물고 있는 남자친구의 초대였고, 늦는 남자친구를 기다리는 동안 무료함을 달래기 위한 그녀의 작은 일탈이었으리라. 그녀가 이 비서의 여자친구라는 전제 하에서 모든 것이 명확하게 증명이 되었다.

'여자친구, 여자친구, 부하 직원의 여자친구.'

정황이 확연하게 드러날수록 그의 머릿속은 더욱 부옇게 변해 갔다.

이 비서가 그녀를 걱정 어린 시선으로 달랬다. 파리해진 그녀의 얼굴을 가까이 들여다보고 괜찮은지 거듭 확인하며 등을 토닥였다. 그녀가 앉았던 자리로 가서 종이가방을 챙기는 자상한 면까지 보였다. 그녀가 다시 이 비서의 귀에 귓속말로 속삭였다. 자신을 왜 이런 데다 데려다놓았는지 남자친구에게 응석과 투정을 부리는 중일 것이다. 이 비서는 힘들어하는 그녀를 부축하기 위해 등에 손을 댔다. 그것을 신호로 두 사람은 시선을 그윽하게 마주치더니 이내 바깥으로 나가버렸다. 오로지 서후의 눈에는 둘의 모습이 그렇게 비쳤다.

반면, 스카이라운지에 들어선 이 비서는 서후와 다희가 마주보는 테이블에 완전한 타인처럼 앉아 있는 것을 보고 망연자실했다. 이것은 분명 완벽한 타인이 서로의 일행을 각각 기다리는 모습이었다.

'죽었다!'

한 시간이나 기다린 사장이 짜증이 나서 이제 막 자리를 박차고 일어나는 중이었다. 사장에게 달려가 납작 엎드려야 했다. 그러나 다희 때문에 타이밍을 놓쳤다. 그의 이름을 부르며 달려온 다희는 바짝 붙어서는 자리에 있는 종이가방을 갖다달라고 귓속말을 했다. 서후의 눈치를 살피며 자리에서 가방을 가져와 그녀에게 넘기고 얼른 사장에게 달려가 사죄하리라 마음먹었지만 다희의 요구는 계속되었다.

"엘리베이터까지만 같이 나가주세요. 이유는 나중에 설명할게요."

귓속말을 끝내고 떨어지는 다희의 뱃속에서 꼬르륵, 물 빠지는 소리가 크게 들렸다. 민망해하는 다희보다 그녀를 배곯게 만든 장본인이 자신이라는 게 미안했다. 그도 그녀의 귀에 나지막이 속삭였다.

"다희 씨, 미안해요. 다 내 불찰이에요. 룸에 가 있어요. 내가 룸서비스 시켜줄게요."

"괜찮으니까 일단 여기서 나가주세요. 지금 바로요, 네?"

이 비서의 손이 다희의 등으로 갔다. 배가 고프면 힘이 빠져서 걷지도 못하는 여자친구 주영을 부축하던 습관이 있어 무의식적으로 나온 행동이었다. 사장에게 잘못을 비는 것도 중요했지만, 힘들어하는 다희를 일단 방으로 데려다줄 수밖에 없었다. 계속해서 자신에게 꽂히는 사장의 따가운 시선 때문에 등골이 오싹했다. 하지만, 달리 선택권이 없었다.

이 비서는 다희를 데리고 나가면서 서후 쪽을 보았다. 사장의 눈빛은 매섭고 차갑게 돌변해 있었다. 가까이 오면 목을 비틀어버리겠다는 암묵적인 살기가 뿜어 나왔다. 이럴 때의 사장은 피하는 게 상책이었다.

여전히 받아들여지지 않는 철벽에 직면한 서후는 이 비서의 에스코트를 받으며 그의 시야에서 벗어나고 있는 그녀를 응시했다. 눈 한 번 깜빡이지 않고 계속 보았다. 그녀가 사라졌다. 완전히 보이지 않게 되었어도, 그의 시선은 그녀가 사라진 입구에서 조금도 움직일 줄 몰랐다.

콰직!

푸른 힘줄이 살갗을 뚫을 듯 솟아오른 그의 손 안에서 샴페인 잔이 산산이 깨져버렸다. 놀란 지배인과 종업원들이 다가오려 했지만, 서후는 다른 손을 들어 아무도 가까이 오지 말라는 지시를 내렸다. 그의 숨 막힐 듯 차가운 몸짓에 그 누구도 감히 움직이지 못했다. 날카로운 파편이 그의 손바닥에 박혔다. 그 사이로 선홍빛 핏물이 맺히더니 이내 방울져 떨어졌다. 그의 눈물처럼 떨어졌다.

'그저 하나 탐내려 했을 뿐인데.'

지금껏 무엇을 탐낸 적이 없었다. 그럴 이유도, 그럴 필요도 없었다. 필요한 것은 언제나 손이 닿는 위치에 있었다. 그의 손짓, 그의 눈빛만으로 손쉽게 얻을 수 있었다. 사람이든, 사업이든, 집이든, 돈이든, 심지어 사람의 마음까지도.

애초에 제 것이 아닐 수도 있다는 가능성은 염두에 두지 않았다. 아예 배제시켰다. 그러나 이번에도 그녀는, 오직 그녀만이 그의 영역을 벗어나버렸다. 그녀를 가질 수 없게 된 허탈함과 영영 잃어버렸다는 상실감에 휩싸였다. 그의 심장이 생기를 잃고 차갑게 식어갔다.

다희는 창재와 헤어져 무작정 걸었다. 짙은 어둠이 내려앉은 호텔 곳곳에 켜진 수많은 불빛들이 시야를 어둡지 않게 밝혀주고 있었다. 다희는 그 불빛을 피해서 계속 걸었다. 어느덧 화려한 요트가 정박해 있는 선착장까지 오게 되었다.

털썩.

바다가 그녀의 발길을 막아서자 그 자리에 주저앉았다. 찬 바닥에 앉아 양손으로 무릎을 감싸 안았다. 양손에서 부스럭거리며 떨어진 종이가방 두 개가 조금 전 그녀가 어디에 있었는지, 무슨 이유로 그곳에 있었는지를 얘기해주었다.

"윤서후 사장. 그가 윤서후 사장이라고?"

엘리베이터 안에서 창재에게서 들은 말에 그녀는 충격으로 휘청거렸다. 윤서후 사장의 비서가 하는 말인데도 한동안 믿기지가 않았다. 사장의 지시로 창재가 직접 그녀의 호실 번호를 알려주었다고 했다.

맑은 공기로 머릿속을 깨끗이 하려 바닷바람을 한껏 들이마셨다. 연거푸 공기를 들이마셨다가 내뱉었지만 소용이 없었다. 머릿속은 오히려 더 멍해졌다. 초대장을 보낸 사람을 앞에 두고, 아득바득 아니라고 했던 것이다.

"테이블을 잘못 찾았네. 내 테이블은 저쪽인데. ……그 약속. 내가 만든 건데?"

그는 분명하게 초대장을 보낸 이가 자기라고 밝혔다.

"내 생각에는 말야, 이 자리에 아무도 안 올 거야."

"당연히 안 오지. 이미 그 사람은 와 있었으니까. 내가 아니라고 우긴 거지."

그의 눈을 피하려고 이상한 몰골로 나타난 그녀가 얼마나 한심하게 보였을까. 치한 취급하고, 급기야 가짜 일행까지 급조해서 그를 피하려고 필사적이었던 그녀가 어떤 꼴로 보였을지. 스스로가 실망스러워 미칠 것만 같았다. 머리카락을 마구 헝클어뜨렸다. 세운 무릎 위에 이마를 대고 고개를 설레설레 흔들었다. 무릎에 이마를 콩콩 찧었다.

이틀 사이에 일어난 참 다양하고 스펙터클한 해프닝들. 무슨 나쁜 일이 이렇게 한꺼번에 일어날까? 평생 한 번 있을까 말까 한 일들인데. 바닷물에 빠지고, 화상을 입고, 여권 분실까지. 하지만 지금까지의 사건들이 소소하게 느껴지는 이유는 따로 있었다.

'그 남자, 윤서후.'

만날 때마다 장난치고 조롱하며 감정의 바닥까지 들키게 해서 수치심마저 안겨주는 남자에게 끌리고 있다. 평생 처음으로 끌리는 남자를 만났는데 하필이면 그가 감히 넘지 못하는 단단한 벽인 Y호텔의 윤서후 사장이라니.

"내일 임시여권 신청해서 집에 가자. 나하고 싱가포르는 정말 안 맞아."

한숨 같은, 체념 같은 혼잣말을 했지만 한번 흔들린 마음은 좀처럼 방향이 잡히지 않았다.

"이놈의 열대기후 때문이야. 더워서 온전한 생각을 할 수가 없어서 그래."

사방에서 끼쳐오는 열기가 그녀의 평상심을 잃게 만들어 빚어진 일이라고, 한국으로 돌아가 매서운 겨울 공기를 맡으면 금세 차분한 본연의 자신으로 돌아갈 거라고 애써 위로했다. 휴가지에서 생길 수 있는 한낱 감상일 뿐이다. 일상으로 돌아가면 곧 흐릿하게 사라지고 마는 미열 같은 감정일 거라며 그를 밀어내려 했다. 다희는 그를 떨쳐내려 세차게 고개를 흔들었다. 무릎에 닿았던 고개를 옆으로 돌렸다.

"어!"

어둠 속에서 그녀를 응시하고 있는 검은 남자의 실루엣이 보였다.

'그다!'

서후가 서 있었다. 불빛을 등지고 서서 얼굴이 보이지 않아도 알 수 있었다. 그에게 시선을 고정한 채로 일어섰다. 움직이지 않고 가만히 지켜보던 그가 천천히 다가왔다. 어두운 그의 얼굴이 요트에서 새어나오는 불빛에 선명하게 드러났다. 그가 1미터 거리에서 멈춰 섰다. 그는 서늘하고 차갑게 다희를 응시했다. 그녀가 먼저 용기를 내 말을 꺼냈다.

"초대장, 오해했어요. 다른 사람이 보냈다고 생각했거든요."

"……."

"인정해요. 실수 맞아요. 은인이라는 말에 다른 사람인 줄 알았어요. 어젯밤에 나한테 일이 좀 있었거든요."

"……."

"뭐예요? 왜 아무 말도 없어요? 내가 실수했다잖아요. 오해했다구요."

다희는 대답을 기다렸지만 여전히 아무 반응도 하지 않고 가만있는 그에게 짜증이 났다.

"이봐요. 아무리 내가 착각했어도 실수 인정하면 뭐라고 말을 해야죠. 왜 가만히 있어요? 신경 쓰이게."

"……상관없어."

이 남자 겨우 한다는 소리가 너무 어이없다. 다희는 여지없이 파르르 신경을 곤두세웠다.

"상관없다뇨? 왜요. 그 초대장 당신이 보냈잖아요. 8시 이후에 돌아다니지 말라고 협박한 사람이 초대장 보냈을 거라 어떻게 생각해요? 그리고 함부로 키스했잖아요. 당신이 자꾸 장난치니까 이런 일이 생긴 거라구요."

"장난, 협박이라. ……협박을 당했는데도 무시하고 나올 만큼 내가 아무것도 아니었나?"

"당신을 무시했으면 내가 그런 우스운 꼴로 거기에 나갔겠어요?"

"무시는 아니지만, 피하고는 싶었다?"

우아한
짐승의 연애

말꼬리를 잡는 그의 불량한 말투에 발끈했지만, 다희는 얼른 심호흡을 했다.

'이유야 어찌 됐든 내가 실수한 거 맞잖아. 참자, 참아.'

스카이라운지에서 있었던 일종의 해프닝에 대해서, 그는 그녀가 생각했던 것 이상으로 대단히 모욕적으로 느낀 것이다. 초대한 사람을 앞에 두고 일행 운운하며 무시하고, 그가 초대했다고 하는데도 장난으로 치부해버렸으니 자존심이 상했을 법도 했다. 썩 내키지는 않았지만 무시당한 것은 아니니 자존심 상해하지 말라고 알려주기로 했다.

"어젯밤에 날 구해준 고마운 분이 계세요. 만나고 싶다 말해놓은 터라 그분한테서 연락이 온 줄 알았어요."

"어젯밤 일이라. 내가 오늘 낮에 보여준 호의는 싹 잊게 할 만큼 굉장한 일이었나?"

"엄청난 일은 맞지만, 그렇다고 낮의 일이 아무것도 아닌 건 아니에요. 고맙게 생각하고 있어요."

"그렇군. 고맙기는 하단 말이지. ……그 어젯밤 일이라는 거, 이 비서도 알고 있나?"

"창재 씨요?"

그녀에게서 또 망할 놈의 이 비서 이름이 흘러나오자, 그의 신경이 극도로 자극받았다. 날선 눈매가 더 독한 기운의 화덕에 달궈지고 두드려진 칼날처럼 번들거리게 날이 섰다.

"글쎄요, 좋은 일도 아닌데 안 했겠죠. 창재 씨가 무슨 말 하던가요?"

"그런 건 남자치……."

서후는 다음 말을 잇지 않고, 입을 다물었다. 남자친구라는 단어를 뱉고 나면 이렇게 그녀를 보고 있지도 못할 것 같았다. 인정하고 싶지 않은 현실을 받아들이라고 추궁당할 것 같았다.

"그만 가지. 방해하지 말고."

"얘기하다 말고 뜬금없이 가래요. 답답해요. 말해봐요. 창재 씨가 무슨 말을 했는데요?"

'그놈 이름, 그렇게 다정하게 부르지 마!'

제발 입 좀 다물라고. 미치겠는 건 오히려 자기니까 입 다물라고. 당신 입으로 그놈 이름 좀 그만 부르라고 말하고 싶었다.

'둘이서 내게 제대로 한방 먹여놓고, 무슨 말을 하라는 거야. 무슨 말을 듣고 싶은 거야. 한다희 너를 안고 싶었다고 그 말을 해줄까? 도망칠 수 없게 요트에 태워서, 별이 쏟아지는 밤바다로 나가 밤새도록 키스하고 애무하고 밤새 뒹굴고 싶었다고 얘기해줄까? 제발 그만하고 가라. 놓아줄 수 있을 때, 이쯤에서 멈출 수 있을 때 제발 가라고!'

하지만 서후는 그녀에게 아무 말도 할 수 없었다. 그저 지금 이 순간이 영원했으면 싶었다. 눈앞에 그녀가 있는 게 좋았다. 그에게 궁금증을 풀어달라고 대답을 종용하는 그녀가 미우면서도 사랑스러웠다. 그녀에 대한 미련이 커질수록, 그녀를 가진 이 비서에게 참기 힘든 질투와 분노가 치밀었다.

그의 타는 속마음을 알 길 없는 다희가 감정을 추스르며 또 질문을 해왔다.

"내 이름은 어떻게 알았어요? 창재 씨한테 나를 찾으라고 했다면서요. 이름을 알려준 것도 아니었는데 어떻게요?"

서후는 말끝마다 '창재 씨, 창재 씨'를 달고 있는 그녀가 그더러 들으라는 듯 일부러 더 달콤하게 부르는 것 같아 얄미웠다. 그녀의 질문 어느 것에도 원하는 답을 내놓기 싫을 만큼 단단히 속이 꼬여버렸다.

"내가 당신 이름을 어떻게 알았을지 궁금한가?"

"그럼요."

"원한다면. ……당신 여권."

"여권, 이요?"

뜻밖의 대답에 다희의 고개가 갸웃거렸다. 미간을 좁히며 그와 자신의 여권 사이의 접점을 찾으려 생각했다.

"여권 분실했는데? 어제 그 해변에서……?"

해변이 떠오르자 다희의 머릿속에 섬광처럼 한 사람이 떠올랐다. 설마 하는 의구심 속에 떠오른 그 미지의 한 사람이 환영 속에서 걸어 나와, 그에게 서서히 겹쳐졌다.

"말도, 안, 돼."

"맞아, 나! 당신이 만나고 싶다던 그 생명의 은인."

한껏 몸을 낮추고 드러나지 않던 거짓말 같은 진실들이 일제히 일어났다. 그리고 그녀를 향해 손가락질하며 비아냥거린다. 너만 몰랐다고. 너만 멍청했다고. 조심스럽게 다가가려던 진실 앞에 다시 알몸으로 서 있는 것처럼 부끄러웠다.

"고맙다는 말은 들은 거 같고. 낯선 남자한테 알몸 보인 민망한 일을 계속 상기시켜봐야 본인에게 좋을 건 없지 않나? 더는 볼일 없으니 은인 타령은 여기서 끝내지."

"아니, 그게……."

"나한테 볼일 더 남았나? 아, 여권은 내일 임 집사 통해서 전해주지."

서후는 돌리고 싶지 않은 발길을 먼저 돌려버렸다.

'젠장!'

더러운 기분을 전환하려고 요트를 준비시켰다. 바다로 나가 그녀에 대한 미련을 수장시킬 작정이었다. 잠시 다녀오면 깨끗이 비워내고 내일부터, 아니, 돌아온 순간부터 예전의 그로 돌아가 있을 거라고 자신했다. 그렇게 곱씹으며 걸어왔는데, 그의 요트 앞에 잔뜩 웅크리고 앉아 있는 그녀를 보았다. 그녀가 보이자, 밀어내기는커녕 달려가 으스러지게 안고 싶었다.

'이 비서 따위 아무것도 아냐. 당신을 찾아오겠어. 그를 버리고 나를 봐.'

그러나 오히려 그녀를 상처 입히고 말았다.

타박, 타박.

치밀어 오르는 욕지기를 억누르며 걷고 걸었다. 그녀가 서 있는 방향에서 불어오는 바닷바람 속에 그녀의 체향이 섞여 있었다. 그 향기로운 체향이 계속 그를 쫓아왔다. 숨을 쉴 수가 없었다. 그녀가 느껴지는 공간에서 한시라도 빨리 벗어나야 한다. 억지로 숨을 참았다. 그녀의 마향에 끌려가지 않기 위해서 턱에 숨이 차오를 만큼, 빠르게 걷고 걸었다.

+06

　빌라로 돌아온 서후는 곧장 차가운 물로 샤워를 했다. 10분 넘게 물이 머리에 떨어지도록 하고 한참 서 있었다. 샤워기에서 떨어지는 물줄기가 얼음칼처럼 피부에 꽂혀댔지만 애욕으로 달아올랐던 전신의 체온은 좀처럼 낮춰지지 않았다. 일 분만 먼저 그녀를 낚아채서 스카이라운지를 나왔다면 어땠을까?

　'후후후. 미친 놈.'

　헛웃음이 나왔다. 승리감에 도취되어 조금 늑장을 부렸다. 일 초의 오차도 허락지 않고 일을 추진하던 그가 결정적인 순간에 이런 어처구니없는 실수를 할 줄 몰랐다. 손 안에 들어왔던 먹잇감을 놓친 맹수처럼 가늘게 벌어진 입술 틈새로 잔인한 신음소리가 흘러나왔다. '놓치다'. '빼앗기다', 이 단어가 주는 생경함이 서걱거려 가슴이 부대꼈다.

　풀썩.

　머리카락과 몸에 묻은 물기를 제대로 갈무리하지 않은 채 흰 가운만 두르고 나와, 소파에 깊숙이 기대앉았다. 손바닥 아래서 자르르한 통증이 느껴졌다. 흰 수건으로 상처 난 손바닥을 아무렇게나

둘둘 말아두었다. 방치해둔 손바닥 상처쯤은 아무것도 아니었다. 그의 심장을 뚫고 지나간 상처에 비하면.

똑똑똑.

조용한 노크소리와 함께 잠시의 시간을 두고 임 집사가 베드트레이를 들고 들어왔다. 심기가 불편해 보이는 서후를 위해서 그가 이따금씩 준비하는 취침 전 음식이었다. 헤밍웨이가 사랑한 와인인 샤토마르고 한 잔과 카프제 샐러드, 치즈와 올리브, 무화과를 준비했다. 먹는 것에 인색한 서후인 만큼 와인과 올리브 한 알 정도에 손을 댈 게 분명하지만, 임 집사의 마음씀씀이는 언제나 서후가 즐기는 것으로 다양하게 준비했다. 임 집사는 탁자 위에 트레이를 올려놓고 용건을 꺼냈다.

"이 비서가 내일 조찬 모임 몇 시에 출발하실지 궁금해합니다. 오늘 호텔에 머물 거라고 출발 시간에 맞춰 빌라로 오겠답니다."

"호텔에…… 있겠다……."

다희와 함께 있는 이 비서의 모습이 그려지자, 서후의 관자놀이 힘줄이 불뚝 튀어올랐다. 그 번들거리는 보랏빛이 그의 서늘한 눈매와 묘한 조화를 이루었다.

"7시에 출발하시도록 준비할까요? 오늘은 숙면을 취하시는 게 좋을 것 같습니다."

"6시에 출발하죠. 이 비서는…… 호텔로 나와 있으라고 해요. 여기까지 올 필요 없다고."

"예, 그렇게 전하겠습니다. 그럼, 쉬십시오."

임 집사가 방으로 들어오던 순간부터 시작됐던 생각 하나가 서

우아한
짐승의 연애

후의 뇌리에 자리 잡혀 있었다.

"임 집사."

"……네."

문을 열려던 임 집사가 의외라는 듯 멈춰 섰다.

서후는 와인 잔을 들어 부드러운 스냅으로 유유히 돌렸다. 둥근 와인 잔 내벽을 타고 붉은 물결이 우아한 곡선을 그리며 맴을 돌았다. 와인의 농도를 알려주는 와인의 눈물이 둥근 아치를 그리며 서서히 떨어졌다. 와인의 눈물을 바라보던 그가 입을 열었다.

"어제 이 비서 여자친구가 여기에 왔었다던데요."

"예, 맞습니다."

서후는 다음 질문을 하지 않고 오히려 임 집사에게서 다음 말이 스스로 나오기를 기다렸다. 와인 잔에 코를 박고 향을 음미했다. 임 집사는 서후의 다음 질문을 막지 않으려는 의도인지 말없이 기다렸다. 뜻하지 않게 임 집사와 겨루기를 한 꼴이 되었다. 이번에도 서후가 먼저 물었다.

"오늘 아침에 왜 그녀를 알아보지 못했습니까? 처음에는 경황이 없어 몰랐다 해도 병원에 줄곧 같이 있었는데 계속 못 알아봤다는 건 이상하지 않나요? 게스트 룸에 묵는 손님이었는데 말이죠."

임 집사는 서후의 질문을 단번에 알아채지 못해 시간을 두고 상황을 정리했다. 그의 질문을 이해 못 했다고 해서 지금껏 되물었던 적은 없었다. 그가 말하는 알아보지 못했다는 사람은 한다희를 두고 하는 말이었다. 뜬금없이 이 비서의 여자친구가 왔다는 걸 거론한 걸로 봐서는……. 정리가 된 임 집사는 이내 대답을 찾았다.

"죄송합니다. 그분이 이 비서 여자친구인 줄 몰랐습니다. 어제 오후에 식료품 창고를 채우는 일로 잠시 외출을 했습니다."

"그랬군……. 그래서 몰라봤어."

서후는 탄식 같은 반응을 했다. 임 집사는 계속 설명을 이었다. 서후가 명확한 내용을 듣고자 한다고 생각한 것이다.

"외출하고 돌아와서 바로 해변에 휴식처 만들고, 식료품 창고 정리한 후에 게스트 룸 확인하려 했는데, 그 일이 있어 제가 그만 놓쳤습니다."

"됐어요. 그걸 탓하려던 게 아니니까. 알았으니 그만 나가봐요."

서후가 일단락 지어버린 일 뒤에 죄송하다는 말을 덧붙이는 건 사족이었다. 그는 조용히 문을 열고 나갔다.

"무엇을 기대한 거냐, 윤서후."

임 집사가 나가고 자조 섞인 웃음이 흘러나왔다. 방으로 들어온 임 집사를 보고 의문이 떠올랐을 때, 서후는 무척 반가웠다. 빌라에 묵는 손님을 임 집사가 모를 리가 없다. 그런데 병원에서 다희를 본 임 집사의 행동은 마치 처음 본 사람을 대하듯 했다. 그녀를 몰랐다는 건 그녀가 이 비서의 여자친구가 아닐 수도 있다는 반증이라고 생각했다. 실낱같은 희망일지라도 서후는 그 끈을 잡아보고 싶었다. 전혀 그런 의도가 아니었겠지만, 임 집사의 명확한 전후사정 설명은 그에게 제대로 한방 먹여버렸다. 만신창이가 되어 나가떨어지게 만들었다.

타앗!

와인을 단숨에 비워내고, 빈 잔을 탁자에 내려놓았다. 묵직하고

우아한
짐승의 연애

떫은 타닌 성분이 그의 거칠거칠한 목줄기를 타고 훑어내렸다. 와인 잔을 계속 쥐고 있으면 이것마저 깨뜨려버릴 것 같았다. 간식거리는 거들떠보지도 않고 그대로 침대에 쓰러져버렸다.

억지로 삼켜버린 와인이 그의 목과 가슴에 걸렸는지, 체기가 느껴졌다. 아니다, 그의 가슴에 걸린 것은 이미 그의 온몸으로 스며든 와인이 아니라, 그녀였다. 떨쳐지지 않는 그녀 때문에 오늘 밤은 지독한 불면증에 시달릴 듯했다. 미련을 떨어내지 못하는 스스로가 못마땅하고 역겨웠다.

"흐음."

억지로 눈을 감고 있느라 잔뜩 미간에 힘을 주었더니 뻐근한 통증이 밀려왔다. 와인 한 잔이 더 필요하겠다는 생각이 드는 찰나, 다른 일말의 가능성을 찾은 그가 벌떡 일어나 앉았다.

"그녀는 밤새 돌아오지 않았어."

아침까지 병실에 있었던 그녀는 빌라로 돌아가지 못했다. 그런데도 오늘 아침 이 비서의 표정은 걱정은커녕 콧노래까지 불렀다. 서후가 거슬린다는 눈짓을 보내기 전까지 알아채지 못할 만큼 행복에 겨워했다.

"여자친구라면 밤새 찾았어야지."

밤새 걱정했던 사람답지 않게 뜬금없이 콧노래라니! 콧노래를 부르던 이 비서의 태도를 꼬집지 않고 넘어간 것은 여자친구와 오랜만에 회포를 푼 남자라면 잠시 한눈을 팔 수도 있을 거라고 이해했기 때문이다. 하지만 그는 여자친구와 회포를 풀지 못했다. 콧노래는 당연히 없어야 했다. 여자친구를 걱정해서 다크서클이 턱밑까지 내려와 있어야 했다.

'어쩌면 그녀는, 이 비서의 여자가 아닐 수도 있어. 아직 실망하기에는 이르다.'

서후의 심장이 밖으로 튀어나올 것처럼 두근거렸다. 당장 전화해 확인하려던 것을 간신히 참았다. 몇 시간 뒤에 확인하면 될 일이다. 그 뒤에 살을 찢는 고통으로 무너질지라도 몇 시간 희망을 남겨 둔다고 해서 그를 비난하지는 못할 것이다. 그 비난을 용서하지 않을 것이다.

여전히 그녀의 입술 향기가 그의 입술에 남아 있는 듯했다. 향이 짙어질수록 그는 그녀를 더욱 놓치고 싶지 않았다.

띠리리리, 띠리리.

끈질기게 울려대는 인터폰 소리에 이불 속에서 뻗어 나온 가늘고 하얀 손이 인터폰 위치를 찾느라 더듬거렸다. 가까스로 수화기를 찾아 이불 속으로 끌어왔다. 수마에 푹 절어버린 다희의 낮게 잠긴 목소리가 나왔다.

"여보세요."

― 여보세요? 다희 씨예요?

"네. 누구세요?

여전히 잠이 깨지 않은 다희는 비몽사몽간에 얘기하고 있었다.

― 미안해요. 내가 잠 깨웠죠? 이창재예요. 우리 주영이 어때요? 밤새 속 쓰리다고 울었는데 지금은 괜찮아요?

"……주영이요? 주영이 어제 안 들어왔는데. 창재 씨랑 같이 있겠다고……."

　이불을 걷어내고, 그 속에서 다희의 얼굴이 삐죽이 나왔다. 게 슴츠레 한쪽만 실눈을 뜨고 옆 침대를 보니, 침대 밑으로 반쯤 상 체와 팔을 늘어뜨리고 귀신처럼 자고 있는 주영이 어슴푸레하게 들 어왔다.

　— 다희 씨, 다희 씨?

　"잠시만요. 주영이 여기 있어요. 바꿔줄까요?"

　— 아, 아니요. 그냥 자게 두세요. 주영이 어제 엄청 과음했거든 요. ……저, 다희 씨한테 부탁 있어요.

　"……네."

　— 주영이 해장할 때 먹으라고 생크림 케이크 준비했는데 갖다 줄 시간이 안 나서요. 사장님 조찬 모임 끝나면 바로 홍콩엘 가야 하 거든요. 여기 자리도 못 비우고. 그래서 미안하지만 다희 씨가 잠깐 이쪽으로 와주면 안 될까요?

　"지금이요?"

　— 네, 부탁할게요. 10분 뒤에 떠나야 돼서요. 지금 바로 와줄 수 있을까요?

　창재와 통화하면서 일어나 앉은 다희는 대답을 머뭇거리며 주영 을 보았다. 한여름 더위에 흐물흐물 녹아버린 초콜릿처럼 침대에 찰 싹 붙어버린 친구를 깨워서 내보내는 건 불가능해 보였다. 탁자 옆 에 놓인 전자시계의 시각이 이제 막 7시 20분으로 바뀌고 있었다.

　"알았어요. 어디로 가면 돼요?"

　다희가 있는 호텔 건물 반대쪽에는 대규모 국제행사나 화려한 귀족 결혼식을 치르기 위해 독립 공간으로 꾸며놓은 별관 건물이 있었다. 그 건물 1층 로비에서 보자는 약속을 하고 인터폰을 끊었다.

화장실에서 간단한 세수와 가글을 마치고 나온 다희는 원피스 잠옷을 빠르게 벗어던졌다. 흐트러진 머리를 흰색 머리끈으로 질끈 묶으며 옷장으로 갔다. 흰색 반팔 티셔츠에 짧은 하늘색 후드티와 트레이닝 바지를 입고 빈티지 느낌의 야구모자를 눌러썼다. 뛰기에 좋은 운동화도 갖춰 신었다.

운 좋게도 같은 층에 머물러 있던 엘리베이터에 탔다. 내려가는 동안 그녀는 벽에 붙은 거울을 보았다. 세수만으로도 한껏 물을 먹은 제비꽃처럼 단아하게 피어난 얼굴이었다. 룸에서 나올 때 챙겨 온 립글로스를 꺼내 입술에 색을 더했다. 혹시라도 서후와 마주치게 될 수도 있었다. 그에게 부스스한 모습을 보이고 싶지 않아 나오면서 급하게 챙겨 넣었다. 입술에 색을 더하니 맑고 투명한 그녀의 얼굴에 금세 화사하게 장미꽃이 피어올랐다.

어젯밤 다희는 요트 정박장에 한동안 서서 사라지는 그를 바라보았다. 그리고 이내 제 자신을 책망했다. 달려가서 그를 붙잡고 변명하지 못한 것이 후회스러웠다. 그의 장난이었든, 그녀의 착각이었든, 살려줘서 정말 고맙다고 인사해야 했는데 그 기회를 바보처럼 놓치고 말았다.

띵.

1층에 도착한 엘리베이터가 도착했다는 신호음을 냈다. 다희는 거울로 제 모습을 한 번 더 확인하고 서둘러 내렸다. 창재에게서 조

우아한
짐승의 연애

찬 모임 후 홍콩으로 출장 간다는 말을 들었을 때, 수마에 잠겨 있던 그녀의 의식과 눈꺼풀이 일시에 걷혔다.

'지금이 마지막 기회일지도 몰라. 감사하다는 말은 제대로 해야지.'

다희는 서후를 놓칠 것 같은 조급함 때문에 로비를 가로질러 달려갔다.

서후는 총리 비서들과 조찬 모임을 마치고 리셉션장에서 나와 홀로 2층 복도를 걷고 있었다.

조찬 모임에서 그는 향후 Y호텔 사업 플랜과 싱가포르에 가져올 경제적 이익에 관한 청사진을 제시했다. 또한 Y호텔이 싱가포르의 경제적 발전과 위상을 높이는 일에 결코 주저함이 없을 거라는 속내를 가감 없이 표했다.

복도를 지나는 서후는 서둘러 사무실로 걸음을 옮겼다. 곧 홍콩으로 가야 했다. 호텔 체인 시설을 둘러보고, 홍콩 Y호텔에서 열리는 KOWIN(세계한민족여성네트워크) 홍콩지회에서 개최하는 '세계 여성의 날' 기념행사에 참석해 바자회에 거금을 기부할 계획이다.

복도 중간쯤 도달하여 1층을 무심히 돌아본 그의 시선에 다희와 이 비서가 포착되었다. 그가 걸음을 멈추었다.

조찬 테이블이 세팅되고 식사와 대화가 무르익은 시점부터 이 비서가 보이지 않았다. 홍콩 출장 스케줄로 자리를 비운 거라 여겼는데, 그녀를 만나고 있을 줄이야.

'밤새도록 같이 있고도, 또 보고 싶었던 건가.'

그의 차분했던 신경이 날카롭게 날을 세워댔다. 호텔에 도착했을 때 이 비서에게 그녀와의 관계를 바로 물어볼 생각이었지만, 서후의 초대에 감격한 총리 비서들이 일찍부터 호텔에 나와 기다리고 있었기에 이 비서와의 대화는 잠시 미뤄둬야 했다.

서후는 2층 난간을 긴 두 팔로 짚고 서서, 로비의 두 남녀를 내려다보았다. 이 비서는 그녀에게 케이크 상자를 건네고 있었다. 서후를 등지고 선 이 비서의 어깨 너머로 맑은 그녀의 얼굴이 언뜻언뜻 보였다. 그녀가 얘기하는 도중에도 이 비서의 얼굴을 이리저리 살펴본다.

'내 것이기를 바랐던 저 맑은 웃음.'

당장 자신 쪽으로 돌리고 싶었으나 아직은 아니었다. 서후는 입술을 지그시 물었다.

'홍콩으로 떠난다는 얘기를 듣는 걸까?'

그녀의 눈빛과 입술이 깊은 안타까움을 담고 있다. 하루가 채되지 않는 출장길인데 그 잠깐이 아쉬운 건가? 잠시라도 서로의 얼굴을 보지 못하는 것이 그토록 참기 힘든가?

'그만큼 뜨거운 건가, 두 사람?'

뭐가 그리 좋은지 입꼬리를 말아 올리고 청량하게 웃음 짓다가 이내 이 비서의 이마에 손을 가져가 다정하게 정리해주고 어깨를 쓸어주기까지. 지켜보는 서후의 눈꼬리가 가늘게 좁혀졌다.

'무슨 꼴을 더 보고 싶은 거냐, 윤서후. 그녀가 그예 연인과 키스하는 것까지 지켜보고 돌아설 건가. 이 비서에게 확인하고, 완전한 녹다운을 당하고 싶은 거냐. 그 비참한 꼴로 상사 입장을 세울 수나

있겠어.'

수컷은 강하든 약하든 누구나 제 여자를 지키기 위해서라면 초
인적인 능력을 발휘하는 부류다. 아무리 에둘러서 말한들 제 여자
에게 촉을 드리운 수컷의 의도를 눈치 못 챌까. 이보다 더 확실한
정황이 어디 있겠는가. 이른 아침에 연인의 얼굴을 한 번 더 볼 생
각에 달려 나와서 연인의 옷차림까지 신경을 써주는 자연스러움.

'무엇을 더 확인하고자 여기 있는 거냐. 돌아서라. 이쯤에서 돌
아서도 이미 미련한 집착일 뿐이다.'

두 사람을 외면한 서후가 몸을 돌려 2층 복도에서 빠르게 사라
졌다. 한 치의 미련도 남기지 않겠다는 결연함이 서린 그의 등이 외
로워 보였다.

"아, 고마워요. 바쁘게 뛰어다녔더니."

1층 로비 구석에 선 다희와 창재. 창재는 이마에 송글송글 맺힌
땀을 나달나달해진 티슈뭉치로 연신 찍어내며 멋쩍게 웃었다.

"또 휴지 묻었어요. 손수건 챙겨 올 걸 그랬나 봐요."

"아니에요. 땀 잘 안 흘리는데, 사장님 조찬 모임 끝나기 전에
이거 챙겨 오느라 뛰어서 그래요."

다희는 그의 이마와 어깨에서 하얀 휴지조각을 떼어내주며 밝
게 웃었다.

"주영이 부러워요. 이 바쁜 와중에, 이렇게 살뜰히 챙겨주는 남
자친구도 있구."

"아니에요. 내가 항상 부족하죠."

"……근데, 창재 씨."

"네."

다희의 시선이 주위를 살폈다. 서후를 찾는 중이었다.

"혹시…… 사장님 만날 방법이 있을까요? 할 말이 있어서요."

"사장님을요? 그건 곤란한데요. 바로 공항으로 출발해야 돼서 따로 시간 내기는 어렵거든요. 괜찮다면 내가 전해드릴까요?"

"아뇨. 직접 해야 될 말이라서요. ……혹시 며칠 걸리나요? 우리 떠나기 전에는 돌아와요?"

"그럼요. 오늘 자정에 도착할 겁니다. 내일 또 조찬 모임이 있거든요."

"그래요? ……창재 씨, 이러다 늦겠어요. 얼른 가보세요. 이건 주영이한테 잘 전달할게요."

"주영이 잘 좀 부탁해요. 얼굴 못 보고 가서 미안해하더라고 꼭 전해주고요. 그럼 먼저 가요."

창재는 부탁한다는 의미로 그녀의 팔을 가볍게 다독이고는 로비를 가로질러 뛰어갔다.

다희는 서후를 못 본다는 실망감에 무거운 한숨을 내쉬었다. 아쉬움에 무거운 발길을 옮기는데, 정문 앞에 선 리무진 차량이 눈에 띄었다. 병원에서 퇴원할 때 주영과 이용했던 차량이라 쉽게 알아볼 수 있었다.

"지나가는 거라도 볼 수 있으려나?"

다희는 리무진 차량이 잘 보이는 통유리로 된 창가 앞으로 갔다.

'왔다.'

블랙 턱시도와 흰색 드레스셔츠, 매듭을 짓지 않고 목선 양쪽으로 언밸런스하게 내려놓은 블랙 보타이를 한 서후가 나타났다. 그의 뒤를 따르는 창재는 방금 전 다희와 있을 때와는 비교도 안 되게 잔뜩 주눅 들어 있었다. 자리를 비워 꾸중을 들은 게 아닐지 걱정이 되었지만, 그녀의 시선과 마음은 이내 서후에게로 옮겨져 있었다.

'당당하게 걷는 남자의 걸음걸이가 저토록 섹시할 수 있구나.'

적당한 보폭과 과하지 않은 속도, 공간과 그녀의 마음을 가득 채우는 구둣발 소리. 품위 있게 걷는 모습에 가슴이 설렜다. 그는 걷는 모습으로도 여자를 반하게 할 수 있는 마력을 가졌음을 새삼 느꼈다. 감히 그의 공간 속으로 들어가 알은체 해보자는 엄두가 나지 않았다. 그가 만드는 찬연한 오러를 무시하고 발을 내딛기가 쉽지 않았다. 그의 주위에는 다른 시간이 흐르고 있다는 착각마저 일었다.

'어?'

곧장 앞만 보고 걷던 그가 다희 쪽으로 고개를 돌렸다. 눈을 마주쳐준 그가 반가워 미소가 차올랐다. 그러나 그는 이내 싸늘하게 일별하고 고개를 바로 돌려버렸다. 그의 단호한 태도에 그녀의 미소가 싹 지워졌다. 그가 어젯밤 일로 여전히 화나 있다고 생각했다. 방금 전, 자신과 창재의 지각없는 행동이 그에게 어떠한 상처를 남겼는지 알 리 없는 다희는 그의 차가운 일별에 가슴이 무너졌다. 서후의 엉킨 마음을 푸는 열쇠가 그녀 자신에게 있음을 모른 채로,

리무진에 오르는 그를 망연자실하게 지켜보았다.

서후와의 짧은 만남으로 인해 물먹은 솜처럼 무거워진 몸을 안고 룸으로 돌아온 다희는 숙취 때문에 괴로워 침대에서 뒹굴고 있던 주영 앞에 케이크 상자를 내려놓고 바로 욕실로 들어갔다.

쏴아아.

옷을 하나도 남기지 않고 벗어냈다. 투명한 알몸 그대로 욕조로 들어가 무릎을 모으고 앉았다. 샤워기에서 쏟아져 나온 물이 그녀의 가는 등줄기로 떨어졌다. 화상 기운이 남아 있는 등줄기에 통증이 더해졌다.

"으으음."

따끔거리는 아픔 때문에 저절로 신음소리가 새어나왔다. 하지만 이 고통보다도 그녀를 더 괴롭게 하는 것은 그에게 닿을 수 없는 거리였다.

'그는 재벌이다. 재, 벌……'

그 단어의 낯섦과 생경함이 입 안에 모래가 든 것처럼 서걱거렸다. 재벌이 뭔지 모른다. 재벌가 사람이 어떻게 생겼는지도, 얼마만큼 돈이 있어야 재벌이 되는지도 모른다.

"나와는 완전히 다른 세계 사람."

그녀가 있는 세계와는 다른 계(界)에 머무는 아주 특별한 종족. 그의 특별했던 개인빌라와 전시장을 연상케 하는 럭셔리한 자동차 컬렉션, 빌라 앞에 정박해 있던 지나치게 화려했던 요트. 이런 것들은 그가 가진 것의 빙산의 일각일 것이다.

우아한
짐승의 연애

"이제는…… 이제는 접어야겠지."

그는 어젯밤 그녀에게 등을 돌리던 순간부터 이미 그녀라는 존재를 지워냈을 거다. 그의 차가운 태도가, 서늘한 시선이 그러했다.

하지만 다희는 시작되고 있었다. 너무나 급작스럽게 커져버린 그를 향한 감정이 낯설었다. 회피하고 싶고, 아니라고 부정하고 싶었지만, 이제는 그녀도 인정할 수밖에 없다. 그가 좋아지고 있다. 그의 장난이, 그의 관심이, 그의 눈빛이, 그의 손길이 좋아져버렸다.

"보고 싶어."

그를 담은 마음을 인정하고 나니, 그가 몹시 보고 싶었다. 그를 내치고 밀어냈던 강한 감정이 돌아서자, 미친 듯이 그에게 달려가 안기고픈 욕망으로 급변했다. 그의 경고를 무시했을 때 닥칠 위험 속에 자신을 던지고 싶어졌다. 벌 받고 싶어졌다. 그에게 향하는 마음의 그 간절함을 고스란히 안은 채 달려가 단단한 허리를 감싸 안고 싶었고, 그의 가슴에 얼굴을 묻고 싶었다.

'당황하겠지! 하지만 나를 떼어내느라 필사적이라도 상관없어.'

어쩔 수 없었다. 이미 그녀의 심장은 그를 향해 뛰기 시작했으니까.

어느새 그녀의 몸을 감출 만큼 물이 욕조에 가득 차올랐다. 욕조 밖으로 넘치지 않도록 물을 잠갔다. 욕조 안 옆면에 달린 배수구가 꾸르륵거리며 물을 뱉어내고 있었다.

그 순간 다희는 차라리 고백하고 깨끗하게 거절을 당하자고 마음먹었다. 그가 다른 계에 존재하고, 그 계를 움직이는 왕이라 할지라도 그녀의 입술을 움직이는 건 그녀 자신일 테니까. 오롯이 그녀의 의지일 테니까. 고백하기로 결정을 하자 또다시 심장이 뛰기 시작했다. 다희는 숨을 깊게 들이켜고 침잠하듯 물속으로 온몸을 감춰버렸다.

그러나…… 출국일까지 서후와 창재는 돌아오지 않았다.

무슨 일인지 홍콩 출장은 계속 연장되었고, 창재는 '미안하다'는 문자와 전화를 연신 하며 발을 동동 구를 뿐이었다. 그조차도 출장이 길어지는 이유를 모른다고 했다. 임 집사는 호텔리어를 통해 그녀의 여권을 돌려주었다.

출국 당일, 다희는 그에게 주려고 했던 것을 호텔 프런트에 맡겨야 했다. 그의 와이셔츠와 아르마니 매장에서 산 넥타이, 그리고 그가 준비해준 원피스까지. 간단한 메모를 첨부했지만, 제 실수에 대한 미안함을 전하기에 충분하지 않아 마음이 무거웠다.

호텔 정문 앞에서는 그녀들을 창이공항으로 태워다 줄 택시가 대기하고 있었다. 호텔리어가 캐리어를 택시 트렁크에 실어주었다. 미련을 버린 주영은 택시에 먼저 올라타 있었다.

"다희야, 빨랑 타."

택시 문을 잡고 선 다희는 서후가 이곳에 없다는 것을 알면서도 아쉬운 나머지 주변을 두리번거렸다. 주영이 다시 재촉을 했고, 미련을 떨치지 못한 채 다희는 택시에 올랐다.

'그와는 이렇게 영영 끝이다. 굿바이, 아디오스, 아듀, 안녕히.'

+07

두 달 뒤, 인천공항. 서후가 이제 막 비행기에서 내리고 있었다. 3월 초 이른 봄이라 하기 무색할 만큼 사나운 칼바람이 불어댔다. 일 년 간 열대기후의 나른함 속에 늘어져 있던 세포들이 급강하한 기온에 중무장을 시켜줄 것을 요구하고 있었다.

VIP 라인으로 공항 검색대를 지나온 서후는 입국장 앞에서 기다리던 수석비서실장인 박 실장과 짤막한 눈인사를 나누었다. 30대 중반의 박 실장은 변함없이 단정하고 차가운 인상 그대로였다. 회사 내에서 그가 신뢰하는 최측근 중 한 사람이었다.

서후는 출구에서 대기하고 있던 검정색 고급 세단 뒷좌석에 곧바로 몸을 실었다. 차량이 움직이자, 귀국했다는 소회에 젖기도 전에 보조석에 앉은 박 실장이 몸을 사선으로 틀고 얘기했다.

"죄송합니다. 원래 귀국 일정이셨던 모레에 맞추다 보니 차량을 제대로 준비 못 했습니다. 내일까지는 불편하시더라도……."

"상관없어요."

"네. 내일 갤러리 축하연에 참석하실 생각이십니까?"

"준비하세요."

"알겠습니다. 파트너 동반이신데, 이번에도……."

"유림이 시간 되는지 알아봐요."

"예, 알겠습니다."

"바로 누나한테 가죠."

"예. 모시겠습니다."

서후는 더 이상의 대화를 거부하겠다는 듯, 시선을 창문 밖에 멀리 두었다. 그 뜻을 알아챈 박 실장이 앞을 향해 정자세로 앉았다.

서후를 태운 차량은 한참을 달린 뒤, 경기도 용인의 한적한 납골묘지로 접어들었다. 명당 풍수입지에 맞게 잘 들어앉은 여덟 개의 거대한 계단으로 이루어진 대형 노블레스 봉안묘의 어귀에 차량이 멈춰 섰다. 차량이 멈추자 박 실장이 내려 차문을 열었다.

"혼자 다녀옵니다."

차에서 내린 서후는 따르려던 박 실장을 제지시켜놓고 홀로 봉안묘 사이로 올라섰다. 얼마 전 큰 눈이 내렸는지 사방을 둘러싼 산자락은 하얗게 눈으로 덮여 있었다. 그러나 특별관리가 되고 있는 가족 봉안묘 쪽은 다른 세상인 듯 눈의 흔적을 찾아볼 수 없었다.

목적한 곳에 도착하기 전, 서후는 발길을 멈추었다. 누군가를 알아본 그의 눈매가 가늘게 그려졌다.

누나 윤서진의 묘역 앞에 머리가 희끗한 한규성 교수가 서 있었다. 짙은 갈색 모직코트에, 같은 톤의 버버리 머플러를 길게 내려뜨린 그는 예전보다 한층 더 중후한 멋이 느껴졌다. 한동안 묘에서 눈을 떼지 않던 한 교수가 따가운 시선을 느꼈는지 몸을 돌려 서후 쪽을 향했다. 서후가 무표정한 얼굴로 그를 향해 다가가 멈춰 섰다.

"오랜만이군."

한 교수가 먼저 인사를 건넸지만, 서후는 답이 없었다. 한 교수는 씁쓸한 미소를 지었다. 서후의 불편함을 이해한다는 표정을 보이더니 머뭇거림 없이 발걸음을 옮겼다. 서후는 한 교수가 스쳐 지나 제 등 뒤에 있자, 그제야 입을 뗐다.

"한국에, 안 계신 줄 알았습니다."

한 교수가 걸음을 멈추고 서후를 향해서 사선으로 몸을 돌렸다.

"……잠시 들어왔네."

서후는 고집스럽게 한 교수를 외면한 채로 있었다. 그를 마주하기 껄끄럽기는 예나 지금이나 마찬가지였다.

"여기, 계속 오셨습니까?"

덤덤한 서후의 말투가 한 교수는 오히려 더 불편했다.

"……그건 아닐세. 한 번은 와야겠기에."

"그럼 부탁드리겠습니다. 아직 어머님이 힘들어하십니다. 혹여 마주치실까 걱정됩니다."

"알겠네, 무슨 말인지. 걱정 말게."

"이해해주셔서 감사합니다. 안녕히 가십시오."

한 교수는 대답 대신 서후의 등을 안쓰러운 시선으로 쓸어보고는 이내 발길을 돌렸다. 서후는 잔디를 스치는 구둣발 소리가 점점 멀어지는 걸 묵묵히 듣고 있었다. 누나의 묘역, 작은 헌화대 위에 한 교수가 놓아둔 것으로 보이는 코르크가 열린 화이트와인 한 병과 노란색의 나리 꽃다발이 있었다. 누나 서진이 좋아했던 꽃, 나리.

"서후야, 이 꽃 이름이 뭔지 알아?"

언젠가 미대 조교수였던 누나가 평창 오대산 자락으로 야생화 스케치 여행을 다녀오면서, 나리꽃을 야생 재배하는 주인에게서 받았다며 나리꽃 화분 서너 개를 가져왔다. 그녀가 지도하는 대학원 생들과 몇몇 교수들이 함께 떠난 여행이라고 했다. 미국 유학 도중 여름방학을 이용해 잠시 귀국한 서후를 붙들고 그녀는 밤새 나리꽃 자랑을 늘어놓았다.

"나리꽃 꽃말이 깨끗한 마음이래. 정말 마음에 들어."

하늘을 보며 자라는 하늘나리와 땅을 향해 자라는 노랑땅나리, 옆을 본다는 당나리. 그중에서도 누나는 수줍어 땅을 보며 자라는 노랑땅나리가 가장 마음에 든다고 했다. 그리고 서후가 졸려서 까무룩 눈이 감기려던 때 들려온 그녀의 혼잣말.

"나 아무래도 그분을 사랑하는 거 같아, 서후야."

"누나가 반가워할 사람, 내가 쫓아냈어."

서후는 몸을 돌려 어느새 계단 아래를 다 내려가고 있는 한 교수를 보았다. 그가 세워둔 차량에 올라타는 모습을 무표정한 시선으로 지켜보았다.

"나까지 저분께 이러면 안 되는데. 언젠가는 정식으로 사과해야 겠는데, 그 마음이 쉽게 먹어지지 않는다, 누나."

한 교수가 탄 차량이 묘지를 벗어나고 있었다. 차가 완전히 보이지 않게 되어서야 누나를 대하듯 묘를 향해 돌아섰다. 서후는 살아 있는 누나와 했던 것처럼 오랜만에 얘기를 나누고 싶었다. 싱가포르에서 있었던 사업 얘기며, 만난 사람들 얘기를 털어놓을 생각이었는데 어쩐지 김이 빠진 것 같았다. 유일하게 가족 중 그의 모든 것을 털어놓고 공유했던 다정하고 아름다웠던 누나, 서진. 그녀는 5년 전 갑작스런 교통사고로 세상을 떠났다.

"누나, 왜 꼭 여기에 이젤을 놔야 돼? 내 보기엔 다 똑같은데."

"그래서 네가 예술가가 못 되는 거야. 잘 봐봐. 여기 정원이 빛도 풍부하고 제일 예쁘잖아."

서후는 정원에 이젤을 세워달라고 졸라대는 누나와 항상 태양빛을 두고 실랑이를 했다. 구기동 본가에서 빛이 가장 예쁘게 든다는 정원에 이젤을 세워주면, 누나는 몇 시간을 그 자리에 앉아 일어날 생각을 하지 않았다.

아직도 그는 본가에 들어서면, 언제라도 하얗게 웃으며 누나가 맞아줄 것 같은 착각에 빠져들곤 했다. 여기 누운 누나의 묘비는 비현실로 멀기만 했다. 가족 중 어느 누구도 누나 얘기를 하지 않았다. 그녀가 남기고 간 상처로 가족 모두 지금까지도 아파하고 있었다. 너무나 갑작스러웠던 사고. 아무 준비 없이 사랑하는 누나를, 딸을 잃은 가족들은 누구에게든 이 화풀이를 해야만 했다. 그렇게 방향을 잃은 화살이 꽂힌 곳이, 한 교수였다.

"알아, 누나 마음. 이제라도 내가 바로잡아주길 바라지?"

누나가 야속하다는 듯 보고 있는 것 같았다. 서후 역시 야멸치게 한 교수를 쫓아낸 뒤끝이 말끔하지 않아 입이 썼다.

도심 속 자연을 느낄 수 있는 남산 자락에 세워진 Y갤러리.

세계적인 건축가 마리오 보타와 안도 다다오의 공동 건축물로, 동관건물은 우리나라 고미술품 전시와 국내외 근·현대미술품 전시를 위한 곳이었고, 서관건물은 상시전시실과 교육시설, 강당과 사무실로 이루어져 있었다. 그리고 그 사이 오솔길을 따라 올라가면 피톤치드가 가득한 숲 속 정원에서 나무 덱을 밟으며 감상할 수 있는 야외 조각공원이 조성돼 있었다.

다음 날부터 '조선화원(朝鮮畫員)' 테마로 올해 첫 상설전시가 3개월간 있을 예정이었다. 조선의 예술가 집단인 도화서에서 조선왕실과 조정의 행사와 업무를 기록했던 의궤에 실린 실물그림을 전시하는 행사였다. 아울러 올해 첫 전시를 축하하기 위해 국내외 귀빈을 모시는 축하연도 동시에 있을 예정이었다. 갤러리 곳곳에서는 막바지 단장이 한창이었다. 고용된 청소부들이 깨끗한 흰색 복장을 하고서 부지런히 움직이고 있었다.

"다들 쉬어가면서 하세요. 너무 무리하시면 병 나요, 병."

그 속에 인턴 큐레이터 배지를 달고 종종걸음으로 청소부들 사이를 바쁘게 오가며 독려하는 다희가 있었다. 그녀의 생기를 가득 머금은 미소가 싱그럽게 빛났다.

"우리 예쁜이 인턴 선생 또 오셨네."

"제가 뭐 도와드릴 거 없어요?"

"에그, 고운 손에 구정물 묻음 좋은 데 시집 못 가. 관둬."

"그래. 여긴 우리한테 맡기고 인턴 선생이나 좀 쉬어. 아님 노래나 한 자락 뽑든가."

"그거 좋네."

우아한
짐승의 연애

"그럴까요?"

나이 든 청소부들은 다희가 다정하게 비위를 맞추며 마음을 위로해주는 게 여간 기분 좋은 게 아닌 듯했다. 저마다 그녀에게 한마디씩 말을 걸어왔다.

다희는 파스텔블루 실크블라우스와 타이트한 블랙스커트, 무늬가 없는 블랙 하이힐 차림으로 머리카락은 한 올도 빠져나오지 않도록 망으로 감싸놓았다. 깨끗하고 앳된 얼굴은 그대로이면서 갖춰입은 차림 덕분에 커리어우먼다운 느낌과 여성스러운 단아함이 동시에 풍겼다.

입사한 지 채 두 달이 되지 않은 다희의 주된 업무는 청소관리와 팸플릿 인쇄 확인하기, VIP 참석 여부 확인전화 같은 잔업무가 대부분이었다. 그녀가 속한 1팀에서 올해 첫 상설전시를 전담했기에 입사 첫날부터 야근을 했고, 10시 전에 퇴근한 날이 다섯 손가락 안에 꼽힐까 할 정도로 눈코 뜰 새 없이 바쁘게 일했다.

오후 6시를 훌쩍 넘긴 시각에 5층 사무실로 들어섰을 때, 사무실 안에 1팀원은 한 명도 보이지 않았다. 전시회 마지막 점검이 끝내는 대로 알아서 퇴근하라는 차 부장의 지시에 따라 각자 파티 준비를 위해서 흩어진 지 오래였다. 40세의 1팀 팀장인 차 부장은 일에는 철두철미하지만 팀원을 아우를 때에는 센스 넘치고 사려 깊은 유부남이었다.

사무실 내에는 이번 전시회 전담부서가 아닌 2팀과 작품보존과학팀인 3팀에만 두어 명의 큐레이터들이 남아 있었고, 그들은 다희가 들어오는 것조차 신경 쓰지 않았다.

"으아아, 이제 다 끝났다."

오늘 처음 의자에 앉아본 다희는 자리에 앉자마자 하이힐을 벗어던졌다. 그녀의 다리와 발은 하이힐이 벗겨지지 않을 정도로 퉁퉁 부어 있었다. 두드려 맞은 것처럼 삭신이 쑤셨고, 볼펜 하나 들 힘조차 없게 녹초가 되었다. 그나마 오늘은 일찍 퇴근할 수 있어 다행이었다.

딩동.

문자 도착음이 울렸다. 의자에 머리를 기댄 채로 손만 길게 뻗어 책상에 던져둔 휴대전화를 들어 확인했다.

— 도착했습니다, 공주님. —

저절로 그녀의 입꼬리가 타원형을 그렸다. 다희는 얼른 문자를 찍어 보냈다.

— 지금 내려갑니다. —

이틀 전 엄마 기일에 맞춰 아빠가 귀국했다. 어제 차 부장의 배려로 오전 반차를 내어 엄마 수목장에 함께 다녀오긴 했지만, 전시회 준비 때문에 바빠서 함께 식사를 하지 못했다. 아빠도 내일 오전 다시 출국해야 하는 빠듯한 일정이었기에, 오늘 저녁식사는 하늘이 두 쪽 나더라도 꼭 함께 해야 했다. 문자를 보내놓고 바로 자리에서 일어나 퇴근 준비를 서둘렀다.

아빠, 한규성 교수는 학기 중임에도 불구하고 엄마 기일을 한 번도 거른 적이 없었다. 그는 조각가이면서 지금 시카고예술학교(SAIC)에서 학생을 가르치고 있었다.

"다희야, 아빠랑 시카고에 같이 가지 않을래?"

4년 전, 아빠는 느닷없이 시카고로 가야 한다고 했다. 서울 유명 미대 부교수이면서, 정교수 임용을 눈앞에 두고 있었는데 갑자기 지방으로 옮기게 될 것 같다고 하셨다가, 얼마 지나지 않아 시카고 예술학교에서 제의를 받았다고 했다.

당시 다희는 대학 입학을 앞둔 터라 고민 끝에 한국에 남겠다 했고, 아빠는 그녀의 의사를 존중해주었다. 봄의 엄마 기일에 맞춰 잠깐 얼굴을 보고 여름방학을 이용해서는 번갈아 한국에서, 시카고에서 함께 지내왔기 때문에 아빠의 부재는 그리 크게 느끼지 못했다.

차라락.

"이런."

급하게 서두르다가 책상 위에 제멋대로 펼쳐져 있던 서류를 바닥에 떨어뜨렸다. 서류들이 어지럽게 바닥으로 흩어졌다. 떨어진 서류를 챙기는데 문득 손길이 멎었다. 일주일 전 직속선배인 김민선 선배에게서 건네받은 VIP 초청객 명단이었다. 이미 VIP 참석 여부를 묻는 접촉을 수차례 했기에, 아직까지 정확하게 확인하지 못한 사람들로만 간추려진 간소한 명단이었다. 처음 명단을 확인했을 때 다희는 그대로 서류를 덮어버렸다.

Y호텔 윤서후 사장.

그는 초대객 명단 가장 윗줄에 있었다. 이름을 본 순간, 그녀의 심장이 순식간에 내려앉았다. 정신없이 흐르는 시간 속에서도 문득 그가 떠올랐다. 아니, 자주 떠올랐다. 짧게 스쳐간 인연이었기에 쉽게 지워질 줄 알았지만, 그렇지 않았다. 그녀의 인생에서 가장 강렬했던 시간 속에 머물러 있는 그는 결코 두 달이라는 시간으로 지워지지 않았다. 생명을 가진 불꽃처럼 시시각각 되살아나 머릿속을 어지럽게 뛰어다녔다. 두방망이질해대는 가슴을 진정시키고, Y호텔 비서실로 전화를 걸었다. 연결된 전화는 한 달 전 귀국한 창재가 받았다.

"사장님 지금 유럽 출장 중이세요. 아직 귀국 일정 정해지지 않았고요."

어제 오후 차 부장에게 윤서후 사장 참석 여부를 확인하지 못했다고 보고했다. 그러자 차 부장은 윤세경 대표가 직접 알아볼 거라며 제외하라고 했다. 오늘 아침 김 선배는 지나가는 말로 갤러리 대표인 윤 대표가 윤서후 사장의 고모이고, 그녀가 갤러리를 맡을 수 있었던 것도 그의 적극적인 지지가 있었기 때문이라고 했다.

그에 대한 또 새로운 이야기. 현실적으로 도저히 닿을 수 없는 존재임을 알게 될수록, 두 달 전 싱가포르에서의 짧지만 강렬했던 만남은 한여름 밤의 꿈처럼 더없이 아릿하고 달콤했다. 그리고 그만큼 아팠다. 언제나 그렇듯, 깰 수밖에 없는 꿈이기에 그를 향해 자라나는 생각을 매몰차게 잘라냈다. 떨어진 서류들을 대충 챙겨서 서랍 속에 넣고, 코트와 가방을 챙겨 들고 사무실을 서둘러 나섰다.

"다희야."

"아빠."

그녀가 밖으로 나섰을 때, 한 교수는 갤러리 앞에 차를 세워두고 있었다. 출국 전까지 이용하기 위해 렌트한 중형 세단이었다. 남산에서 불어내리는 쌀쌀한 바람에 잔뜩 웅크리고 나오는 그녀를 한 교수는 모직코트로 감싸서 차에 태웠다. 미리 히터를 한껏 켜놓은 덕분에 이미 따뜻하게 덥혀진 차 안 공기가 따스하게 그녀를 감싸 안았다.

"아, 따뜻하다. 역시 우리 아빠 최고, 최고!"

한 교수는 하루 종일 힘들어 지친 얼굴인데도 한껏 웃어주는 딸이 안쓰럽기도 하고 대견하기도 해서 머리를 쓰다듬었다.

"우리 딸 배고프겠다. 얼른 가자."

"네. 아빠 좋아하시는 한정식집 예약해놨어요. 오늘은 제가 대접하는 거니까, 아빠가 먼저 계산하심 저 정말 삐쳐요. 아셨죠?"

"그래, 알았다. 덕분에 맛있는 것 좀 먹어보자."

"네."

"갤러리 생활은 할 만하니?"

"아뇨. 얼마나 실수를 남발하는지 아시면 기절하실 거예요."

한 교수는 제 실수를 무용담처럼 얘기하는 딸을 미소로 일별하고, 차를 출발시켰다.

부녀가 탄 차는 홍지동에 위치한 전통 한정식집, 석파랑으로 향했다. 흥선대원군의 별장이었던 석파정의 별당, 석파랑은 예스러움이 간직된 곳이었다. 직원이 추천한 궁중수라를 주문하자, 잣죽과 물김치를 시작으로 어만두, 신선로, 구절판, 안심편채, 전복구이 등의 요리가 전통방식의 방자유기에 담겨 줄줄이 나왔다.

점심을 샌드위치로 대충 때운 터라, 다희는 나오는 음식을 족족 입 안으로 게 눈 감추듯 흡입해버렸다. 음식을 연신 입에 넣으면서도 지난 6개월간 쌓아두었던 학교 얘기며, 새로 적응하느라 상사 눈치 보는 고단한 사회생활까지 미주알고주알 털어놓았다.

한 교수는 딸이 체할까 봐 천천히 먹으라고 걱정하면서도 잘 먹는 모습이 마냥 흐뭇해 슬쩍슬쩍 딸 앞으로 음식 접시를 밀어주었다. 한동안 귀엽다는 눈빛으로 지켜보던 한 교수는 딸이 식혜를 마시느라 얘기를 잠깐 쉬는 틈을 타서 물어왔다.

"졸업식 때 맞춰서 나오지 못해 미안하다. 서운했지?"

"아니요. 갤러리 출근해야 돼서 저도 오전에 졸업장만 받고 바로 왔어요."

"그래도 졸업식장에서 아빠랑 친구들이랑 사진도 찍고 싶었을 텐데. 아쉽지 않았어?"

"아빠랑 못 찍은 건 좀 아쉽긴 했지만 과 친구들은 그 전 일요일에 따로 만나서 사진 엄청 찍었어요. 그리고 친한 애들 대부분 대학원 진학해서 계속 볼 거라 괜찮아요."

"미안하구나."

"아니요. 제가 서운하지 않아요. 너무 마음 쓰지 마세요."

"그래. 그리 말해주니 고맙다. 그리고 이건 아빠가 주는 졸업선물. 내일 축하연에 잘 어울리겠는데?"

한 교수는 차에서 내리면서 챙겨 온 큰 옷상자를 내놓았다. 식사가 나오기 전에 주려고 했지만 다희가 워낙 배고파서 일부러 잠시 미뤄두고 있었다.

기대감에 가득 차서 상자를 열어본 다희의 눈이 놀라움으로 동

그래졌다. 상자 안에는 그녀가 몇 주 전 백화점 명품관 윈도쇼핑 도 중, 주영과 동시에 찍었던 플라운스 장식이 들어간 크림색 원피스가 들어 있었다.

"아, 아빠……, 이걸 어떻게……."

"마음에 드니? 참 좋은 친구지, 주영이가? 도움 좀 받았다. 우 리 딸한테 점수 따려고."

"이거 우리나라엔 몇 벌 안 들어왔다고 했는데? 다 예약돼서 살 수도 없다고 했어요."

"시카고에서 샀지. 주영이가 브랜드도 알려주고 사진도 보내줬거 든."

"하지만 아빠……."

"왜, 마음에 안 들어?"

"아뇨, 그런 게 아니라……, 이 옷 제가 입기에는 너무 비싸요. 아무리 졸업선물이라도요. 정말 감사하지만요, 아빠 마음만 받을 테니 다른 걸로 바꿔주세요."

한 교수는 딸을 그윽한 눈빛으로 바라봤다. 입가에 인자한 미 소가 서렸다.

"하는 짓이 꼭 엄마구나. 엄마도 늘 그랬어. 선물 받고 좋다면서 늘 과하다고, 준비해주는 정성과 마음이면 충분하다고 했지. 그런 데 다희야, 아빠는 그래서 많이 아쉽단다. 엄마가 아무리 고집 부리 더라도 그냥 입게 할 것을, 그냥 다 해줄 것을. 그때는 남은 시간이 많은 줄 알았다. 무엇 하나 해주지 못하고 보낼 줄 알았다면……. 보 내고 나니 그게 가장 후회가 되더라."

"아빠……."

"그러니, 받아주련? 내일 우리 딸이 가장 빛났으면 하는 마음은 나나 엄마나 같을 거다. 응?"

아빠의 회한이 서린 눈빛을 보니, 더는 거절할 수 없었다.

"네. 알겠어요. 감사히 잘 입을게요. 하지만 이번만이에요. 앞으로 이런 과한 선물은 사절입니다."

"그래. 입어준다니 나도 고맙구나."

다희는 잠시 가라앉은 분위기를 띄우려고, 원피스를 제 몸에 대며 으스대는 몸짓을 해 보였다.

"내일 연회장 온 남자들 다 쓰러지겠어요. 모델이 훌륭해서 대충 입어도 예쁜데, 이걸 어쩌죠?"

"녀석도 참! 파트너 동반이라면서 함께 갈 남자친구는 있니?"

"남자, 친구요?"

문득 서후가 떠올랐다.

'뭐야, 뭐야. 왜 당신이 생각나는 건데.'

중뿔나게, 시도 때도 없이 툭하면 그가 떠오른다. 이쯤 되면 병이다, 병! 다희는 잠시 대답할 생각도 잊고 떠오른 서후 얼굴에 저도 모르게 빠져 들었다.

'그가 내일 올까?'

그에게 말을 거는 건 바라지도 않는다. 스치면서 눈인사라도 하기를 바라는 것도 욕심일까? 이내 얼굴이 후끈 달아올랐다. 행여 아빠에게 표정을 들킬까 봐 몸을 돌려 원피스를 상자 안에 넣는 척을 했다.

한 교수는 다희의 얼굴에 홍조가 스며들자 혹시나 하는 기대감으로 대답을 기다렸다.

"남자친구 생겼니?"

"아, 아니요. 없어요. 생겼음 아빠한테 벌써 소개했죠. 그리고 게스트는 파트너 동반 맞지만 직원은 아니에요. 우리는 손님 접대해야죠."

"혹시나 기대했는데, 아직인 거야? 거 참, 이상하구나. 내 눈엔 우리 다희만큼 예쁜 애가 없는데 말야. 어떤 놈인지 나타나면 내 딸 기다리게 한 벌로 혼쭐부터 내야겠다."

다희는 정말 옆에 혼낼 녀석이 있기라도 한 것처럼 짐짓 눈살을 찌푸리는 한 교수를 보며 옅게 웃었다.

"네, 꼭 혼내주세요."

한 교수도 그녀를 따스하게 보았다. 이내 습관처럼 아내가 떠올랐다.

'당신과 나란히 앉아 이 아이를 볼 수 있다면 얼마나 좋을까. 처음 하는 사회생활이 힘들 텐데, 싫은 내색 없이 씩씩한 게 꼭 당신 나이 때 모습이군. 여보, 우리 다희가 벌써 숙녀가 되고 사회인이 되었네. 내 도움 없이도 저렇듯 자기 길 찾아가는 모습이 참 대견하면서도, 한편으로는 너무 일찍 어른이 된 것 같아 안쓰러워. 당신도 그런가?'

한 교수는 딸을 보는 시선을 거두며 씁쓸한 입맛을 없애려고 식혜를 한 모금 마셨다. 다희는 말없이 생각에 잠겨 있는 아빠를 느꼈다. 아빠가 5초 이상 무언가를 응시할 때면 여지없이 엄마를 떠올리고 있음을 안다.

두 분은 대학교 1학년 때 서로 첫눈에 반한 캠퍼스 동갑내기 커플이었다. 아빠는 엄마가 먼저 반해 말을 걸어왔다 했고, 엄마는 아빠가 계속 눈앞에서 서성거려서 답답한 마음에 말을 걸어준 거라고 했다. 평소에는 늘 서로를 배려하던 분들이 이 문제만큼은 결코 양보가 없었다.

아빠와 다희는 2년 동안 위암으로 투병하다 돌아가신 엄마를 그녀가 좋아했던 후박나무 아래 묻고 돌아왔다. 돌아오는 영구차 안에서 엄마를 잃은 슬픔에 눈이 퉁퉁 붓고 짓무르도록 울고 있는 어린 딸에게 그는 자신의 슬픔을 짐그고 담담히 말했다.

"엄마는 다희랑 아빠한테 모든 사랑과 행복을 다 쏟아주고 가셨단다. 그래서 아빠는 하나도 슬프지 않아."

다희와 한 교수는 일부러 엄마에 대한 추억을 더 자주 얘기했다. 엄마를 아픔으로 기억하며 지우려 하기보다는, 행복하고 즐거웠던 기억 속에 간직했다.

"이 식혜, 엄마 솜씨만 못하다, 그죠?"

다희도 아빠를 따라 식혜를 모두 비워냈다. 다 비운 식혜 잔을 내려놓으며 괜한 통박을 준다. 한 교수도 딸의 마음을 안다는 듯 맞장구를 쳐준다.

"그러게. 엄마 맛 비슷하게 흉내도 못 냈구나."

"마무리가 좀 아쉽지 않으세요? 집에 가서 제가 끝내주는 커피 내려드릴게요. 차 부장님한테서 에스프레소 내리는 법 제대로 배웠거든요."

우아한
짐승의 연애

"차 부장 에스프레소야 일품이지."

"아빠 시차 때문에 밤에 못 주무시는데, 우리 에스프레소 마시고 밤새 얘기나 해요."

"내일 괜찮겠어? 나야 비행기에서 자면 되니까 상관없지만, 넌 힘들 텐데."

"사실 밤새운다는 말 장담 못 해요. 요샌 에스프레소 머그잔으로 들이켜도 1분도 안 가서 그냥 곯아떨어지거든요."

"녀석……."

한 교수는 어깨까지 들썩이며 장난스럽게 찡긋거리며 웃는 다희를 따뜻한 미소와 애정 어린 시선으로 보듬어 안았다.

다음 날 새벽, 일찍 깨어난 다희는 한 교수를 공항까지 반드시 배웅해야 한다고 고집을 피웠다. 어젯밤 에스프레소를 마시고도 한 교수의 어깨에 기대어 곧장 잠에 빠져들어 언제 침대로 옮겨졌는지도 기억하지 못했다. 아빠가 인사는 집에서 하자고 한사코 만류해도 그녀는 귓등으로도 듣지 않았다.

작년까지는 대학생이라 시간을 충분히 자유롭게 쓸 수 있어서 아빠가 다니러 오면 한시도 떨어지지 않았다. 전시회가 코앞에 있지만 않았다면, 이래저래 눈치를 봐야 하는 인턴만 아니었다면 연차를 써서 아빠와 함께했을 텐데. 내내 혼자 지내도록 한 게 마음에 걸렸던 터라, 이렇게라도 하지 않으면 마음이 불편할 것 같아 더 고집을 부렸다.

한 교수는 딸의 마음을 알 것 같아서, 마음 편하게 해주고자 더는 말리지 않기로 했다.

공항에 도착했을 때에도 여전히 새벽 어스름은 걷히지 않고 있었다. 인적이 드문 공항의 새벽 공기는 차갑고 을씨년스러웠다. 한산하고 적막감마저 도는 공항에 아빠를 혼자 두지 않은 게 무척 다행이란 생각을 하며, 다희는 아빠와 맞잡은 손에 꼭 힘을 주었다.

출국장 앞에 서자, 한 교수는 아쉬움으로 표정이 어두운 딸을 가만히 안고 등을 토닥였다.

"여름방학에 보자."

"네. 6월에 나오실 거죠? ……이번에 너무 외롭게 해드려서 죄송해요."

"별말을 다 하는구나. 늦겠다. 얼른 가봐라."

"들어가시는 거 보구요."

"커피 한 잔 할 생각이니까, 걱정 그만하고. 오늘 잘해라. 아빠가 항상 자랑스러워하는 거 알지?"

"네. 안녕히 가세요."

다희는 가까스로 아빠의 허리를 꼬옥 그러안은 팔을 풀었다. 차마 떨어지지 않는 발길을 억지로 옮기며 몇 번이고 뒤돌아보았다. 한 교수는 딸이 보이지 않을 때까지 따스한 시선을 보냈다.

오전 10시 개장을 시작한 '조선화원' 전시회는 첫날부터 문전성시를 이루었다.

Y갤러리의 올해 첫 공식 행사인 만큼 전 매체를 이용해 몇 개월 전부터 홍보를 꾸준히 해온 결과였다. 모든 언론매체와 정부 및 교

육기관, 다양한 사회단체까지 아울렀던 막강한 홍보 효과가 톡톡히 나타났다. 국내외 기자들이 모인 만큼, 오늘부터 그들이 연일 쏟아내는 기사들로 홍보는 정점을 찍게 될 것이다.

한꺼번에 많은 사람이 몰렸을 때의 안전사고를 대비해서 단체 관람객과 일반 관람객 동선이 겹치지 않도록 세심하게 배려하며, 다희는 정신없는 오전 시간을 보냈다.

"한다희 씨, 이제부터는 연회장 준비해요."

"네, 부장님."

다희는 차 부장의 지시로 오후에는 연회장으로 옮겨 파티 준비를 도왔다. 정재계의 유명인사가 대거 참석하는 연회인 만큼 갤러리에서 고용한 사설경호팀이 연회장 안팎을 살피며 발 빠르게 움직이고 있었다. 뇌관을 품고 있는 것처럼 팽팽한 긴장감마저 감돌았다.

그러나 정작 그녀가 긴장한 이유는 따로 있었다. 테이블 좌석 명단과 초청객 명단을 비교해 나가던 그녀는 가장 앞자리 중앙에서 서후의 이름을 보고 또 멈췄다.

"후우."

깊은 한숨부터 나온다. 벌써 몇 번째 한숨인지 모르겠다. 오전까지만 해도 빈 좌석으로 남았던 그의 자리에 명패가 놓였다.

'그가 온다!'

명패를 본 후로 벌써부터 숨이 막히고 다리가 후들거렸다. 확인한 명단을 몇 번이나 처음부터 다시 맞추었지만 그의 자리 앞에만 오면 모든 게 자동으로 멈춰졌다.

'큰일이다. 이대로 마주쳐버리면 어쩌지.'

그를 보자마자 어이없게 또 무너져 내리지나 않을지, 잘 버틸 수 있을지 자신할 수가 없었다.

"다희야."

주영이 그녀를 부르며 다가왔다. 하지만 서후의 명패를 보느라 정신을 놓은 그녀는 아무 소리도 듣지 못했다.

"한다희!"

주영이 어깨에 손을 얹으며 불렀다. 다희는 화들짝 놀라며 그제야 친구를 알아보았다.

"뭐야. 여러 번 불렀는데 듣지도 못하구. 무슨 일 있어?"

"어, 아냐. 언제 왔어?"

"방금. 재벌이 주최하는 파티라 다르긴 다르다. 진짜 어마어마해. 창재 씨 아님 이런 건 꿈도 못 꿨겠지?"

"창재 씨…… 같이 왔어?"

다희는 혹시 서후가 도착했나 하는 기대를 안고 조심스럽게 물었다.

"아니. 그이는 윤서후 사장 파트너 에스코트하러 갔어. 자기 파트너는 택시 타고 혼자 오게 하면서, 사장 파트너 데리러 간다고 전화 왔더라. 기막혀."

"파트너?"

"오늘 파트너 동반이잖아. 설마 윤서후 사장이 여길 혼자 오겠니?"

다희는 그제야 그의 명패 옆에 붙은 '송유림'이라는 이름에 떨리는 시선을 두었다. 다른 한쪽은 Y갤러리 대표인 윤세경 대표 명패였으니, 송유림 그녀가 서후의 파트너일 것이다.

'그의 파트너!'

다리가 휘는 것 같았다. 맥없이 주저앉을 것 같아 의자 위쪽을 지그시 눌러 잡았다. 주영에게 당황한 표정을 들키지 않기 위해 애써 미소 지으며 말했다.

"주영아, 나 일해야 되는데. 혼자 괜찮겠어?"

"당연하지. 전시회 구경 하다 보면 창재 씨 오겠지, 뭐. 나 신경 쓰지 말고 일해."

그때 그녀가 차고 있는 이어마이크에서 다과와 음료를 다시 한 번 체크하라는 차 부장의 목소리가 들렸다. 그녀는 멍해 있던 정신을 환기시키듯 곧장 대답했다.

"네, 부장님."

주영은 무전을 마친 그녀에게 재촉하듯 말했다.

"얼른 가봐. 막내가 땡땡이친다고 혼날라."

"그래. 이따 봐."

그녀는 식음료를 준비하는 장소로 서둘러 향했다. 주영을 등지고 몇 걸음 떼어놓자마자, 입에서 허탈한 웃음이 옅게 새어나왔다. 자신의 태도가 어이없고 어리석기까지 했다. 그가 이곳에 온다는 것을 알고는 머릿속이 하얗게 비더니, 그의 파트너가 있다는 사실이 더해지자 외부자극이 일제히 차단되면서 머릿속에 과부하가 걸린 듯했다.

이제는 정말 접어야 한다. 불쑥불쑥 떠오리는 것도 그만해야겠다. 그를 떠올릴수록 그녀의 심장에 생채기가 커지고, 아물기도 전에 그 위에 또 생채기가 생겼다. 이제는 자신을 위해 그를 놓아야한다. 그래야 한다. 잠시 남몰래 짝사랑 했다고 누가 뭐라고 할 텐가. 어느 누구 하나 눈치 못 채고 조용히 지나가는 그녀만의 아팠지만, 행복했던 마음인 것을…….

다희는 깨끗한 공기를 마셔야겠다고 생각했다. 맑은 공기 속에그를 묻어 내보내야겠다고 생각하며 연회장을 빠져 나갔다.

서후는 구기동 본가에서 아버지 윤중석 회장과 어머니 진 여사에게 귀국 인사를 마치고 나오는 길이었다. 리무진에 오른 그의 얼굴에는 짙은 짜증이 서려 있었다. 저녁식사를 하고 가라는 어머니의 청을 갤러리 축하연에 들러야 한다는 이유로 거절했다.

윤중석 회장은 일 년 만에 본 아들에게 다짜고짜 싱가포르 총리를 상대로 카지노에서 상스러운 장난을 쳤다며 역정을 냈다.

"어리석은 놈! 그런 천한 수작을 부리다니. Y호텔 수장으로서 부끄럽지 않더냐. 당장 눈앞의 손실을 막았다고 해서 우쭐하더냐! 사업에도 격이 있고 품위가 있다. 몸뚱어리만 키운다고 사업이 성장하는게 아니다. 내실을 단단히 키우지 못하고 기업철학이 배제된 사상누각 같은 기업은 종국에는 무너지는 법이다. 진정한 기업가가 되기에네놈은 아직 멀었다."

귀국하면서 아버지께 꾸중을 들을 것은 예상하고 있었다.

아버지는 30년간 호텔을 이끌면서 규모를 키우기보다는 사회에기여하는 기업으로서의 호텔 이미지 상승과 내실 다지기에 총력을기울였다. 아버지였다면 두 달 전 서후가 선택한 방법을 택하지 않

우아한
짐승의 연애

앉을 터였다. 영업정지를 당연하게 받아들이고, 다른 방법으로 수익을 충당하는 차선책을 간구했을 것이다.

'하지만 아버지, 아버지의 과거 Y호텔과 제가 지향하는 Y호텔은 다릅니다.'

새 술은 새 부대에 담아야 하는 법. 수동적인 경영철학은 그에게는 맞지 않았다. 채찍을 가할 때에는 가혹하고 당근을 줄 때는 한없이 부드러워지는 게 그였기에 아버지와는 종종 의견 충돌이 일었다.

그러나 서후는 아버지 면전에서 지금껏 한 번도 토를 다는 법이 없었다. 아들을 걱정하는 아버지의 진심을 알고 있었고, 부드러운 경영방식이 갖는 장점과 시대적 희로애락을 함께해야 한다는 기업가 정신을 존중하며 존경했던 것이다. 윤 회장 또한 서후가 사장직을 맡는 동안 마음에 들지 않는다 해서 대주주로서 거부권을 행사한 적은 없었다. 그만큼 아들을 믿는다는 반증이었다.

Y갤러리로 향하는 서후의 미간에 주름이 더 깊게 파였다. 본가를 나서면서부터 따라붙었던 짜증은 여전히 지워지지 않고 있었다. 아버지의 꾸중이 이유라면 이미 지워졌어야 했다. 짜증의 이유는 다른 데 있었다. 이 비서의 파트너 동반!

삐.

리무진 내 인터폰이 울렸다. 서후는 손가락으로 미간의 주름을 문지르고 인터폰 버튼을 눌렀다. 박 실장의 목소리가 들렸다.

— 송유림 씨 아직 출발 전이라고 연락 왔습니다. 직접 오시지 않았다고 화가 좀 난 듯합니다. 어떻게 할까요?

"버릇없이."

애써 지워낸 짜증이 다시 밀려왔다.

"한남동 들러 갑시다."

— 네. 그러면…… 저는 한남동까지 수행하겠습니다. 이후는 이 비서가…….

"알았어요."

예민해진 그는 박 실장의 말을 자르듯 대답했다. 서후의 불편한 심기를 느낀 박 실장은 말을 길게 하지 않았다.

— 네.

서후는 인터폰 버튼을 눌러 꺼버렸다. 그는 오늘 내내 날카로워져 있었다.

파트너 동반일 경우, 서후는 박 실장을 자연스럽게 배제했다. 이는 둘 사이의 암묵적인 배려였다.

박 실장의 아내는 소아마비 때문에 후천적으로 다리를 절었다. 아내를 사람들에게 보이기를 부끄러워하거나 꺼려하는 것은 아니었지만, 그들 부부는 자기들 때문에 서후가 괜한 구설수에 오르는 게 싫다며 양해해줄 것을 정중히 요청했다. 서후가 사교모임을 꺼렸기 때문에 파트너 동반 모임은 일 년에 한두 차례 있을까 말까 한 정도였고, 불가피할 경우에는 둘 다 파트너 없이 참석하거나 박 실장 없이 서후만 파트너를 동반해서 참석하곤 했다.

"오늘 연회는 이 비서가 수행하도록 하겠습니다."

이 비서의 수행을 전달받았을 때, 혼자 참석하겠다고 말하지 못한 게 이제 와 후회됐다. 이 비서의 파트너가 그녀라는 걸 알면서도 못 만날 것도 없다고 생각했다. 시간이 지났으니 스치며 눈인사 정도 할 수는 있을 거라 자신했다. 하지만 시간이 다가올수록 짜증이 치밀고 편두통까지 일었다. 이제라도 두통을 핑계로 회피하고 싶은 게 솔직한 심정이었다.

서후는 리무진이 한남동 고급 빌라촌으로 들어서자 휴대전화로 전화를 걸었다. 몇 번 신호가 가기도 전에 카랑카랑한 유림의 목소리가 들렸다.

— 오빠! 날 뭘로 보고 비서를 보내니? 오빠가 에스코트 안 해주면 절대 안 나가! 오늘 몇 명이 같이 가자고 했는지 알아? 오빠 때문에 다 거절했는데 날 이런 식으로 홀대하기야!

"5분 안에 나와. 집 앞에 안 보이면 바로 간다."

— 5분? 오빠가 오는 거야? 알았어. 지금 나가, 나가고 있어!

그의 리무진이 유림의 집 앞에 도착하니, 어느새 나와 있는 유림과 그녀의 투정을 받아내느라 진땀을 흘린 이 비서가 기다리고 있었다. 크림색 원피스에 깃털 장식 클러치백을 포인트로 든 유림은 스물다섯 살의 나이가 무색할 만큼 인형 같은 깜찍함이 여전한 철부지 공주 그대로였다. 그녀는 이 비서가 차문을 열어주자 냉큼 올라탔다.

"오빠!"

유림은 서후의 목을 와락 끌어안으며 몇 시간 공들였을 화장과 머리 세팅이 망가질까 걱정도 안 되는지 얼굴을 마구 부벼댔다.

"얼마나 보고 싶었다구. 어떻게 일 년 동안 코빼기도 안 비치냐?"

"똑바로 앉아."

"싫어. 오빠 얼굴 보면서 갈 거야. 싱가포르 놀러간대도 오지 말라 하구. 나 안 보고 싶었니?"

서후는 귀찮은 파리라도 떼어내듯 목을 두르고 있는 유림의 팔을 떼서 그녀가 앞을 향하도록 돌려놓았다. 인터폰 버튼을 눌러 출발하자는 지시를 내렸다. 밖에서 박 실장의 지시를 듣고 이 비서가 유림을 태우려던 차 운전석에 올랐다. 박 실장은 서후를 향해 인사를 했다. 운전기사의 출발한다는 말을 듣고, 서후는 인터폰 버튼을 눌러 껐다.

"오빠, 내 옷 어때? 별로지, 응? 나도 썩 마음에 들지는 않아. 값은 얼만지 묻지 말아줘. 너무 싸서 창피할 정도니까."

서후는 옆에 밀어두었던 서류를 가져와 펼쳤다.

"매장 매니저가 하도 입어달라고 졸라서 할 수 없이 샀어. 내가 입어야 유행이 된다나 뭐라나. 이 옷이 앤 해서웨이가 오스카 시상식 때 입은 거거든. 오빠도 그 사진 봤어? 어때? 내가 더 어울리지 않니? 매장 애들이 다 그래. 걔보다 내가 훨씬 낫다구."

"조용히 좀 가자."

"사진 못 봤구나? 잠깐만 있어봐. 내가 찾아서 보여줄게."

유림은 클러치백에서 휴대전화를 꺼낼 태세였다. 그녀가 서후에게서 듣고자 하는 답은 하나다. 그녀의 쉴 새 없는 투정을 멈추려면 그 정답을 꺼내야겠지만 그는 결코 너그럽지 않았다.

"한남대교부터 걸어가고 싶어?"

"뭐라구?"

"조용히 가자."

서후는 노려보는 유림의 시선을 무시하고, 보던 서류로 눈을 돌렸다.

유림은 씩씩댔지만 이후로는 아무 말도 하지 못했다. 집안에서 유일하게 그녀에게 너그럽지 않은 사람이 서후다. 예전 그의 경고를 무시했다가 큰 봉변을 당한 적이 있었기에, 화가 났으면서도 할 수 없이 입을 다물고 있을 수밖에 없었다.

리무진이 어느새 Y갤러리 연회장 입구에 멈췄다. 경호원들이 달려와 차문을 열었다. 서후는 눈치 채지 못하게 깊이 숨을 들이켰다.

그가 차에서 내렸다. 그리고 유림이 내리는 걸 돕기 위해 손을 내밀었다. 그녀는 즐거운 미소를 지으며 도도한 표정으로 그의 손을 잡고 사뿐히 내려섰다.

"오빠, 팔."

그가 팔을 내주자, 행복에 겨워 어쩔 줄 몰라 하며 그녀가 팔에 매달리듯 기대어 왔다.

먼저 도착해 있던 이 비서가 앞장을 서서 서후와 유림을 연회장으로 안내했다.

서후가 연회장으로 연결되는 복도에 들어서자 공기의 흐름이 바뀌었다. 남녀노소 가릴 것 없는 시선이 그에게로 일제히 향했다. 언제 어디서나 있는 자연발화적인 현상이었다. 그는 등장만으로도 사람의 시선과 마음을 집중시키는 존재였다.

'바로 이거야.'

유림은 그녀가 원했던 반응과 시선이 쏟아지자 황홀해 미칠 것 같았다.

어제까지 그녀의 파트너는 다른 남자였다. 파트너 제안을 한 나름대로 뛰어난 스펙을 지닌 남자들 중에서 고르고 골랐지만, 서후의 제안이 들어온 순간 단칼에 정리해버렸다. 그렇게 한 이유가 바로 이거였다. 이 연회에서 그만큼 그녀를 돋보이게 할 수 있는 남자는 없다. 보라! 그의 옆에 서 있는 것만으로 그녀는 이 자리의 퀸이된다. 그의 파트너답게 도도하고 당당한 표정으로 허리를 꼿꼿하게세우고서 넘치지도, 모자라지도 않는 미소를 지었다.

'오늘은 송유림 너의 날이야!'

한껏 부푼 풍선이 되어 금방이라도 공중으로 날아오를 것 같아그녀는 그의 팔을 더 꽉 잡았다. 하지만 다음 순간, 느른한 시선을앞쪽에 주었을 때, 믿을 수 없는 광경에 입을 떡 벌렸다.

"저거 뭐야!"

유림의 비명 같은 소리가 그들을 둘러싼 몇 명을 흠칫 놀라게했다. 그녀의 다소 높은 소리에 신경이 쓰인 서후는 꽂힌 시선을 따라 연회장 입구 명단 확인석을 보았다. 유림과 마찬가지로 그도 감전된 듯 멈춰버렸다.

'한다희, 그녀다.'

+08

기습공격 같은 재회에 서후는 숨이 막혔다. 온몸의 수분이 순식간에 말라버린 듯 갈증을 느꼈다. 물을 마신다고 해결될 갈증이 아니었다. 그녀만이 해결해줄 수 있는 지독한 갈급이었다.

눈이 시릴 만큼 희고 맑은 얼굴을 돋보이게 하는 플라운스 장식이 들어간 크림색 원피스 차림의 단아한 그녀는 한 떨기 백합 같았다. 흔한 액세서리 하나 걸치지 않은 심플한 차림의 그녀는 원피스 한 벌만으로도 미의 여신 아프로디테를 연상케 했다. 그녀는 상상 이상으로 그의 인내심과 자제력을 무지막지하게 쥐고 뒤흔들어댔다.

'갖고 싶다, 한다희. 미치도록 원한다, 너를.'

서후는 그녀를 낚아채 달아나고 싶은 욕구를 억누르려 힘을 가득 실었다. 힘을 줄수록 손끝이, 발끝이, 입술이 부들부들 떨려왔다.

'실수다.'

이토록 허망하게 무장해제될 줄 알았다면 피했어야 한다. 지금이라도 자리를 떠나야 한다. 그녀의 공격을 얼마나 지탱할 수 있을

지 스스로도 장담할 수 없었다. 공기가 모자라 현기증이 일었다. 서후는 숨 쉬는 것도 잊은 채 얼마만큼의 시간이 지났는지 알지 못했다. 가까스로 정신을 추스른 그는 옆에 있었던 유림이 다희 앞에 고압적인 자세로 서 있는 걸 보았다. 그 광경을 보는 그의 미간이 잔뜩 찡그려졌다. 똑같은 원피스를 입은 다희와 유림이었다.

"갈아입어!"

유림은 팔짱을 낀 채 카랑카랑한 명령조로 얘기했다. 그녀는 자신보다 원피스를 훨씬 잘 소화해내고 있는 다희의 자태가 몹시 기분 나쁘고 못마땅했다.

다희는 느닷없이 나타나 명령조로 말하는 여자의 예의 없는 태도에 기분이 상했다. 그녀도 만만치 않은 얼굴로 똑바로 응시했다. 같은 원피스를 입은 여자를 보고 놀란 것은 다희 역시 마찬가지였다.

"내가 왜 그래야 합니까?"

"내가 왜? 기막혀. 당신 여기 직원이야? 나 누군지 몰라?"

"모르겠는데요?"

유림의 경시하는 시선이 다희의 가슴에 매달려 있는 명찰로 옮겨졌다.

"아, 인턴 큐레이터? 들어온 지 얼마 안 돼서 뵈는 게 없군."

"말씀 삼가세요. 게스트신가요? 이름 말씀해주시겠습니까? 명단 확인해드리겠습니다."

"얘 좀 봐. 너 뭐 믿고 이렇게 뻣뻣한 거니? 생각해서 하는 말인데, 지금 입 다무는 게 좋을 거야. 잘리고 싶니?"

"뭐라구요?"

다희와 유림의 소란으로 복도에 있던 사람들이 수군거렸다. 소요를 알고 달려온 차 부장이 두 여자 사이에 끼어들었다.

"한다희, 무슨 일이야."

다희는 유림에게 따끔하게 한소리 하려던 것을 차 부장의 그만하라는 눈짓을 보고 꾹 눌러 참았다.

뒤에서 가만히 지켜보던 서후의 시선이 이 비서에게 날아가 꽂혔다. 멍하니 두 여자를 보고만 있는 이 비서가 못마땅했다. 제 여자가 저런 꼴을 당하는데 머뭇거리기만 하는 게 몹시 거슬렸고, 언짢았다.

'이 비서, 너 이 자식!'

서후는 나서고 싶었지만 이내 멈추었다. 여자들 다툼에 나서기가 영 마뜩찮았다. 더 두고 볼 밖에…….

한눈에 상황을 간파한 차 부장은 유림을 향해 정중하게 사과하고, 다희를 향해 돌아섰다.

"드레스 룸에 가서 옷 갈아입고 와. 여기는 잠시 내가 맡을 테니까."

"차 부장님."

억울한 표정으로 보는 다희에게, 차 부장은 조용히 얼른 가보라는 고갯짓을 했다. 차 부장의 지시가 있었음에도 다희는 차마 발이 떨어지지 않았다. 그녀가 자리에 고집스럽게 머무르자 유림이 고소하다는 듯 비아냥거렸다.

"요즘 짝퉁 기술 정말 발전했다. 나도 감쪽같이 속겠어. 기막혀,

정말. 안 갈아입고 뭐 하니? 짝퉁 입고 설치면서 나까지 먹칠할 생각이야?"

"……!"

다희의 머릿속이 빠직, 타들어갔다. 이 옷을 선물한 아빠까지 욕보이는 것은 참을 수가 없었다. 여자의 뺨을 후려치지 않고는 이 자리를 벗어날 수가 없다. 주먹을 불끈 쥐고 뚫어버릴 듯 여자를 향해 돌아섰다. 그때였다.

"더 잘 어울리는 사람이 입지?"

중저음의 매력적인 남자 목소리가 들려왔다. 세 사람의 시선이 서후에게 일제히 향했다. 다희는 귀신을 본 것처럼 그대로 굳어버렸다. 심장만이 미친 것처럼 뛰어댔다.

'또야, 또. 하필이면 이럴 때만 나타나는 거야, 윤서후, 당신은.'

다희는 자신이 곤란할 때마다 그가 등장하는 게 마음에 들지 않았다. 어째서 이 남자에게는 이런 한심한 모습만 보이게 되는 건지 속상했다.

"오빠아아."

유림은 서후가 제 편을 들어주는 말을 하며 다가오자 온갖 아양 섞인 콧소리로 그를 불렀다. 천군만마를 얻은 듯 의기양양해져서 다희를 보며 한껏 비웃었다. 다희는 그가 가까이 다가오자 아무 생각이 없어졌다.

'억울하지만 피하자. 저 사람한테 더는 우스운 꼴 보이고 싶지 않아.'

다희는 차 부장이 가라고 할 때 가지 않았던 걸 후회했다. 지금은 한시라도 빨리 이 자리를 벗어나고 싶었다. 이 옷을 벗을 수밖에 없겠다고 체념했다. 그와 부딪히지 않으려면 그래야만 했다. 그러자 아빠가 떠올라, 눈물이 맺혔다. 꽉 쥔 주먹을 부르르 떨며 그녀가 자리를 떠나려는데, 부드럽고 강인한 손이 그녀의 손목을 붙잡았다. 잡힌 손목을 내려다보니 윤서후의 손이 자신을 잡고 있었다.

"손에 힘 빼, 아가씨. 무기가 안 되는 손이야. 당신만 다쳐."

"……!"

그는 다희가 무슨 행동을 하려는지 다 안다는 눈빛으로 그녀를 보았다. 이내 시선을 거두고 담담한 표정으로 유림을 본다.

"너 이 옷 마음에 안 든다며. 내가 보기에도 너한테 별로야. 비교되니까 네가 갈아입어."

"뭐, 뭐라구? 오빠!"

서후의 역습에 유림의 카랑한 목소리가 복도를 갈랐다. 유림은 그가 다희의 손을 잡고 있는 것을 보면서도 믿을 수가 없었다.

"오빠 지금 뭐랬어? 나더러 갈아입으라고? 이 여자가 아니라 나? 진심이야?"

"목소리 낮춰. 사람들 이목 집중시키지 말고 그만 끝내. ……여기 드레스 룸이 어딥니까?"

서후는 어렵게 잡은 다희의 손목을 놓는 게 내키지 않았지만, 이 상황을 빨리 정리하는 게 그녀에게 도움이 될 거라는 판단에 조심스럽게 붙잡은 손목을 놓아주었다. 이번에는 유림의 팔을 우악스럽게 움켜잡은 그는 대답을 종용하는 차디찬 시선으로 차 부장을 보았다.

"네. 2층에 있습니다. 모시겠습니다."

"아니, 됐습니다. 제가 하죠. 다들 일 보세요."

서후는 아프다고 투정 부리는 유림의 팔을 더 꽉 그러쥔 채, 2층으로 향하면서 이 비서에게 따라오라는 손짓을 했다. 이 비서가 다희를 안타깝게 보다가 서후를 뒤따랐다.

차 부장은 2층으로 올라간 그들이 사라지자 안도의 깊은 한숨을 내쉬었다. 그제야 다희를 걱정된다는 듯 돌아보았다.

"10분만 쉬다 와."

다희는 차 부장의 말에 제대로 대답을 못했다. 오로지 꼿꼿하게 버틸 수 있도록 다리에 힘을 끌어 모았다. 서후에게 붙잡혔던 팔에 여전히 화끈한 열기가 느껴졌다. 그가 강하게 붙잡아주지 않았다면 무너졌을지도 모른다.

"걱정시키지 말고 어서. 실수할까 봐 그래."

"……죄송해요."

"한다희 씨가 죄송할 일은 아니지. 물이라도 마시고 한숨 돌려."

"네."

다희는 겨우 발길을 옮겨 휴게실로 향했다. 사람들이 자신을 보며 수군거렸다. 괜한 소란을 빚었나 싶어서 후회가 밀려들었다.

연회가 시작된 휴게실 안은 텅 비어 있었다. 다희는 레드 소파 끝에 내려앉았다. 손으로 이마를 짚고 눈을 감았다. 열려 있는 문 너머로 바깥 소음이 고스란히 들려왔다. 남자의 구둣발 소리가 문가에서 멈추었다. 소리가 이어 들리지 않았다. 안으로 들어오지도, 나가지도 않았다. 신경이 쓰인 그녀가 눈을 떴다. 자리를 옮길 생각으로 일어나 문으로 다가갔을 때, 서후가 바지 주머니에 한 손을 자연스럽게 넣고 바라보며 서 있었다.

"아!"

다희의 눈빛이 흔들렸다. 이토록 가까이에서 그를 다시 볼 수 있으리라고 생각지 못했다. 순식간에 마음의 빗장이 열려버렸다. 그녀는 수컷의 강도 높은 아름다움에 압도당해 심장이 쿡 쑤셨다. 일생에 한 번 볼까 말까 한 아름다움을 소유한 남자가 분명했다. 그녀는 눈빛과 입술의 떨림을 가까스로 눌렀다. 용기를 내어 먼저 말을 걸었지만 눈은 마주보지 못한 채였다.

"……도와주셔서 고맙습니다."

굳게 다문 그의 입술 끝이 미세하게 흔들렸지만, 그녀는 알지 못했다. 그저 아무 말 없이 보기만 하는 게 신경 쓰였다. 마음을 다잡으며 또 물었다.

"파트너는 괜, 찮나요?"

"……."

다희는 속이 좀 꼬였다. 무슨 생각을 하는지 도저히 알 수 없는 그의 눈빛을 마주했다. 기껏 도와줘놓고 뻐딱한 모습 보이는 건 여전하다 싶었다.

"연회장 가는 길을 잊으셨습니까? ……그럼, 제가 안내해드리겠습니다."

더없이 딱딱하고 사무적인 말투와 시선으로 그의 묵묵부답에 차갑게 응수했다. 그의 눈빛이 살짝 흔들리는 걸 낚아채자, 소소한 승리감에 짜릿했다. 그의 앞을 지나쳐서 걸으며 손으로 갈 곳을 알렸다. 뒤에서 날아온 그의 목소리가 그녀를 잡아챘다.

"……여기선 언제부터 일했지?"

서후가 그녀를 천천히 뒤따르며 물어왔다. 다희는 여전히 그를 등진 채로 걸으며 대답했다.

"사적인 질문이지만 답해드리죠. 두 달 조금 안 됐습니다."

"그 말은 사적인 질문 말고 공적인 질문을 해달라는 건가?"

"저한테 궁금할 게 없을 거란 의미였습니다."

"……이 비서는 내 파트너를 딸려 보냈어. 내 파트너가 워낙 화가 많이 나서 말이지. 그대로 두면 누구한테 토마토주스를 쏟아 부을 태세였거든."

다희가 걸음을 멈추고 홱 돌아섰다. 갑자기 돌아서는 바람에 그의 가슴에 쿵, 머리를 부딪혔다. 충격으로 넘어지려는 그녀의 허리를 그가 붙잡았다. 놀라서 얼른 떨어지려고 가슴을 밀어냈지만, 그의 품에서 꼼짝도 할 수 없었다.

"조심성 없는 건 여전하군. 이런 모습은 이 비서에게나 보여야지."

숨을 쉬지 못할 만큼 긴장한 그녀에 비해 느긋한 미소를 보이는 그가 너무 얄미웠다.

'이 비서? 창재 씨를 두고 하는 말인데, 뜬금없이 왜지?'

그녀를 품에서 놓아준 그는 언제 미소를 지었느냐 싶게 무심하고 싸늘한 시선으로 일별하고는 혼자 연회장으로 향했다. 그녀를 본 순간부터 그의 미세혈관이 얼마만큼 팽창했는지, 그의 육체를 감싼 성장 차림 아래로 얼마나 솔직한 화학적 반응들이 솟구치고 있는지 그녀가 알게 할 수는 없었다.

그의 속내를 알 길 없는 다희는 그의 무자비할 정도로 차갑고 고압적인 태도를 아프게 바라보았다.

"이 못된 놈! 이제야 온 거니?"

윤세경 대표는 이제 막 연회장으로 들어선 서후에게 다가가 만면에 가득 미소를 담고 두 팔을 활짝 열어 그를 마음껏 끌어안았다.

50대 후반에 들어선 여인답지 않게 윤 대표는 여전히 탱탱하고 윤기 흐르는 맑은 피부색을 자랑했다. 세련된 자태는 그대로이면서 적당히 살이 올라 있어 자상한 인상을 주었고, 민트색 바지정장 차림은 활발한 사회활동을 하는 인사답게 한층 활력 있어 보였다.

서후도 그녀의 환영에 화답하듯 꼭 안아주었다.

"상설전시회 개장인데 쓸데없이 사람들 너무 많이 모은 거 아닙니까? 끝날 시간 맞춰서 온 사람 생각도 하셔야죠."

"너 온다는 소리에 다들 안 가고 계신 거지. 얼굴 닳는 것도 아닌데 넌 너무 인색해. 소문에 듣자니 싱가포르에서 큰 사고 제대로 쳤다면서?"

"고모까지 거들지 마세요. 아버지께 충분히 들었습니다. 지금 본가에서 오는 길이에요."

"난 후련하기만 하던데 오빠는 왜 또 널 잡으셨다니? 하여튼 고지식한 양반이야."

"그런데 고모……."

서후는 몸을 낮추어서, 윤 대표 귀에 대고 얘기했다.

"유림이 좀 울렸어요."

"얘기 들었다. 적당히 좀 하지. 너랑 온다고 얼마나 좋아했는데. 직원이랑 같은 옷 입었다고?"

"네."

서후는 짧게 대답하며, 도우미가 들고 있는 쟁반에서 샴페인 잔을 집어 들었다. 천천히 시선을 돌려 그녀를 찾았다. 그녀에 대한 지독한 갈급이 또 시작되었다.

'찾았다.'

샴페인을 들이켜는 그의 시선 끝에, 연회장 바깥 라인을 돌고 있는 다희가 있었다. 그녀는 그와 있을 때의 당황하던 모습을 걷어내고, 진행을 돕느라 분주해 보였다. 단아하고 깨끗한 인상의 크림색 원피스 자체가 빛을 뿜어 그녀의 움직임을 더욱 도드라지게 했다. 그 원피스를 지켜준 것이 몹시 만족스러웠다.

뜻밖의 재회였다. 이곳에서 마주칠 거라는 건 예상했지만 갤러리 직원일 줄은 몰랐다. 그러고 보니 그녀에 대해서 아는 게 하나도 없었다.

순간 둘의 눈이 마주쳤다. 눈을 돌리지 않고 지그시 바라본 그와 달리, 그녀는 성급히 눈을 돌렸다. 일부러 그가 있는 곳에서 가장 먼 곳으로 달아났다. 그에게 띄지 않는 곳에서 움직이려 애쓰는 게 보였다.

"뭘 보는 거니?"

윤 대표가 비어 있는 잔을 내려놓고 새 샴페인 잔으로 바꿔 들며, 서후가 보는 곳으로 시선을 슬쩍 드리웠다가 거두며 말했다.

"아니에요. ……유림이는 어떻게 점점 버릇이 없어져요. 단속 좀 하세요."

"철드는 거 싫다고 애 아빠가 싸고도는데 난들 어쩌겠니. 그래서 유림이는 어떻게 했어?"

"달래는 데 소질 없는 거 아시잖아요. 드레스 룸에 있는 옷 거들떠도 안 보길래 일단 집으로 보냈어요."

"아무튼. 둘 다 요란하다, 정말. 그냥 둬. 걘 즈이 아빠밖에 못 달래. 나도 감당 못 한다."

"고모부께는 따로 연락드릴게요."

"유림인 너한테 툭하면 당하고 울면서 왜 너라면 사족을 못 쓰는지, 원."

"조만간 불러서 혼 좀 내야겠어요."

"사촌이라도 하나밖에 없는 동생이야. 적당히 좀 해라, 이 녀석아. ……아무튼 너 소개시켜달라는 사람들 줄 섰어. 한 바퀴 돌아보자."

"왜 이러세요. 질색하는 거 아시면서. 조용히 30분만 있다 갈게요. 제 얼굴 근육이 경련 일으키지 않고 견딜 수 있는 맥시멈입니다."

"내 딸 울려 보낸 놈 뭐 예쁘다고, 내가 곱게 놔줄까 보냐? 어르신들 기다리게 하는 못된 놈. 그러게 파트너 동반에 매번 혼자 아니면 유림이야? 네 책임도 커. 딸 가진 분들한테 괜히 쓸데없는 희망 주고 말야. 몇 분께만 인사해. 그것도 안 된다면 고모 체면 안 선다.

이리 와."

윤 대표는 내켜 하지 않는 그를 재촉해서 아까부터 그들을 흘끗거리는 노 회장 부부에게 갔다. 그렇게 시작한 인사는 약속한 30분을 훌쩍 넘도록 연회장을 몇 바퀴나 돌았다. 끝도 없이 다른 얼굴들이 대기하고 있었다. 연회장을 떠났던 사람들이 그가 도착했다는 말을 듣고 다들 돌아온 게 아닐까 착각이 일 정도였다.

서후는 어느 정도 인사를 끝내고 구석에 서서 숨을 골랐다. 그때 유림을 데려다주고 돌아온 이 비서가 연회장으로 들어왔다. 곧장 자신에게 올 거라고 생각했는데, 이 비서는 바이올렛 칵테일드레스 차림의 여자에게 다가갔다. 토라져서 뚫어질 것처럼 쳐다보는 여자를 달래느라 이 비서는 안절부절못했다. 여자의 어깨에 손을 얹고 연인의 눈빛마저 나누는 듯했다.

'뭐지, 저 두 사람?'

서후는 의문을 갖고 둘을 계속 지켜보다가 다희에게 시선을 돌렸다. 그녀는 둘을 전혀 의식하지 않고 있었다.

'아직 못 봤나?'

다시 이 비서와 묘령의 여자를 보았다. 이 비서는 주위를 둘러보더니 여자의 손을 잡고 밖으로 나갔다. 여자도 못 이기는 척 따라나섰다. 그들을 바라보는 서후의 눈빛이 날카롭다 못해 형형한 빛을 뿜었다. 다희가 있는 공간에서 너무나 스스럼없는 둘의 행동이 어지간히 신경을 건드려댔다. 그녀와 관련된 것에 대해서는 그 어떤 것도 간단히 무시하고 넘길 수가 없었다.

서후는 휴대전화를 꺼내 이 비서에게 전화를 걸었다. 짧은 신호음이 들리고 전화 너머에서 이 비서의 소리가 들렸다.

— 예, 사장님.

이 비서의 전화 목소리를 타고 넘어, 여자의 앙칼진 목소리가
따라붙었다.

— 다희 원피스에 주스를 붓겠다고 했단 말야! 걔 미친 거 아냐?
자기는 그걸 그냥 보내면 어떡해? 나한테 말했어야지!

'다희 원피스, 주스……, 자기?'

서후는 말없이 전화기 너머의 여자가 뱉은 단어를 연속으로 곱
씹었다. 이 비서가 휴대전화를 멀게 떨어뜨리고 하는 말이 귀에 꽂
혔다.

— 자기야, 조금만 조용히 좀.

이 비서가 잇새로 나지막이 하는 소리가 서후의 귀에 선명하게
새겨졌다.

'자, 기.'

다희를 편드는 게 역력한 여자의 말투. 서로를 '자기'라고 부르는
두 사람.

'뭐야? 대체 뭘 놓친 거지?'

답답해 미칠 것 같은 서후의 머릿속이 복잡하게 돌아갔다.

— ……사장님?

"이 비서, 당장 뛰어와."

— 지금 말입니까?

"당, 장, 뛰어와."

무시무시한 그의 어조에 이 비서가 바짝 얼어붙었다.

— 예, 곧 가겠습니다.

휴대전화를 내리며 성마른 시선으로 다희를 찾았다. 피곤한 기색이 역력한 그녀는 사람들 시선을 피해 어깨를 몇 번 두드리고 얼른 손을 내렸다. 그의 인내심이 점차 고갈되어갔다.

이 비서가 나갔던 문으로 다시 들어왔다. 그와 함께 들어온 여자는 다희를 찾아 그쪽으로 향했고, 이 비서는 서후에게로 다가왔다. 서둘러 오는 중일 텐데도 너무나 더디게 느껴졌다.

'진작 물어봤어야 했다. 회피하지 말아야 했어.'

싱가포르에서 왜 그녀가 그의 빌라에 들어왔는지, 여자친구가 없어졌는데도 왜 찾지 않았는지, 그날 아침 그녀와 진한 연인의 모습을 연출해놓고서 어째서 자기라고 부르는 여자가 따로 있는 건지.

바짝 다가선 이 비서에게 그는 단도직입적으로 물었다.

"한다희가 여자친구인가?"

"네?"

이 비서는 느닷없는 질문에 바로 답하지 못했다. 틈을 주지 않고 서후가 낮고 단호하게 다시 물었다.

"이 비서 여자친구가 한다희 맞아?"

"아, 아닙니다, 사장님. 한다희 씨는, 그러니까 다희 씨는, …… 우리 주영이 친굽니다."

파바밧.

서후의 머리 위로 강력한 낙뢰가 내리꽂혔다. 거대한 섬광이 눈앞을 백야로 만들었다.

"제 여자친구는 신주영입니다. 다희 씨 친구. 그건 왜…… 물으

우아한
짐승의 연애

세요?"

이 비서의 소리를 묻어버리는 귀를 찢을 듯한 천둥소리가 바로 옆에 내리꽂혔다. 과도하게 팽창된 충격파로 머리가 얼얼하게 울려왔다. 신음소리가 새어 나와 입술을 세게 물었다. 비릿한 피 냄새가 났다. 부서질 듯 들고 있던 샴페인 잔을 이 비서에게 넘겼다.

'한심한 놈. 멍청한 놈. 미욱한 놈. 머저리. 등신.'

자신을 향한 욕지거리가 끝도 없이 치밀었다. 머리끝까지 치민 화를 주체하기 어려웠다. 이 순간 그의 눈에는 오직 그녀뿐이었다. 그녀를 향해 걸었다.

무서운 기세로 자신을 향해 다가드는 서후를 본 다희가 뒤로 주춤거렸다.

'도망치지 마. 한 발도 뒤로 물러서지 마, 한다희.'

서후는 그녀의 손을 낚아채 난폭하게 끌어당겼다.

"아앗!"

그녀가 비명을 지를 만큼 그는 감정 조절도, 힘 조절도 할 수 없었다. 살아 움직이는 활화산처럼 그녀를 향한 뜨거운 욕망으로 이글대는 스스로를 제어할 수 없었다. 주위 사람들의 시선이 꽂혔지만 아랑곳하지 않은 채 그녀를 데리고 연회장을 빠져나갔다.

다희와 유림 사이의 소요에 대해 묻던 주영은 서후의 예상치 못한 등장에 영문을 모르는 표정으로 둘을 보았다. 서후를 쫓아온 이 비서도 주영과 합류해서 망연자실하게 바라보기는 마찬가지였다.

"놔요, 놓으라구요."

다희의 낮고 다급한 외침이 계속되었지만, 서후는 전혀 개의치 않고 손목을 꽉 그러쥔 채로 순식간에 갤러리를 벗어났다.

그녀는 그의 거친 행동을 이해하기 힘들었다. 놔달라고 몇 번이나 말했지만 들리지 않는 사람처럼 걷기만 했다. 사람들 이목을 집중시킬까 봐 크게 소리도 내지 못하던 그녀는 건물을 벗어나 인적없는 것을 확인하고 나서야 버럭 소리를 질렀다.

"아프다구요. 그만 좀 놔요, 제발."

끝없이 걷기만 할 것 같던 그가 갤러리 동관과 서관 사이 야외 조각전시장 일각에 멈춰 섰다.

어둠이 짙게 내려앉은 조각전시장은 을씨년스러웠다. 앙상한 단풍나무 가지가 밤바람에 쓸리는 모습에서 스산함마저 감돌았다. 디디고 있는 나무 덱에서 알싸한 나무향이 올라왔다. 노란 불빛 속에서 저만치에 있는 조각가 피터 버크의 작품인 거대 인물두상이 로마 신화 야누스의 양면 얼굴처럼 두 사람 쪽을 향하고 있었다.

그는 등을 보인 채로, 거친 숨을 내쉬고 있었다. 절대 놓아줄 수 없다는 의지인 듯 그녀의 손목을 여전히 잡고 있었다. 이윽고 그녀를 향해 천천히 돌아섰다. 그의 서늘한 눈 안에 그녀가 가득 담겼다. 다희는 흥분한 그가 두려웠지만 이유를 알 수 없어 답답함에 먼저 입을 열었다.

"대체 뭐 하는 짓이에요. 내가 무슨 실수라도 했나요?"

"……."

그의 무례한 행동을 책망하는 눈빛으로 쏘아보자, 그가 그악스럽게 움켜잡은 손목을 끌어당겼다. 거친 숨결이 고스란히 느껴질

우아한
짐승의 연애

만큼 가까이에서 그를 올려다보자, 파란 빛을 내는 눈빛에 순식간에 압도당해버렸다. 이런 기운을 뿜는 그에게 자신이 얘기를 할 수 있다는 게 신기할 정도였다.

"설마, 파트너 옷 때문인가요? 그래요?"

"아니."

"그러면요? 얘기를 해요. 당신이 왜 이러는지 내가 이해할 수 있게 해달라구요."

"잠시 시간을 줘. 대체…… 어디서부터 설명을 해야 할지 모르겠으니까, 잠시만."

다희는 그가 혼란을 겪고 있다는 게 믿기지 않았다. 당황스러웠다. 조급증이 났지만 그를 기다려줘야 한다는 생각이 더 크게 자리 잡았다. 영겁 같은 시간이 흐르고 드디어 그가 입을 열었다.

"오해했어. 당신과 이 비서가 연인 사이라고."

"네?"

"부하 직원 애인을 가질 수는 없으니까, 그래서 포기했어."

"확인도 않고 멋대로 생각했다구요?"

"물어보려고 했어. 걸리는 게 있어서. 그랬는데, 그날 아침 당신이랑 이 비서가 로비에서 연인처럼 서 있는 걸 봤어. 그것만 아니었음. ……대체 그땐 왜 그런 거지?"

다희는 그의 오해만으로도 기가 막힌데, 일부러 그에게 보란 듯이 창재와 연인처럼 굴었다고 생사람까지 잡는 탓에 더욱 어이가 없었다.

"내가 창재 씨랑 대체 뭘 어쨌다는 거예요?"

"분명히 봤다구. 로비에서 이 비서가 케이크 상자를 주면서, 당신이 다정하게."

"로비, 케이크 상자? 설마 홍콩으로 가던 그날 아침 말인가요?"

다희는 기억을 더듬었다. 그날 아침이 기억났다. 그가 매몰차게 일별하고 돌아서던 그때가 떠올랐다. 그의 매섭도록 시린 한기에 질려서 룸에 돌아와 욕조에 한참 동안 몸을 담갔던 그날이다. 하지만 도대체 그날 어떤 행동이 연인으로 오인하게 만들었는지 아무리 떠올리려 해도 딱히 짚이는 게 없었다.

"내가 본 게 뭐였든 이젠 상관없어. 당신 놓치지 않을 거다, 절대로."

그의 느닷없는 고백에 다희는 숙였던 고개를 들어 그를 보았다.

"지, 지금 뭐라고."

그가 그녀의 얼굴을 감쌌다. 이내 그의 입술이 내려와 그녀의 입술을 덮쳤다. 날카롭고 짜릿한 전율이 온몸을 일시에 훑고 지나갔다. 입술을 머금은 그의 입술이 너무 따뜻하고 부드러워서 온 기운이 빨리는 듯했다. 그러나 어떤 것도 명확하지 않은 상태로 무너질 수는 없었다. 그녀는 있는 힘껏 그를 밀쳐냈다.

"그, 그만……."

그의 가슴에 두 손을 대고, 다희는 가쁜 숨을 몰아쉬었다. 그의 심장도 그녀의 것만큼이나 미친 듯이 뛰고 있었다. 알아서는 안 될 것을 알아버린 것처럼 화들짝 놀라 손을 떼어냈다.

"그, 그래요. 오해했다 쳐요. 어이없지만 내가 창재 씨랑 연인이 아니란 걸 안 게, 무슨 상관인데요."

우아한
짐승의 연애

"내가. ……널 원해."

'이 남자가 지금 뭐라는 거야.'

믿을 수 없는 그의 말이 멀리서 아득하게만 들렸다. 감각이 사라져버렸다.

"이제부터 널 가질 거다."

"……지금 놀려요? 나 놀리는 게 그렇게 재밌어요, 당신은?"

"놀리는 거 아냐."

"싱가포르에서도 그랬어요. 8시 이후에 나다니지 말라느니, 눈에 띄면 위험한 일 생길 거라고 협박했어요. 도와주면서 장난치고 조롱하고 헷갈리게 했잖아요."

"진심이었어. 장난친 거 아니야. 당신 걱정돼서 그랬어. 눈만 떼면 사고가 나는데 미칠 것 같았으니까. 다치지 않게 곁에 두고 싶은데 당신을 옆에 둘 명분이 없었어. 그땐 자격이 없었으니까."

"초대장 보내놓고 왜 아닌 척했어요? 그때라도 말했어야죠."

"그건 지금도 후회해. 아마 두고두고 후회할 거야. 그것부터 일이 꼬였으니까. 얼굴을 둘둘 말고 나타난 당신을 보고 괜히 심술이 났다. 괘씸하기도 했구. 내가 자신을 구해준 생명의 은인인 줄 알면 어떤 표정일까. 왜 그게 보고 싶었는지는 나도 몰라. 당신만 보면 평정심을 잃었으니까."

"말도 안 돼. 당신이 지금 하는 말 무슨 뜻인지 알기나 해요? 천하의…… 윤서후 사장이 나한테 왜요?"

"……좋아해."

그의 낮게 가라앉은 목소리에 그녀가 움찔했다. 지금까지의 그 어떤 말보다 날카롭게 그녀의 심장에 깊숙하게 박혀들었다. 그를 올려다보았다. 그의 눈빛이 흔들렸다.

"다, 당신이 왜……."

"처음부터, 그 밤바다에서부터, 네가 좋았다."

"……."

"시간 낭비할 생각 없어. 우리……."

"다시, 말해봐요."

"뭘?"

"그 말, 다시 해봐요."

그녀가 그를 향해 처음 바라고 있다. 원하는 게 생겼다.

'바로 이 눈빛이다.'

오직 그에게만 향하기를 바랐던 그녀의 맑진 눈동자. 그에게 바라는 말을 내놓는 사랑스러운 입술.

"처음부터, 네가 좋았다. 네가 좋아."

그녀의 눈에서 방울진 눈물이 떨어졌다. 입술이 떨렸다. 그의 부드러운 손이 그녀의 턱을 가볍게 쥐고 들어올렸다. 입술이 내려와 그녀의 눈시울에 맺힌 눈물방울을 삼켰다. 뜨거운 입술 그대로 천천히 콧날을 타고 내려와 콧망울에서 멈춘다. 뜨거운 호흡이 그녀의 입술 바로 위에 내린다. 서로의 입술 사이로 달아오른 숨결이 섞여들었다. 그가 보내는 숨결이 그녀의 코와 입으로 스며들어 고스란히 그녀의 숨결이 되었다. 그의 손가락이 허락을 구하듯 입술 선을 매끄럽게 스치고 지나가고 도톰한 입술을 간질이듯 살짝 닿았다가 떨어졌다.

"아!"

그녀의 입에서 작은 탄성이 새어나오자 그의 입술이 바르르 떨림이 느껴지는 그녀의 입술을 삼키듯 머금었다. 혀로 입술을 간질이다가 아랫입술과 윗입술을 차례로 나누어 물고 흡입했다. 숨결이 느껴지지 않는 그녀를 살리기 위해 자신의 호흡을 미친 듯이 밀어 넣었던 그 밤바다에서보다 더 강렬하게 그녀를 갈구했다.

그때 둘 사이를 뚫고 소음이 끼어들었다. 차 부장의 무전 소리였다.

─ 한다희, 한다희. 지금 자리 안 지키고 어딨는 거야?

서후의 미간이 강하게 찡그려졌다. 그녀는 차 부장의 소리조차 듣지 못했다. 넋이 나간 표정으로 그의 힘에 의지해 겨우 서 있었다. 그에게 힘을 다 빨려버려 한 오라기 기력도 남아 있지 않은 듯했다.

─ VIP들 퇴장하신다. 빨리 자리로 복귀해, 당장.

다시 치고 들어온 차 부장의 무전 소리에 짜증이 서린 서후는 입 닥치라고 대신 일갈하고 싶은 것을 가까스로 참아냈다. 그의 타액에 젖어 한껏 물먹은 꽃망울처럼 봉긋하게 솟아오른 그녀의 입술이 더욱 탐스럽게 빛났다. 다시 머금고 싶은 걸 억누르기 위해 이를 앙다물어야 했다. 다희가 간신히 입을 열었다.

"가, 가봐야 해요."

"데려다줄게. 혼자선 못 걸어."

"괜찮아요. 아까 그러고 나와서 사람들이 이상하게 볼 거예요."

"상관없어. 내가 신경 쓰는 건 오직 너야."

'심장이 터질까 봐 그런다면 놔줄까. 숨 쉬는 걸 잊을까 봐 그런

다면 놔줄래요?'

사실은 당신에게 계속 안겨 있고 싶다고. 당신이랑 키스하고 싶다고 말해버릴까 봐. 헤픈 여자로 보일까 봐 달아나려는 거라면 비웃겠지? 다희는 제 마음과는 다른 말을 해야 했다.

"그래야 내가 편해요."

그의 눈꼬리가 비스듬히 올라갔다.

"할 수 없지. 기다릴게. 끝나고 동관전시장으로 와."

"네."

"착하다."

그가 그녀의 대답에 흡족한 미소를 지었다. 이내 긴 팔을 둘러서 그녀를 따뜻하게 안았다. 탄탄한 가슴, 그 속에서 요동치는 심장 박동이 고스란히 그녀의 심장으로 옮겨졌다. 정수리에 그의 뜨거운 입김이 내려앉았다. 그의 입술이 한 곳에 오래도록 머물렀다.

축하연이 끝나고 사람들이 모두 빠져나간 갤러리는 여전히 불빛으로 휘황찬란했다. 내일 전시 일정에 차질을 빚지 않도록 1팀 전원이 남아 뒷정리를 했다. 다들 쉴 새 없이 움직였음에도 11시를 넘기고서야 갤러리를 빠져나올 수 있었다. 다희는 차 부장과 김 선배에게 서둘러 인사를 하고 동관으로 향했다. 그가 기다린다는 생각에 마음이 조급했다.

상설전시와 축하연은 서관에서 있었기에 야간시간이면 동관은 보안시스템이 작동했다. 유물급 전시품 때문에 갤러리에 임의로 남아 있기란 불가능했다. 주차장도 신고된 차량 외에는 남을 수 없었다. 갤러리 밖 도로라 해도 사정은 마찬가지일 거다. 그녀를 기다리느라 순시를 도는 경비에게 괜한 고초를 겪는 건 아닐지 걱정이 되었다.

"한다희."

그의 목소리였다. 돌아보니, 날렵한 곡선으로 매끄럽게 빠진 블랙 재규어 운전석에서 내린 서후가 그녀를 향해 걸어오고 있었다.

"도망가려던 거 아니지?"

"아니거든요."

걱정했던 게 억울해진 그녀가 금세 새초롬해지자, 그의 입가에 장난기 섞인 미소가 그려졌다.

'반갑다.'

무던히도 그리웠던 그녀의 생생한 반응. 이제는 그녀의 모든 게 자신의 것이다.

서후는 다희의 손을 잡아채 차에 태웠다. 아예 움직이지 못하게 안전벨트까지 제 손으로 빼서 묶었다. 안전벨트 꽂는 위치를 확인하느라 차 안으로 들어온 그의 어깨가 그녀의 가슴 끝을 아슬아슬 스쳐 지나가자, 다희는 숨을 멈추고 굳어버렸다. 그녀의 팽팽한 긴장이 그를 즐겁게 했다.

"숨 쉬어. 얼굴 파랗게 질렸다."

속마음까지 들키는 자신이 한심하기도 하고, 모른 척 넘어가줬음 하는 것까지 들춰내는 그가 얄미워 다희가 뚱한 표정을 지었다. 그녀의 지나친 사랑스러움을 도저히 참을 수가 없어서 서후는 순식간에 키스를 하고 떨어졌다.

"적당히 해. 내 인내심에도 한계가 있어."

"내가 뭘 어쨌다고요."

"말을 말아야지. 지금부터 유혹 금지야. 이러다 출발도 못하겠다."

억울하다는 표정으로 노려보는 그녀의 입술에 다시 한 번 키스를 하고서야 차문을 닫았다. 그가 차 앞을 돌아서 운전석으로 오는 동안, 다희는 홍조 띤 얼굴을 식히느라 창문을 조금 열고 창 밖에 시선을 두었다. 그와 또 눈이 마주치면 키스하고 싶은 속마음을 또 읽힐 것 같았다. 창문을 연 의도마저도 그에게 간파당하는 것 같아 불안했지만, 운전석에 오른 그는 고맙게도 아무 말 없이 차를 출발시켰다.

갤러리를 출발한 차는 어느새 명동 거리로 내려와 있었다. 자정을 향해 가는 도시의 거리는 한산했다. 어느새 그가 틀어놓은 클래식 음악이 편안하게 위안을 주었다.

'지금 어디로 가는 거지? 너무 멀리 가는 건 부담스러운데.'

말할까 말까 몇 번을 고민하다가 결국 목마른 사람이 우물을 먼저 파기 마련이라 그녀가 말을 꺼냈다.

"지금 어디 가요?"

"가보면 알겠지."

"멀리 가는 건 곤란해요. 지금 무척 피곤하거든요. 게다가 내일 토요일 당직이라 출근도 해야 되고."

"내가 뭐 좀 하려면 의심부터 생기나?"

"그런 게 아니라, 지금 내 사정을 말한 거잖아요."

"피곤한 사람 붙잡고 괴롭힐 만큼 생각 없지 않아. 내가 미덥지 못해 큰일이군. 어디 가서 신뢰 못 받는 그런 사람 아닌데, 난."

"너무 과하게 부풀리는 거 아닌가요?"

또 그의 장난에 넘어갔다. 바라본 그는 웃고 있었다. 정말 모를 일이다. 몇 시간 전, 자신과 그의 파트너 사이에 인 소란을 일순간에 정리하던 그의 단호함과 날카로움은 어디로 사라졌을까.

'아, 잊고 있었다. 그의 파트너⋯⋯. 물어볼까? 하지만 뭐라고 묻지?'

"묻고 싶은 거 있음 말해. 뭐든 사실대로 답해줄 테니까. 앞으로는 하고 싶은 말 있으면 남겨두지 마. 오해 따위 다신 만들고 싶지 않으니까."

"하지만."

"괜찮아. 얘기해."

다희는 잠시 망설이다가 겨우 한마디를 내놓았다.

"당신 파트너⋯⋯."

"아, 유림이? 걘 내 사촌 동생이야. 그게 걱정됐어?"

"사촌 동생이요? 파트너 동반에 왜 사촌 동생을⋯⋯."

"지금까지 쭉 그래왔어. 내가 사교모임을 혐오하는 편이라 대부분 참석 안 하는데, 꼭 가야 할 때엔 녀석을 데리고 다녔지. 그 녀석도 꽤 즐기는 눈치였고. 앞으론 당신이 자주 다니게 될 거야. 오늘 당신 보니까 그러고 싶어졌어."

"꼭 바꿀 필요가 있을까요? 그냥 하던 대로 쭉 하는 게 좋지 않겠어요?"

"그건 안 되지. ……다 온 거 같은데, 여기가 맞나?"

운전하는 그를 보느라 어디에 도착했는지 미처 알아채지 못했다. 그는 운전석 차창으로 밖을 내다보고 있었다. 몇 마디 나누지 않았다고 생각했는데 명동을 지나는 듯했던 차는 어느새 광화문을 지나 청운동 그녀의 아파트에 들어와 있었다. 그리고 정확히 아파트 동 앞에 멈추었다.

"여, 여긴 어떻게……."

"이 비서가 당신에 대한 정보력이 꽤 뛰어나서. 그동안 오해를 제공한 장본인을 살짝 푸시했더니 술술 나오던데?"

"창재 씨 협박했어요?"

눈을 동그랗게 뜨고 진지하게 묻는 그녀를 귀엽게 바라보던 서후는 피식 헛웃음을 흘렸다.

"대놓고 협박범 취급이군."

다희는 너무했나 싶은 미안한 마음에 버릇처럼 입술을 앙다물었다. 서로 맞물리는 그녀의 입술에 그의 눈길이 꽂히자 몸속에서 삽시간에 불길이 일었다. 그의 시선이 닿기만 해도 그녀는 금방 예민해져버렸다.

"어, 어."

다희는 무슨 말이든 하고서 이 야릇한 공간에서 빠져나가려고 머리를 굴렸다.

'뭐라고 하지? 늦었으니 들어가겠다고? 데려다줘서 고맙다고? 그냥 간단하게 안녕히 가라고?'

서후의 손이 부드럽게 그녀의 머리를 쓰다듬었다.

"이 작은 머릿속이 또 바쁘게 움직이고 있군. 생각 좀 그만해. 나 몰래 달아날 궁리라면 포기하고."

그의 손이 닿는 게 좋다. 그녀의 머리를 타고 내려간 손이 뒷머리에 머무는가 싶더니, 어느새 아래로 내려가 안전벨트를 풀어냈다.

"내리자."

몸에 잔뜩 힘을 주고 있던 그녀는 그가 먼저 내리자 멋쩍어하며 차에서 내렸다. 그는 극구 사양하는데도 엘리베이터까지 함께 타고, 급기야 문 앞까지 왔다.

"다 왔어요. 이제는 그만 가세요."

"진짜 가길 원해?"

그가 긴 팔을 벽으로 뻗어왔고, 그 안에 그녀가 갇혀버렸다.

"치, 친구가 있어요. 안에."

"그래서?"

그의 얼굴이 입술 가까이 내려왔다. 움찔한 그녀가 눈을 질끈 감으며 다급하게 애원했다.

"오늘 일 궁금하다고, 기다리겠다고."

"그럼 더 기다리라고 해."

그의 입술이 다희의 아랫입술을 살짝 물었다. 거침없는 혀가 입술을 가르고 침범했다. 뜨거운 불길처럼 갑작스럽게 밀고 들어온 그 혀의 감촉은 놀라울 정도로 부드럽고 달콤하게 변했다. 거친 느낌에 놀라고 당황했을 그녀의 입술 속살을 달래듯 미끄러졌다. 그의 거친 숨소리에 놀랄까 봐 호흡마저 지그시 눌렀다. 그의 키스는 다정했고 따뜻했으며 끝없는 배려를 아끼지 않았다.

그의 촉촉한 타액에서 느껴지는 달콤함이 입 안을 가득 채웠다. 그의 호흡과 함께 타액을 받아 삼켰다. 그가 주는 것을 오롯이 받아들이던 그녀의 혀가 조심스럽게 움직여 그의 혀와 맞닿았다. 순식간에 엉켜들었다. 그녀의 혀가 능동적으로 반응해 오자 그의 강한 혀가 집요하게 빨아들이며 탐닉했다. 질척한 소리가 계속되고 서로의 얽힌 호흡이 가빠졌다. 그녀의 머릿속이 까맣게 타들어갔다.

혼미해진 그녀에게서 그의 입술이 가까스로 떨어졌다. 가쁜 숨을 몰아쉬는 그녀의 귓가에 매혹적인 속삭임이 들렸다.

"시도 때도 없이 나타날 거니까 놀라지 마."

키스 한 번으로도 쓰러질 듯 위태로운 그녀가 깨물어주고 싶을 만큼 예뻐서 서후는 그녀를 쉽게 들여보낼 수가 없었다. 으스러지듯 제 품에 감싸 안고 한없이 행복한 시간을 만끽했다.

+09

　매일 나타날 것처럼 경고했던 그는 이틀이나 모습을 보이지 않았다.

　주영에게서 토요일 새벽 창재가 그를 수행해서 제주도에 내려갔다는 것을 들었을 때에는 슬쩍 서운한 기분까지 들었다. 창재에 대해서라면 뭐든 알고 있는 친구에 비해서 자신은 서후에 대해 아는 게 너무 없었다. 아직 시작했다고 할 수도 없으니 당연한 일일 테지만, 주영이 계속 전화를 해서 서후에게서 연락이 있었는지 확인할 때면 짜증이 올라오는 건 어쩔 수 없었다.

　시카고에 도착한 아빠에게서 전화가 왔을 때, 혹시나 그일까? 하며 기대했던 자신이 한심했고, 아빠께 죄송해서 어디라도 숨고 싶었다.

　예전과 다를 바 없는 일요일 저녁이 지나가고 있었다. 이제는 전화벨 소리에 별다른 반응을 하지 않을 만큼 그에게 연락이 올 거라는 기대감은 무너졌다. 샤워를 마치고 샤워가운 차림으로 커피머신에서 에스프레소를 내리고 있는데 휴대전화가 울렸다. 식탁에 올려놓은 휴대전화를 집어 들었다.

"여보세요?"

— 다희 씨? 차 부장인데. 쉬는 데 방해해서 미안해.

"아니에요. 어쩐 일이세요?"

— 다희 씨 내일 제주도 출장 가야 해서. 2박 3일 일정이고. 짐 챙겨서 출근하도록 해.

"네? 갑자기 무슨 출장이에요?"

— 자세한 얘기는 내일 하고. 그런데, 다희 씨.

"네, 부장님."

— 이런 말 묻는 게 기분 나쁠 수도 있는데. 상사 입장에서 확인해야 될 것 같아서.

"말씀하세요."

— 윤서후 사장님.

"……네."

다희는 저도 모르게 침을 꼴깍 삼켰다. 축하연에서 그와 있었던 일을 알았나? 공사 구분이 분명했던 차 부장이다. 그의 부하 직원이 직장 내에서 게스트와 사적인 감정이 개입된 걸 용납지 않을 거라는 건 자명한 일이었다.

— 혹시 다희 씨를 불편하게 하나? 그러니까, 장난을 친다거나 곤란하게 하는지 알고 싶은데.

"그, 그런 거 없습니다, 부장님."

— 그렇군. 미안해. 내가 한 말 신경 쓰지 마. 그럼 쉬어.

"네, 부장님."

얼결에 대답하고 전화를 끊었다. 전화기를 식탁에 내려놓으며 다희는 고개를 갸웃했다.

"인턴인 내가 출장을 간다고?"

입사한 지 두 달 된 그녀가 2박 3일로 출장을 간다는 게 어쩐지 부자연스러웠다. 인턴인 그녀에게는 하루 일정의 단기 출장은 몰라도 2박 3일의 장기출장은 없는 일이었다. 더구나 상설전시회가 이제 막 시작된 시점이었다.

"단독 출장은 아니겠지."

출장에 대한 찜찜함은 여전했지만 혼자 고민한다고 달라질 것은 없었다. 내일 출근해보면 알 일이었다.

"출장지가 제주도라 이거지?"

고민을 걷어내자 철없는 설렘이 스멀스멀 올라왔다. 통화하면서 서후가 제주도에 머물고 있다는 게 떠올랐다. 자연스럽게 만날지도 모른다. 먼저 연락을 해볼까? 반가워해줄까? 하지만 이내 실망하고 말았다. 자신은 서후의 연락처를 모른다. 창재를 통한다면 쉽게 알 수 있겠지만, 그가 직접 가르쳐주지 않았는데 그런 식으로 알아내고 싶지 않았다. 뭐든 그가 직접 해주기를 바라는 건 욕심인 걸까? 그가 바라는 연애는 슬로 무드인데, 그녀 혼자만 종종거리고 조바심 내는 건 아닐지.

"휴우."

그에 대한 생각의 끝은 언제나 긴 한숨이었다.

월요일 아침, 얼마 전 큰 눈이 내린 게 맞나 의구심이 들 정도로 봄볕이 따사로웠다.

다희는 작은 캐리어를 챙겨 출근해야 해서 택시를 탔다. 갤러리 앞에서 캐리어를 내리는데 언뜻 서후의 뒷모습과 무척 흡사한 남자를 본 듯했다.

"설마."

눈 한 번 깜박하는 사이에 마치 헛것을 본 것처럼 남자는 홀연히 사라졌다. 너무 그리워하면 환영을 본다더니 딱 그랬다. 이른 아침, 그가 여기에 있을 리 없다.

"벌써부터 이러면 곤란해, 한다희."

그를 떨어내듯 고개를 내젓고 사무실로 향했다.

척, 척, 척.

환청을 듣는 듯했다. 그녀가 사무실에 들어서자 모든 시선이 일제히 와 꽂혔다. 1팀뿐만 아니라 2팀과 3팀 직원들까지 호기심으로 반짝반짝 빛나는 부담스러운 눈빛들.

'이, 기묘한 현상은 뭐지?'

다희는 몹시 당황하며 자리에 앉았다. 선배 큐레이터들에게서 이토록 지대한 관심을 받아보기는 처음인지라 몸에 잔뜩 힘이 들어갔다.

그녀가 자리에 앉기를 기다렸다는 듯이 각 팀의 소식통인 2팀 유시현 큐레이터와 3팀 남소란 큐레이터가 서로 어깨까지 부딪히며 경쟁적으로 다가왔다. 유 큐리가 먼저 말을 걸었다.

"한 큐리, 송유림 한방 먹였다며?"

"네?"

다희는 자못 놀랐다. 지금껏 인턴 큐레이터인 그녀를 큐레이터

의 애칭인 '큐리'라고 불러준 적이 없었기 때문이다. '한다희 씨' 또
는 '다희 씨', 그도 아니면 '인턴'이었다. 그들과 같은 큐레이터의 애
칭으로 불러준다는 것은 그녀를 인정한다는 의미였다.

남 큐리가 답답하다는 듯 끼어들었다.

"송유림 말야. 윤서후 사장님 파트너. 한 큐리랑 똑같은 원피스
입었다는데 사실이야? 정말 윤서후 사장이 송유림더러 갈아입으라
고 했어? 그래?"

"얘기 좀 해봐. 여기저기 소문은 무성한데 우리 중에 본 사람이
아무도 없잖아. 둘이 똑같은 옷 입은 사진이 찍혔다는데, 갤러리에
서 먼저 손을 썼는지 하물며 인터넷에도 사진 한 장 안 올라왔대."

"진짜 그랬어? 윤 사장님이 직원인 한 큐리가 아니라, 송유림한
테 갈아입으라고 했어, 어?"

정신없이 유 큐리와 남 큐리가 속사포 질문 공세를 이어갔다. 그
녀에게 대답하라고 종용하면서도 정작 말할 시간은 주지 않았다.

"아, 그거요. 네, 그랬어요."

다희는 별일 아니란 듯 무심히 대답했다.

"맞대."

"자기들, 맞대."

유 큐리와 남 큐리는 호들갑스럽게 자기 팀원들을 향해서 사인
을 날려댔다. 이쪽으로 레이더를 뻗어놓고 있던 여자 큐레이터들은
일제히 묘한 탄성을 냈다. 콧대 높은 무리의 태도라고는 볼 수 없는
당혹스러운 반응이었다. 묻지 않아도 서후에 대한 호감지수가 치솟
고 있다는 걸 알 수 있었다.

그는 여자 큐레이터들 사이에서도 매우 높은 관심의 대상이었다. 전에 다희가 그의 비서실에 참석 여부를 묻고 통화를 끝냈을 때, 사무실 내 더듬이가 일제히 뻗쳐왔던 기억이 떠올랐다. 확정적이지 않다는 대답에 다들 어찌나 실망하며 돌아섰는지 지금도 생생했다.

"그런데, 그게 왜요? 무슨 문제라도 있어요?"

유 큐리가 정말 모르겠냐는 표정으로 그녀를 봤다.

"왜라니. 지금까지 없었던 일이잖아. 이런 경우에는 당연히 게스트가 아닌 직원 옷을 갈아입히지. 송유림 입장에선 직원이랑 같은 옷 셀렉트한 것도 자존심 상하는데 갈아입으라는 수모까지 당한 거잖아. 모르긴 몰라도 사교계 공주는 한동안 그 바닥에 고개도 못 내밀걸?"

"백 프로지. 자기 당분간 갤러리 생활 좀 힘들지도 모르겠다. 송유림이 그 성격에 가만있겠어?"

"가만 안 있음 어쩔 건데? 소문처럼 정말 토마토주스를 붓겠다고? 아무리 철부지래도 설마 그 정도로 몰상식하겠어? 윤 대표님이 가만 두시겠냐고. 엄마 갤러리에 먹칠하는 짓인데."

"그 철부지가 그런 걸 알기나 하면 다행이지."

정작 당사자인 다희보다 더 흥분한 유 큐리와 남 큐리는 자기 일인 양 떠들어댔다.

둘의 대화 내용을 종합해본 바로는 서후의 사촌 동생인 송유림은 큐레이터들에게 호감을 주지 못하는 인물이었다. 잠시 본 게 다였지만, 또래 정도로 보이는 송유림의 말투는 도도하다 못해 무척 건방졌다. 같은 옷을 입은 직원을 보고 당황했을 송유림의 입장을 이해 못할 것은 없었다. 다짜고짜 명령조가 아니라 부탁하듯 말했다면 아무리 아빠가 선물한 옷이라 할지라도 기꺼이 갈아입었을 것이다. 아빠의 선물을 가짜 취급하는 말투만 아니었어도 말이다.

잠시 혼자 생각에 빠져든 그녀를 보며, 유 큐리와 남 큐리가 자기들끼리 시선을 나누었다. 곤란한 질문인지 서로 미루는 것 같더니 남 큐리가 마지못해 나섰다.

"자기 혹시 개인적으로 윤서후 사장 알아?"

"네?"

허를 찌르는 질문에 다희는 뭐라 답해야 할지 망설였다. 아니라고 할 수도 없고, 안다고 대답한들 그들의 집요한 질문이 이어질 것이 자명했기에 선뜻 할 말을 찾지 못하고 머뭇거렸다. 유 큐리가 답답하다는 듯 남 큐리를 책망했다.

"한 큐리가 윤 사장님을 어떻게 알겠어. 내가 그건 아니랬잖아."

"그게 아니면 설명이 안 되잖아. 축하연 마무리 때 윤서후 사장이 한 큐리를 왜 데리고 나갔겠어."

"송유림 일 때문이겠지. 자기 파트너는 돌려보냈는데 한 큐리가 아무렇지 않게 다니니까 윤 사장 눈에 좋게 보였겠어? 한 큐리 밖에 나가서 윤 사장한테서 한소리 들은 거지? 그렇지?"

유 큐리의 집요한 눈빛이 빠져나갈 생각 말라는 듯 그녀에게 대답을 추궁했다.

"아, 그게……."

남 큐리마저 동참했다.

"윤 사장 가까이 보니까 어땠어? 얘기 좀 해봐. 줄리앙 세밀화할 때처럼 디테일하게. 라인 하나 놓치지 말구, 어서."

둘의 시선이 부쩍 가깝게 다가들었다.

'이거였구나.'

그들의 관심의 대상은 송유림도, 다희 그녀도 아니었다. 서후와 얘기를 나누고, 그를 가까이서 지켜봤을 그녀에게서 그에 대한 얘기를 듣고 싶었을 뿐이었다. 두 사람은 올무를 움켜쥐고, 빠져나가려는 꿈은 애초에 꾸지도 말라는 집요한 눈빛으로 그녀를 몰아세웠다. 다희는 제발 누구라도 자신을 불러주기를 간절히 바랐다.

"한다희."

김 선배였다. 그녀의 목소리가 이렇게 청명하고 아름다웠던가.

"네, 선배님."

"차 부장님 부르신다. 공항 갈 준비 해서 동관 2전시실로 가봐."

"네."

다희는 기다렸다는 듯이 냉큼 일어나 책상 옆에 놓아둔 캐리어를 챙겨들었다.

유 큐리와 남 큐리는 다 잡은 물고기가 낚싯줄만 톡 건드리고 빠져나가는 것을 허탈한 눈빛으로 쳐다봤다. 입사 연차가 김 선배보다 아래인 그녀들이 다희를 붙잡을 명분은 없었다.

1층 로비로 내려온 다희는 그제야 숨을 돌릴 수 있었다. 김 선배가 조금만 늦게 불렀더라도 서후에 대해 낱낱이 실토할 뻔했다. 그에 관해서라면 고장난 브레이크가 돼버리니, 두 사람의 요구대로 세

세히 말하다 보면 좋아하는 감정까지 들켰을 거다.

예상대로 그에게는 세인의 이목이 집중돼 있었다. 그의 곁에 있 겠다고 한 이상 조만간 그녀도 사람들의 입방아에 오르겠지만 아직 은 둘만의 시간이 필요했다. 어느 누구의 눈치도 보지 않고 그 사람 을 오롯이 느끼고 사랑하고 만끽하고 싶었다. 자신이 그의 관심 대 상이 되었다는 사실이 이토록 설레고 기분 좋은 일일 줄은 몰랐다.

또각, 또각.

로비는 이미 10시부터 시작되는 전시를 준비하는 사람들의 움 직임으로 분주했다. 수많은 구둣발 소리가 어지럽게 흩어지는 가운 데, 유독 선명한 하이힐 소리가 다희의 신경을 잡아챘다.

또각, 또각, 또각.

목표를 발견한 하이힐 소리는 다희를 향해 점점 더 빠르게 다가 들었다.

'뭐지? 이 불길한 소리는?'

"송, 유림?"

다희를 노려보는 유림의 눈 속에 섬뜩한 분노가 번들거리고 있 었다. 주말 내내 분을 삭이느라 한잠도 못 잤는지 블랙 선글라스로 도 가릴 수 없는 푸석함이 엿보였다. 유림은 피가 맺힐 만큼 세게 입술을 깨문 채 다희를 향해 곧장 다가오고 있었다. 사람들이 했던 말들이 섬광처럼 스며들어 다희의 뇌리에 박혔다.

"가만 안 있음 어쩔 건데? 소문처럼 정말 토마토주스라도 쏟아 붓겠다고?"

방금 전 사무실에서 했던 유 큐리의 말이 떠올랐다. 다희가 유림의 손을 보았다. 거짓말처럼 큰 텀블러가 들려 있었다.

'설마, 설마 저기에.'

다희는 천천히 뒷걸음질치며, 그럴 리가 없다고 되뇌었다.

"내 파트너가 워낙 화가 많이 나서 말이지. 그대로 두면 누구한테 토마토주스를 쏟아 부을 태세였거든."

서후의 말이 뒤를 이어 꽂혔다. 사태를 파악하고 도망치려 했지만, 이미 유림은 다희의 목전에 다가와 있었다. 걸어오는 동안 이미 뚜껑을 열어놓은 텀블러는 한 치의 오차 없이 그녀를 향하고 있었다.

'늦었어.'

피하기에는 늦었다. 눈을 질끈 감으며 고개를 돌렸다. 그나마 위안인 것은 아빠의 선물을 지켰다는 거였다. 축하연에서 이 일이 일어나지 않은 게 얼마나 다행인가.

'죽을 때까지 토마토주스는 절대 안 마실 거야.'

타다닥. 타닥.

곧 차가운 무언가가 부딪쳐 올 거라 예상했는데, 거친 구둣발 소리와 함께 오히려 단단하고 따뜻한 팔에 몸이 안전하게 감싸였다.

촤아악!

거칠 것 없이 뿌려진 토마토주스가 어딘가에 부딪히는 소리가 뒤늦게 들려왔다.

"꺄악!"

"뭐야, 무슨 일이야?"

여자들의 비명소리와 사람들의 높고 낮은 웅성거림이 제각각 섞이고 있었다. 눈을 뜬 다희는 자기를 향하는 수많은 눈들과 마주쳤다. 의지하듯 자신을 감싼 팔을 꼭 붙잡았다.

"괜찮아?"

"서, 서후 씨?"

서후가 안정감을 주는 다정한 미소로 내려다보고 있었다. 그녀가 잡고 있는 것은 다부진 그의 팔이었다. 그를 보면서도 그에게 안겨 있다는 게 믿기지 않았다. 출근하면서 잠깐 본 남자는 그가 맞았다. 환영이 아니었다.

"어떻게 여기 있어요?"

"잠시만 기다려."

위안을 주는 미소를 보여주고 나서 그는 주위를 향해 큰 소리를 냈다.

"경비들 뭐 합니까. 사람들 통제하세요."

어찌할 바를 모르고 보고만 있던 경비들이 그제야 제 할 일을 찾은 듯 부산하게 움직였다. 경비들의 통제에 의해 그들 주위에 보이지 않는 바리케이드가 세워졌다. 사람들의 웅성거림이 순식간에 잦아들었다. 주위에 아무도 없는 것처럼 조용해졌다. 그녀 쪽으로 쏠려 있던 불편한 시선들도 곧 사라졌다.

"오빠……."

유림은 서후가 제 쪽은 돌아봐주지 않고 다희만 챙기는 게 이해되지 않았다. 이미 저질러버린 일에 약간의 죄책감이 일고 있던 터라 꺼져가는 작은 소리로 그를 불렀다.

"오, 오빠. 나, 나는."

"조용히 해, 너는."

다희는 서늘하고 낮은 그의 일갈에, 저에게 하는 말이 아닌 걸 아는데도 움찔했다.

깜짝 놀란 유림은 가장 사랑하면서도 가장 두려워하는 오빠가 여태껏 보여준 적 없는 섬뜩한 태도로 일갈하자 일순 변명할 의지마저 꺾였다. 그는 여전히 돌아보지 않고 있었다.

경비들의 일사불란한 통제가 이루어지는 동안 서후는 다희의 몸에 주스방울이 튄 자국이 있는지 살펴보았다. 방울 한 점이라도 보였다가는 유림이 무사하지 못할 것 같은 기세였다. 서후는 다희가 무사하다는 것을 자기 눈으로 살피고서야 그녀와 다시 시선을 마주쳤다.

"이제 좀 편하지?"

그녀는 얼른 고개를 끄덕였다. 그의 깊은 안도의 한숨이 정수리 위로 내려앉았다.

"박 실장."

"네."

조금 떨어져서 지켜보던 박 실장이 빠르게 다가왔다.

"한다희 씨 내 차로 모셔."

"네, 사장님."

서후는 소중한 보물을 옮기듯이 조심스러운 손길로 박 실장에게 그녀를 내주었다.

"가 있어. 곧 갈게."

그의 부드러운 미소를 계속 보고 싶었지만 포기하고, 고개를 끄덕였다.

"가시죠."

박 실장은 캐리어를 먼저 챙겼다. 정중하게 앞길을 내주며 에스코트를 했다.

'이 사람 주변 사람들은 다들 정중하구나. 전에 집사 아저씨도 그랬는데.'

다희는 박 실장에게 어색한 웃음을 보이고는 그의 뒤를 따랐다.

그녀가 박 실장을 따르는 것을 보고서야 서후가 유림을 향해서 돌아섰다. 그의 얼굴에서 다희에게 보여주던 미소는 사라졌고, 주위를 얼려버릴 듯이 차갑게 돌변했다.

다희는 문득 그와 유림을 이대로 두고 가도 될까 걱정이 되어 뒤를 돌아보았다. 그리고 놀라 자리에 멈춰버렸다. 그의 등에 핏물 같은 붉은 토마토 잔해들이 잔뜩 들러붙어 있었다. 블랙 정장을 입고 있어 티가 많이 나지 않았지만 그녀의 눈에는 그 모든 게 가득 들어찼다. 안타까운 시선으로 그의 등을 조용히 쓰다듬었다.

서후는 양복 상의를 물 흐르듯 자연스럽게 벗어냈다. 그의 등장을 전혀 예상하지 못했던 유림은 아예 넋을 잃고 있었다. 다희를 향해 맹렬히 다가서던 모습은 온데간데없고 사시나무처럼 덜덜 떨고만 있었다.

"가셔야 합니다."

발이 제멋대로 붙어버린 다희를 박 실장이 거듭 재촉했다. 지금은 무조건 사장의 지시에 따라야 한다는 단호함마저 느껴졌다. 그를 따라 갤러리 밖으로 나가면서, 다희는 다시 뒤를 돌아보았다. 서후는 유림의 손에서 텀블러를 뺏어들더니, 팔을 움켜잡고 엘리베이터로 향하고 있었다. 유림은 가여울 정도로 무기력해 보였다.

로비의 정지 그림도 서서히 움직였다. 바닥에 뿌려진 붉은 주스 자국이 방금 전의 소란을 말해주고 있었다. 그 붉은 자국마저 경비원들의 발 빠른 움직임으로 곧 사라졌다.

아침 일찍 갤러리에 도착한 서후와 박 실장은 동관 2전시관에서 제주 Y호텔에 교체할 그림 몇 점을 선택했다. 동행한 차 부장은 그의 지시에 따라 목록에 체크하며 따르고 있었다. 대부분의 대화는 박 실장과 차 부상이 나누었고, 서후는 마음에 드는 그림에 손가락만 까딱이며 지나갔다.

"귀빈께서 좋아할 그림으로 특별히 선택한 겁니다. 내일 전시에 차질 없도록 배송 부탁드립니다."

"예, 알겠습니다."

"제주도 오후에 비 예보 있는데, 그래도 오늘 옮겨야 합니까?"

"유화가 워낙 예민합니다. 호송 후 24시간은 반드시 미개봉된 크레이트 내에 보관해야 하고, 디스플레이 할 때는 호텔 전시실 내부와 크레이트 내부의 온도, 습도 조건이 동일하게 유지돼야 합니다. 유화인 만큼 조도도 꼭 신경 쓰셔야 합니다."

"알겠습니다. 온도, 습도, 조도는 일러주신 대로 지시해놓겠습니다."

"네."

"말씀드린 대로, 호송 책임 큐레이터는."

우아한
짐승의 연애

"한다희 씨가 동행할 겁니다."

앞에 혼자 등을 돌리고 서 있던 서후의 입가에 미소가 걸렸다. 어제 박 실장에게 지시한 대로였다. 그의 지시로 다희가 제주도에 가는 걸 알고 있겠지만 내색하지 않는 차 부장의 태도 역시 마음에 들었다. 하지만 그녀와의 키스를 중간에 방해했던 작자란 걸 떠올리니 심사가 슬쩍 불편했다.

사실은 서후가 굳이 제주도에서 올라올 필요가 없었다. 선택한 그림 목록을 박 실장에게 알려주면 알아서 다희까지 데리고 왔을 것이다. 이 외출은 다분히 고의성을 띠고 있었다. 한시라도 빨리 그녀를 보고 싶다는 조바심이 스스로 움직이게 했다.

그의 정식 일정은 월요일부터였다. 오랜만에 허락된 한가로운 주말을 그녀와 보내려고 준비했다. 토요일 퇴근하는 그녀를 데리고 양평별장으로 가서 낭비한 두 달이라는 시간을 보상받고자 했다.

그런데 제주호텔에 문제가 발생했다. 제주호텔 총지배인이 뇌경색으로 쓰러진 것이다. 아버지 대부터 호텔을 지켜온 우직한 사람이었다. 빠른 대처로 건강상의 별다른 문제는 야기되지 않았지만, 그를 충분한 기간 병원에 두기 위해서는 서후가 호텔에 머물 필요가 있었다. 부총지배인의 위기대처 능력을 믿지 못하는 것은 아니었다. 누구보다 책임감이 강한 총지배인의 고지식함을 알기 때문에 직접 나서야 한다고 판단했다.

이틀도 모자라 앞으로 일주일을 더 제주도에 있어야 했다. 그녀를 이틀 못 본 것으로도 조급증이 일었는데 일주일 더 떨어져 있어야 하는 것을 도저히 용납할 수가 없었다. 그래서 그녀의 출장을 계획해냈다. 게다가 단 몇 시간만 참으면 될 것을 그조차 견디지 못하고 새벽 첫 비행기에 몸을 실었다.

서후는 전시실에서 그림을 선택한 후에 서관으로 곧장 향했다. 전시실을 나오면서 차 부장이 사무실의 누군가와 통화하는 소리를 들었다.

"한다희 씨 출근했으면 지금 바로 출장 준비해서 동관 2전시실로 오라고 해."

서후는 엘리베이터에서 내리는 그녀를 보기 위해 서둘렀다.

차 부장은 작품 컨디션 리포트를 작성하느라 전시실에 더 머물렀다. 박 실장과 떠나는 서후의 뒷모습을 걱정이 담긴 시선으로 좇았다.

'별 문제 없겠지?'

윤서후 사장을 안 지 십 년이 넘었다. 저토록 허둥대고 상식 이외의 지시를 내리는 그를 이전에는 본 적이 없었다. 여자 문제도 결벽증에 가까울 정도로 깔끔했다. 지난 삼사 년간 동반 파트너는 사촌 동생 송유림이었고, 그 전에는 그의 아름다운 누나 윤서진이었다. 차 부장으로서는 한다희에 대한 서후의 관심이 수위를 넘고 있다는 것은 경계해야 할 일이겠지만, 다희 본인도 그로 인해 불편하지 않다 했고 무엇보다 서후가 장난으로 여자를 대하지 않을 거라는 믿음이 있었다. 그럼에도 불구하고 차 부장이 불안해하는 이유는 따로 있었다.

서후는 서관 로비에 들어서자 다희를 보았다. 엘리베이터에서 내리는 사람들 중에서 유독 그녀만이 한눈에 들어왔다. 무조건 반사처럼 저절로 숨이 막혔다. 치명적인 매력에 심장 깊숙이 베이는 줄도 모르고 그의 눈꼬리가 저절로 가늘어지며 입가에 미소가 걸렸다.

블랙 와이드벨트로 허리 라인을 강조한 베이지컬러 트렌치코트와 코트 아래로 살짝 보이는 하운즈투스 체크스커트, 스커트와 같은 느낌의 오픈 토슈즈. 단정하고 세련된 페미닌룩은 그녀를 한층 더 여성스럽고 로맨틱하게 보이도록 했다. 게다가 액세서리 없이 살짝 드러낸 목선과 말끔히 올린 헤어가 묘한 섹시함마저 느끼게 했다. 순수하면서도 관능적인 느낌을 동시에 발산하는 자기만의 그녀가 찬란한 빛을 내며 걸어오고 있었다. 생기 가득한 사랑스러움, 내추럴한 아름다움. 그 어떤 수식어로도 그녀를 표현하기에는 한참 모자랐다.

"저 녀석 뭐야."

그의 미간이 순식간에 일그러졌다. 그녀를 바라보는 것만으로도 벅찬 시선에 유림이 꽂혔다. 다희를 향해 달려들고 있었다.

"저 자식이!"

본능적으로 다희의 위험을 감지했다. 머뭇거리지 않았다. 그의 행동은 티끌만 한 망설임도 없이 기민하고 민첩했다. 앞으로는 어떤 경우라도 그녀를 자신의 시선 밖에 두는 일은 없을 거라고 다짐하며 달려가 그녀를 안았다.

"니들 무슨 일이야? 유림아, 넌 이 시간에 여기 어떻게 온 거니?"

느닷없이 사무실로 들이닥친 서후와 유림을 보고, 이제 막 출근해 찻잔을 들던 윤 대표가 놀라서 올려다보았다.

"어, 엄마."

유림은 윤 대표를 보자마자 설움이 북받쳐 눈물을 뚝뚝 흘렸다. 하지만 서후에게 잡힌 팔을 빼지 못했다. 그의 서슬 퍼런 기세에 눌려서 감히 뿌리칠 수도 없었다.

"서후야."

그는 윤 대표의 추궁 같은 부름에도 아랑곳하지 않았다. 묵묵히 유림을 데려와 소파에 앉힌 후에 팔을 놓아주고, 보란 듯이 텀블러를 유리탁자 위에 올려놓았다.

탁!

그 소리에 유림의 어깨가 들썩했다. 잔뜩 주눅 들어 고개도 들지 못하고 훌쩍거렸다.

영문을 몰라 답답한 윤 대표의 시선이 서후와 유림, 텀블러를 번갈아 바라보았다.

서후는 고모의 시선이 자기에게 다시 꽂힐 때까지 기다렸다가 단호하게 일렀다.

"유림이 당분간 제 눈에 띄지 않게 하세요. 한다희 씨 앞에도 마찬가집니다."

"이 녀석아, 무슨 소린지 알아듣게 해."

윤 대표는 그를 못마땅하게 보았다. 계속 훌쩍이고 있는 딸도 못마땅하기는 마찬가지였다.

"이유는 이 녀석한테서 들으세요."

윤 대표의 눈꼬리가 들렸다. 조금 전 그의 말 속에 등장한 의외의 이름에 촉각이 쏠렸다. 재확인 차 물었다.

"지금 한다희라고 했니? 우리 갤러리, 한다희 씨? 네가 그 아이를 어떻게 알아?"

"그건 나중에 차차 말씀드리죠. 유림이 한다희 씨한테 오늘 같은 행동 다신 용납 못합니다. 저 분명히 말씀드렸습니다."

"혹시 축하연때 유림이랑 같은 옷 입었다는 직원이 한다희였어? 그래?"

"네. 녀석이 지금 로비에서 말도 안 되는 짓을."

그는 자기 입으로 더 꺼내놨다가는 감정 컨트롤이 되지 않을 것 같아 말을 삼켰다.

그의 감추어진 말까지 간파한 윤 대표는 두통이 이는 듯 손으로 머리를 짚으며 소파 깊숙이 몸을 묻었다.

"알았으니까 이쯤 하자. 보아하니 유림이도 많이 놀란 거 같다."

"그만 가보겠습니다."

유림은 안중에도 없다는 듯 쳐다보지 않고, 윤 대표에게 목례를 한 서후는 싸늘하게 돌아섰다.

"그런데, 윤 사장."

그는 윤 대표의 부름에 돌아보았다.

"그 애 말이다."

윤 대표는 의문과 불안감이 어린 눈빛으로 그를 올려다보았으나, 정작 묻고자 하는 말이 나오지 않았다. 유림의 앞에서 확인할 말이 아닌 것 같아 그냥 끊었다.

"아, 아니다. 나중에 연락하마."

서후는 그녀의 반응에 별다른 관심을 두지 않고 다시 목례하고 서 서둘러 나가버렸다.

윤 대표의 눈빛이 미세하게 떨렸다.

"으아앙."

서후가 나가자마자 기다렸다는 듯이 유림이 울음을 터뜨렸다.

"어, 엄마. 오, 오빠가. 오빠가 나한테."

"그만 그쳐. 뭘 잘했다고 울어."

"왜 다들 나한테만 뭐라 그래. 오빠는 그 계집애만 감싸구."

"너 설마 그 짓 한 거야? 그냥 해본 말이 아니라 진짜 주스를 끼얹으려고 왔어? 그래?"

"분해 죽겠는데 어떡해, 그럼. 벌써 애들한테 소문 퍼졌단 말야. 창피해서 어떻게 얼굴 들고 다녀."

"널 어쩌면 좋니. 엄마가 장난이라도 하지 말랬지. 그깟 소문이 뭐 그리 대수라고."

"오빠가 중간에 껴들어서 그 계집애한테 제대로 퍼붓지도 못했단 말야."

"그만둬. 서후 화나면 아무도 못 말리는 거 몰라? 엄마도 분명히 경고했어. 경거망동하지 마."

억울함이 풀리지 않은 유림은 엄마마저 자기편이 돼주지 않자 더 목을 놓아 울었다.

윤 대표는 그냥 놔두는 게 상책이다 싶은 생각에 자리에서 일어

우아한
짐승의 연애

나 통유리창 앞에 섰다. 야외 조각전시장 쪽으로 시선을 멀리 두었다.

'아니겠지. 애들이 설마……. 아닐 거야.'

윤 대표는 몰려온 두통으로 머리가 깨질 것 같았다. 짙은 신음 소리가 저절로 배어나왔다.

+10

    제주공항에 도착하자 앞이 보이지 않을 만큼 억수 같은 장대비가 쏟아졌다. 우산을 쓴다 한들 몇 초 이내에 물에 빠진 생쥐 꼴로 만들겠노라 작정한 듯 대단한 기세로 들이쳐댔다. 겨울 끝자락을 미처 벗어나지 못한 찬바람까지 가세해서 체감온도가 급감했다.

    다희는 두어 번 제주도에 온 게 다였지만, 생각해보니 날씨가 화창했던 적은 없었던 것 같았다. 개중에서도 오늘이 최악의 날씨였다. 공항에 도착해 쏟아지는 비를 본 다희는 그림에 대한 걱정으로 표정이 어두웠다. 게다가 서후와의 실랑이도 한몫 거들었다. 차부장이 오죽 알아서 그림을 잘 포장했겠지만, 처음 하는 호송인지라 크레이트가 안전하게 옮겨지는 걸 직접 눈으로 봐야겠다고 고집을 피웠다. 하지만 그는 절대 빗속에 내보낼 수 없다며 팽팽하게 맞섰다.

    그의 손에 끌려서 리무진에 탄 뒤부터는 아예 입을 꾹 다물어버렸다. 운반을 지켜보는 것은 물 건너갔지만 전시실에 가서 컨디션 체크는 꼭 하고야 말리라, 어떡하면 그를 설득해서 전시실로 갈 수 있을까 고민하고 있었다.

서후는 생각에 집중할 때마다 입술이 조붓하게 모이는 그녀의 옆모습을 느긋하게 지켜보았다.

'언제든 빠져나갈 생각만 하는군.'

"유화는 무척 예민한 애들이에요."

드디어 입을 뗀 그녀의 손에 깍지를 껴서 자기 무릎에 올려놓으며 서후가 그래서? 묻는 시선을 보냈다.

"유화가 비랑 상극인 건 알죠? 전문 큐레이터가 꼭 따라다니면서 컨디션 체크를 해야 된다구요."

"전문 큐레이터? 누가?"

"저……."

다희는 말문이 막혔다. 자신을 전문 큐레이터라 말하려니 양심에 덜컥 걸렸다. 이제 겨우 두 달 경력의 인턴이란 것은 자신도, 그도 알고 있는 사실이었다. 그렇다 해도 여기서 물러설 수는 없었다.

"차, 차 부장님이요. 부장님이 적어주신 컨디션 리포트대로 조절하지 않으면 그림이 손상될지도 몰라요."

"그거라면 안심해. 이미 차 부장 지시대로 호텔에서 움직이고 있어."

"내가 할 일인데 왜 다른 사람을 불편하게 해요. 내가 할게요. 그러려고 온 거잖아요."

"그럴 리가. 일하느라 떨어질 것 같았으면 어렵게 빼내 오지도 않았어."

"네?"

"아무튼. 당신 할 일은 따로 있어."

큐레이터 직분을 다하고자 하는 그녀의 마음을 몰라주는 게 야속해서 저절로 뚱한 표정이 지어졌다. 다시 꼭 봉해진 입은 호텔에 들어설 때까지 떨어지지 않았다.

"내 룸은 어디예요?"

리무진이 빗속을 뚫고 호텔 입구로 들어서는 것을 보면서 불쑥 한마디 했지만, 그는 얼토당토않은 소리 하지도 말란 듯 차갑게 무시했다.

그와 함께 들어선 프라이빗 빌라는 한쪽 룸에서 거실을 통과해 반대편 룸까지 100미터 달리기를 해도 무방할 만큼 크기부터 압도적이있다. 무엇보다 이 폭우 속에서 옷이 젖지 않았다는 게 마냥 신기했다. 박 실장과 기사가 파라솔만 한 우산을 펴들고서 자신들이 젖는 것은 아랑곳 않고 에스코트해준 덕분이었다.

빌라에는 고급스러운 벽난로가 갖춰져 있었고 코너에는 와인 셀러가 비치된 블랙앤골드 와인 홈바가 보였다. 온통 신기하고 눈길 가는 것투성이였지만, 다희는 짐짓 화난 척하며 창가로 가서 서 있었다.

쏟아지는 빗줄기가 회색 커튼처럼 창문을 가리고 있었다. 잘 정돈된 정원수와 멀리 보이는 바닷물 모두 환영처럼 부연 실루엣으로만 느껴졌다. 그녀는 그가 포기하고 전시실에 가도록 허락할 때까지 꼼짝하지 않겠노라 단단히 마음먹었다.

그러나 그녀의 의도와는 전혀 다르게, 그는 다희를 룸에 온전한 모습으로 데려다놓은 것에 몹시 흡족해하며 어디론가 전화를 걸었다. 언제라도 제 앞으로 돌려놓을 수 있다는 자신감이 밴 시선을 그녀에게 고정시킨 채로 통화했다.

"전시실 체크하고 있나?"

그를 외면하고 있는 그녀의 작은 어깨가 움찔했다.

'입질이 바로 오는군.'

"온도 21도. 비가 오니 습도에 신경 써야 돼. 51프로까지 낮추도록 해. 그리고."

그가 말꼬리를 슬쩍 흘리자, 궁금증을 이기지 못한 그녀가 황급히 돌아섰다.

'빙고.'

호기심을 가득 담은 눈빛이 사랑스러웠다. 그의 입가에 자연스럽게 미소가 걸렸다.

"아, 항온항습기 계속 체크하고."

그녀가 가까이 다가왔다. 차 부장이 박 실장에게 일러주던 말을 새겨듣길 잘했다는 생각이 들었다. 토씨 하나 빼지 않고 그대로 읊어댔다.

"조도는?"

서후가 도와달라는 시선으로 고개를 갸웃하며 그녀를 내려다보자,

"유화라 200룩스요."

웃음 띤 그가 다희의 볼을 어루만지며 전화기에 대고 계속 말했다.

"200룩스야. 유화라 빛이 강하네. 아, 그리고 유명재 작가 작품 중 캔버스가 뒤틀린 게 하나 있어. 오른쪽 하단 모서리가 살짝 뜨던

불필요

데, 작가가 애초에 보관을 잘못한 모양이야. 게스트가 워낙 좋아하는 작가라 감수하고 구입한 거니까. 그렇게 알고."

그가 수화기를 내려놓았다.

"누구랑 통화한 거예요?"

"이 비서."

"나도 가서 전시실 체크 해보고 싶어요. 정말 안 돼요?"

"아직 안 돼."

"왜요? 그림 호송이 내 일인데 그걸 못하게 할 거면 대체 날 여기 왜 데려온 거예요?"

"정말 몰라서 묻는 건가? 확인을 하고자 묻는 건가?"

입술을 움찔하려던 다희는 뭔가 자신이 뇌관을 건드린 것 같은 기시감이 들었다.

"아니에요."

너무 가깝게 다가갔다는 생각에 뒤로 주춤 물러서려는데, 그의 팔이 먼저 와 잡았다.

다희는 그의 눈빛에 사로잡힌 눈동자를 움직일 수 없었다. 애꿎은 얼굴이 먼저 달아올랐다. 그녀에게 시선은 그대로 둔 채, 그의 손이 머리 뒤로 가 머리끈을 간단히 풀어냈다. 탐스러운 웨이브가 진 갈색 머리카락이 어깨 위로 떨어졌다.

"저, 저기. 그러니까 우리, 산책 할까요?"

"이 비에?"

이렇게 한심할 수가. 고작 생각해낸다는 것이 이 모양이다. 이 남자 앞에만 서면 항상 이렇다.

'어떡하지? 이대로 있으면 안 되는데……. 나…… 이대로 있어도 되나?'

"생각 좀 멈춰. 놔줄 생각 없으니까."

이미 허리로 내려간 그의 손이 트렌치코트 벨트를 풀고 있었다. 벨트가 떨어지고, 몇 개 안 되는 코트 단추가 해체되었다. 그의 두 손이 코트를 양어깨에서 떨어뜨렸다.

풀썩.

다희는 심장이 함께 떨어지는 것 같아 눈을 질끈 감았다.

트렌치코트 아래 숨겨져 있던 시스루 화이트 레이스 톱. 레이스를 뚫고 금세 탱글탱글하게 솟아오를 듯한 봉긋한 가슴선을 보자 그의 입에서 흥미로운 신음이 나왔다. 그녀의 눈에 천천히 입을 맞춘 그가 어깨선에 달린 단추를 하나씩 풀어나갔다. 서서히 드러나는 새하얀 어깨와 쇄골에 이미 한계를 벗어난 그의 인내심이 여지없이 꺾였다.

"자, 잠시만요."

그녀가 어깨의 맨살이 드러난 곳을 손으로 감추며 그를 가볍게 밀어냈다.

거부당한 그에게서 작은 탄식이 흘렀다. 애처로운 떨림이 느껴지는 그녀의 양어깨를 부여잡았다.

"당황스럽나?"

그의 차가운 말이 그녀의 심장에 예리한 생채기를 남겼다. 서운함도 있었지만, 미안했고 겁이 나는 것도 사실이었다.

"난 아직. 준비가, 안 됐어요."

"흐음. 준비라……. 얼마나 주면 되지? 그 준비라는 걸 할 시간 말야. 원하는 만큼 얘기해봐. 들어보고 결정하지."

"그런 걸 어떻게, 말로 해요. 난 그저."

매서운 그의 눈길이 당장 대답을 하라는 듯 다그치고 있었다.

후두둑, 후두두두.

창문을 부수고 빗줄기가 곧장 들이치는 것 같았다. 그녀의 등줄기로 빗줄기 같은 식은땀이 흘렀다. 아무리 다그친대도 그녀는 그가 원하는 답을 내놓을 수가 없다. 주고 싶지 않아 망설이는 게 아닌데, 그를 싫어한다 오해할까 봐 걱정이 되었다. 그의 여자가 된다는 기쁨이 너무 커서 그만큼 조심스러운 거고, 소중함이 짙어 오히려 달아나고픈 거라는 걸 그에게 어떻게 설명할 수 있을까. 자신조차도 이해하기 힘든 이 감정을 어떻게 말해야 할지 몰라 그녀는 애꿎은 입술만 잘게 물었다.

"겁을 먹었군. 내가 너무 성급했나?"

"나, 나는……."

서후는 그녀의 가녀린 어깨가 떨리는 것을 보며 제 조급증이 앞서 다그친 것을 금세 후회했다.

'상처 주고 말았다. 그만큼 안고 싶은 걸 어떡하겠어.'

감정을 숨기는 데 익숙했던 그였다. 그의 일거수일투족에는 세인의 관심이 집중되었고, 쉽게 변질되는 감정에 휘둘리기에는 그에게 맡겨진 책임이 너무나 무거웠다. 그렇기에 감정보다는 이성의 판단에 따라 더 옳은 쪽으로 움직였다.

'하지만, 당신에게는 내 감정을 숨기는 게 쉽지 않아.'

우아한
짐승의 연애

그녀에게만 나약해지는 남자였다. 그녀에게 강한 버팀목으로 든
든한 남자로 인정받고자 할수록 갈증만 짙어졌다.

"당신이 싫어서가 아니에요."

"알아."

"상처 받았어요? 내가 거절해서?"

"조금은?"

"미, 안해요."

다희는 진심으로 미안해하며 고개를 푹 떨구었다. 서후는 그런
그녀가 미치도록 사랑스러웠다. 그의 조급함 때문에 상처받은 건 오
히려 그녀일 텐데 그를 걱정하다니. 더 다그치면 소중한 그녀가 다
칠 거다. 그는 잠시 제 마음을, 제 욕심을 잠그도록 했다.

"안는 건, 허락할래?"

그녀의 예쁜 머리가 그의 다정한 요청에 살며시 들렸다. 미안함
이 남아 차마 그를 볼 수는 없었는지, 그의 넓은 가슴을 바라보다
용기 내어 양복 깃을 두 손으로 꼭 쥐었다.

한층 부드러워진 그가 그녀의 어깨를 끌어와 더없이 따뜻하고
다사롭게 안았다. 요동치는 그녀의 심장을 다독이듯 등을 부드럽게
쓰다듬고 마음을 쓸어안았다.

"기다릴게. 기다린다. 걱정 마."

그의 고통스런 배려에 미안함과 그에 대한 한없는 애정이 어지
럽게 섞여들었다. 그녀가 그의 가슴에 조심스럽게 얼굴을 묻자, 다
정한 팔이 더 꼭 끌어안아주었다.

창에 부딪히는 빗소리를 들으며 둘은 서로의 체온에 의지해 한

참을 그대로 서 있었다.

쟁그랑, 스윽, 스윽.

어둠 속에서 눈을 뜬 다희는 누운 채로, 밖에서 그가 만드는 소음에 집중했다. 의자가 끌리는 소리와 잔에 물이 채워지는 소리가 들렸다. 천천히 몸을 일으킨 그녀는 시계를 확인했다. 이미 오후가 지나고 밤으로 접어들어 있었다.

몇 시간 전, 그가 안내해준 방에 들어와 간단히 샤워를 했다. 침대에 잠시 누워 있겠다는 것이 그대로 잠들어버린 모양이다.

"나가볼까?"

그가 보고 싶었다. 같은 공간에 있으면서도 서로의 거리가 너무 멀었다. 자신이 벌려놓은 거리란 걸 알지만, 아직은 그를 온전히 받아들일 마음이 선뜻 먹어지지 않았다. 우유부단한 제 마음이 마냥 야속하고 미웠다. 하지만 시간을 다시 되돌린다 해도 그녀는 또 그를 멈추게 할 수밖에 없을 것이다.

탁!

손을 뻗어 침대 옆 탁자에 놓인 스탠드를 켰다. 노란색 불빛이 그녀의 날이 선 신경을 감쌌다. 그의 품처럼 다사로웠다. 그의 품을 떠올리자 그가 한층 더 그리웠다. 더는 침대에 머물고 싶지 않았다.

'그는 날 아낀다. 소중하게 여겨준다. 그것만으로 충분해.'

그녀는 금세 행복해졌다. 다른 누구도 아닌 그에게 아낌 받고 소중하게 여겨진다는 것이 가없이 좋았다. 기쁜 상상의 나래 속에 용기 한 줌이 솟았다. 이제는 저 문을 열고 나갈 수 있겠다.

달칵.

문 열리는 소리가 고즈넉한 공간을 크게 메웠다.

어둠이 내려앉은 거실 한쪽, 와인 바에 형체를 구분할 수 있도록 불이 켜져 있었다. 서후는 와인 바에 놓인 다리 긴 의자에 앉아 와인을 마시고 있었다. 둘의 고요한 시선이 마주쳤다. 그녀가 머뭇거리며 방에서 나오지 못하는데, 그의 목소리가 들렸다.

"한잔 할래?"

"⋯⋯네."

그녀가 다가가는 동안, 그는 와인 잔 하나를 더 내었다. 미리 디캔딩해서 튤립 모양의 투명유리 디캔터에 담아놓은 레드와인을 적당하게 따라서, 테이블에 놓은 그대로 베이스를 밀어주었다. 다가온 그녀가 의자 위로 올라가 앉았다.

"취향에 맞을지 모르겠다. 꽤 묵직할 거야."

다희는 걱정했던 것과 다르게, 부드럽고 편하게 말해주는 그가 고마웠다.

"와인 잘 몰라요. 주영이랑 가끔 한잔 하는 거 말고는 딱히 즐기는 편이 아니라."

잘 모른다고 하면서도 그녀는 자연스럽게 스템 부분을 잡았고, 가벼운 스냅으로 와인을 돌려 향기를 낼 줄도 알았다. 향을 맡고는 와인 잔의 립을 물고 한 모금 들이켰다.

"제법인데?"

그의 칭찬을 듣자 쑥스러운 듯 얼굴을 붉혔다. 그에게 부끄러움을 들킬까 봐 다시 한 모금 들이켰다. 잔을 내려놓자 그녀의 입술

양갈래로 붉은색 와인 줄이 살짝 그려졌다. 귀엽게 보던 그가 미소를 머금었다.

"왜요?"

영문 모르는 그녀가 묻자, 그의 손이 와서 쓰다듬듯 와인 줄을 닦아주었다.

부드러운 볼의 감촉을 느끼고 탐스러운 입술에 손이 닿자 애써 잠재워놓았던 그녀를 향한 욕정이 꿈틀거렸다. 손을 거두며 '휴우' 한숨을 내쉬고 와인을 단숨에 비워냈다.

"아무래도 안 되겠다. 우리 산책하자."

"지금이요?"

"비 온 뒤라 상쾌할 거야. 추울 테니까 따뜻하게 챙겨 입고 나와."

테이블에 와인 잔을 내려놓고, 그가 자리에서 일어섰다.

잠시 마주하는 것도 힘들 정도이면서도 그는 그녀가 원하지 않기에 자제하려 부단히 노력하는 거다. 그의 힘든 심경이 고스란히 전해졌다. 자신이 뭐라고 이처럼 잘난 사람이 조심하고 소중하게 다뤄주려는 걸까.

'내가 뭐라고.'

다희가 앉아 있는 그대로 서후의 손목을 잡았다. 무슨 마음인 줄은 저도 몰랐으나 손이 저절로 움직였다. 맞붙은 접점에서 그녀의 손만이 바들 떨렸다. 그는 전혀 미동이 없다. 그녀만의 떨림이 부끄럽고 민망해져, 어렵게 냈던 용기가 또 막혔다.

"……?"

설명을 요구하는 그의 단호한 눈빛. 다희가 조심스럽게 다시 용기를 내본다.

"혹시 나 떨고 있는 거 느껴져요? 나는 지금 당신 손 잡는 것마저도 이렇게 떨리고 두려워요."

"괜찮다고 했잖아. 애써 노력하지 않아도 돼. 자연스럽게 하자."

"내가 왜 두려운 건지 말해주고 싶어요."

"……"

"당신한테 지나치게 빨리, 자제할 수 없을 정도로 끌릴까 봐 두려워요. 당신한테 빠져서 헤어 나올 수 없게 될까 봐 두려운 거예요, 난."

그가 그녀에게 잡힌 손목을 가볍게 틀어 오히려 그녀의 손이 제 손 안에 잡히도록 했다. 제 손 안에 들어온 그녀의 잔약한 손의 떨림이 멈추도록 꼭 쥐었다.

"난 이미 그렇다, 다희야."

"네?"

"난 이미 당신한테 자제력을 잃었어. 당신에게 푹 빠져서 헤어나질 못해. 물론 빠져나올 생각도 없지만."

"내가 당신 옆에 있는 게 행복한가요?"

"그래."

기쁨이 되고 환희를 주는 그의 단호함. 이보다 더 확실한 단어가 있을까. 그 단호함이 그의 모든 것이다.

그가 다정하게 머리를 쓸어주었다. 시선을 마주하자,

"힘들어하지 마. 고민하지도 말고. 기다린다 했으니 충분히 기다릴게."

부드러운 미소가 걸려 있다. 따라 그녀의 입가에도 미소가 걸린다.

"나가서 식사하자. 바람도 쐴 겸."

그가 걸음을 옮기려는데, 그녀가 더 용기를 내어 그의 손을 더 그윽하게 잡았다.

"!"

멈칫한 그가 자신의 손을 더 힘주어 잡은 그녀의 의도를 간파했다. 그 마음을 확인하려는 듯 그녀를 가만히 보았다. 그녀는 시선을 마주치지 못하고 와인의 눈물이 천천히 흘러내리는 그의 잔을 보며 잠시 망설이다가 이내 입술을 뗐다.

"나요. 이제, 괜찮을 거 같아요."

그녀의 뜻을 바로 파악한 그가 그녀의 손을 꽉 쥐고, 간신히 입을 떼느라 아직도 바들거리고 있는 그녀의 턱을 가만히 쥐고 들어 올렸다.

"아직 힘들잖아. 투명한 유리처럼 훤히 보여. 애쓰지 않아도 돼."

"당신이, 좋아요."

"……다시 말해봐."

다희는 부끄러워 더는 말 못하겠는지 입술을 더 꼭 다물었지만, 그에게 꽂힌 시선을 돌리지는 않았다.

"됐어. 충분해."

그녀의 머리카락을 부드럽게 움켜쥐고 입술을 맞췄다. 허락을 받고 머금는 그녀의 입술은 향기로움의 극치였다. 굳이 진한 향기의 와인을 선택할 필요가 없었다. 그녀의 입술 쪽이 비교할 수 없을 만큼 더욱 짙은 향기를 뿜어냈다.

그녀의 허락을 받은 이상 머뭇거릴 것은 없었다. 그의 급한 손이 원피스 앞섶에 묶인 리본을 풀어내고 느슨하게 끈을 늘어뜨렸다. 탐하고 키스하고 싶었던 그녀의 새하얀 쇄골과 매끈한 가슴골이 드러났다. 기다리지 않고 매혹적인 쇄골에 다정하게 키스했다. 양어깨에서 원피스를 옆으로 밀어내자 물 흐르듯이 부드럽게 흘러내려 엉덩이와 허벅지에 걸쳐졌다.

"후우."

복숭아 과즙을 퍼뜨려 놓은 듯한 브래지어와 앙증맞은 팬티가 그의 눈을 강렬하게 현혹시켰다. 그녀의 실크만큼 부드럽고 섬려한 어깨선을 타고 가느다란 팔을 따라 자신의 손등으로 쓸며 내려갔다.

그녀는 제 속살이 드러나자 얼른 가슴을 가리며 부끄러워했다. 그가 후크를 풀어내어 브래지어가 떨어져 나가자 가슴을 더 꽉 부여잡았다. 그럴수록 탐스럽고 봉긋한 가슴 라인이 터질 듯 부풀어 올랐다. 그게 얼마나 그를 자극하는지 모르고 부끄러움을 가릴 생각에 더 꽉 가슴을 눌러댔다. 7월 폭염에 잘 익은 복숭아 과실처럼 탐스럽게 물들어가는 그녀가 부끄러움을 견디지 못하고, 그의 손을 멈추게 했다. 그는 제 조급함을 애써 억누르며 고통스러워했다.

"다희야."

"너, 너무 밝아요."

"익숙해져. 어두운 데서 안기 싫어."

"네?"

그녀가 무슨 뜻인지 묻는 시선으로 그를 올려다보자, 잠시 잊혔던 순간이 섬광처럼 지났다.

'아, 싱가포르 해변. 그 밤에……'

그녀의 기억에 동그라미를 그리듯, 미소가 걸린 그의 입술이 그녀의 입술로 내려앉았다.

"흐읍."

입술을 머금자 순식간에 열려버린 빗장 사이로 거센 급류가 미친 듯이 흘러들었다. 벌어진 틈을 뚫고 들어온 그의 혀가 입 안 곳곳을 유린하듯 핥았다. 엉켜든 그녀의 혀를 머금고 끝이 아릴만큼 강하게 흡입했다. 동시에 튕겨 오르는 그녀의 가슴을 가득 움켜쥐었다.

"아!"

강하게 쥐여진 가슴에서 짜르르한 전기가 흘렀다. 그의 손에 점령당해 가슴을 가릴 수 없게 되자 갈 길을 잃은 그녀의 부끄러운 손이 그의 다부진 어깨를 잡았다.

그녀의 살 내음에 홀려 정신을 못 차리는 그의 오감이 유혹적인 분홍빛 유두를 직접 눈으로 확인하자 일제히 폭죽처럼 터져 올랐다. 머뭇거림 없이 허리를 낮추고 고개를 내려 젖가슴을 입 안 가득 머금고 힘껏 빨아들였다. 혀로 유두를 간질이고 머금고 깨물기를 쉬지 않았다. 그녀가 도망가지 못하게 등을 바짝 끌어왔다. 무방비하게 드러나 있는 다른 쪽 가슴마저 쉬지 않고 문지르고 둥글렸다가 손가락 사이에 유두를 끼워 세게 자극했다.

"아! 제, 제발."

그녀가 그의 거침없는 애무에 흐물하게 녹아내리자, 재빨리 가슴에서 입술을 떼고 그녀를 의자에서 번쩍 안아 올렸다. 그녀의 허리 아래에 걸쳐져 있던 원피스가 바닥으로 떨어졌다. 그는 지체 없이 침실로 향했다.

그녀를 침대에 앉혀놓고 서후는 제 몸에 붙은 옷들을 한 점 남기지 않고 모두 벗어냈다. 그의 잔뜩 성이 난 남성이 당당한 위용을 드러냈다.

낯선 두려움의 순간이 왔다. 하지만 그녀에게는 오롯이 사랑하는 남자와 함께하는 행복한 순간이었다. 시간이 지난들 결코 담담해질 수 없는 치명적인 매력을 지닌 나만의 남자. 실오라기 하나 걸치지 않은 그의 나체는 다비드의 형상을 고스란히 옮겨둔 듯했다. 아니, 그보다 더 아름다웠다. 하마터면 부끄러움도 잊고 손을 뻗어 그의 가슴을, 탄탄한 복부를 만질 뻔했다. 혼자만의 생각을 그에게 들킬까 봐 얼른 고개를 숙였다. 이내 온몸으로 붉은 열꽃이 삽시간에 번져갔다.

"나를 봐. 고개 숙이지 말고."

서후가 그녀의 뺨을 감싸며 자신을 보게 했다. 부드러운 키스를 하며, 그가 침대 위로 올라왔다. 그의 나체에 놀라 펄떡이는 심장에 위안을 주는 듯한 달콤한 타액에 젖어들었다. 그녀에게서 약간의 머뭇거림이 느껴지자, 그가 강도를 높이며 입 안을 탐닉했다. 순식간에 애무의 표정이 바뀌었다.

"아!"

그녀 역시 더 이상 그의 감질 맛 나는 부드러운 키스를 원하지 않았다. 뿌리를 뽑을 듯이 강하게 그가 자신을 탐해주기를 바랐다. 무자비하게 다그치는 혀의 움직임이 물러나는 듯하면, 오히려 그녀가 더 갈구하며 안달했다. 그가 그녀의 가느다란 어깨를 붙잡고 천천히 침대에 눕도록 밀어냈다.

"으응."

입술이 잠시 떨어지자 조바심을 내며 앙증맞은 신음을 냈다. 안달하는 그녀는 몹시도 자극적이었다. 그녀의 뒷머리가 침대에 닿자마자, 그의 온몸이 그녀 위로 단단하게 밀착되어 내려앉았다. 그의 입술 맛을 원하는 그녀에게 자비심이 듬뿍 담긴 입술을 내려 거칠게 머금었다.

다희는 단비를 만난 것처럼 타는 목마름을 해소하기 위해 그의 입술을 거세게 깨물었다. 그의 입술을 탐하자 오싹한 쾌감에 소름이 끼쳤다. 그의 뜨거운 혀가 들어와 입 안 곳곳을 훑어 내렸다.

"하읏."

그녀의 반응을 즐기며 쇄골을 간질이던 그의 손이 천천히 매혹적인 목선과 산을 이룬 가슴선을 타고 내려가 젖가슴을 꽉 움켜쥐었다. 한 손으로 가두기에 벅찬 풍만한 가슴을 손바닥으로 세게 굴렸다. 참지 못한 다른 손도 내려와 양손에 터질 것처럼 솟아오르는 가슴을 쥐고 마음껏 주물렀다. 온 신경을 타고 짜릿한 전율이 쉴 새 없이 터져나갔다. 그가 주는 황홀한 자극에 반응하듯 그녀의 손이 그의 머리카락 속으로 들어가 움켜쥐었다.

그녀가 맘껏 탐하도록 놔두었던 입술을 내려 턱을 가볍게 깨물고, 촉촉하고 여린 풀잎 같은 목선을 거침없이 핥았다. 그녀의 살에서 질척한 파열음이 계속 일었다. 팔딱거리는 맥박이 여린 살을 뚫을 듯이 튀어 올랐다. 그 생동감이 그를 더없이 자극했다. 입술이 내려가고 짓밟는 자리마다 그의 흔적이 자리 잡았다. 이대로 그녀에게 들어가도 될지 걱정이 됐다.

'남자의 손을 타지 않은 숭고하고 순수한 그녀의 몸.'

키스와 애무만으로도 이미 열락의 끝으로 치닫는 그녀에게 상처를 입히지 않고 자신을 받아들이게 할 자신이 없었다. 그는 충분히 자제했고, 매순간 시험대에 오르고 있었다. 그녀에게 들어가고자 성난 근육이 으르렁거리고 있었다.

그의 손에 잡혀 희롱당하는 젖가슴을 보았다. 한 차례의 애무로 탱글탱글하게 치솟은 유두가 그를 유혹했다. 그녀를 잠식해버리자는 터질 것 같은 욕정을 다시금 누르며 강하게 유두를 머금었다.

"아흐."

그의 오감을 쥐고 흔드는 그녀의 생생한 반응에 머리카락이 주뼛 솟았다. 그는 젖가슴을 입에 가득 물고 거침없이 빨아들였다.

다희는 가슴을 뜯을 것처럼 몰아쳐대는 그의 강한 탐욕과 쾌락을 선사하는 강인함 앞에서 더없이 행복했다. 까무러치게 몰아붙이는 난폭함이 계속되기를 희망했다.

"아!"

그의 손길이 배꼽 아래로 내려가는 게 느껴졌다. 또 다른 생경한 자극이 끼쳐오자 당황한 그녀의 몸이 더욱 예민해졌다. 팬티 안으로 그의 손이 들어왔다. 여리고 민감한 속살이 불이 일듯 뜨겁게 달아올랐다. 저절로 입술을 깨물었다. 그의 불덩이 같은 손길이 여린 순 같은 털을 문지르다가, 그녀의 은밀한 밀실 입구를 건드려댔다.

"아으."

다리를 오므리자 그의 다리가 사타구니 사이로 들어와 활짝 벌려놓았다. 그의 손가락에 그녀가 흘린 애욕의 물이 스며들었다.

'아직 멀었다.'

안으로 신음을 삼키고, 그의 손가락이 그녀의 내실 안으로 파고들었다.

"아훗."

저절로 그녀의 손이 그의 어깨 살집이 움푹 패도록 쥐었다.

그의 입술이 턱과 목덜미, 젖가슴에 사정을 두지 않고 키스를 퍼부었고, 침입한 손가락은 밀실 내벽을 미끄러지듯 오르내렸다. 사방에서 끼쳐오는 강한 자극에 그녀의 몸이 용광로처럼 끓어오르기 시작했다. 가볍게 움직이기 시작한 손가락은 그녀가 점점 더 많은 애액을 흘리자 더 빠르고 강하게 자극해댔다.

신경을 마비시키는 자극에 그녀의 머릿속이 하얗게 변해갔다. 자극이 거세질수록 그의 어깨를 부여잡은 손톱이 살에 더욱더 깊숙하게 박혔다.

"더 꽉 쥐어. 상처 내도 상관없어."

"아, 안 돼요."

"손으로만 안 끝내. 이제부터야."

"제발."

그는 곧바로 손가락을 빼내며, 그 손 그대로 팬티를 끌어내렸다. 한쪽 다리만 겨우 빼내고 팬티를 다 벗겨낼 새도 없이 그녀 위로 몸을 포개며 올라왔다. 단단한 그의 분신이 그녀의 투명한 허벅지에 고스란히 느껴졌다.

"날 봐."

한 차례 애염의 폭풍이 몰려갔다. 잠시간의 고요 속에 그녀의 거친 숨소리만 남았다. 겨우 이만큼의 자극에도 그녀는 정신을 차리지 못했다. 살짝 눈물이 맺힌 그녀의 눈을 바라보며 그가 낮은 목소리로 말했다.

"두렵니?"

그녀가 고개를 끄덕였다. 그 눈에서 또르르 눈물방울이 굴러 내렸다. 그가 그녀의 눈시울에 맺혀 있는 눈물을 삼켰다. 슬프고 괴로울 때 눈물은 짠 맛이 난다. 기쁨과 환희가 섞인 눈물은 달콤하다. 지금 그녀의 눈물은 아찔할 만큼 달콤하고 향긋하다.

"다희야, 당신이 필요해."

불안해서 흔들리는 눈빛을 하고도, 그녀는 그의 목에 팔을 둘러 제 가슴 아래로 끌어당겼다.

"당신이 좋아요."

그녀의 허락을 신호탄으로 그의 자제력이 재조차 남기지 않고 자취를 감추었다. 그가 두 팔을 지탱해서 상체를 들어올렸다. 지금까지 어떻게 참아냈을까. 터질 것처럼 부풀어 오른 그의 분신을 살짝 벌어진 그녀의 보드라운 사타구니 사이에 놓았다. 간질이듯 입구를 슬쩍슬쩍 건드리다가 이내 찌르듯이 안으로 들여놓았다.

"으읏."

살짝 들어갔을 뿐인데, 그녀가 벌써 벅차다며 몸을 틀었다. 신음소리를 삼키며 그는 뒤로 물러났다. 그러나 그녀가 안도의 한숨을 내쉬기도 전에, 다시 치밀고 들어왔다.

"하읏."

그의 분신은 끝 간 데 없이 팽창해 있었다. 그를 온전히 받아들이기에 턱없이 모자랄 만큼 그녀의 내실은 비좁았다. 그가 서서히 하체를 옆으로 돌리며 그녀의 좁은 틈 속을 벌렸다. 그리고 천천히 전진해 들어왔다.

"조, 조금만 천천히. 으앗."

그녀의 상체가 그의 강인한 목에 힘껏 매달리며 침대에서 떨어졌다. 그가 움직임을 멈추고, 고문을 당하는 심정으로 힘들게 침범한 남성을 밖으로 빼냈다. 그녀가 표출하는 어떤 감정도 소홀히 다룰 수 없었다. 목에 둘린 그녀의 팔을 떼어내 손깍지를 끼며 얼굴 양옆으로 내려놓았다. 그녀의 귀에 조용히 속삭였다.

"그만할까?"

"아흑."

방금 전의 고통과 당황스러움을 감내하느라 잔뜩 일그러진 미간을 하고서도, 그녀는 고개를 가로저었다.

'멈추래도 이젠 멈출 수가 없어, 다희야.'

하지만 그는 힘들어하는 그녀를 두고 제 욕심만 한량없이 채울 수는 없었다. 구겨진 그녀의 미간을 달래듯 손으로 어루만졌다.

"지금이라도."

"아니요."

떨리는 숨과 신음이 고혹적으로 섞여 있는 그녀의 두 번째 허락.

'더 이상은 망설이지도, 멈추지도 않는다. 다희야, 후회는 늦었어.'

앞으로의 일을 용서하라는 듯 그가 부드러운 입맞춤을 했다. 설혹 그녀가 다친다 한들 멈추지 않겠다는 의지이기도 했다.

그녀의 한쪽 무릎에 거추장스럽게 매달려 있는 팬티를 마저 걷어치웠다. 가느다란 다리를 들어 올려 꽃봉오리가 활짝 펼쳐지게 했다. 살짝 들려 올라간 엉덩이를 단단한 제 무릎으로 받치고, 한껏 드러난 예민한 좁은 입구를 탐내며 탐욕스럽게 날름거리는 불꽃을 거침없이 깊게 밀어 넣었다. 당겼다 밀어 넣는 무자비하고 거센 힘에 그녀의 몸이 마구 흔들렸다. 애욕의 물에 흠뻑 젖은 살이 부딪히고 마찰하는 질척한 소리가 끊임없이 들려왔다.

"아악. 아웃. 자, 잠시만. 제발. 으윽!"

애원하는 말과 다르게, 그녀는 온몸을 휘어감는 짜릿한 흥분과 그의 거친 폭주에 맥없이 함락당했다.

'완전히 소진시켜주기를. 당신이 다 가져주기를. 당신으로 하여금 다시 태어나기를.'

그를 받아들이고, 그에게 들어가고 싶어 하는 열망이 뻗쳐왔다. 그의 손에 잡혀 있던 다리로 그의 허리를 휘감았다. 그녀가 허리를 휘감자, 놓여난 그의 두 손이 출렁이는 그녀의 젖무덤을 거세게 움키고 굴리고 뽑을 듯이 희롱했다.

한꺼번에 들이닥친 엄청난 고통과 말로 형언할 수 없는 짙은 쾌락으로 다희의 머릿속은 바짝 말라버렸다. 윤서후 그 외에는 아무도 생각할 수 없었다. 그가 뻐근하게 깊숙이 파고들 때마다 참을 수 없는 교성과 비명이 튕겨 나왔다. 귓속을 파고드는 그의 낮은 신음조차 새로운 자극이 되어 바르르 떨렸다.

이미 지독한 열락의 끝에 도달한 그녀 속으로, 아직 모자라다 시위하는 그가 고삐에서 놓여난 말처럼 사정을 보지 않고 격렬하게 밀려들고 또 밀려들어왔다. 그에게서 놓여나기 싫은데 극심한 몸살이 끼쳐왔다.

바들바들 떨리는 손을 그의 팔에 올렸다. 어깨에서 타고 흘러내린 땀으로 습해진 팔에 손톱을 박았다. 그에게 자신을 새기고 싶었다.

'나만의 남자라고. 나만이 탐할 수 있는 남자라고.'

그의 팔 근육이 파르르 떨려왔다.

"아."

탁한 그의 신음이 야릇하게 들려왔다.

그녀를 완전히 품은 그의 분신이 그녀의 속으로 뜨겁게 퍼져들었다. 달콤한 쾌감이었다. 심장을 태우는 쾌락이었다. 모든 것을 분출한 그의 몸이 뜨겁게 달아오른 그녀 위로 무너지듯 쓰러져 내렸다. 숨이 막힐 듯한 그의 무게가 그가 주는 사랑인 것 같아 한없이 행복했다. 그가 빠져나간 속으로 찬 기운이 끼치는 듯, 그녀의 몸이 오슬오슬 떨려왔다.

우아한
짐승의 연애

사용한 콘돔을 빼내고 다른 것을 집으려던 그가 그녀의 떨림을 느꼈다. 손을 거두고 몸을 일으켜, 침대 헤드에 하얀 베개를 켜켜이 쌓아 푹신하게 쿠션을 만들어 기대었다. 손가락 하나 까딱일 힘조차 없는 그녀를 가볍게 들어 자기 몸 위에 올려놓았다. 구겨진 채로 옆으로 밀려나 있던 이불을 끌어와 그녀를 포근하게 감싸주었다.

　두근두근.

　그의 가슴에 닿은 귓속으로 그의 일정한 심장 고동 소리가 들려왔다. 그녀의 심장은 고장을 내놓고 혼자만 평온하게 뛰고 있는 게 못마땅했지만, 소원한 대로 그에게 모든 것을 빨려버린 후라 그 심장의 평온함을 책망할 기력이 남아 있지 않았다.

　"좀 잘래?"

　따스함을 담뿍 묻힌 그의 음성. 그녀의 몸 한 자락도 제 몸에서 흘러내리지 못하도록 안아든 그의 단단한 가슴과 복부, 탄탄한 허벅지에서 따뜻한 온기가 함께 올라왔다.

　"……네."

　간신히 힘을 끌어내 그에게 답했다. 스르르 눈이 감겼다. 그가 전해오는 체온보다 더 따사롭고 달콤한 보살핌 속에서 그녀는 편안한 잠으로 빠져들었다. 그의 심장 고동 소리를 자장가 삼아서 평온한 잠 속으로 스르르 들어갔다.

　좌아아, 좌아, 퐁퐁, 토로롱.

　비몽사몽간에 시원하게 떨어졌다가 이내 잦아드는 물줄기 소리에 다희는 서서히 잠에서 깨어나고 있었다.

　슥, 스윽.

　그의 슬리퍼 끄는 소리가 점점 가까이 들려오자, 다희의 입가에 미소 한 줄기가 스몄다. 그가 침대 위로 올라오는지 시트가 사르락거리는 소리가 들렸다. 다희는 이불에 덮여 있었지만 그 아래가 알몸임을 깨닫고 새하얀 몸에 옅게 붉은 물이 들었다.

　눈을 뜨지 않고 그의 움직임과 소리를 느꼈다. 그가 그녀 옆에 누웠다. 부드러운 손가락이 그녀의 머리카락을 쓸어 귀 뒤로 옮겨놓는다. 그와 닿자 아래쪽에서 쓰린 통증이 되살아났다. 아니, 어쩌면 온몸의 모든 통점에서 어젯밤의 쾌감을 동반한 통증이 되살아나 일제히 아우성을 쳐대고 있는지도 몰랐다. 그녀의 미간에 짙은 줄이 그어지자, 그의 조심스럽고 다정한 손길이 미간에 잡힌 고통의 줄이 사라지도록 쓰다듬고 그 위에 가벼운 입맞춤을 했다. 그녀의 잠을 깨우려고 이마에서 시작된 입맞춤은 짧게 지속되었다. 조심스러웠던 입맞춤은 그녀의 입술에 닿자 격렬한 화학반응을 일으키듯 순식간에 불길이 일었다.

"으음."

다희가 입술을 벌려 키스에 응하자, 그의 상체가 그녀 위에 반쯤 걸쳐지며 좀 더 강하게 그녀의 입술을 빨아들였다. 이내 강도를 낮추며 도톰한 살집을 살근살근 스치다가 떨어져서 그녀를 가만히 내려다보았다.

"일어나야지, 아가씨."

그녀는 말없이 앙증맞게 서후의 품으로 파고들었다. 그가 볼을 간질인다. 자는 척했던 그녀가 간지럼을 못 참고 귀여운 웃음을 머금으며 눈을 떴다. 그와 눈이 마주치자, 어젯밤 일을 떠올렸는지 부끄러워하며 다시 눈을 꼭 감았다.

"잘 잤어?"

"아뇨."

"더 잘래?"

"아뇨."

무조건 그의 말에 아니라고 할 참인가 보다. 마음이 상하는 게 아니라, 그런 그녀를 다시 안고 싶어져서 그의 아래쪽이 움찔거렸다.

"다시 나를 자극하려는 건 아니지?"

그의 말에 놀랐는지 놀란 어깨가 흠칫한다. 그녀의 투명하고 말간 피부에 붉은 물이 번져나갔다. 그가 피식 웃으며 어깨에 키스하고 몸을 일으켰다.

"물 식겠다. 이젠 씻자."

뭐라 말할 새도 없이, 서후가 이불을 걷어내고 그녀를 번쩍 안아 올렸다.

알몸인 게 부끄러웠지만 그녀와 맞닿은 그도 역시 알몸인 채였다. 그렇다고 부끄러움이 가시지는 않았다. 다희는 그의 강한 목덜미에 꼭 매달렸다.

그가 이미 따뜻한 물을 받아놓은 욕조 안으로 그녀를 앉은 채 들어가 앉았다.

"같이 씻으려구요?"

"아니. 씻겨주려고."

"네? 아니에요. 혼자 할게요."

"내가 아프게 했으니, 달래줘야지."

다희는 목덜미까지 빨갛게 달아올라 어쩔 줄을 몰라 했다.

"그냥 가만있어. 내가 알아서 해줄게."

그의 팔에 허리가 단단히 휘감겨 있어서 다희는 꼼짝할 수 없었다. 할 수 없이 그의 목덜미에 팔을 두르고 부끄러운 얼굴을 묻고서 가만있을 수밖에 없었다.

그로 인해 깨닫게 된 쾌락의 고통. 아픔이 기쁨으로 변할 수 있다는 새로운 사실과 황홀했던 첫 경험. 그가 얼마만큼 만족했는지는 가늠할 수 없었지만, 지난 밤 그녀는 그가 채워준 충만한 쾌감으로 고통조차 상쇄될 만큼 환희에 불타올랐다.

잠시 생각에 빠져 있는 동안에도 그의 손은 그녀의 어깨와 가슴, 등으로 따뜻한 물을 계속해서 흘려보냈다. 보드라운 살집을 손으로 쓸며 꼼꼼히 물을 적셨다. 이내 그녀의 여린 사타구니 사이로 그의 손이 미끄러지듯 들어왔다.

"으읏."

그녀를 한없이 애욕에 휩싸이게 했던 꽃잎 주위를 부드럽게 애무하듯 쓸어주었다. 씻어주려 쓰다듬는 것을 알면서도 어젯밤의 뜨거웠던 기억과 겹쳐지자 그녀의 엉덩이가 움찔댔다. 그럴수록 그의 목에 더 꽉 매달렸다. 그의 복부와 맞닿은 허벅지 옆으로 강한 움직임이 느껴졌다. 그의 분신이 그녀의 허벅지를 쓸며 솟아올랐다.

"움직이지 마. 참기 힘들어져."

"……!"

그녀는 숨조차 쉬지 못했다. 허벅지에 딱딱하게 느껴지는 그의 남성이 얼마나 고통받고 있는지 조금은 알 수 있을 것 같았다.

그는 물 안에서 그녀를 안아 욕조 가장자리에 앉혀놓고는 곧장 욕조에서 나가 크고 작은 타월을 잡히는 대로 가져왔다. 물이 뚝뚝 떨어지는 자신의 몸은 돌보지 않고, 한쪽 무릎을 꿇은 자세로 그녀의 어깨에 큰 타월을 둘러주었다. 작은 타월로는 그녀의 젖은 얼굴과 몸을 꼼꼼하게 닦아냈다. 젖은 타월을 옆에 던져두고 그가 무릎을 세워 눈높이를 맞췄다.

"밖으로 나가자."

다희는 고개를 끄덕였다.

"룸서비스 시켰는데, 아무래도 나가는 게 좋겠다. 여기 계속 있다간 당신이 위험해지겠어."

그가 과감하게 속마음을 표현하자, 맑은 색을 찾아가던 그녀의 피부에 다시금 홍조가 들었다. 그마저 예뻐서 그가 달콤한 키스를 했다.

제주 Y호텔 스카이라운지. 어둠이 걷히고 있는 새벽하늘이 수줍은 얼굴을 드러내고 있었다. 비가 걷힌 다음 날의 하늘은 구름 한 점 드리워지지 않아 청명했다.

창가에 앉은 다희는 습관처럼 창 밖을 보고 있었다. 아니, 마땅히 시선 둘 곳이 없어 그녀가 할 수 있는 몇 안 되는 선택 중 하나였다. 옆에 나란히 앉은 서후가 그녀의 옆모습에서 눈을 못 떼는 것을 알면서도, 그에게 안겨 극도의 열정을 맛본 것이 새록새록 되살아나 제대로 시선을 마주치지 못했다. 그가 따뜻한 물로 달래준 덕분에 몸살기운이 뻗친 듯 뻐근했던 몸은 한결 가뿐해졌다. 다만 유두 끝에 아릿한 통증이 간헐적으로 느껴져 지난밤의 기억을 계속해서 상기시켰다.

둘은 동시에 에스프레소를 후식 음료로 선택했다. 그와 같은 것을 생각하고, 같은 취향이라는 것은 더없는 즐거움이었다. 하지만 제대로 기쁜 마음을 표현하지 못했다. 지금은 그와 시선을 마주치는 것마저 부끄러웠기에.

에스프레소를 비우고 잔을 내려놓은 그는 여전히 자신을 외면하고 있는 그녀를 더는 두고 보지 않았다. 턱을 잡아 간단히 그에게로 돌려놓았다.

"한눈파는 버릇 좀 고치지."

"난 그저, 호텔 경치가 좋아서요."

다희는 어젯밤 일을 떠올리느라 외면했다는 것이 그에게 들통나면 큰일 나기라도 한다는 양, 표정을 들키지 않으려 허둥지둥 커다란 투명 물잔을 들어 얼굴을 숨겼다.

"물어볼 게 있어. 당신은 원래 남의 남자 얼굴에 손을 함부로 갖다 대나?"

놀란 다희는 물잔에만 박고 있던 얼굴을 들어 그를 보았다.

"네?"

"싱가포르에서 내가 본 거, 당신이 이 비서 얼굴을 쓸어주던 거 말야. 대체 왜 그랬지?"

다희가 고개를 갸웃하더니 금세 설마 하는 눈빛을 담았다.

"창재 씨 얼굴을 쓸었다는 거, ……이마에 휴지 떼어준 거 말예요? 그거야 당연히 떼어줘야죠."

"당연히?"

아무렇지 않게 대수롭지 않다고 하는 말에 그의 미간이 가늘게 좁혀졌다. 그가 그녀의 손을 꽉 그러쥐고 들어올렸다.

"앞으로 이 손으로 나 외에 다른 남자 만지지 마. 절대로."

"지금 질투해요?"

"당연한 건데 당신이 모르니 알려주는 거야. 당신을 만지는 건 나밖에 안 되는 거고, 당신이 만져야 할 남자도 나뿐이란걸. 명심해."

"당신도 그래요? 당신을 만지는 것도 나만 할 수 있고, 당신이 만지는 여자도 나뿐이에요?"

"당연한 걸 뭘 묻지?"

"생각해볼게요."

"생각해보겠다구?"

"긍정적으로 검토해볼게요. 그러니 전시실 가게 해줘요."

"협상을 해보시겠다?"

"기브 앤드 테이크는 확실해야 되잖아요? 나는 여기 온 목적대로 일을 하겠다는 거고, 당신은 원하는 걸 얻는 거고. 당신한테 나쁠 거 없는 협상조건 아닌가요?"

"오케이, 딜!"

득과 실에 대한 판단이 빠른 만큼 서후의 대답은 명쾌하게 떨어졌다. 일어난 그가 그녀의 의자를 빼주며 일어나도록 권했다.

"지금 바로 가지. 전시실."

"너무 이르지 않아요? 아직 새벽이에요."

"내가 허락한 이상 시간은 문제가 안 돼."

다희는 너무나 쉽게 허락이 떨어지자 어이가 없었다. 어제는 그토록 사정해도 들어주지 않더니, 이렇게 쉽게 오케이할 줄 알았다면 진즉에 협상이란 걸 해볼 걸 그랬다는 후회가 밀려들었다. 그러나 이미 흘러간 시간, 되돌릴 수도 없는데 억울해한들 무슨 소용일까 싶었다.

전시실은 호텔 15층에 있었다.

스위트룸 투숙객을 위해 따로 마련해놓은 라운지 내 일각에 높이와 너비를 다르게 한 흰색 벽들이 충분한 거리를 두고 세워져 있었다. 벽마다 캔버스를 설치할 수 있는 틀이 마련되어 있었다. 초콜

릿 색의 어두운 불빛에 휩싸인, 인기척이 없는 라운지에 들어서자 보송보송하고 산뜻한 찬 기운이 끼쳤다. 잘 준비된 전시회장에 들어설 때의 기분 좋은 상쾌함이었다.

"둘러봐도 돼요?"

설렘을 담은 표정으로 그에게 허락을 구했다. 그 표정을 보면 어떻게 거절을 하겠나.

"물론."

서후의 말이 떨어지자, 그녀는 잰걸음으로 캔버스가 걸릴 벽으로 향했다. 그가 느긋한 걸음으로 뒤를 따른다.

"그림은 어디에 있어요?"

"수장고가 따로 없어서 내 사무실에 보관돼 있어. 여기 컨디션이랑 동일하게 유지하느라 출입 통제시켰으니, 염려 안 해도 돼."

"아, 그래요."

건성인 그녀의 대답에 서후의 눈꼬리가 가늘어졌다.

다희는 벽을 살피며 이미 붙여놓은 그림 제목과 작가명 등을 꼼꼼하게 체크해 나갔다. 일일이 다니며 걸리지도 않은 캔버스 위에 켜놓은 조명이 고루 퍼지는 위치를 꼼꼼히 살폈다. 너무 열심히 하는지라 벌써 그라는 존재를 까마득히 잊은 눈치였다.

'이래서 데려오기 싫었군.'

서후는 자신을 옆에 두고 한눈파는 그녀를 지켜보는 게 매우 못마땅했다. 팔짱을 낀 채로 그녀의 옆모습과 뒷모습을 눈으로만 계속 좇았다. 일하는 걸 그만두게 해야 하나 그가 심각한 고민에 빠져 있다는 걸 아는지 모르는지, 그녀는 제 할 일에만 몰두하고 있었다.

"한다희 씨, 분명 내 옆에서 한눈팔지 말라 했는데."

"네."

역시 건성이다.

'계속 이렇게 나오겠다는 거군, 아가씨.'

서후는 그녀의 시선이 슬쩍 비껴 있는 것조차 참지 못하는 제 자신이 한심했으나, 지금 이 순간 몹시 짜증이 치미는 것만은 막을 길이 없었다.

'진짜 그녀에게 미쳐가나 보다.'

아래쪽에 벌써 뻐근한 기운이 뻗쳐왔다. 어이없을 정도로 매순간 그녀가 안고 싶어진다.

밤새 그의 몸 위에서 평화로운 잠에 빠져든 그녀를 보는 것은 그야말로 고문이었다. 손가락 하나 까딱하지 못할 만큼 자신이 그녀를 지치게 만들었다는 게 가히 즐거웠고 기뻤지만, 그녀를 갈망하고 갈급하는 그의 타는 속마음도 모르고, 그녀는 그의 나신을 침대로 삼았다는 것도 모를 만큼 깊이 잠들었다. 끝없이 갈등했다. 그녀를 깨워 다시 안고 싶은 마음과 첫 경험에 힘들었을 그녀를 지켜줘야 한다는 마음 간에 세계대전을 방불케 하는 요란한 싸움이 끝없이 이어졌다.

고통의 순간을 참을 수 있었던 것은 그녀의 몸이 오롯이 제 품에 있었기에 가능했다. 하지만 지금은 아니다. 한눈팔지 말라 분명 경고했다. 다른 남자를 만지지 말라고도 경고했다. 지금 그에게는 무생물조차도 그의 경쟁 상대로만 느껴졌다. 이따위 치졸한 생각은 인정하고 싶지 않았지만, 그녀에 대해서만은 양보가 되지 않았다.

서후는 한 캔버스 앞에서 두어 걸음 뒷걸음질치는 다희의 뒤에 바싹 다가갔다.

"아, 미안해요."

등 뒤에 선 그와 부딪혔음에도 그에게 시선을 주지 않고 캔버스에만 꽂혀 있는 그녀의 얼굴을 우악스럽게 쥐고 제 쪽으로 돌렸다.

"왜……."

그녀가 말도 꺼내기 전에 성난 그의 입술이 그녀의 입술을 거칠게 물어뜯을 듯 훔쳤다.

갑작스럽고 거친 그의 키스가 짜릿해 저도 모르게 입술을 벌리고 받아들였던 그녀가 이곳이 공공장소인 걸 깨닫고 강하게 밀어내려 했다.

"아, 안 돼요."

허나, 거센 불길에 휩싸인 그를 가녀린 팔로 밀어내기란 쉽지 않았다. 할 수 없이 그의 가슴을 세게 거듭 때렸다. 그러나 그는 제 욕심껏 그녀의 입술을 탐하고 난 뒤에야 떨어뜨려놓았다. 토해내듯 숨을 몰아쉬는 그녀와는 달리 그는 평상시와 다를 바 없었다.

"왜 이래요. 사람들 오면 어쩌려구요."

"그러게 경고했잖아. 다른 데 한눈팔지 말라고. 나 외에는 만지지 말라고."

"내가 언제요. 일하고 있었잖아요."

원망의 눈길을 주는 그녀에게 서후는 제 본심을 털어놓지 않았다. 어떻게 말한단 말인가. 당신 눈길이 닿는 무생물에조차 질투를 느낀다고 하면 자신을 미쳤다고 생각할 텐데.

"당신은 일해. 나는 내 할 일을 할 테니까."

"네?"

그녀의 허리를 바짝 끌어당긴 그는 스커트 자락을 걷어 올리고 손을 집어넣었다. 침범한 그대로 팬티 안으로 들어와 그녀의 엉덩이 살을 간질이며 농락했다.

"윽!"

다급해진 다희가 그의 팔을 붙잡았다. 막을 수 없다는 걸 알면서도 그렇게라도 해야겠기에.

"여, 여기선 안 돼요. 누가 들어오면."

"스릴 있어서 더 짜릿할걸?"

그의 손가락이 엉덩이 골 사이로 깊숙이 들어갔다. 손가락이 그녀의 꽃잎 주위를 돌면서 자극해왔다. 그의 손길만으로도 그녀는 어느새 촉촉이 젖어들고 있었다.

"하지만……."

서후는 망설임 없이 그녀의 입술을 다시 삼켰다. 영원히 지워지지 않는 화인을 새기듯 입술에, 하얀 목덜미에 내 것이라는 불도장을 쉴 새 없이 새겨 나갔다.

"으음."

붉은 화인이 짙게 드리워질수록 아찔하고 아릿한 통증이 계속되자 그녀가 거친 신음을 삼켰다. 그의 뜨거운 입술이 훑고 지나간 자리마다 검붉은 흔적이 새겨졌다.

니트 아래로 스며든 손길이 실크 감촉의 브래지어 위를 사정없이 움켜잡았다. 뜨겁게 소유당했던 그의 손길을 먼저 알아챈 그녀의 젖가슴이 이미 터질 듯이 부풀어 올라 있었다. 그의 손을 가로막고 있는 천에 짜증이 치밀었다. 간단히 그녀의 니트를 벗기고 스커트를 걷어냈다. 제비꽃향이 물씬 풍기는 바이올렛 브래지어와 팬티마저 그의 거친 손길에 사라져버렸다. 훅 끼치는 열기를 삼키며 그녀가 간신히 한 번 더 애원했다.

"우리, 여기서…… 안 돼요."

"당신 하기 달렸어."

"네?"

"만족시켜. 날 정신 놓게 만들어. 삼십 분? 한 시간쯤 걸릴까? 그럼 원하는 대로 일하도록 해줄게."

"그걸 어떻게 해요……."

"날 함락시켜봐."

"싫어요. 그런 말."

그가 입꼬리를 올리며 그녀의 투정 어린 신음을 삼켜버렸다. 입술을 벌리고 그의 혀가 들어왔다. 서로의 뜨거운 혀가 입 안에서 뒤엉켰다. 고개를 돌려 목 안 깊숙이 핥고 빨아들이는, 욕정에 이끌리는 격렬한 키스, 키스가 이어졌다. 여린 혀를 휘감아 제 입 안으로 빨아 당기고, 뿌리가 아릿하게 저려올 만큼 강하게 탐닉하는 강렬한 키스가 계속되었다.

키스가 이어지는 와중에도 쉬지 않고 그녀의 오목하게 들어간 등허리를 따라 내려온 손이 보드랍고 앙증맞은 엉덩이를 꽉 움켜쥐었다. 이내 앞쪽을 파고든 다른 손은 애욕의 물이 흐르는 꽃술을 간질여댔다.

"하아."

'미친놈처럼 나만 당신을 탐하는 꼴을 더는 못 참아.'

민감한 그녀의 꽃술에서 한껏 부풀어 오른 몽우리가 터졌다. 단순히 손가락으로 간질이는 것뿐인데도 그는 어느새 그녀의 예민한 곳을 잘도 건드려댔다.

'매순간 바란다. 네가 먼저 날 갖고 싶어서, 탐하고 싶어서 안달하며 매달리기를. 내가 옆에 있을 때는 나에게만 집중하게 만들겠다.'

그녀의 꽃잎을 간질이기만 하던 무자비한 손길이 일시에 꽃술을 빌리고 들어와 비밀스런 꽃집 내벽을 집요하게 훑어 내렸다.

"흐읏."

'갈망도, 애욕도 없이 담담한 표정으로 바라보는 것도 용서 못해. 부끄러움을 떨칠 만큼 나를 원하도록, 항상 갈구하도록 하겠다.'

침입한 그의 손가락이 내벽의 예민한 곳을 찾아 점점 더 안으로 파고들었다. 돌리기도 하고 상하운동을 하며 집요하게 움직였다. 유독 민감하게 반응하는 곳에 오래도록 머무르며 자극했다. 그녀는 수치심으로 다리를 오므리며 그에게 자비를 구하는 애원의 눈빛을 보냈다.

'소용없어. 가뿐히 무시해주겠다.'

그는 희롱하던 손을 거두고 그녀의 가는 허리를 잡아 둘의 시선이 마주할 높이만큼 가볍게 안아들었다. 안아 든 그대로 라운지 일각에 놓여 있는 긴 소파로 빠르게 향했다.

소파 끝에 걸치듯 앉혀두고, 그녀의 두 다리를 한껏 벌리게 해

우아한
짐승의 연애

서 허벅지 사이로 들어가 자리를 잡았다. 그녀의 몸을 뒤로 젖혀 소파머리에 기대게 했다. 붉은 꽃물이 번진 새하얀 허벅지를 잡은 채로, 얇은 힘줄이 솟은 그녀의 목덜미를 살짝 깨물고 달래듯 입술을 문질렀다. 혀를 내어 타액으로 강을 그리며, 애욕에 파들거리는 유두 끝을 잘근 물더니 이내 아래로 향했다. 배꼽 주위를 간질이던 혀가 계속 내려가 사타구니 사이로 파고들었다.

"자, 잠시만. 제발."

천 한 장 걸치지 않은 아래 꽃잎이 그에게 완벽하게 노출되어 민망한 상태였는데, 타액이 섞인 그의 혀가 상상조차 못한 곳에 도착하자 당황한 신음소리가 막힘없이 표출되었다.

"그러지 말아요."

그녀가 수치심에 엉덩이를 빼려 하자, 그가 허리를 꽉 움켜쥐었다. 꼼짝 못 하도록 강한 완력으로 제압했다. 달콤한 아이스크림을 맛보는 듯, 큼직한 사탕을 핥는 듯 그의 혀가 끊임없이 움직였다. 사타구니 곳곳과 꽃집 주위를 핥아대는 질척한 소리가 들렸다.

"흐음, 아아……."

동그랗게 말린 혀끝이 꽃집 안으로 헤아릴 수도 없이 들락거렸다. 손으로 입을 막아도 거대한 애욕의 화염에 휩싸인 신음소리가 제멋대로 터져 나왔고, 쾌락에 빠져 미친 듯이 할딱거리게 만들었다. 그에게서 사랑받는다는 것이, 그에게 소중한 존재가 된다는 것이, 그가 그녀만의 남자라는 것이 당장 이대로 죽어도 좋을 만큼 황홀했다. 지금의 생각이 그녀만의 착각이라 해도 상관없었다. 눈부시게 빛나는 내 남자. 이 남자가 미치도록 좋아서 이대로 숨이 막힌

대도 상관없었다.

그녀의 꽃집을 희롱하던 것을 거두고, 그가 버클을 풀고 바지와 팬티를 끌어내렸다. 모습을 드러낸 그의 분신이 그녀의 꽃집 안으로 쉼 없이 밀고 들어갔다.

"아……!"

그의 것을 품는 순간 말할 수 없는 쾌감이 밀려와 탄성과 매혹적인 교성이 함께 터졌다. 얼른 손으로 제 입을 꽉 막아보았지만, 갈라진 손가락 사이로 교성은 여지없이 비집고 나왔다.

공중에서 살이 섞인 그대로 그가 미친 듯이 속도를 냈다. 그를 향해 뜨거운 욕정을 분출한 사랑스러운 그녀에게 답례하듯, 사정을 두지 않고 그녀의 안을 가득 채우며 거침없이 파고들었다. 열락의 끝을 모르는 짐승처럼, 애욕에 목마른 야수처럼 거칠게 파고들었다. 영원히 끝나지 않을 것처럼, 결코 지치지 않을 것처럼 끝없이 한없이 사랑을 쏟아냈다.

"하아, 하아, 하아."

그와 그녀가 동시에 내뿜는 뜨거운 열기가 전시실 내부에 자욱하게 내려앉았다.

맥없이 쓰러지는 그녀의 몸을 서후는 확 낚아채서 품에 안아들었다. 여전히 그녀를 자신과 연결해놓은 채로 소파에 기대어 앉았다. 그토록 강렬한 운동을 하고도 그의 것이 힘을 잃지 않고 있다는 게 신기하고 경이롭기까지 했다.

다희는 정신이 혼미해져 눈앞의 사물이 흐릿하게 어른거렸다. 몽롱한 가운데 그의 체향이 강하게 느껴져 더 정신을 차릴 수가 없었다. 기운이 바삭하게 말라버린 가여운 그녀의 몸에서 그가 순식간에 빠져나갔다.

그가 그녀를 소파에 편하게 눕혀놓고 바지를 입었다. 불빛 속에서 오로지 그의 움직임에만 초점을 맞출 수가 있었다. 어느새 그가 바닥에 아무렇게나 떨어져 있던 그녀의 옷을 모두 챙겨서 돌아왔다. 머리카락 하나 흐트러짐 없는 단정한 그의 평소 모습 그대로였다.

그가 옷을 입혀주었다. 헐렁한 니트를 입혀서 양쪽으로 팔도 빼주고, 치마를 다리부터 끌어올려서 지퍼까지 올려주었다. 능숙한 손놀림이었다. 전에도 그가 옷을 입혀준 적이 있었던가, 말도 안 되는 기시감이 들었다.

'그럴 리가 없는데.'

"혹시…… 말이에요."

그녀가 바로 앉을 수 있도록 해주고, 벗겨진 플랫 슈즈까지 발에 꼼꼼히 신겼다. 그가 그녀와 눈을 마주친다.

"……전에 병원에서 내 환자복, 당신이 입혀줬어요?"

"당연하지. 내가 당신을 다른 사람 손에 맡겼을 거 같아?"

'아, 이 남자 정말 대책 없이 날 쥐고 흔든다.'

그녀의 의식이 깨어 있든, 깨어 있지 않든 상관없이 항상 아껴주고 보살펴주고 행복하게 해준다. 그녀가 자기 소유라고 늘 당당하게 말한다. 그녀도 그처럼 제 사랑에 당당하고 싶다. 그가 원하지 않는가. 그녀에게 말하고 있지 않은가. 소유하라고. 오직 그녀에게만 허락된 윤서후라는 남자를 맘껏 가지라고.

그가 그녀를 깃털인 양 안아 들었다. 품에서 떨어뜨리면 깨질까 봐. 유리공예품을 품듯 제 가슴에 폭 안아들고 걸음을 옮겨놓았다. 엘리베이터를 타고, 어느새 늘어난 투숙객과 호텔리어로 북적거리는 호텔 로비를 가로지른다. 그 누구의 시선도 의식하지 않고, 낯부끄러운 정사를 벌이고도 부끄러움 한 점 닿지 않은 그의 당당함이 진정으로 부러웠다.

상쾌한 아침기운이 가득한 산책길을 따라 그들만의 빌라에 도착할 때까지, 그는 그녀를 단 한순간도 가슴에서 떨어뜨리지 않았다.

'내 품안에 그녀가 있다.'

세상을 다 가진 듯 뿌듯한 충만함으로 그의 가슴이 벅차올랐다. 그녀만 가질 수 있으면 된다. 세상 무엇도 부질없다. 지금까지 그의 목표가 되었던 것들이 속절없이 무너져 내린다. 그녀만이 유일한 부표가 되고, 목표가 된다.

그녀도 그에게 안겨 있는 것을 당연하게 느꼈다. 그에게 안기는 게 어느새 너무 익숙해져서 편안함마저 느껴졌다. 그를 함락시킨 게 아니라 그에게 함락당하고 말았다. 억울함은 없다. 그에게 익숙해지고, 그의 여자로 길들여진다는 게 즐거움이고 기쁨이었다. 신의 노여움을 사서 곧 이 행복이 산산이 깨져버리지나 않을까 두려움이 엄습할 만큼 좋았다. 그의 체향에 취한 지금이 최고의 순간이듯이, 앞으로 그와 함께할 수많은 날들이 그녀에게는 언제나 항상 최고로 기쁜 순간순간이 될 것이다.

+12

　서후는 밝은 햇살이 그녀의 단잠을 깨울까, 소리 나지 않게 커튼을 드리웠다.

　전시실에서 뜨겁게 안았던 것이 부족했는지, 빌라로 돌아오자마자 그녀를 또 안고야 말았다.

　"이제는 항상 당신만 볼게요."

　수줍음을 달고 그 말을 꺼내놓고는 그의 볼에 키스를 했다. 먼저 다가와준 그녀는 상상 이상으로 그를 흔들었다. 키스해놓고 쑥스러워하며 방으로 달아나려던 것을 그대로 잡아채, 소파 위에서 안아버렸다.

　정장 차림의 서후는 침대맡에 와 섰다. 갸름한 얼굴선을 손가락으로 간질이듯 스쳐도 그녀는 잠을 떨쳐내지 못했다. 그녀의 얼굴 위로 허리를 숙여서 사랑을 담은 입술을 내렸다. 곧장 입술로 향하려던 것을 방향을 틀어 이마에 꾹 눌렀다. 입술을 머금게 되면 또다시 정욕을 떨치지 못하고 이번에는 잠든 그녀와 정사를 치를지도 모를 일이다. 이마에 닿았던 입술도 가까스로 떼어냈다. 허리를 곧추세우고 여전히 깰 줄 모르는 그녀를 보았다.

그녀를 품는 것은 천연 마약과도 같았다. 그도 당황스러울 만큼 기분 좋은 환락 속에 가둬버린다. 몇 번이나 그녀보다 먼저 열락의 끝에 치닫게 할 정도로 그녀가 발산하는 강력한 애염이 그의 혼을 앗아갔다. 그녀를 안을수록 점점 더 놓고 싶지 않았다. 그녀의 곁에서 잠시도 떨어지지 않을 방법이 있다면 악마에게 영혼이라도 팔고 싶었다.

'큰일이다, 정말.'

하루 종일 그녀를 혼자 둘 생각에 벌써부터 기분이 침잠했다. 그보다 그녀를 이 비서와 함께 둘 것을 생각하니 속이 불편했다. 아무 사이가 아니라는 것을 알게 된 상황에서도 이 비서에 대해 비틀어진 감정은 쉽사리 회복되지 않았다.

'한심하다.'

그녀와 관련된 일에선 그는 무참히 무너져 내린다. 쓴웃음이 걸렸다. 낯선 제 모습이 서걱거릴 정도로 부대꼈지만 이 모든 걸 불식시키는 존재가 눈앞에 있지 않은가. 그의 것이 되었다는 징표가 온몸에 새겨진 채로 그가 내준 침대 위에서 평안히 잠들어 있다. 너무나 오랜만에 행복이란 단어를 꺼내놓았다. 그의 안에 그녀의 영역이 끝 간 데 없이 펼쳐지고 있다. 그 사실이 더없이 행복했다. 정복당하는 데에 즐거움을 느끼게 되다니, 꿈에도 생각지 못했던 감정이었다.

"그만 붙잡아. 이젠 정말 나가봐야 해."

그는 오늘과 내일 정신없이 업무를 처리할 예정이다. 일주일간 머물려 했지만, 내일 그녀와 함께 올라가기로 마음먹었다. 그녀의 일정을 늘일 수 없다면 자신의 일정을 단축시킬 수밖에 없다.

다행히 총지배인이 비상체제 시의 호텔 운영에 대비해놓은 터라, 모든 직원들이 별다른 동요 없이 일사불란하게 움직이고 있었다. 내일까지만 업무를 대행하고 부총지배인에게 넘긴다 해도 별 지장은 없을 것이다. 후에 총지배인의 병실을 찾아가, 충분한 요양 후에 복귀할 것을 단단히 일러두기만 하면 된다.

다희의 하얀 어깨가 포옥 감싸지게 이불을 끌어와 덮어주고, 한번 더 이마와 볼에 가벼운 입맞춤을 했다. 방을 나가면서 아쉬움에 다시 뒤를 돌아본 후 조용히 문을 닫았다.

다희는 창재와 함께 전시실 벽에 유화 캔버스 거는 작업을 마무리하느라 부산했다.

일하기에 편하도록 블루진에 옐로 남방셔츠를 입고 포니테일로 머리를 묶은 그녀의 해사함이 빛났다. 그녀는 조심성을 요구하는 까다로운 캔버스 걸기 작업 인부들의 노곤함을 위로하는 힐링 음료 같았다.

그러나 정작 다희는 마음이 편치 않았다. 새벽녘 그와 뜨거운 애욕을 불태웠던 곳에서 일을 해야 하는 것은 몹시 곤란하고 괴로웠다. 시시각각 그가 떠올랐고, 자신의 애염에 젖은 나신이 생각났다. 그를 떨쳐내려고 일부러 더 소리 높여서 인부들을 독려했고, 웃기지도 않은 상황에서도 당황스러울 정도로 크게 웃게 되었다. 그렇게라도 안 하면 이 공간을 가득 채우고 있는 적나라한 기억을 떨칠 수가 없었다.

마무리 단계에는 다희와 창재만이 남게 되었다. 다희는 그림이 자리 잡은 벽을 옮겨 다니며 온도와 습도, 조도를 체크하고, 뒷정리를 돕는 창재를 향해 인사했다.

"창재 씨 오늘 수고 많았어요."

"다희 씨야말로요. 힘들지 않아요? 나머진 내가 할 테니까, 이젠 쉬어요."

"같이 해서 빨리 끝내요. 비가 왔는데도 실내 컨디션이 정말 잘 맞춰졌어요. 고마워요."

"후유, 다행이다. 다희 씨 곤란하게 하면 안 된다고, 책임지고 그림 지키라고 했거든요."

"서후 씨가요?"

다희는 제가 해야 할 일을 창재에게 전가시킨 것 같아 미안함에 얼굴이 어두워졌다.

"아뇨, 아뇨. 사장님이 어디 그럴 분인가요."

"서후 씨가 창재 씨 괴롭혀요? 그러지 말라고 할게요."

놀란 창재는 손사래를 쳐대며 다희에게 온몸으로 그러지 말라고 표현했다.

"그러지 마요, 다희 씨. 사장님은 공과 사가 확실한 분이시라 그런 거 전혀 없어요. 사실은……, 주영이가 그랬어요. 다희 씨 일 잘 도와주라고요."

"아, 주영이가요?"

"네. 저, 그런데 다희 씨……."

창재는 주저하며, 심각한 표정으로 다희를 힐끗거렸다.

"편하게 얘기해요, 창재 씨."

"다희 씨 여기 내려온 거 주영이한테 얘기하면 안 되는데, 주영이한테는 저도 모르게 줄줄 얘기가 새네요. 사장님께는 비밀로 해주면 좋겠는데요."

"나도 주영이한테 얘기했는걸요, 뭐. 비밀 아니니까 신경 쓰지 마요."

그녀의 대답에도 창재의 얼굴은 좀처럼 편해지지 않았다. 이내 큰 다짐을 한 듯 마음을 먹고는 얘기했다.

"다희 씨한테 한 가지 고백할 게 있어요."

"뭔데요?"

"그게, 주영이한테 사장님에 대해서 사실과 다르게 얘기했던 거요."

"아아."

다희는 그가 무슨 말을 할지 알 것 같았다.

"미안해요. 사장님께 나쁜 마음 있어서 그런 건 절대 아니에요. 주영이한테 사장님보다 더 괜찮은 남자로 보이고 싶은 마음에 몇 가지 부풀려 얘기한다는 게 그만. 두 분 이렇게 잘 될 줄 모르고 내가 큰 실수 했어요. 심각하게 반성해요."

"그러게 왜 그랬어요. 아무리 그래도 술주정뱅이에 도박쟁이, 여성편력 있는 삼종 세트로 만든 건 너무 심했다구요."

다희는 짐짓 심각하게 변명하는 창재의 태도가 재밌어서 슬쩍 장난을 쳐봤다.

"아, 아니에요. 절대 여성편력 심하단 말은 안 했습니다. 맹세할 수 있어요."

"농담이에요, 창재 씨. 장난 좀 쳤어요."

그녀가 농담이라며 웃어주자 철렁 내려앉았던 창재의 심장이 제자리를 찾았고, 다시 이야기를 이어갈 용기가 생겼다.

"그저, 난 술 좀 잘 드시고, 카지노 드나드신 얘기 정도만. 주영이랑 통화할 때마다 카지노에 왜 갔냐고 하도 채근해서 사장님 때문이라고만 했을 뿐인데, 주영이가 잔뜩 오해하더라구요. 바로 정정했어야 하는데 그걸 못했어요. 이제 와 얘기지만 사장님 카지노 안 좋아하세요. 일 때문에 어쩔 수 없이 계셨던 거, 내가 확실히 보장합니다."

"알았어요. 오해 안 하니까 염려 말아요."

"그리고, 이건 부탁인데요, 염치없지만 사장님 사생활 얘기한 것도 비밀로 해줄래요? 비서가 상사 사생활 떠들어댄 거 밝혀지면 저 바로 잘려요. 좀 있으면 청혼도 해야 하는데, 백수 돼서 청혼할 수는 없잖아요."

"어머, 정말요? 창재 씨 주영이한테 청혼해요? 언제요, 언제 할 건데요?"

"아, 아, 이것도 비밀인데. 이놈의 입을 정말 꿰매버릴 수도 없고. 아무래도 사장님께 잘리기 전에 제가 먼저 사표 써야 할까 봐요. 이렇게 입이 싸서 어떻게 비서를 계속 하겠어요."

"창재 씨, 걱정 마요. 내가 서후 씨한테도, 주영이한테도 입 꼭 다물고 있을게요. 그 대신 꼭 멋진 프러포즈 해야 돼요?"

"그럴게요. 정말 고맙고, 또 미안해요."

우아한
짐승의 연애

"아니에요. 주영이 창재 씨 많이 좋아해요. 사장님이랑 비교하지 않아도 창재 씨가 최고라고 생각하니까 걱정 마요. 이건 내가 확실히 보장합니다."

다희가 창재의 말을 그대로 돌려주자, 마음이 풀어진 그가 그제야 활짝 웃었다. 아이처럼 활짝 웃는 그의 모습에 그녀도 자연스럽게 웃음이 났다.

'무슨 남자가 저렇게 귀엽담. 저러니 주영이가 깜빡 죽지.'

걸걸하고 남자다운 구석이 많은 주영의 이상형은 귀여운 남자다. 애교 부리는 남자만 보면 꼬집어주고 싶어 안달 난다. 마냥 철부지에 응석만 부리는 귀찮은 귀여움이 아닌, 제 일도 잘하고 책임감은 강한데 애교 필살기를 갖춘 남자가 친구의 이상형 프로필이다. 창재는 지금껏 주영이 만났던 그 어떤 귀요미남들 중에 단연 최고다.

"창재 씨 진짜 귀여운 거 알아요?"

"어어, 다희 씨. 그런 말 함부로 하면 안 돼요. 저 사장님한테 죽습니다. 사방에 사장님 눈과 귀가 열려 있다구요. 제발, 위험한 발언은 하지 말아줘요."

창재는 반사적으로 전시장 입구를 두리번거리며 살피기까지 했다. 농담이 아닌 진심으로 떨고 있었다.

"창재 씨, 민망하게 왜 그래요."

"아니에요. 내가 죽일 놈이죠. 나만 아니었음 두 분 힘든 시간도 없었을 텐데. 싱가포르에서 주영이 말을 들어야 했어요. 내가 스카이라운지에 가지 않았더라면."

창재는 천진하게 웃던 웃음을 거두고 창자가 내려앉을 것처럼 깊은 한숨을 내쉬었다.

"주영이한테 많이 혼났구나. 미안해요. 괜히 우리 때문에."

'우리? 어쩜 이 말이 이렇게 자연스러울 수가 있지?'

다희는 제 능청스러움에 당황해 얼굴이 물들었다. 얼른 그림을 향해 돌아섰다. 붉어진 얼굴을 창재에게 들키고 싶지 않았다. 그러다 벽 뒤로 보이는 천장 구석에 매달린 것에 그녀의 시선이 닿았다.

'저, 저건, 마, 말도 안 돼……'

"창재 씨."

그녀의 목소리가 떨고 있었다.

"네."

"저게, 저게 언제부터 달려 있었죠?"

"뭐요?"

창재가 다희의 시선을 좇아 전시실 위쪽 모서리에 검은 유리구슬처럼 매달려 있는 CCTV를 발견했다.

"계속 저기 있었죠. 원래 설치돼 있던 거예요."

다른 모서리에 있는 것도 보였다. 다희는 피가 마르는 것 같았다. 지독한 현기증이 일었다. 얼굴이 하얗게 질려서 머리를 짚었다. 다행히도 바로 옆에 소파가 있어 그 위로 무너져 내렸다. 창재에게 들키지 않기 위해 침착해야 하는데 저절로 힘이 빠져버려 도저히 서 있을 수가 없었다.

"다희 씨, 다희 씨 왜 이래요?"

창재가 그녀에게 다가왔다. 다희는 계속되는 어지럼증에 눈앞이 까맣게 보여 눈을 감았다. 손으로 관자놀이를 꾹꾹 눌러대도 아무 느낌이 없었다. 맑아지기는커녕 점점 더 혼탁해지고, 암흑만이 계속됐다. 천장을 올려다보았다. 여지없는 현실. 망연자실이다.

'여기는 호텔이잖아.'

곳곳에 무수히 많은 CCTV가 있는 게 당연하다. 없다는 게 더 이상한 일일 것이다. 바짝 마른 입 안에 모래가 서걱서걱 씹히는 것 같고, 뇌가 바삭바삭 부서져 내리는 듯했다.

O호텔 윤 모 사장의 은밀한 사생활!

공공장소에서도 서슴지 않는 문란한 섹스!

인터넷 뉴스와 타블로이드지를 도배하는 낯 뜨거운 문구들과 캡처 사진들이 그녀의 무거운 머릿속을 짓누르며 켜켜이 쌓여갔다. 암담함에 눈물마저 핑 돌았다.

'이러고 있을 시간이 없어. 정신 차리고 어서 수습해야 해. 아직 늦지 않았을 거야.'

다희는 얼른 마음을 가다듬고, 창재에게 어렵게 말을 꺼내놓았다.

"저기……, 창재 씨, 저 CCTV 테이프 혹시 회수할 수 있을까요?"

"왜요? 찍혔을까 봐 그래요?"

"……그, 그냥 좀."

"걱정 마요, 다희 씨. 다희 씬 절대 안 찍히니까요."

"안 찍혀요? 왜요? 왜 내가 안 찍혀요?"

"당연히 사장님 지시가 있었으니까요. 원래부터 호텔 내에서 사장님과 가족분들 계신 곳에선 촬영이 금지돼 있어요. 여기뿐만 아니라 Y호텔 전체 다요."

"네? 그런 게 가능해요?"

"사장님 지시니까 당연하죠. 이번에 다희 씨 내려올 때도 저한
테 직접 관리팀에 일러두라고 지시하셨어요."

다희는 선뜻 이해가 되지 않아 여전히 의구심이 남은 눈빛으로
창재를 올려다보았다.

"비서실에서 사장님 스케줄에 맞춰서 앞으로 계실 곳에 있는
CCTV 촬영 중지하라고 통제실에 미리 통보하고 있거든요. 지금까지
실수한 적 없었구요."

"하시만 스케줄 없이 움직일 수도 있잖아요. 예를 들면······."

'오늘 새벽과 같은 상황이요.'

다희는 차마 뒷말을 이을 수는 없었다. 아무리 완벽한 그라 해
도 새벽에 전시실에 오는 것까지 예측해서 촬영을 금지시킬 수는 없
었을 거다. 그건 지극히 충동적인 그녀의 제안이었으니까.

"물론 스케줄이 없었다면 찍히실 수도 있겠지만, 그런 경우는
없었는데요. 단 한 번도."

'오늘 새벽에 그럴 일이 있었어요. 나 때문에요.'

다희는 여전히 뭔가에 막막하게 가로막혀 있었다.

"창재 씨, 부탁 있어요. 여기 전시실 촬영된 걸 볼 수 있게 좀 해
줘요."

"여기 전시실은 지금 촬영 아예 안 해요."

"······네?"

"전시실로 쓰는 동안 라운지 통제시켰어요. 촬영도 막아났구

요."

"전시실을 통제시켜요? 그럼 이 그림들은 누구를 위해 전시하는 건데요? 설마 저 데려오려고 일부러 없는 전시회를 만든 건가요? 그래요?"

혹시 서후가 그녀를 데려오기 위해 장난을 친 건 아닐지 불쑥 화가 나려 했다. 그럴 리 없겠지만 전시실이 통제된다는 말은 아무 이물감 없이 선뜻 받아들여지지 않았다.

"어어, 다희 씨 오해하지 말아요. 그런 거 아니에요."

"그럼 오해 안 하게 사실대로 말해줘요."

"사장님 일 얘기 안 하기로 방금 전 말해놓고 바로 어기네요. 알았어요. 그래도 다희 씨 오해하면 안 되니까 얘기해줄게요."

"……."

"이번 전시는 특별전시로 보면 돼요. 오늘 만찬에 초대된 대사관 부인들을 위한 거라서요. 큰 공식행사가 아니라 대사관 부인들이 친목 차원으로 정기적으로 우리 호텔에서 모임을 갖고 있거든요. 사장님께서 감사 의미로 특별히 준비하신 전시회예요. 그 모임 끝나면 이 그림들은 호텔 내 곳곳에 설치될 거구요. 자주는 아니어도 가끔씩 사장님께서 귀빈 접대하는 방법으로 이용하세요. 이번이 처음이 아니라요."

"아, 네."

"오해 풀린 거 맞죠, 다희 씨?"

"네, 고마워요. 내가 엉뚱하게 생각할 뻔했어요. 그런데 지금까지는 그림이 없어서 그랬다지만 이렇게 전시돼 있는데도 촬영을 계속 안 할 건가요? 그건 어쩐지 불안하네요."

"당연히 다희 씨 일하는 동안만이죠. 여기 일 끝나고 전화하면 그때부터 작동될 거니까 그건 염려 안 해도 돼요."

"그렇구나."

순식간에 시야를 녹여버릴 듯 밀려들었던 공포와 걱정. 그 혼탁한 감정이 사라진 자리에 서후가 베풀어준 배려와 사랑이 밀려왔다. 아까와는 다른 의미로 풀린 다리에 힘이 들어가지 않았다. 그 위로 창재가 정점을 찍는 엄청난 말을 아무렇지도 않게 내놓았다.

"사장님 가족이 아닌데 촬영 금지 지시 내리신 건 다희 씨가 유일해요. 내가 아는 한에서는요."

'다희 씨가 유일해요…… 가족……?'

지금껏 서후가 보여준 행동과 말을 통해 그가 얼마나 그녀를 아끼는지 잘 알고 있다. 하지만 지금 깨닫게 된 배려는 또 다른 모습이었고, 허리케인의 거대한 강도로 삽시간에 그녀를 행복에 휩싸이도록 했다. 눈앞에서 있을 때만이 아니라, 보이지 않는 곳까지 세심하게 챙겨주는 자상한 그였다.

그가 그녀에게 주는 것은 오롯이 사랑이었다. 어떤 이유로도 설명되지 않는, 아니, 설명을 필요로 하지 않는, 그녀에게만 향해 있는 유일한 사랑이라고 외치고 있다.

이제는 그녀가 되돌려 알려줘야 할 차례다. 그 혼자만 외롭게 하는 사랑이 아님을 그가 알게 해야 한다. 그녀가 원하는 대로가 아닌 그가 원하는 대로, 그녀의 방식이 아닌 그의 방식대로 사랑한다는 것을 알게 해야 한다. 그가 준 그 이상을, 그가 그녀를 사랑해주는 그 깊이보다 더 깊은 사랑을 주고 싶다.

'당신뿐이에요.'

이제 그녀의 유일한 사랑이 윤서후뿐이라는 것을 꼭 알게 해주고 싶었다. 생각에 잠겨 있는 다희가 아직 걱정되는지 창재가 얼굴을 더 가까이 들이대며 물었다.

"다희 씨, 이제 좀 안심이 돼요? 어떡해요. 다희 씨 얼굴 진짜 창백해요."

"아니에요. 괜찮아요."

창재는 다희의 어깨를 다독이기까지 했다.

"물이라도 가져다줄까요?"

"그래줄래요?"

"두 사람 일 안 하나?"

날카로운 비수가 두 사람을 향해 날아왔다. 창재는 그대로 얼어버렸다. 다희의 어깨에 올려놓은 손을 떼지도 못했다.

서후는 서늘하고 차가운 표정으로 부지불식간에 다희와 창재에게 다가왔다. 그녀의 어깨에 놓인 창재의 손을 가차 없이 쳐버렸다.

"언제 왔어요?"

다희는 얼른 소파에서 일어서서, 좀 전의 그녀보다 더 하얗게 질린 창재의 앞을 막아섰다. 애써 환하게 웃으며 사랑을 듬뿍 담은 웃음을 지어 보였다.

'으윽, 엄청 화났다.'

이글이글 타오르는 그의 눈빛에서 시뻘건 불덩이가 뚝뚝 떨어졌다. 이대로 창재를 태워버리고도 남을 만큼 무서운 기세였다. 그녀

는 뭐라도 해야겠기에 애정이 잔뜩 담긴 목소리로 나 좀 보라는 듯
말했다.

"나랑 점심식사 하러 온 거예요? 잘됐다. 혼자 밥 먹어야 하나
걱정했는데."

서후는 창재에게서 시선을 거두고 그녀를 보았다. 여전히 불길
이 잡히지 않은 눈빛이다. 이러면 안 되겠지만, 이마저도 그의 사랑
이기에 그녀는 행복했다.

서후는 시선을 그녀에게 그대로 두고, 창재에게 낮고 차갑게 말
했다.

"일이 아직 남았나, 이 비서?"

"아, 아닙니다. 사장님. 가보겠습니다. 다희 씨……."

창재는 다희에게 인사하려다가 얼른 말을 삼켰다. 생명의 위협
을 느꼈던 것이리라. 그대로 목례만 하고 얼른 전시실 밖으로 뛰어나
갔다. 창재가 사라지자 이제 그의 서늘한 말투는 그녀에게 꽂혔다.

"그새 딜을 잊었나? 분명히 어떤 놈도."

다희는 그의 뺨을 감싸서 따스하고 다정하게 어루만졌다. 그리
고 까치발을 들어서 먼저 다가가 사랑을 담은 진한 키스를 했다. 뜨
거운 혀를 그에게 밀어 넣었다. 유혹하는 건 저인데, 심장이 터질
듯이 요동쳤다. 창재가 그새 전화를 해서 지금 카메라에 낱낱이 찍
히고 있을지도 모를 일이래도 멈출 수가 없었다.

"화 풀어요."

다희는 입술을 꼭 붙인 채로 그를 달래는 말을 밀어 넣었다. 애
욕에 들뜬 입술로 멈추지 않고 집요하게 그의 입술 안을 헤치고 핥

고 몰입했다. 아직 화가 안 풀렸는지 그는 전혀 응해주지 않았다. 그녀가 그에게 더 밀착하며 다가들었다. 맞붙은 아랫부분에서 강한 그의 분신이 솟구쳐 오르고 있음이 느껴졌다. 용기를 얻은 그녀가 더 농밀하게 그의 입술을 탐했다.

"제발…… 이요."

"다희, 너."

"제발……."

그제야 고집스럽게 버티던 그의 입술이 벌어지고, 그녀가 마음껏 유린할 수 있도록 혀를 안으로 들여놓았다. 어느새 달아오른 서로의 혀가 섞여들었다. 그의 손이 그녀의 셔츠 안으로 들어와 유연한 등허리를 휘젓고 다녔다. 브래지어를 들어 올려 무자비한 손으로 젖가슴을 꽉 쥐었다. 그 힘이 너무도 강렬하고 탐욕스러워, 혀에 심취해 있던 입술이 저절로 떼어졌다.

"아!"

떨어진 틈 사이로 서로의 신음이 흘렀다. 그의 가슴에 무너지듯 이마를 대고 호흡을 내뱉었다. 일순간에 일었던 화염으로 거칠어진 호흡이 서로의 귓가에 여실히 넘실댔다. 즐거움이 섞여든 그의 나지막한 목소리.

"이렇게 넘어가는 건 이번 한 번뿐이야. 두 번은 용서 안 해."

그의 가슴에 여전히 기댄 채로 그녀가 받은 호흡을 내쉬며 제 스스로를 탓했다.

"네."

"방으로 가자."

거칠 것 없는 그의 제안에 그녀는 말없이 고개를 끄덕였다.

빌라에 들어서서 문이 닫히는 순간부터 둘은 서로를 끊임없이 탐닉했다. 점심식사를 대신한 짧은 시간에 놀라운 집중력이 발휘됐다. 시간에 쫓기는 초조함 속에서 이루어지는 정사는 또 다른 짜릿함이었다.

그녀가 간단히 샤워를 마치고 나왔을 때, 그는 이미 룸서비스 세팅을 끝내놓고 기다리고 있었다. 혼자 식사하게 해서 미안하다는 말과 함께 진한 키스를 남기고 서둘러 빌라를 나섰다. 커튼을 걷고 그를 실은 차가 시야에서 사라질 때까지 쭉 지켜보았다.

식사를 못한 그가 걸려서 테이블에 놓인 음식에 손이 가지 않아 심드렁하게 보고만 있었다. 혼자 먹기엔 버거울 정도로 많은 접시들이 놓여 있었다. 뚜껑을 덮어두려는데 그에게서 전화가 왔다.

— 식사하고 있어?

"당신은요?"

— 이럴 줄 알았지. 지금부터 시키는 대로 해. 먼저 오렌지주스부터 마셔.

"지금이요? 통화하면서 어떻게요."

— 수화기에 가까이 대고 마셔. 목에 넘기는 소리 들리게.

"알아서 먹을 테니까 걱정 마요."

— 말 들어.

체념할 밖에. 그녀가 다 먹기 전까지 전화를 끊지 않겠다는 투다. 무턱대고 전화를 끊는다면 차를 돌려 빌라로 들이닥칠지도 모

우아한
짐승의 연애

른다. 다희는 소리가 들리게 주스를 한 모금 삼켰다. 만족한 그의
다음 명령이 계속됐다.

— 포크 들고 샐러드. 자몽 신선해 뵈더라.

신기하게도 그의 목소리가 청량한 식전음료처럼 입맛을 돌게 했
다. 그가 말하는 순서대로 입 속에 들어온 음식들은 환상의 조화
를 이루며, 염치없이 쿨럭쿨럭 잘도 넘어갔다.

— 다 먹었어?

"네. 당신도 배고프잖아."

— 걱정해주니 좋군. 알아서 할게. 오후에 뭐 할 건가?

"차 내줄 수 있어요? 제주도 오랜만에 왔는데 한 바퀴 돌아보고
싶어요."

— 혼자는 안 돼.

"그럼, 창재 씨랑 같이 다녀와도 돼요?"

— 그건 안 돼.

단박에 거절할 줄 알았다. 저절로 미소가 걸렸다.

— 한 시간 안에 차 보낼게. 다희야, 이제 끊어야겠다. 바람 차
다. 따뜻하게 입어.

"네."

외출 준비를 마치고 나오자, 차가 이미 대기하고 있었다. 운전석
에서 내리는 사람을 보고 다희는 터져 나오는 웃음을 주체할 수 없
었다. 여자 보디가드. 역시 그다운 발상이다.

제주 H미술관에 도착했다. 김흥수 화백의 아틀리에와 박광진

화백의 기증작품으로 특별전시 중이라 시간을 내서 꼭 와보고 싶었던 차였다. 무엇보다 야외 조각공원에 전시돼 있는 아빠 한 교수의 조각품을 보고자 하는 마음이 가장 컸다.

야외 조각공원의 중심에 놓여 있는 아빠의 작품은 다름 아닌, 갓난아기 다희에게 젖을 물리는 엄마를 조각한 작품이었다. H미술관 대표가 공동전시회에 선보였던 작품을 눈여겨보았다가 미술관을 개관하면서 거듭 청을 해왔다고 들었다.

하지만 아빠는 딸에게 준 선물이라며 한사코 거절했다. 그러다 노구를 이끌고 직접 와 청을 하는 대표에게 더는 모질게 거절할 수 없었다고 한다. 결국 같은 작품을 다시 조각하기로 하고 서로 양보를 했다고 들었다. 원작은 아빠 개인 수장고에 보관돼 있다. 청동작품이 공기에 노출되면 그만큼 부식이나 손상이 있기 마련이라 내줄수 없었기 때문이었다.

그렇다고 이 작품을 함부로 방치한 것은 결코 아니었다. 제주도라 소금기를 머금은 대기와 높은 습도와 온도를 걱정해서, 박물관 관리팀과 충분한 상의 끝에 아빠가 직접 정기적인 관리를 할 수 있도록 허락을 받아냈다. 일부러 시간을 내 정기적으로 비이온 디터전트(non-ionic detergent) 용액으로 클리닝하고 코팅을 해서 지속적인 아름다움을 유지하도록 공을 들였다. 그래서인지 청동조각상에서 조금씩 볼 수 있는 갈색, 푸른색 파티나(금속 면의 얇은 부식물 층)가 전혀 보이지 않았다.

"엄마, 나 왔어."

조각상 앞에 선 다희는 엄마를 마주 대하듯 인사했다. 손을 잡으면 여전히 따뜻한 온기가 전해질 것 같은 착각마저 일었다.

"우리 다희 왔니? 그새 많이 컸구나."

암세포의 살을 에는 공격에도 미소를 지어주었던 엄마. 가는 날까지 미간 찡그리는 얼굴을 단 한 번도 어린 딸에게 보이지 않았다. 크고 나서야 그 사랑이 얼마나 깊고 컸는지 깨달았다. 그리고 딱 한 번 주영을 붙들고 오열을 토했다. 자라나는 딸에게 어두운 그림자가 되기를 한사코 원치 않았던 그 마음이 고맙고도 애달파서, 그 고통을 견뎌내기 위해 엄마가 혼자 보냈을 인고의 시간들이 안타까워서 솟구치는 눈물을 거두기 어려웠다.

"아가, 그만 울렴. 엄마랑 행복했던 기억을 떠올려주겠니?"

폭우 같았던 눈물을 쏟으며 한참 섧게 울고 나니 거짓말처럼 슬픔이 맑게 걷혔다. 엄마의 소망대로 딸의 심중에는 어두운 그림자보다는, 속절없는 아픔보다는 무한했던 사랑만이, 따스한 추억만이 가득 자리 잡았다. 보이지 않지만 거대한 힘으로 보호받는 안정감은 늘 그녀의 든든한 버팀목이었고 밝게 웃을 수 있는 원동력이었다.

"엄마, 나 사랑하는 사람 생겼어."

다희는 아빠보다 먼저 엄마에게 심중에 있는 말을 내놓았다.

"엄마랑 아빠처럼 사랑할 수 있게 지켜봐줘요."

자신을 내려다보며 짓고 있는 엄마의 미소와 같은 미소가 그녀의 입가에도 그려졌다. 좋은 사람이라는 걸 이미 알고 있다는 빛이 담긴 따스함이 느껴졌다.

다희는 휴대전화 카메라로 아빠에게 보낼 사진을 여러 컷 찍었다. 청동상이 잘 있는지 궁금하실 거다. 구석구석 꼼꼼하게 체크할 수 있도록 최대한 많은 컷을 담았다.

한참 동안 시간을 보내고, 엄마 동상에 인사까지 마치고 돌아섰다. 김홍수 화백의 아틀리에로 향하는 길에 주영에게서 전화가 왔다.

"어, 주영아."

— 너, 이달 마지막 주 금요일 무슨 날인지 알아?

"마지막 주 금요일?"

딱히 떠오르는 생각이 없었다.

— 그럴 줄 알았어. 사장 사모님 된대도 내 공로 잊으면 안 된다.

"너무 앞서가지 맙시다. 대체 무슨 날인데 그래?"

— 절묘한 다이밍으로 찾아낸 인터넷 탐색 정보에 따르면 말이지.

"어."

— 그날이 윤서후 사장 생일이란다.

"저, 정말?"

— 네 남친이 좀 유명해야 말이지. 창재 씨가 이맘때 같다길래 검색해봤더니 인물정보에 그냥 뜨더라.

"그 사람은 그런 것도 되는구나."

특별함으로 점철된 충격에 무뎌진 건지, 받아들이지 못해 멍해진 건지 표정 없이 중얼거렸다.

— 근데 다희야, 생일 선물 준비하려면 머리 좀 아프겠더라. 이런 부류 사람한테는 대체 뭘 선물해야 돼? 잠깐 생각해봤는데 난 도무지 모르겠단 말이지. 뭐 하나 부족한 게 없잖아.

'아, 선물.'

"정말 어쩌지?"

우아한
짐승의 연애

— 차라리 넌지시 물어보는 건 어때? 인턴 큐레이터인 거 뻔히 아는데 설마 무리한 거 요구하겠어? 속 편하게 물어봐. 우린 죽었다 깨나도 그런 부류 사람이 원하는 거 못 찾아내니까, 알았지?

"어. 고맙다, 친구."

끙, 앓는 소리가 절로 난다. 전화를 끊고 나니 선물 생각에 미술관 돌아볼 생각이 싹 가셨다.

"주영인 창재 씨한테 뭘 했더라?"

다희는 곰곰이 생각을 곱씹어보다가 이내,

"에고, 도움이 안 되는구나."

주영이 창재에게 했던 선물은 딱히 없었다. 새침데기 그녀가 두 번 있었던 남자친구 생일에 한 선물은, 선물이라 하기엔 몹시 초라했다.

처음 선물은 확신할 수 없다며 조각케이크 한 조각이었다. 창재는 그마저도 감격해서 먹지 못하고 썩혀서 주영에게서 신랄하게 비난을 들었다고 했다. 두 번째 선물은 더욱더 가관이었다. 키스할 때 냄새 난다고 금연하라 하고, 담배 끊으면 그의 생일에 키스해주겠다며 두 달간 키스 금지령을 내렸다. 체내에 쌓인 니코틴을 제거하려면 그만큼의 시간이 필요하다는 그럴싸한 이유까지 대면서.

항상 그렇지만 안달 난 사람이 먼저 움직이는 법, 결국 창재는 담배를 끊고 생일날 키스라는 달콤한 선물을 받았다. 더불어 화끈한 열락의 밤까지.

"너 창재 씨한테 너무 야박한 거 아냐?"

해도 해도 너무한다 싶었던 다희가 친구에게 한 마디 하자, 주영은 오히려 그녀를 가르치는 말투로 응수했다.

"연애에서 밀당이 사라지면 끝나는 거란다, 아그야."

"그래서 올해도 대충 넘기려고?"

"아니. 두 번 밀었으니까 올해는 당겨야지. 사랑은 타이밍이다, 몰라?"

"밀당의 귀재 신주영, 진심 부럽다."

다희는 주영에게 다시 전화를 걸어 당기는 타이밍에 줘야 하는 특별한 선물이란 게 대체 뭔지 물어볼까 하다가 참았다. 주영이 답을 알려준들 그게 서후에게 통할 리가 없었고, 그녀가 주영만큼 잘해낼 리가 없었다. 남자는 잘해주는 여자에게 내력을 못 느끼고 쉽게 돌아선다는 사랑철학을 가진 주영만이 할 수 있는 밀당의 진수일 게 분명했다.

문득 싱가포르 아르마니 매장에서 샀던 넥타이가 떠올랐다. 서후가 그 타이를 한 걸 본 적이 없다.

"못 받았나? 아님 역시 마음에 안 들었던 건가?"

주영의 말대로 갖고 싶은 걸 물어보는 게 현명하지 싶었다. 아무리 열심히 머리를 굴린들 곧 한계에 부딪힐 테고, 기껏 궁리해서 준비한들 마음에 찰 리가 없다.

"아, 몰라, 몰라. 그냥 물어볼래."

오래 고민하는 걸 체질적으로 싫어하는 그녀답게 결정을 내린 이상 더 생각 말자며 고개를 흔들었다. 그래도 완전히 떨쳐내지는 못해 김홍수 화백 아틀리에로 향하는 발길이 한량없이 무거웠다.

+13

"유림이 왔니?"

진 여사는 이제 막 현관에 들어선 유림을 맞아들였다. 예순이 지난 초로의 진 여사는 사회활동을 하는 유림의 엄마, 윤 대표에 비해 한층 나이 들어 보였지만, 자애로운 미소 뒤로 Y호텔 안살림을 30년 이상 거뜬히 해낸 강단 있는 단단함이 여전히 서려 있었다.

진 여사는 유림의 손을 잡고 등을 토닥이며 마음껏 반가워했다. 유림의 뒤로 블랙 치마정장 차림의 단정한 메이드가 월병 상자와 과일 바구니를 들고 들어왔다.

"외삼촌 좋아하시는 거라 월병 챙겨 왔어요."

"영민하기도 해라. 회장님 종종 찾으시는 걸로 용케 가져왔구나. 무거워 고생했을 텐데 딱하지. 여기, 유림이 마실 거랑 간식거리 바로 내와요."

"예, 사모님."

메이드는 식당으로 갔고, 진 여사는 유림을 데리고 드넓은 거실로 향했다.

엄밀히 보면 유림이 고생한 것은 없다. 월병 상자와 과일 바구니에는 손도 대지 않았으니. 그녀가 마련한 것도 아니었다. 윤 대표의 지시로 일하는 아줌마가 차에 실었고, 구기동에 도착해서는 메이드를 나오라 해서 들고 오게 했다. 메이드더러 들고 오게 해서 미안한 기색이나 남의 수고를 가로채어 마음에 거리끼는 기색은 전혀 찾아볼 수 없었다. 항상 그랬으니까.

메이드가 다과를 놓고 갈 때까지, 진 여사는 유림 부모에 대한 근황과 학교에 대해 살뜰히 물으며 대화를 이어갔다. 메이드가 사라지고 발소리마저 잠잠해진 뒤에야 정작 하고자 했던 말을 꺼내놓았다.

"축하연 때 오빠가 상난을 좀 쳤다지?"

축하연 얘기가 나오자 유림의 입이 뾰족하게 튀어나왔다. 아무리 집어넣으려 해도 맘 같지 않았다.

"아니에요."

"저런, 고운 얼굴이 예전만 못하다 했더니. 오빠가 맘을 무척 상하게 했구나. 숙모가 혼쭐낼 테니 맘 풀어라, 응?"

"오빠한테 서운한 건 없어요. 그런데."

"그런데?"

사람 다루는 법에 능숙한 진 여사답게 유림은 금세 그녀의 의도에 말려들었다. 기실은 진 여사 쪽에서 일부러 유림을 부른 것이었다. 축하연과 갤러리에서 있었다는 소란을 전해들었을 때 무심히 흘릴 수 없는 대목이 있었다.

'아들의 이상행동.'

옷에 까탈스러운 유림이 축하연에서 일으켰던 작은 소요는 이번이 처음은 아니었다. 지금까지 서후는 유림의 편도, 상대의 편도 들지 않고 무심했다. 여자들 일에 남자가 끼는 건 꽤 볼썽사나운 일이라는 듯 치부했다. 어느 곳에서나 VVIP 게스트인 유림이 너끈히 정리했기에, 이번 일 역시 서후까지 거들지 않아도 되는, 어쩌면 평범했던 소란이었다.

'서후가 여직원 편을 들었다고?'

수많은 눈이 쏠린 자리에서 서후는 여직원 편을 노골적으로 들었다고 했다. 진 여사는 쉽게 납득이 가지 않았다. 게다가 갤러리 로비에서 그 여직원 대신 유림이 끼얹은 토마토주스를 맞았다는 건 더 용납할 수 없었다.

"이런 말씀 드리면 웃으실 거예요. 그렇지만 아무리 생각해봐도 오빠 행동이 이해가 안 돼서요."

"그게 뭐였니?"

"오빠가 여직원 대신 저더러 옷 갈아입으라는 소문이 퍼져서 얼굴 못 들게 생긴 건 전데, 제 걱정은 안 해주고 그 여직원만 괜찮냐고 걱정해줬어요."

"유림이가 옷을 마음에 안 들어 해서 오빠가 갈아입으라고 한 건 아니구?"

"무, 물론 그렇기는 했지만, 정말 중요한 건 그 다음이에요."

"그래?"

유림은 자신이 토마토주스를 끼얹었다는 말을 해야 할지 몰라서 잠시 망설였다.

"괜찮아, 숙모도 알고 있으니까 마음 편하게 얘기해보렴."

"저도 물론 잘한 건 없다는 거 알아요. 많이 후회도 했구요. 하지만 너무 분해서 잠이 안 왔어요. 그냥 버릇 좀 고치려고 한 건데. 하지만 오빠 때문에 정작 그 여자는 주스 한 방울도 안 맞았다구요. 오빠가 그 여자를 감싸 안는 바람에요."

"서후가 사람 많은 데서 여직원을 안았구나."

"네, 제 눈으로 똑똑히 봤어요. 그 여자를 감싸 안고서는 괜찮냐 그러고, 박 실장한테 그 여자를 오빠 차에 데려가라고 했어요."

유림은 다시 분이 치받았다. 눈가에 열기 띤 눈물이 맺히면서 슬슬 달아올랐다. 진 여사는 짐짓 모른 체하며 얘기를 이끌었다.

"그리고?"

"저를 엄마한테 데려갔어요. 오빠 앞에 얼씬도 못하게 하라고. 한다희 그 여자 앞에도 눈에 띄지 않게 하라고요."

"오빠가 그 여직원 이름까지 알고 있던?"

"네. 분명히 들었어요. 엄마가 그 여자 이름 어떻게 아는지 묻기까지 하셨거든요. 이건 그냥 제 느낌인데 엄마도 그 여자를 아는 거 같았어요. 인턴 큐레이터라 입사한 지 얼마 안 됐다고 했는데, 엄마가 알고 있는 것도 좀 이상하긴 해요."

"그렇구나. 이런 눈물까지. 안쓰러워 어쩌누."

충분히 들었다 판단한 진 여사는 티슈를 뽑아 유림에게 건네며, 얘기를 이끌어갈 때의 차분하고 찬 기운을 지우고는 따스하게 어루만지는 어조로 바꾸었다.

"오빠 대신해서 숙모가 대신 맘 상한 거 달래주고 싶은데, 받아주련?"

"아니에요. 숙모님께 투정부리고 온 거 알면 엄마한테 또 꾸중 들어요. 오빠도 싫어할 거구요."

"에그, 요렇게 착해서는. 오랜만에 얼굴 보고 싶어 내가 먼저 부른 건데 윤 대표가 왜 혼을 내. 그건 염려 마라."

"네, 감사합니다."

"참, 며칠 전에 수앤리 젬에 들렀더니 너도 엄마랑 다녀갔다더구나."

"아, 네."

"꽤 맘에 들어 하는 게 있었는데, 윤 대표가 말렸다구?"

"엄만 제 마음을 너무 몰라주세요. 주얼리 좋아하시는 편 아닌 건 알지만, 덩달아 저한테도 무척 인색하시거든요."

"저런, 속이 많이 상했구나. 한참 꾸미고 싶은 나이인데 엄마가 몰라줘서. 가는 길에 한번 들러볼래? 숙모가 전화해둘 테니. 좋은 걸로 골라봐라."

"네? 정말요? 하지만 엄마가 아시면⋯⋯."

반색하며 목소리 톤을 높였던 유림은 흥분을 감추고 말끝을 흐리며 제 본심을 담아 던졌다. 진 여사가 엄마까지 커버해주기를 바라는 무언의 요청을 담았다.

"윤 대표는 얼마나 좋을까. 엄마를 이렇게 살뜰히 챙기는 예쁜 딸을 둬서."

"감사합니다."

유림은 엄마 일은 걱정 말라는 진 여사의 완곡한 표현을 읽어내고는, 기쁨을 최대한 자제하고 완곡하게 표현했다. 이미 그녀에게서는 다희와 있었던 일은 자취를 감춰버린 뒤였다. 엄마를 한참 조르고도 얻지 못했던 다이아몬드 펜던트 네클리스와 이어링 세트를 손에 넣게 된 환희만이 가득했다.

'애들 불러 모아야겠다.'

유림은 축하연 망신을 비웃고 있을 친구들을 수앤리 젬으로 불러내야겠다 생각했다. 서후가 미안해하며 숙모에게 절 달래주라 했다고 적당히 거짓말을 보태고, 자신이 그날 옷을 입기 싫다고 해서 오빠가 동생 아끼는 마음에서 그랬다고 둘러댄다면, 썩 만족스럽지는 않아도 자신의 면은 세울 수 있는 마무리가 될 것이다.

유림의 마음은 봄볕에 일어나는 아지랑이 피어오르듯 풀리는데, 인자하게 웃는 얼굴과는 다르게 진 여사는 심기가 몹시 불편했다.

'대체 어떤 여직원이길래, 서후가······.'

처음으로 아들의 심정을 흔드는 여자가 있다는 게 설렐 법도 했지만, 어떤 가문의 여식인지 제대로 모르는 상황인지라 썩 기껍지만은 않았다. 진 여사는 허망하게 먼저 보낸 딸의 전철을 다시는 밟고 싶지 않았기에, 내밀히 움직이리라는 심중을 조용히 다졌다.

'이름이 한, 다희라고?'

내달 예정인 북미주 지역 호텔 순방에 앞서 연일 계속되는 장시간의 회의로 서후는 몹시 지쳐 있었다. 두 차례의 오전, 오후 회의를 마치고 집무실로 들어선 그는 넥타이를 헐렁하게 풀어내리며 소파에 풀썩 주저앉았다. 좀처럼 하지 않던 행동이 요즘 들어 부쩍 잦아졌다. 박 실장마저 들어오지 못하게 하고 식사도, 차도 들이지 말라고 했다. 휴대전화를 들어 부재중 전화를 체크했다. 그녀의 전화는 한 통화도 섞여 있지 않았다.

"한다희, 너 정말."

단축버튼을 눌렀다. 이번에도 그의 인내심이 지고 말았다. 사랑에 푹 빠져 행복하다고 노래하는 그녀의 통화연결음이 지리하게 계속된다. 통화연결음이 끝나고 오늘만 수차례 들었던 '지금은 고객이 전화를 받지 않으니……'가 또 들렸다. 종료를 누르는 그의 손가락에서조차 짜증이 묻어났다.

제주도에서 돌아와 몇 주가 지나는 동안 그녀를 세 번밖에 못 봤다. 엄밀히 말하자면 출퇴근을 함께하고 있으니 얼굴은 매일 보고 있었지만, 그가 헤아리는 것은 정식 데이트 횟수를 의미한다. 저녁을 먹여 들여보내고 싶어도, 집에 꿀을 발라놓았는지 다양한 이유를 대고 빠져나갔다.

"오늘 밤에 시카고에 계시는 아빠랑 통화해야 돼요."

이튿날에도 마찬가지였다.

"영국에 유학 가 있는 은형이랑 오랜만에 통화해야 돼서 안 되겠어요."

다음 날에도 새로운 친구 이름을 대며 통화, 통화, 통화. 전 세계에 어찌나 통화해야 할 친구와 친지가 산재해 있는지. 차 안에서도 멍하니 다른 곳만 보았다. 부드러웠던 손가락에 늘어만 가는 테이핑도 영 마뜩찮았다. 마주한 그녀의 눈동자에도 그가 가득하지 않아 불만은 쌓여갔다. 그녀라는 꿀맛에 정신을 놓게 만들어놓고는, 손 잡는 것과 키스만으로 도를 닦게 한다.

"전화는 받아줘야 하잖아."

서후는 잠시를 못 참고 다시 통화버튼을 눌렀다. 그러나 도돌이
표를 찍듯 연결 불가 음성 멘트가 흘러나온다.

제주도 출장 떠나는 날, 유림과 로비에서 붙었다는 소문이 퍼
져 갤러리 생활이 엉망이 된 걸 아는데 그녀는 전혀 내색하지 않고
있다. 걱정돼 그가 먼저 물었을 때, 그녀의 표정과 대꾸는 부러 내
색 않는다기보다는 정말 관심 없다는 듯 무심했다. 오늘 아침 출근
길에 그가 늦게까지 회의가 있어 퇴근을 함께할 수 없다고 했을 때,
그녀는 아쉬움보다는 반기는 기색이 역력했다.

'분명 뭔가 있다.'

지금 그녀의 온 신경이 집중된 무언가. 그조차 밀어버리는 그
정체불명의 것이 무엇인지, 눈에 띄기라도 하면 목을 눌러놓고 말리
라.

휴대전화 벨소리다. 퇴근하며 내려준 그녀의 은총. 온종일 짓눌
려 있던 머릿속 망상이 어이없이 삽시간에 녹아내렸다. 최대한 늦게
전화를 받아 그가 힘들었던 만큼 괴롭혀주고자 했으나 그는 세 번
이 채 울리기 전에 통화버튼을 눌러버렸다.

"음."

최대한 사무적으로, 바쁜데 쓸데없이 왜 전화냐고 힐난조로 들
리길 바랐다.

— 바쁜데 괜히 전화했나 봐. 나중에 다시 할게요.

"아, 아냐."

'너무 다급했다. 이런, 망할.'

— 잠깐 통화는 괜찮아요? 다행이다. 나 지금 퇴근해요. 전화 못 받아 미안해요. 초등학생 교육강좌가 두 건에다 단체 관람까지 겹쳐서 정신없었어요.

"알고 있어. 아침에 얘기했잖아."

— 아 참, 그랬었죠? 퇴근 보고하느라 전화 해본 거예요. 바쁘다니까 전화 그만 끊을게요. 저녁식사 꼭 챙겨 먹어요.

그의 삐딱한 말투가 전혀 위압적이지 않은가 보다. 그녀의 말투는 어느 때보다 통통 튀어 오른다.

— 그리고, 내일 약속 잊지 않았죠?

"물론."

— 여전히 선물은…… 받고 싶은 거 없어요? 정말 내 마음대로 해도 돼요?

"그게 말야. 받고 싶은 게 생겼어."

선물 따위 필요 없다고 했다. 그녀 집으로 초대해서 식사 대접을 하겠다는 마음이 예뻐서 선물은 필요 없다고 했다. 그런데 아무리 생각해도 너무 괘씸했다.

— 네? 그게…… 뭔데요?

그녀의 당황하는 말투가 묘한 쾌감을 불러 일으켰다.

'뭘 말한다. 뭘 달라 해야 계속 당황하려나.'

그의 잠잠했던 장난기가 더듬이를 슬쩍 늘여놓고 있었다. 머릿속에 예전 누나가 하도 졸라서 같이 보았던 영화의 한 장면이 떠올랐다.

'프리티 우먼.'

퇴근하는 리처드 기어. 그에게 줄 넥타이 하나만 목에 걸고 기다리던 줄리아 로버츠의 나신. 만족할 만하다. 그동안의 갈증을 일시에 해소시켜줄 최고의 생일 선물이다.

"몸에 하나만 걸치고 기다려. 내일 당신 집에 들어갔을 때 그 모습을 보고 싶어."

반응이 없다. 놀라서 전화를 끊어버린 건가. 아니면 의미를 해석하느라 그 조그만 머릿속을 열심히 굴리고 있는 건가. 그녀의 흐트러진 뇌리 속에 그는 방점을 찍어주었다.

"옷은 안 돼. 외출복으로 간주할 만한 것 모두 안 돼. 실망스럽게 종이나 큰 천으로 둘둘 말지 않으리라 믿어. 그 역시 제외야."

— 꼭, 그런 선물이어야 해요? 다른 건요? 나도 선택할 수 있게 다른 것도 얘기해줘요.

"없어."

단호했다.

"당신의 창의성을 믿지만, 난 너그러운 사람이니까. 예전 영화를 한번 참고해봐."

휴대전화 너머에서 깊은 한숨이 들려온다.

— ······알았어요. 그게 선물이라니 할 수 없죠. 열심히 생각해볼게요.

'해냈다.'

드디어 그녀의 관심 속으로 들어갔다. 정체불명의 대상에게 빼앗겼던 자신의 자리를 돌려받으니 묵었던 체증이 말끔히 사라졌다.

그러나 절대 내색할 수 없다. 그녀가 화내지 않도록 목소리에서 개운함을 뺐다.

"바로 집으로 가니?"

— 네.

"생각하느라 바쁠 텐데, 초밥 준비시켜 보낼게."

— 네. ……고마워요.

늘 있던 사양의 미덕조차 없다. 이마저도 만족스럽다. 그녀가 전화를 끊는 걸 확인하고 그도 전화기를 내렸다. 밤새도록 고민하고 한숨 지을 그녀의 얼굴이 떠올랐다. 안쓰럽기도 했지만 물러주기 싫을 만큼 자신의 제안에 몹시 흡족했다. 딱 끊겼던 식욕마저 솟구쳤다. 소파에서 일어나 책상에 놓인 인터폰 버튼을 눌렀다.

— 예, 사장님.

박 실장의 곧은 대답이 들렸다.

"일식부에 초밥 준비시켜서 한다희 씨 집으로 보내세요. 우리 것도 같은 걸로 준비시키고."

— 예, 알겠습니다.

인터폰 버튼을 끄고, 그는 곧장 업무의자로 옮겨 앉았다. 회의 때문에 밀렸던 미결재 서류를 검토했다. 치밀한 매의 눈으로 내용을 읽어 내려갔고, 일필휘지로 사인을 끝낸 서류들이 기결재함 쪽에 척척 쌓였다. 통화를 하기 전 물먹은 솜처럼 무겁게 침잠해 글귀 한 줄 읽기를 거부했던 뇌리가 서슬 퍼렇고 유려하게 칼춤을 추었다. 그의 책상에 닿기까지 몇 사람의 손을 거쳤을 서류의 미진한 부분들까지 날카롭게 찾아냈다.

이 역시 그녀라는 비타민의 위력이다.

초촉, 초초초촉.

"윽!"

거실을 서성이던 다희는 초인종 소리에 놀라 입 안 살을 뭉텅 베어 물었다. 아프지만 아픈 줄 몰랐다.

저 소리 귀에 거슬린다. 어렸을 적, 새소리 같아 듣기 좋다고 했던 초인종 소리가, 수천수만 번 귀에 익도록 새소리라고 들었던 소리가 오늘은 농밀한 키스 소리로 들렸다. 내일 당장 바꾸리라.

'이번에는 그일까?'

퇴근해 돌아와 그를 기다리는 동안 초인종이 두 번 울렸다. 떨리는 마음으로 대답하고 보면, 세탁물 맡기라는 호객꾼과 반상회 불참 벌금 걷으러 온 반장 아주머니였다. 이번에는 대답하지 않고 현관문으로 가 감시경으로 밖을 살폈다.

'그다!'

한 눈을 감고 봐도, 볼록렌즈 속에 맺혀 굴곡진 상에서조차 그는 여전히 수려하다.

문고리를 잡고 정신을 가다듬는 긴 한숨을 내쉬었지만, 헛숨만 나갈 뿐 도통 후련해지지 않는다. 그가 원하는 선물이 이 모습이라는 게 진짜 미치도록 못마땅하고 한심할 따름이다.

— 문앞에 있는 거 알아. 어서 열어.

그의 어투는 이 상황이 재밌어 죽겠다는 투가 역력하다.

잠금쇠를 풀긴 전, 거실 안쪽을 한 번 더 돌아보았다. 그곳에는 이젤이 놓여 있었고, 그 아래 네모난 종이상자가 놓여 있었다. 그녀가 지난 몇 주간 그와의 데이트를 물리고 몰두했던 결과물이었다.

'마음에 들까?'

이게 뭐냐고 비아냥대면 그의 혀를 콱 물어버릴 테다. 이내 마음을 굳힌 그녀가 떨리는 마음으로 입을 열었다.

"……잠금쇠 풀 거예요. 열 세고 들어와요, 꼭 열이에요."

— 원하시는 대로.

'으으, 진정으로 얄밉다.'

선물 준비를 하느라 몇 주 동안 밤새워 고생한 시간이 아까워 죽을 지경이었다.

다희는 마음을 굳게 다지고, 잠금쇠를 풀었다.

철컥.

뒷걸음질로 현관문에서 최대한 멀리 도망쳤다. 방이든 화장실이든 문으로 가릴 수 있는 곳 어디든 들어가 숨고 싶었지만, 손님을 초대해놓고 그럴 수도 없는 노릇. 이러지도 저러지도 못하고 갈팡질팡하는 하는 사이에 현관문이 열렸고 그가 들어섰다. 다희는 어쩔 수 없이 그를 정면으로 마주하고 차려 자세로 섰다.

현관에 선 그의 눈길이 그녀의 몸을 위아래로 오르락내리락 살폈다. 실망의 빛이 떠오른다.

"내가 분명 옷은 안 된다고 했는데."

"이건 옷이 아니에요. 외출복도 아니구요."

"외출복 충분한데. 딱 봐도 원피스잖아. 영화 참조 안 했나? 아님, 못 찾은 건가?"

"참조했어요."

"이 차림이? 대체 뭘 본 거지?"

다희는 어제 그가 영화에서 찾으라고 해서 집에 돌아와 인터넷 검색을 했다. 검색어 창을 띄워놓고 어떤 검색어로 찾아야 할지 막막해 주영에게 도움을 청했더니, 그녀는 금세 찾았다며 영화 제목을 알려주었다.

'컬러 오브 나이트'.

어린 여주인공이 나신에 앞치마만 두르고 요리를 한다는 간단한 팁까지. 생일상을 차리는 오늘의 상황과 딱 맞아떨어졌기에 전혀 의심치 않았다. 다만 앞치마만 두르고 그를 맞을 생각에 눈앞이 막막해졌다. 그가 못마땅해하는 이 순간조차도 그녀의 심장은 튀어나올 듯이 엄청난 속도로 뛰어대고 있었다.

"앞치마라니, 그것도 원피스. 대체 저런 걸 왜 만들지?"

"이거 아니에요?"

서후는 자기가 원한 것은 넥타이였다는 말을 꺼내놓기 구차해졌다. 기대가 무너진 아쉬움은 아쉬움이고, 짙은 감청색의 두툼한 재질의 원피스 앞치마에 가려져 있어도 그의 여자는 여전히 해사하고 아름다웠다. 쇄골과 어깨선이 만나는 곳에서 시작되는 노출이 은근히 자극적이다. 열없이 미소가 지어지려는 걸 애써 지우고 퉁명스러운 말투로 무너진 기대감의 무게를 노출했다.

"들어가도 되나? 손님 초대해놓고 멀리 떨어져서 뭐 해?"

"아, 미안해요. 들어와요. 여기 소파에 앉아요."

안으로 들어서던 그가 거실 중앙에 놓인 이젤을 보고 멈췄다.

우아한
짐승의 연애

팔짱을 끼더니 고개까지 갸웃거린다.

'마음에 안 드나?'

다희는 점점 초조해졌다. 이젤 위에 놓인 캔버스에는 그의 인물화가 담겨 있었다.

"이게 난가?"

'이런. 역시 마음에 안 드는 거야.'

사진 같지야 않겠지만 나름대로 비슷하다고 생각했다. 참담했다. 학부 때, 전 학년을 통틀어 인물화만큼은 톱이라고 자부했는데. 정작 솜씨를 발휘해야 하는 찰나에 여지없이 무너졌다.

"당신에겐 내가 이렇게 보이는군."

서후는 캔버스를 들고 서서 아예 감상모드로 돌입하고 있었다.

"마음에 들어요?"

"당신이 직접 그렸나?"

서후가 돌아보자, 다희가 고개를 크게 끄덕였다.

"이거 준비하느라고 날 그동안 모른 척한 거고."

'어, 어라? 얘기가 어째 이상하게 흘러간다?'

그의 뻬딱한 반응에 풀어지려던 그녀의 감각들이 다시 긴장했다.

"그 아래에 상자도 열어봐요. 실은 그게 어려워서 시간이 좀 걸렸어요."

서후가 별로 달라질 것은 없다는 듯, 캔버스를 이젤에 올려놓고 종이상자를 열었다.

"윤서후, 한다희 미니미군."

서후가 그를 조각해놓은 작은 전신상을 꺼내들었다.

"그것도 마음에 안 들어요?"

그는 대답 없이 다희 조각상을 마저 꺼내어 소파로 가 앉았다. 그의 입가에 걸린 웃음이 대답을 대신했다. 다희는 이제야 마음이 좀 놓였다. 하나라도 성공했으니 다행이다 싶었다.

"식사 준비 다 했어요. 조금만 기다려요."

그를 정면으로 보면서 주춤주춤 옆걸음으로 움직이는 다희의 동작이 어딘지 부자연스러웠다. 부엌으로 들어가면서는 아예 뒷걸음질을 쳤다.

"잠깐."

미니미에 시선을 고정시킨 채 앉아 있던 그가 그녀에게로 시선을 돌렸다. 뒷걸음으로 가는 그녀의 발이 그의 명령 앞에서 자리에 붙어버렸다. 미니미를 내려놓은 그의 잔인한 손가락이 허공에서 회전했다.

"돌아봐."

'올 것이 왔다.'

곧 들킬 테지만 조금이라도 시간을 벌고 싶었다. 상을 차릴 때까지라도. 마른침이 그녀의 거친 목구멍을 타고 넘어갔다. 여전히 꼼짝하지 못한 채로.

"내가 할까?"

긴장이 흐르는 공간을 채운 단호한 음성이 서늘한 바람줄기가 되어 그녀의 노출된 등골을 타고 흘렀다. 두 눈 질끈 감고 해버릴 밖에. 민망함과 부끄러움과 수치심이 일제히 밀려들어 온몸을 홍조

우아한
짐승의 연애

로 물들였다.

실망의 기색으로 갸름해졌던 그의 눈가가 호기심으로 번득였다. 수치심으로 물드는 그녀를 즐기며 그는 다리까지 꼬고 소파머리에 느른하게 기대었다.

빙그르르.

창피함에 비례해서 놀라운 속도로 한 바퀴 휙 돌아버렸다. 얼른 끝내고 싶은 마음에. 그러나 선물을 감질나게 맛본 그가 이대로 봐줄 리가 없다. 오히려 불난 집에 부채질만 하고 만 꼴이 되고 말았다.

"가까이 와."

차라리 얕은 수나 꼼수를 쓰지 못하게 그가 확 낚아채 마음대로 해주었으면 했다. 어차피 그가 원한 선물은 그녀였으니까. 하지만 그는 결코 서두르지 않았다. 오히려 그녀의 반응을 즐기고 있다.

'잔인하다, 내 남자는.'

다희는 주춤거리는 걸음으로 그의 손이 닿을 만한 곳까지 다가가 멈췄다.

"선물 공개를 제대로 해야지."

주저 없이 손을 뻗어와 그녀의 팔을 그러잡아 당겼다. 다시 뒤로 물러서려는 그녀를 향해.

"그대로 있어. 움직이면 혼난다."

더는 감질 맛을 못 견디겠는지 성급히 그녀를 돌려세웠다.

후욱, 더욱 열기가 끼쳤다. 돌려 세우자 드러난 그녀의 유려하고 고혹적인 뒤태에 그의 심장이 툭 떨어져 내렸다.

가는 목과 잘록한 허리 뒤에 묶인 앙증맞은 리본 매듭 외에는 한 오라기 실로도 가려지지 않은 매끈한 등과 탄력 있는 엉덩이. 복숭아 사이에 은밀하게 감추어진 동굴로 향하는 매끄러운 길. 허벅지에서 종아리, 발목에 이르기까지 황금비율로 점점 좁아지는 맵시 있는 선.

눈으로만 느끼는 그녀는, 안아서 감각으로 느낄 때보다 더 절묘했다. 미치도록 섹시했다.

그녀를 그대로 끌고 와 무릎에 앉혔다. 한 손으로 허리를 감아 안고 작은 어깨에 턱을 걸쳤다. 부드러운 그녀의 몸은 긴장 때문에 애처로울 정도로 단단하게 굳어 있었다. 그 긴장을 풀어주려 앞치마 옆으로 한 손을 넣어 배꼽 위부터 천천히 원을 그리며 점차 올라갔다. 심장 박동이 느껴지는 가슴을 부드럽게 둥글렸다. 찬 공기에 한참 노출되어 고생했을 등줄기를 따라서 애정을 담은 입맞춤을 시작했다.

"선물, 마음에 들어요?"

"음."

그녀의 긴장한 여린 몸이 다소 풀어졌다.

"배 안 고파요? 식사해야죠."

"이 선물, 마저 풀고."

"네?"

이미 그의 손이 목과 허리 뒤에 묶인 리본을 풀고 있었다.

"자, 잠시만요. 밥부터 먹어요, 우리."

"가만있어."

섹시한 눈요기를 끝낸 무자비한 손에 의해 앞치마가 맥없이 떨어져 나갔다.

"아, 너무해요."

"그동안 굶주리게 한 사람이 할 소린 아니지. 너무한 건 당신이야."

뒤에서 버클이 풀리는 소리와 지퍼 내려가는 음란한 소리가 들렸다. 그의 손이 그녀의 수풀을 헤치고 불쑥 들어왔다. 이슬이 흥건하게 내려앉은 그녀의 꽃잎 주위가 만족스러웠다.

"이대로 들어가도 좋겠다."

"아, 안 돼요."

"굶주린 사자에게 자비란 없어."

시뻘겋게 달궈진 채로 세상 밖으로 나온 그의 일부가 그녀의 사타구니 사이에 뜨거운 불덩이처럼 놓였다.

"하, 하지만. 여, 여기서는 제발. 안으로 들어가요, 네?"

"왜?"

"제발요."

그녀의 시선이 잠시 머물렀다 떨어진 곳으로 그가 시선을 돌렸다. 화이트 장식장 위에 놓인 작은 액자가 보였다. 교복을 입은 앳된 그녀가 중후해 뵈는 남자의 팔짱을 끼고 그의 어깨에 머리까지 기대고서 다정하게 찍은 사진이 있었다.

"아버지신가?"

그녀는 부끄러움에 고개도 못 들고 끄덕이기만 했다.

"좋아. 침대로 가……."

구구구쿠광, 쿵쾅!

서후의 뇌리에 번개와 천둥소리가 일제히 내리꽂혔다. 눈을 뜰 수 없을 만큼 강한 섬광이 번졌다.

'그, 그럴 리가 없다. 그 사람일 리가 없어.'

사진 속 남자를 다시 확인해야 했다. 자신이 잘못 봤다는 걸 확인해야 했다. 하지만……, 차마 볼 자신이 없었다. 고개를 돌릴 용기가 나지 않았다.

'확인해야 하는데……, 그래야겠는데…….'

서후는 지금의 불안함이 현실이 될까 봐 초조하고 두려웠다. 피가 말라붙는 시간이 흐를수록, 그는 지답지 않은 망설임에 못내 불쾌해졌다. 그녀를 더 꽉 끌어안아 몸에 밀착시켰다. 그와 그녀 사이에 비집고 들어올 틈을 모두 메웠다.

"서후 씨, 나…… 부끄러워요."

'다희야, 조금만 더 나에게 시간을 줘.'

그가 겨우 눈을 떴다. 그리고 고개를 돌렸다. 사진 속 남자를 응시했다. 그렇게…… 여지없이 잔인한 현실이 다가왔다.

'한규성 교수. ……내 여자의 아버지. 내 누이의 동경. 내 가족의 그림자.'

"서후 씨."

내 여자의 떨리는 목소리. 자신의 손에, 허벅지에, 복부에, 가슴에 생생하게 전해지는 내 여자의 온기. 내 여자의 달큰한 체향. 이 모든 것을 앗아갈 무소불위한 존재와 맞닥뜨렸다. 지금 서후는 난적을 만나 잔뜩 몸을 부풀리고 날카로운 송곳니와 발톱을 한껏 드러낸 우매한 짐승, 그 자체였다.

'내 영역으로 가야 한다. 그녀를 내 공간에 데려다 놓고, 다음을 도모해야 한다.'

"다희야, 옷 입어."

"네?"

"여기서 나가자."

"갑자기 왜 그래요?"

다희가 몸을 돌려 그를 바라보았다. 상처 입은 남자의 흔들리는 눈빛이 어려 있었다.

"괜, 찮아요? 얼굴빛이 안 좋아요."

"……얼른, 옷 입고 나와."

다희는 걱정과 의문을 거두고 다정하게 웃음 지으며 고개를 끄덕여 보였다.

"알았어요."

그녀가 일어나려 하자, 서후가 꽉 움켜쥔 손을 풀어주지 않았다. 다희는 다시 그의 무릎에 앉았다. 그리고 그를 꼭 끌어안고 다독였다. 오래도록 뜨거운 포옹이 지속되었다.

서후의 집무실 내부에 적막한 고요가 흐른다. 그곳에 아무도 없는 듯 음음적막했다.

탁, 탁.

숨 막힐 듯한 정적을 뚫고 허공을 가른 금빛 다트가 일정한 속도로 다트보드 정중앙에 차례로 꽂힌다.

슈욱, 틱. 토르르.

마지막으로 날아간 다트가 먼저 꽂혀 있는 다트에 튕겨 나갔다. 의자에서 일어난 서후는 바닥에 떨어져 뒹구는 다트를 집어 들었다. 배럴을 잡고 빙글빙글 돌리며, 다트보드를 뚫을 듯이 노려보았다.

슈욱, 탁.

이내 그의 손을 떠난 다트가 둔탁한 소리를 내며 보드에 꽂혔다. 벌써 30분째 그는 같은 행동을 되풀이하는 중이었다. 조찬 모임을 끝내고 들어와서도, 오전회의를 끝낸 후에도, 오찬모임 후에도, 오후회의를 끝낸 후에도 여전히 다트보드에 수없이 구멍을 내고 있었다.

'한규성 교수, 다희, 한 교수, 한다희.'

뫼비우스 띠 속에 갇힌 기분이었다. 걸어도, 걸어도 처음 그 자리로 되돌아오고야 만다. 그가 아무리 부정하려 해도 그녀가 한규성 교수의 딸이라는 변하지 않는 현실이 그를 계속해서 가로막는다.

서후는 보드에서 다트를 뽑아서 다시 거리를 두고 떨어졌다.

'다희를 단념할 수 있을까?'

이 끔찍한 질문을 제 자신에게 던질 때마다 그는 피가 역류하는 고통을 함께 느꼈다.

'그녀에게 네 아버지와 내 가족의 불미스러운 과거사에 대해 어떤 말로 설득해야 할까.'

부모님께 한 교수의 딸과 사랑에 빠졌다고 설득하는 일이 오히려 더 쉬울지도 모른다. 그가 가장 두려운 것은 다희였다. 그의 가족이 그녀의 아버지를 곤란에 빠뜨린 것을 알게 되면 그녀가 무엇을 선택할지가 두려웠다.

'하지만 다희야, 난 말이다……'

그의 손을 떠난 첫 번째 다트가 표적을 향해 날아가 꽂혔다.

"수천 번."

두 번째 다트가 날아가 꽂힌다.

"수만 번 생각해도."

마지막 다트가 날아간다. 그의 굳은 결의인 듯 날렵한 소리를 내며 공중을 가르더니, 먼저 꽂혀 있는 두 개의 다트 사이에 정확하게 꽂혔다.

"절대 헤어질 수 없다."

여전히 그의 힘이 실린 마지막 다트의 플라이트가 소리를 내며 미세한 경련을 계속했다.

"내가 돌려놓을 수 있게 잠시만 시간을 줘."

서후는 그녀에게 말하기 전까지 해야 할 일들에 대해 생각해보 았다.

우선 한 교수를 찾아가 가족을 대신해 사죄해야 한다. 그가 용 서해줄 때까지 거듭해서 사죄할 것이다. 언젠가는 자신이 나서서 해 야 할 일이었다. 다만 이번 일이 계기가 되기 전, 먼저 찾아가 용서 를 구했어야 했는데 차일피일 미루어둔 게 후회됐다. 그녀를 잃을 수 없다는 절박함이 이유가 되었다는 게 송구했다.

'죄송합니다, 교수님. 저의 용렬함을 용서하세요. 그만큼 다희를 사랑합니다.'

그리고, 어머니……. 허망하게 딸을 잃고 여전히 그 슬픔에 갇혀 있는 어머니. 냉혹한 현실을 직시하기보다는 누군가를 원망하는 삶을 택했던 가여운 어머니. 이제 그는 어머니에게 현실을 직시하도록 강요 해야 한다. 이 모든 게 자신의 이기심이라 해도 어쩔 수가 없었다.

'죄송해요, 어머니.'

지금 그의 의식과 무의식을 지배하는 것은 오로지 그녀였다. 다 희를 잃을 수 없다는 확고한 신념만이 있을 뿐이었다. 그렇게 장고 를 끝낸 그는 책상으로 가 인터폰을 켰다.

— 네, 사장님.

간결한 박 실장의 음성이 들렸다.

"미국 출장 하루 더 늘리세요."

— 어딜 들르실 예정이십니까?

"시카고. 일단 하루 정도만 스케줄 조정해두세요."

— 예, 알겠습니다. 그리고, 김 장관님께서 저녁 약속시간 30분만 늦추자고 연락하셨습니다. 대전에서 올라오시는 중인데 길이 막힌다고 합니다.

"그러죠."

— 사장님, 지금 밖에 송유림 씨 와 있습니다. 어떻게 할까요?

"……약속이 있었던가?"

— 아닙니다. 돌려, 보낼까요?

서후는 그렇지 않아도 다희 일로 예민해져 있는 와중에 불쑥 유림이 찾아왔다는 소리를 듣자 미간을 잔뜩 일그러뜨렸다.

— 사장님?

"일단 들여요."

— 네.

인터폰 버튼을 끄고 그는 업무의자에 앉았다. 오전에 틈틈이 결재 사인을 해두었던 기결재 서류를 꺼내어 펼쳤다.

똑똑똑.

유림은 노크를 한 후에도 들어오지 못했다. 평소대로라면 노크도 생략하고 그냥 들이닥쳤겠지만 이번에는 서후의 대답이 있기까지 들어오지 않았다.

똑똑똑.

"들어와."

그의 대답을 듣고서야, 유림은 문소리가 들리지 않을 만큼 조심스럽게 문을 열고 들어왔다.

"오빠, 나 왔어."

서후는 대꾸 없이 결재 서류 내용을 읽어 내려갔다. 잔뜩 주눅
든 유림은 조용히 소파로 다가가서 앉았다. 제아무리 천방지축이라
해도, 이런 험악한 분위기 정도는 파악할 수 있었다. 게다가 당분간
눈에 띄지 말라는 서후의 말을 무시하고, 자신이 답답해서 약속도
없이 찾아오지 않았던가. 문전박대를 당하지 않은 게 그나마 다행
이다 생각하며 기다리기로 했다.

서후가 재검토를 끝낸 서류를 기결재함에 두고 다른 서류를 꺼
냈다.

'10분, 20분…….'

유림의 인내심이 마르고 있었다. 점점 자기가 잘못한 게 없이 벌
받고 있다는 억울함마저 생겼다. 여전히 서류에만 꽂혀 있는 서후를
노려보기까지 했다.

"오빠, 정말 너무한 거 아니니?"

결국 참지 못한 유림이 분통을 터뜨렸다. 자리에서 벌떡 일어나
책상 앞까지 한달음에 다가왔다.

"오빠! 사람이 말하잖아."

"내 눈에 띄지 말라고 했을 텐데."

"알아. 나도 안 올라 그랬어. 하지만 이건 해도 해도 너무하잖
아."

"너무해?"

"그래. 나 클럽에 출입금지시킨 게 오빠란 거 다 알고 왔어. 대

체 클럽 사장들을 어떻게 구워삶았길래 하나같이 출입금지래? 그
것뿐이야. 나랑 만나는 남자들 협박한 것도 오빠 맞지? 만나달라고
애원하던 애들이 어째서 하루아침에 안면을 바꿀 수가 있어? 치사
하게 나한테 사람 붙였니?"

"알면서 뭘 물어."

"오빠!"

"입 다물어!"

"오, 오빠……."

유림은 예상치도 못한 서후의 일갈에 바짝 긴장했다. 지금 같은
상황은 그녀의 예상에는 없었다. 늘 통했던 애교로 오빠의 마음을
풀고 클럽 출입금지도 풀려는 심산으로 왔건만, 여전히 싸늘한 서
후의 매서운 태도에 그만 당황하고 말았다.

"네가 뭘 잘못했는지 여전히 몰라?"

"아, 알아."

"아는 녀석이 이렇게 행동해? 진짜 잘못한 걸 알았다면, 넌 클
럽 출입이 아니라 다른 걸 먼저 했어야 돼."

"내, 내가 뭘 해야 하는데?"

"스스로 깨달아. 뭘 해야 하나 깨달을 때까지 클럽 출입은 영영
못할 줄 알아."

"잘못했다잖아. 외숙모님께도 잘못했다고 했어. 엄마한테도 혼
날 만큼 혼났다구. 이만큼 했음 된 거 아냐? 대체 내가 뭘 더 해야
하는데."

"그러니까 잘 생각해보라잖아."

"오빠, 대체 나한테 왜 이래? 설마…… 그 계집애 때문이니? 한다희 걔 때문이야? 설마 나더러 그 계집애한테 미안하단 말 하란 건 아니지?"

"정중하게 빌 생각 아니면 한다희 씨 앞에 나타날 생각 하지도 마."

"기막혀. 정말인 거야? 진짜 걔한테 가서 빌라구?"

서후는 유림이 다희에 대해 함부로 말하는 태도가 몹시 거슬렸다.

"송유림."

낮게 침잠한 그의 부름에 오싹한 소름이 돋았다.

"너에겐 두 가지 선택권이 있다. 어떤 걸 선택하든 그 책임은 니에게 있어. 한다희 씨한테 진심으로 잘못을 빌어. 그게 아니면, 영영 한국 떠나서 나와 한다희 씨 앞에 모습을 보이지 말든가."

"마, 말도 안 돼."

"내 눈 피해 한다희 씨 만나는 어리석은 짓은 안 하는 게 좋을 거야. 네가 말했다시피 너한테 사람 붙여놔서 실시간으로 보고 받고 있으니까."

"정말 내가 아는 서후 오빠 맞니? 내가 좀 과했던 건 맞지만, 이렇게까지 하는 건 너무하잖아."

"그만 가봐. 결정되면 연락하구."

"오빠, 내가 잘못했어. 정말 잘못했다구. 이제 그만 화 풀고 용서해줘, 응?"

서후가 인터폰 버튼을 눌렀다.

— 네, 사장님.

"송유림 씨 데리고 나가요."

― 네, 사장님.

"오빠……."

서후는 인터폰 버튼을 끄고, 유림을 매섭게 노려보았다.

"이 말 명심해라."

"……."

"내 여자를 모욕하는 건, 나를 모욕하는 것과 같다. 그러니 앞으로 한다희 씨에게 함부로 굴지 마, 절대."

'내 여자? 한다희가 오빠 여자라구?'

유림은 그가 대놓고 하는 말인데도, 그 엄청난 말이 귀에 담아지지가 않았다. 가공할 위력을 지닌 파공음이 터져 귀가 멀어버린 듯했다.

'오빠가 그런 말도 안 되는 여자랑 그럴 리가 없어.'

유림은 서후의 기세에 눌려 더는 아무 말도 하지 못했다. 그저 이 믿기지 않은 현실을 받아들이지 못하고 속으로만 말도 안 되는 일이라고 되뇔 뿐이었다. 어느새 들어와 온 박 실장이 나갈 것을 권했지만 그녀는 그저 서후만을 바라보았다.

서후는 그런 유림을 가볍게 무시하고 서류로 이내 시선을 돌렸다. 지금 그는 유림을 다독일 만한 여유가 없었다. 오직 다희를 붙잡는 일에만 몰두해야 했다.

서후의 생일이었던 금요일 밤부터 다희는 그의 한남동 집에 머물고 있었다. 서후보다 먼저 퇴근해서 돌아온 그녀는 방에 들어서자 저절로 한숨이 푹 나왔다.

"과하다, 과해."

금요일 밤 이 방으로 안내될 때만 해도 한적하기 그지없는 평범한 게스트 룸이었다. 일요일에 밖에서 점심식사를 하는 동안 생각 없이 툭 던진 말이 화근이었다.

"내일 출근해야 되니까, 점심 먹고 집에 데려다 줘요. 괜찮죠?"

"문제없이 출근시켜줄게. 염려 마."

그의 말을 이해하기까지는 오랜 시간이 걸리지 않았다. 식사를 마치고, 그의 집으로 돌아와 보니 평범했던 게스트 룸에 백화점 명품관이 통째로 옮겨져 있었다. 이 모든 조화는 싱가포르에서 안면이 있는 임 집사의 눈썰미와 잰 몸놀림의 결과인 듯했다.

"이게 다 뭐예요?"

"출근할 때 필요한 거."

"단정한 원피스 한 장이면 돼요. 이렇게까진 필요 없다구요."

"두면 다 필요할 거야."

"나 지극히 평범한 소시민이거든요. 롤렉스 시계 차고, 페라가모 정장 입고, 에르메스 가방을 들고 출근하는 소시민이 어딨어요."

"마음에 안 들어서 그래? 다른 걸로 바꿔줄까?"

도대체 그녀의 말을 못 알아듣는 건지, 못 알아듣는 척하는 건지 감이 잡히지 않았다. 답답해서 그녀는 한숨을 연신 쉬었다.

"내 애인 현실 감각 떨어져도 너무 떨어지신다. 저기요, 윤서후 사장님. 사장님 애인은 인턴 큐레이터예요. 이것들 걸치고 출근했다간 당장 선배들 눈 밖에 나서 회사생활 엄청 곤란해지거든요?"

"그럼 당신 원하는 걸 말해봐. 집에 돌아간다는 것만 빼곤 뭐든 들어줄게."

"왜요? 이번엔 동대문을 털어주려구요?"

"원한다면."

차라리 벽을 보고 얘기하는 게 나았다. 결국 다희는 그의 동문서답식 대응에 두 손 들어버렸다. 그의 막무가내가 어디 이뿐이겠는가. 퇴근하려는데 그가 보낸 차가 갤러리 앞에서 대기하고 있었다. 그녀를 힐끔거리는 불편한 시선들을 피해 성급히 차에 탔다. 그러자 서후의 전언이라며 운전기사가 쪽지를 건넸다.

2주간 미국 출장이다. 그 전까지만 함께 있어줘. 부탁이야.

어떻게 글을 쓰면 글씨에서조차 간절함이 전해지는 걸까? 그녀와 함께 있고픈 그의 마음이 고스란히 전해졌다. 이렇게까지 부탁하는데, 매몰차게 안 된다고 거절할 수 없었다.

— 집에 들러 간단히 짐 챙기고, 한남동 가 있을게요. —

다희는 그가 안심하도록 문자를 바로 보내두었다. 며칠간 지켜본 그는 어딘지 모르게 부쩍 불안해했고, 전에 없이 침묵하는 시간이 길게 이어지곤 했다. 이유를 말해주지 않는다 해서 계속 물어댈 수는 없었다. 서운함을 갖지도 않았다. 그저 그녀가 곁에 있기를 바라니, 자신이 할 수 있는 일로 그에게 도움이 되고 싶었다.

탁.

서후의 한남동 자택. 2층 거실 소파에 앉아 두툼한 미술사 책을 읽던 다희는 머릿속이 복잡해서 책을 덮어버렸다. 두 시간 앉아 있는 동안, 채 다섯 장도 읽지 못했다.

"꽤 늦네?"

시계를 보니 자정이 넘어서고 있었다. 그는 아직 돌아오지 않고 있다.

2층 전체는 그와 그녀만의 공간이었다. 임 집사조차 허락 없이 올라오지 않았다. 한적하기는 1층도 별반 다르지 않았다. 원래부터 체류하는 사람이 적은 건지 임 집사 외에는 일하는 사람이 눈에 띄지 않았다. 이 큰 집을 혼자 관리할 리는 없을 텐데, 참 묘한 일이었다.

"아, 심심해."

다희는 무료함에 자리에서 일어났다. 그의 방문이 열려 있었다. 그가 없는 방으로 들어가도 될지 잠시 망설였다. 줄곧 그의 방 침대에서 지독한 열락의 밤을 함께했고 아침도 같은 곳에서 눈을 떴기에 낯선 장소는 아니었다. 다만 그가 없기에 약간 망설여졌다.

이윽고 다희는 방으로 들어섰다. 불을 켜니, 차가운 인상의 블랙 앤드 실버 인테리어가 눈을 현혹했다. 침대는 애써 외면한다. 거대한 벽으로 보이는 문을 옆으로 밀어내자, 숨겨져 있던 드레스 룸이 나타났다. 문이 열리자 저절로 불이 켜졌다.

'후욱.'

그의 체향이 끼쳐왔다. 새 옷 향이나 드라이클리닝제 같은 화학 약품 냄새가 아닌 그에게서만 맡을 수 있는 향기. 남미의 태양빛에 익은 원두를 잘 로스팅한 커피향 같기도 하고, 질 좋은 시가에서 맡을 수 있는 가죽 향 가득한 여송연 향인 듯도 했다.

"스타일도 비즈니스라고 생각하는 사람답다."

장식장마다 수십 종의 브랜드별 명품시계와 벨트, 넥타이핀, 커프스 세트가 식별하기 쉽게 진열되어 있었다. 모든 벽면에는 슈트와 바지, 와이셔츠, 평상복이 가지런히 걸려 있었다.

정렬돼 있는 와이셔츠 소맷단을 손으로 주욱 훑으며 지나가는데, 그녀의 눈길을 잡아채는 뭔가가 있었다.

"어? 이건⋯⋯."

꺼내기 쉽게 걸려 있는 다른 셔츠와는 구별되게 헝겊싸개에 보관된 셔츠 하나. 아래에 달린 지퍼를 위로 올리자, 조악한 솜씨로 바느질되어 있는 단추가 보인다. 부끄러움에 홍조가 살짝 드리워졌지만 반가운 마음이 더 컸다.

"갖고 있었네?"

와이셔츠를 꺼내 들었다. 그러자 보이지 않았던 넥타이가 깃 사이에 걸린 채로 따라 나왔다. 그녀가 선물한 바로 그 넥타이였다. 마음에 들지 않아 착용하지 않은 게 아니라 모셔두느라 안 한 모양이다.

문득 고약한 생각이 떠올랐다. 여기에 그가 좋아하는 자신의 체향을 묻혀두고 싶어졌다. 아무도 들어오지 않는다는 걸 알면서도 인기척이 있나 잠시 숨을 죽이고 밖의 소리를 살폈다. 조용하다.

풀썩.

헐렁한 옅은 색 블루 니트를 벗고 그의 셔츠를 입었다. 블루진

핫팬츠가 가려지면서 진정한 하의실종 패션이 만들어졌다. 그의 큰 키를 담아내기에 넉넉한 거울 앞에 섰다. 손이 소매에 폭 싸였다. 단추를 꿰려고 소매를 듬성듬성 걷어 올렸다. 벌어진 앞섶 사이, 브래지어 위로 풍만하게 올라온 젖가슴이 그대로 거울에 비쳤다.

"뭐 해?"

"으악!"

심장이 떨어지는 줄 알았다. 그는 인기척도 없이 어떻게 들어온 건가. 그보다, 언제부터 보고 있었던 건가.

"어, 언제 왔어요."

"지금."

그녀의 와이셔츠 차림에 흥미를 느낀 그가 천천히 다가왔다. 서둘러 와이셔츠 앞섶을 가리다가 못된 짓이라는 듯 그의 손에 붙들렸다. 손에서 벗어난 와이셔츠 자락이 비단결처럼 하늘하늘 풀렸다. 그녀의 가슴골에서 시작되어 배꼽과 은밀한 곳으로 흐르는 유려한 라인이 드러났다.

"뭐 한 거지?"

"아, 그게."

"그게 뭐?"

"내, 내 체향……, 묻히려고."

민망함에 그녀는 고개를 떨궜다. 창피해서 도저히 얼굴을 마주할 수가 없었다.

"좋은 생각인데."

"네?"

다희는 민망해하던 저를 잊고 바짝 고개를 들었다. 피곤할 테지만 그런 기색 한 점 비치지 않는 그의 얼굴이다. 그게 더 안쓰러웠다. 하지만 그의 눈빛은 의미를 파악하기 힘든 즐거움으로 가득했다.

"나 씻을 동안 셔츠 스무 벌만 골라봐."

"스무 벌이나요?"

"출장 가서 입을 거니까, 당신 맘에 드는 걸로 선택해."

"알았어요. 그건 어렵지 않은데, 좋은 생각이란 건 뭐예요?"

"미리 알면 재미없어. 일단 골라줘."

그는 가볍게 그녀의 입술에 키스하고 돌아섰다. 언제 들어갔는지 샤워기에서 물 떨어지는 소리가 들려왔다. 뭔가 불길함이 엄습했지만 일단 그가 원하는 대로 하기로 했다.

똑같은 셔츠라고 생각했는데 막상 고르려 하니 결코 쉬운 게 아니었다. 광택과 올의 느낌에 따라 천차만별이고, 눈에 띄지 않는 소매 안쪽이나 칼라 속 문양도 각양각색이었다. 흰색 셔츠 몇 장 고르는 것도 진땀이 날 지경이다.

"도와줄까?"

돌아보니, 진회색 샤워가운 차림의 그가 드레스 룸에 들어와 있었다.

"너무 어렵네요."

입가에 미소를 걸친 그가 와서 그녀 손에 들린 와이셔츠를 살폈다.

"잘했네."

"맘에 들어요?"

"어. 누가 고른 건데. 누더긴들 싫을까."

"뭐예요. 그 말은 별로란 뜻이잖아요."

서후가 다희의 뾰족하게 내민 입술에 키스하고 떨어졌다.

"오해는 금물이랬지. 곡해 말고 그대로 받아들여."

"치잇."

입을 삐죽했지만 이내 그녀의 입가에 행복한 미소가 걸렸다.

서후는 고민하던 그녀와는 사뭇 다르게 척척 와이셔츠를 꺼내 들었다. 대충 개수를 맞추어 거울 옆에 달린 옷걸이에 걸었다.

"자, 이제 시작해볼까?"

"뭘요?"

"체향 묻히기."

그의 장난스러운 눈빛이 숨 막힐 정도로 빛났다.

"아까처럼 하란 거예요? 이걸 다? 노, 농담이죠?"

"농담은 안 해. 진담만 하기도 시간 모자라. 이건 도움이 안 되니까 풀자."

일말의 망설임 없이 그녀가 입고 있는 와이셔츠 앞섶을 벌리고 들어와 셔츠를 아래로 밀어 내렸다. 헐렁했던 와이셔츠는 조금도 그녀의 몸에 닿지 않은 채 부드럽게 흘러내렸다. 끌어안듯 등 뒤로 둘러진 그의 팔이 간단히 브래지어 후크를 풀어냈다.

화들짝 놀란 그녀가 빛에 노출된 가슴을 가리는 사이, 그의 재빠른 손이 핫팬츠를 벗겨냈다.

"왜 이래요?"

온몸이 홍조로 물든 그녀는 위를 가릴 수도, 아래를 가릴 수도 없는 상황에서, 누가 들을까 봐 큰 소리도 못 내고 애원하듯 물었다.

"내가 제일 좋아하는 체향이 여기랑 여기서 나는데, 이걸 천으로 가려두면 곤란하지."

그녀의 팬티마저 끌어내렸다. 바짝 긴장한 가녀린 몸에서 더할 나위 없이 황홀한 체향이 날렸다. 만족한 미소를 띤 그가 걸려 있던 셔츠 하나를 그녀에게 건네주고, 자신은 뒤로 서너 걸음 물러나 의자에 걸터앉았다.

"좋은데?"

은은한 조명 아래 남겨진 나신의 그녀는 요염한 고양이 같았다.

창피함이 극에 달한 그녀가 빠른 속도로 셔츠를 걸쳤다. 셔츠를 걸치자 그나마 떨지 않고 말할 수 있는 용기가 생겼다. 그녀가 새초롬해질수록 더 삐딱해지는 그다. 이럴 때는 그를 달래야 한다.

"피곤하지 않아요? 내일도 일 많죠? 빨리 쉬어야."

"어설프게 머리 쓰지 마. 당신이 내 비타민인 걸 몰라서 계속 확인해?"

"옷 구겨질까 봐 그래요. 가서 사람 만날 일 많을 텐데 구겨진 옷 입게 할 수는 없잖아요."

"사람이 반듯하니 문제 안 돼."

저 끝 간 데 없는 자신감. 정말 부럽지만 이 순간만큼은 진심으로 얄밉다.

"오늘은 시간 없으니 5분씩만 하지. 내일부터 출장 가기 전까지 매일 하나에 30분씩. 반드시."

"내가 잘못했어요. 당신 허락 없이 드레스 룸 들어온 것도 미안하고, 옷 입은 것도 잘못했어요. 그러니까 나 벌 주는 거면 이만 해도."

"바꿔."

"히잉"

콧소리를 내, 없는 애교를 꺼내 보여도 요지부동이다. 한번 고집 피우면 누구도 못 말린다.

다희는 포기하고 셔츠를 벗었다. 다른 셔츠를 입을 때까지 드러나는 나체의 순간은 아득히 길기만 했다. 조금이라도 민망한 시간을 줄이기 위해서는 빨리 벗고 빨리 입는 방법뿐이었다.

사르락 사르락.

셔츠를 입느라 돌아선 그녀의 뒷모습에 복잡하게 얽힌 서후의 시선이 꽂혔다. 탐하고 탐닉하고 싶은 아름다운 그녀를 앞에 두고도 어긋난 현실 때문에 그녀에게 마음껏 심취할 수 없음이 그를 미치게 만들었다.

'다희야, 다시 널 놓치는 일 없게 도와줘.'

그녀를 곁에 둘 수 있다면, 그는 수백 번 그녀의 아버지 앞에 구차해질 수 있다. 수천 번 부모님께 불효자가 될 수도 있다. 하지만 그가 가장 괴로운 것은 그녀가 겪게 될 아픔이었다.

행복한 미소를 보는 것만으로도 아까운 여자다. 웃게 하려고 품은 여자다. 그런데 앞으로 그로 인해 아파하게 될 시간을 생각하면, 그 시간을 견뎌내달라고 이기적으로 말할 자신을 생각하면 견딜 수 없이 괴로웠다.

"또 바꿔요?"

포기하고 마음을 비운 다희는 아무 말 없이 응시하는 그에게 오히려 되물어왔다. 그를 바로 보지 않고, 고개만 돌리고 묻는다. 그는 쓰린 속을 드러내지 않으려 고개를 끄덕였다.

그녀는 다시 고개를 돌리고 민망한 손을 재빠르게 움직인다. 이제 막 걸친 셔츠 팔에 손을 넣으려는데, 등 뒤에 그가 와 닿았다. 셔츠가 구겨지는 것 따윈 아랑곳없이 뒤에서 꽉 끌어당겨 안았다.

"오늘 많이 힘들었어요?"

다희는 그의 얼굴을 보지 않고도 그의 마음을 읽을 수 있었다. 아무리 표정을 숨겨도 알게 됐다. 웃어도 힘들구나. 웃어도 괴롭구나. 웃어도 복잡한 일이 있구나.

"당신이 곁에 있는 게 믿기지 않아서."

"난 앞으로도 계속 당신 옆에 있을 건데요?"

"그래. 꼭 여기 있어. 내 곁에 지금처럼 붙어 있어. 무슨 일이 있더라도."

"당신이 귀찮다고 해도 착 달라붙어 있어야지, 이렇게?"

다희는 장난스럽게 웃으며, 그의 팔을 꽉 붙잡았다.

'어떤 일이 있어도 오늘 한 말 잊지 마, 다희야.'

정수리에 그의 뜨거운 입술이 닿았다. 입술은 쉼 없이 귓불로 내려왔다. 거친 입김을 불어넣으며 잘게 물어댄다. 알싸한 그의 날카로운 혀가 부드러운 귓등을 훑으며 고운 목선을 타고 흘렀다. 쇄골에 닿을 때는 셔츠마저도 밑으로 떨어져 내렸다. 그녀의 젖무덤을 양손 가득 움켜쥐고 주물렀다. 타는 입술이 그녀의 목덜미와 어깨에 강렬한 꽃물을 새겨 넣었다.

"으음."

그녀의 잘록한 허리춤에 어느새 딱딱하게 솟은 그의 분신의 움직임이 느껴졌다. 그의 욕망을 끄집어내는 데 조금은 익숙해진 그녀가 그의 샤워가운 매듭을 풀었다. 유두를 희롱하던 그가 거추장스러운 옷을 벗어던지고 그녀에게 더 밀착했다. 영원히 떨어지지 않을 것처럼.

다희의 몸이 옷장 문에 거세게 밀쳐졌다. 그녀의 턱을 돌려 거침없이 입술을 탐했다. 하나도 남김없이 제 것으로 끌어당기기 위해 혀를 강하게 흡입했다. 갖고자 하는 욕망이 커질수록 그는 힘을 주체하기 어려웠다. 꿀처럼 달콤한 그녀의 타액이 주는 욕정의 맛에 이미 정신이 혼미해졌다.

"으읍."

혀가 아릿하게 당겨질수록 그의 소유가 되어가는 짜릿한 쾌감이 몸에 휘감겼다. 그의 안에 안착하기 위해 턱을 바짝 치켜들고, 그의 강렬한 요구에 그녀 또한 강렬하게 응했다. 아래서 으르렁거리는 남성이 자극적으로 위협해 왔다.

아래로 내려간 그의 손이 허벅지 사이로 미끄러지듯 들어왔다. 그녀의 내밀한 꽃잎을 헤치고 밀실로 거침없이 침범한다. 다른 손으로는 그녀의 손을 이끌어, 자신의 남성을 한가득 잡고 어루만지도록 했다.

"아아, 하아하."

둘의 음탕한 신음이 한데 섞였다. 그의 손가락이 밀실을 들락거리자, 그녀의 손도 묵직하고 무섭게 커져 있는 그의 남성을 붙잡고 빠르게 움직여댔다. 탐하고 탐해도 여전히 굶주린 듯한 연인의 모습은 애잔했다.

격정에 휩싸인 서로의 입술이 떨어졌다. 아래에서 끼쳐오는 강렬한 신호를 참지 못하고 활화산 같은 신음이 터져 나왔다.

"안 되겠다. 참을 수가 없어."

"······괜찮아요."

"······다희야."

"아, ······사랑해요."

먼저 해주기를 그토록 원했던 그녀의 고백. 그 역시도 끊임없이 사랑한다고 퍼부어주고 싶었지만, 그는 이 순간 아무 말도 꺼내놓을 수가 없었다. 제 진심이 마치 거짓처럼 들릴 것 같아서 두려웠다. 떳떳했고 당당했던 제 사랑이었는데. 서슴없이 마음을 꺼내는 그녀를 뜨겁게 안지 못해 안타까웠고, 입술만 달싹이는 제 못남이 수치스러웠다.

"이대로 들어가도 되겠어? 내가 그래도."

"네, 괜찮아요. ······들어와요."

그녀의 몸이 뜨겁게 달아올랐다. 그의 손가락이 빠져나간 밀실 속으로 그녀의 손에 잡혀 한껏 솟은 분신을 가득 밀어 넣었다.

"으핫."

"멈출 수 없을 거야."

"하아, 난 괜찮아요."

슬쩍 힘을 풀고 뒤로 물러섰던 그가 일제히 체중을 실어 한 번에 깊이 밀고 들어왔다. 몇 번을 감질나게 천천히 움직여대던 것도 잠시, 그녀의 허리를 양손으로 꽉 쥐어 움직이지 못하게 하고 탐욕스럽게 허리를 놀려 들락거렸다.

"아아훗, ……으읍."

그녀의 여린 살이 쓸려 상처가 날까 봐 걱정되었지만, 그는 조금도 속도를 늦출 수가 없었다. 그녀가 떠날까 불안감이 더할수록, 그녀를 놓칠까 두려움이 격할수록, 그녀를 갖고자 하는 욕망과 욕정은 성난 바다처럼 미친 듯이 휘몰아쳐댔다.

"하악, 하악."

욕망의 화염이 그녀의 몸속을 유린하며 녹여냈다. 강한 기운이 분출될수록 타락 같은 욕정이 머릿속을 남김없이 갉아댔다. 그의 손이 앞을 파고들어와 파르르 흔들리는 꽃잎을 정신없이 희롱하며 애무했다. 손가락이 스칠 때마다 그의 분신이 더 깊숙이 꽂혀댔다. 그녀는 세찬 애욕의 기운에 제대로 서 있기조차 힘들었다. 폭주하는 그에 따라 온몸이 들썩였고, 요란스레 출렁였다. 그가 있는 힘껏 몰아붙이는 통에 의식은 이미 그녀의 것이 아니었다. 숨조차 쉴 수 없을 만큼의 격정이 휘몰아쳤다.

"하하, 하아, 하아, 으으음."

고장난 그의 브레이크는 그녀의 안을 채우고 또 채웠다. 그 또한 열락의 끝으로 치닫는 욕정으로 그녀의 귓가에 더운 기운을 쏟아냈다.

"으으."

쇳소리가 섞인 음란한 그의 신음이 기쁘게 들렸다. 그를 만족시키는 즐거움은 그녀에게는 또 다른 열락이었다. 마지막으로 치닫는 그의 몸놀림은 통증마저 상쇄시켰다. 그가 퍼뜨린 것이 뜨거운 열정만큼이나 강렬하게 그녀 안으로 깊숙이 퍼져나갔다.

파정이 끝난 후에도 그의 분신은 식을 줄 모르고 여전히 그녀의 내실에 머물렀다. 그녀에게 연결돼야만 생명이 연장되는 애참한 생물인 양, 그녀 안에서 떠날 줄을 몰랐다.

새벽녘, 다희는 가슴을 옥죄는 갑갑증에 눈을 떴다.

'그의 침대 위다.'

모로 누워 잠든 그녀 뒤에는 서후가 꼭 붙어 있었다. 뒤에 바짝 붙어서 두 팔로 꽉 그러안은 채 잠들었다. 그녀의 다리 사이에 그의 다리 한쪽을 걸쳐두기까지 했다.

'벌써 깬 건가?'

그의 고른 숨소리가 들린다. 어떻게 수마에 잠긴 사람이 이토록 강한 힘으로 끌어안을 수 있을까. 혹여 자신이 잠든 사이, 그녀가 사라지지나 않을까 걱정돼 꽉 붙들고 놓지 못하는 것 같았다. 안타까웠다.

'당신을 불안하게 하는 게 뭐예요?'

다희는 안쓰러움에 자신의 가슴을 안고 있는 그의 팔을 다정하게 쓸었다. 그 작은 스침조차도 불시의 공격으로 느꼈는지 그가 그녀를 더 꽉 안아 제 몸에 밀착시켰다. 여전히 그는 깨지 않았다. 제 것을 지키려는 그의 무의식이 움직이게 한 듯했다.

다희는 그가 깨지 않도록 고개를 조심스럽게 돌려 그의 얼굴을 보았다. 나쁜 꿈을 꾸고 있는지 미간이 잔뜩 일그러져 있었다. 밤새 저렇게 찡그리고 있었을까. 아침에 깨서 두통이 날 텐데. 그녀가 천천히 손을 가져가 미간의 줄을 살살 어루만졌다.

'힘들어요? 무슨 일인데요. 나한테 말해주면 안 되나요?'

그의 움푹 파인 미간이 쉽게 펴지지 않아 다희의 마음이 아렸다.

키스로 위로해주고 싶었지만 그의 잠을 방해할까 조심스러워 움직일 수 없었다. 그녀가 할 수 있는 건 다독이고 어루만지는 게 전부였다. 이 작은 위로가 그의 험한 잠 속으로 스며, 험난한 길을 뚫고 그녀에게 무사히 올 수 있도록 끝없이 잔잔한 신호를 보내주었다.

그날 이후로 다희는 매일 밤 서후의 앞에서 와이셔츠 스트립쇼를 벌여야 했다. 그녀가 일주일간 열심히 체향을 묻혀놓은 와이셔츠를 챙겨서 그는 미국 출장길에 올랐다. 그가 떠난 후, 다희는 청운동 집으로 돌아갔다. 서후는 그녀가 계속 그의 집에 머물기를 원했지만, 어쩐지 나이 많은 임 집사의 시중을 받는 게 익숙지 않았다.

오후 시간, 큐레이터 사무실은 한가했다. 각자의 개인 업무를 찾아 나간 터라 빈 자리가 꽤 많았다. 이때, 차 부장이 부르는 소리가 났다.

"한 큐리."

사무실 내에서 그녀는 더 이상 인턴 한다희가 아니었다. 어느새 큐레이터 한다희로 완벽하게 정착했다. 윤서후라는 후광이 있었기에 가능했던 일이라 썩 흔쾌한 기분은 아니었지만, 한 큐리로 불리는 게 가히 나쁘지는 않았다.

"네, 차 부장님."

책상에 앉아 수화기를 내려놓던 그가 굳은 얼굴로 건너보고 있었다.

"지금 대표님 사무실로 가봐."

"네?"

윤 대표의 호출은 처음 있는 일이라, 다희는 잠시 멍해져서 그를 바라봐야 했다.

'송유림 일 때문인가?'

이제 와 질책하기엔 시간이 너무 오래되었다는 생각이 들었다. 그게 아니라면, 남은 것은 서후와의 교제 때문일지도 모른다. 갤러리 전체가 둘의 스캔들에 관심을 집중시키고 있으니 충분히 가능성은 있었다. 자제하라는 꾸중을 듣겠다 싶었지만 마음이 불편하거나 거리끼는 점은 없었다. 갤러리 대표로서, 그의 집안 어른으로서 충분히 할 수 있는 걱정이었다.

"다녀오겠습니다."

차분히 나가고 싶었지만, 사무실에 남아 있던 몇몇 시선이 뒤통수에 꽂혀 따끔거렸다. 이런 눈총에는 이젠 익숙해졌으면 싶지만 여전히 불편했다.

그녀의 뒷모습을 눈으로 좇는 이들 중에는 차 부장도 포함돼 있었다. 비서실을 통하지 않고 윤 대표가 직접 호출 전화를 넣었다는 게 마음에 걸렸다. 그가 아는 윤 대표라면 다희가 아닌 윤서후 사장을 단속해야 맞다. 윤 대표는 사리분별이 명확한 사람이었다. 다희가 입사했을 때, 그에게 한 교수와 사제지간이니 잘 챙겨주라고 당부하기도 했다. 그만큼 한 교수와의 집안 과거 문제를 연결시키지 않는 갤러리 대표다운 의연함을 보여주었던 것이다.

'그렇다면⋯⋯.'

이 호출은 윤 대표 단독에 의한 것은 아닐 거라는 걱정이 앞섰다.

"고모, 이번 일 정말 섭섭해요."

노기가 서린 진 여사의 일갈이 윤 대표의 사무실을 차갑게 에워쌌다. 비서실 사람을 물린 터라 듣는 사람은 없었고, 일성은 복도에 미칠 정도로 높지 않았다.

소파에 마주앉은 진 여사와 윤 대표의 팽팽한 시선이 맞부딪쳤다. 윤 대표는 화난 진 여사를 달래느라 부드러운 투로 말했지만 태도는 당당했다.

"언니, 고정하세요. 저도 알아보고 말씀드리려 했어요."

"한."

진 여사는 입 밖에 내는 것조차 꺼리는 이름이라 멈칫했다.

"고모는 서진이 잘못되고도 그 작자를 싸고돌았어요. 한 그 작자가 우리 서진이 목숨 뺏어간 원흉인데도 말예요."

"언니, 하나마나한 소리 왜 또 하세요. 혈압 높여 몸 상하겠어요. 그만 진정해요."

"미리 말했으면 뒷조사 시키느라 시간 낭비 안 했잖아요. 애들 만난 지 몇 달 안 됐으니 쉽게 싹 자를 수 있었는데 괜히 정들 시간만 준 꼴이라구요."

"알아요. 애들 일 미리 말씀 안 드린 건 제가 잘못했어요."

"한다희라고 했나요? 그 아이, 누구 딸인지 알고 들이셨어요? 일개 큐레이터래도 서류 검토 없이 들이진 않았겠죠."

"그건 내 소관이에요. 알고 들였든 모르고 들였든 언니한테 말씀드릴 건 아니죠. 그리고 한다희 씨 스펙이면 우리 갤러리 큐레이터로 손색없다고 봐요, 난."

"그 말은, 알고서도 들였다는 거네요?"

"한다희 씨, 대학 졸업 이력에도 국내외 굵직굵직한 대전에서 상도 여러 번 탔고, 전공은 서양화였어도 부전공으로 미술행정이랑 미술사를 마스터했어요. 영민하게도 미술행정은 우리나라 일인자라 꼽히는 교수에게 학점 이수하려고 다른 학교까지 가서 수업을 들었구요. 미술행정 대학원 진학도 했는데, 지금은 갤러리에 집중하느라 학업 미뤄둔 상태예요. 지원자 중 가장 월등했다는 데에는 저뿐만 아니라 인사책임자 모두 동의한 바라구요."

"여전히 두둔하는군요."

"언니."

"도울 생각 아니면 자리 비워줘요. 나 혼자 만나는 게 좋겠어요."

"……서후 생각하세요."

"……."

"서후 모르지 않잖아요. 그 아이가 엇나가면 우리 감당 못 해요. 서후마저 잃고 싶으세요?"

"그러지 않으려고 내가 나서는 거예요. 우리 서진이는 너무 여린 아이라 허망하게 보냈지만 서후는 달라요. 지금껏 우릴 실망시킨 적 없는 아이예요."

"그래서 더 예측이 안 돼서 불안하네요, 전."

"……고모."

"일단 알겠어요. 내가 자리 비울게요. 그렇잖아도 선약 때문에 지금 일어나야 해요. 언니가 알아서 잘하시리라 믿어요."

"부탁한 거 잊지 말고 처리해주세요. 빠를수록 좋아요."

"한다희 씨가 원한다면요. 그게 우선이에요. 외국 갤러리에 자리는 얼마든지 있으니까요."

"이제부터 고모는 이 일에서 빠져줘요. 서후가 물어도 고모는 모르는 일이에요. 괜히 아이 편 들지 말고 가만 계세요. 그 정도는 해줄 수 있죠?"

"걱정되네요, 정말. 난 이만 가요. 딱해서 한다희 씨 얼굴 보면 주저앉을 것 같네요."

소파에서 일어난 윤 대표는 경비실에 인터콜을 해 외출 준비를 명하고 겉옷과 가방을 챙겨들었다. 약속시간에 맞춰 가려면 시간이 빠듯했지만 발길이 쉽게 떨어지지 않았다. 문으로 향하던 몸을 돌려 다시 당부했다.

"언니, 그냥 서후한테 맡기는 건 어때요? 한다희 씨 불러서 할 말은 아닌 거 같은데."

"그 아이 썩 단정하지는 않더군요."

"그게 무슨 말이에요?"

"서후 집에 들락거리는 눈치예요."

"……."

"이런 말까지 담기 싫지만, 고모니까 해요. 왜 단속하려는지 아시겠어요?"

윤 대표는 입을 닫았다. 더는 관여할 수 없는 부모의 영역이다. 노파심이든 뭐든, 유림의 일이 있던 그날 아침, 서후를 끌어다 앉히고 한다희의 아버지가 한 교수임을 말하지 않았던 자신의 안일함이 원망스러웠다. 누나를 끔찍이 아꼈던 녀석이니, 마음 깊어지기 전이라면 그쯤에서 쉽게 접었을지도 모를 일이었다. 그 시간을 놓친 걸 이토록 후회할 줄이야.

윤 대표는 조용히 사무실을 나와서 엘리베이터에 올랐다. 문이 닫히는 사이로 반대편에서 내리는 다희가 비치듯 보였다. 절반 가량은 제 탓 같아 윤 대표는 마음이 무거웠다.

+15

푸른 수목과 잔디로 둘러싸인 그랜드파크 내 현대식 유리건물 시카고예술학교(SAIC).

눈앞에는 바다라 해야 맞는 미시간 호가 끝없이 펼쳐져 장관을 이루고 있었다. 4월의 시카고는 반팔을 착용해도 무난할 정도로 따사로운 기운이 완연했다.

이 모든 경관을 무시하고, 서후는 본관 건물을 응시하고 있었다. 건물에서 한규성 교수가 나와 그를 향해 천천히 걸어오고 있었다.

미국에 온 이후로 수십 차례 연락을 했지만, 한 교수는 서후와의 만남을 번번이 거절했다. 지난주에도 없는 시간을 내어 두 번 찾아왔지만 역시 만날 수 없었다. 오늘은 무슨 일이 있어도 만나야겠다 결심하고, 새벽부터 내내 기다리는 중이었다. 출장기간을 더 연장해야 하나 생각하고 있을 때쯤, 한 교수가 잠시 나오겠다는 연락을 해왔다. 그리고 지금 그가 오고 있다.

그와의 거리가 좁혀질수록 서후의 얼굴은 긴장으로 더욱 굳어졌다. 서후가 간단한 목례로 인사하자 한 교수도 다가오며 목례로 응답했다. 한 교수는 적당한 거리를 두고 멈춰 섰다. 잠시의 정적. 서후가 먼저 말을 건넸다.

"나와주셔서 감사합니다."

"……."

한 교수는 대답 대신 강물을 향해 서서 계속 침묵을 고수했다.

"바로잡고자 찾아뵈었습니다."

"……무엇을 말인가?"

부드러움 속에 찬 기운이 묻어나는 한 교수의 목소리에 서후는 그답지 않게 오슬오슬 한증을 느꼈다.

"저희 가족이 교수님께 한 잘못된 행동에 대해, 사과드리고 싶습니다."

"윤 사장……."

여전히 흐르는 강물에 시선을 둔 채로 한 교수가 입을 열었다. 직함으로 자신을 부르는 소리에 서후는 큰 산에 가로막힌 듯 아득했다.

"네."

"윤서진 교수 일은 나에게도 참 안타까운 일이라네. 나조차 이런 마음인데 허망하게 보낸 가족들은 오죽 참담하지 않았겠나."

"교수님."

"누나 일에 대해 자네가 사과할 것도, 내가 사과 받을 일도 아니라고 생각하네. 다만 망자에 대해 산 사람으로서 짊어져야 할 책임 같은 게 있지 않겠나. 나는 내 방식대로 미안함을 갚는 거라네."

서후의 가슴에 얹혀 있던 묵은 체증이 일순 사라졌다. 한 교수는 그가 아는 것보다 더 큰 존재였다. 서후가 풀어야 할 난제인 누나를 바로 수면 위로 끌어올리고 한 쾌에 정리까지 해버렸다.

"뜻 알겠습니다. 그렇게 말씀해주시니 더 운운하지 않겠습니다. 다만 부모님께서 교수님께 전화를 하시도록 설득해보겠습니다."

"그렇잖아도 상처 받으신 분들일세. 불편을 끼치면서까지 그럴 일은 아니지 싶은데."

"저희 가족도 이제는 누나 사고를 제대로 받아들여야 하니까요. 제 좁은 소견으로는 교수님께 잘못한 일을 시인하는 데서부터 시작해야 한다고 봅니다."

"윤 사장, ……우리 다희 때문이라면, 내 생각에는……."

한 교수가 먼저 다희에 대해 운을 떼자, 서후는 마른침이 저절로 삼켜졌다. 가리고자 했던 치부가 드러나자 속에서 홧홧한 불이 당겨졌다.

"자네가 먼저 정리해주길 바라네."

"……!"

한 교수의 선제공격. 예측했던 일이었다. 수없이 곱씹었던 순간이었다. 나름대로 대비책을 준비하기도 했다. 하지만 그의 차분한 일격에 서후는 하늘과 땅이 뒤바뀌는 듯했다. 하지만 여기서 물러설 수는 없었다. 무너지기 위해 찾아온 게 아니었다. 그는 혼미해진 정신을 서둘러 수습했다.

"저를 들여다보고 계시니, 제 속마음을 숨기지 않겠습니다. 누나 일 언젠가는 사과드려야 했지만 차일피일 미루었습니다."

"그걸 탓하자는 게 아니었네. 예까지 찾아와 윤 교수 얘기를 해주는 것은 진심으로 고맙게 생각해. 덕분에 내 마음이 편해졌네."

"변명하지 않겠습니다. 예상하신 대로 이렇게 찾아뵌 것도, 부모님 설득하겠다는 것도, ……다희 때문 맞습니다. 여기까지 쉽게 오지 않았습니다. 모든 일을 알았을 때 다희가 힘들어할 것을 생각하면 저 역시 괴롭습니다. 제 마음 같아서는 영영 모르게 하고 싶습니다."

"자네라고 왜 고민이 없었겠나."

"……제가 마음에 안 드실 줄은 압니다."

"그런 말이 아니네."

"다희를 많이, 사랑합니다."

한 교수의 눈빛이 흔들렸다. 서후는 제 마음을 성급히 꺼내놓고 잠시 후회했지만, 지금의 그에게는 재고 말고 할 게 없었다.

"오직 다희를 지키고자 하는 마음뿐입니다. 그 사람을 제 곁에 둘 수 있게 허락해주십시오. 부탁드립니다."

"우리 다희도 자네를 꽤 좋아하더군. 처음이라네. 좋아하는 사람 생겼다고 말하기는. 더할 나위 없이 반갑고 좋은 일이겠지만……, 다희 아빠로서만 보자면 내 아이가 다치는 걸 원하지 않네."

"어른들 문제로 다희를 놓을 수 없습니다. 제 욕심이라 탓하셔도 마음을 거둘 수 없습니다."

"모두가 힘든 일인데 그예 하겠다는 건가."

"저 역시 처음으로 담은 여자입니다. 다희 외에 여자는 생각할 수 없습니다. 허언처럼 들리시겠지만, 미덥지 못하시겠지만, 제 인생에 유일한 여자가 다희입니다."

"고마운 일이지. 내 딸을 아껴주니 나로서야 고맙네. 하지만 나는 녀석의 아빠일세. 아이를 험한 길로 들여보낼 수가 없어. 제대로 돌봐주지 못해 늘 안쓰러운데 나로 인해 이런 일까지 겪게 할 수는 없지 않겠나."

"제가 다희를 보호하겠다 약속드려도 안 되겠습니까?"

서후의 다급함과 진정이 느껴졌는지, 한 교수의 눈가에 깊은 주름이 졌다. 그가 멀리 우뚝 솟은 수목 끝에 걸린 하늘로 시선을 두었다.

'여보, 이 아이들을 어떡하면 좋을까. 당신도 이번에는 쉽게 답하지 못하겠지. 우리 아이가 처음 한 사랑인데 나로 인해 아파해야 하니, 내가 이 죄를 어찌 받아야 할까.'

"한 교수님……."

"다희 엄마가 그 녀석 열넷에 갔다네. 엄마가 슬퍼하니 울지 말자고 했더니, 그 어린 것이 눈물을 거두고 슬픈 기색을 지우더군. 차라리 펑펑 울게 하고 달래줬어야 했는데, 내 슬픔이 너무 커서 아이에게 못할 짓을 했지."

"……."

"그래서 먹은 마음이, 제 짝을 만나 자연스레 내 품을 떠날 때까지 품에 두고 엄마 몫까지 사랑해주자 했다네. 여기도 데려오고 싶었네. 떼어놓고 싶지 않았으니까. 그런데 아이가 한국에 남겠다고 하더군. 내 욕심인 것 같아 무작정 함께 오자 못했다네."

"혼자 둔 게 내내 마음에 걸리셨군요."

"천성이 밝은 아이라 불평 한 마디 한 적 없었다네. 제 탓도 아닌데 아이가 혼자 떨어져 외롭게 지냈네. 아비의 못난 처신 때문에 당하는 억울한 상황인 줄도 모르고 그저 괜찮다, 외롭지 않다더군. 그러니 많이 이해해주게."

"……교수님!"

"부모님께 아이의 사정을 잘 말해달라는 부탁이자 당부라네. 그래줄 수 있겠나?"

서후는 자신의 예민한 촉이 한 교수의 완곡한 말을 성급히 좋은 쪽으로 해석하려 든다 생각해 한 번 더 의중을 물었다.

"지금, 하신 말씀은……."

"다희 마음을 잘 들여다봐주게. 자네 힘껏 아이를 지켜주고, 내 대신 잘 보호해준다 약속해준다면."

'여보, 내가 지금 잘하고 있는 건가. 아무 죄 없는 아이들을 사지로 몰아넣는 건 아닐지 모르겠군.'

한 교수의 심안이 파르라니 떨려왔다. 다희의 어려운 앞날이 걱정되어 눈빛이 흔들리는 한 교수와는 달리, 서후의 눈빛은 단호함으로 흔들림이 없었다. 한 교수의 허락이 몹시 기뻤지만 서후는 차분하게 감정을 닫았다.

"잘 지키겠습니다. 감사합니다, 교수님."

"감사하긴. 풀기 힘든 숙제를 자네에게 떠넘기는 건데, 어른으로서 내가 부끄러운 일이지."

"아닙니다. 정말 감사합니다. 저희 가족 이해해주신 것도, 다희와의 교제 허락해주신 것 모두 다요."

"앞으로 자네가 힘들 걸세. 이 일을 먼저 다희에게 잘 설득시켜야 할 테고, 자네 부모님 마음 역시 풀어드려야 할 테니 말야."

"우습게 들리시겠지만, 다희만 곁에 있으면 전 상관없습니다. 제가 가장 견디기 힘든 건 다희와 헤어지는 겁니다."

"……다만 아비로서 한 가지만 부탁하겠네. ……우리 다희가 싫다면 강요하지 않겠다고 약속할 수 있겠나?"

"네?"

"아이를 억지로 곁에 두겠다고 자네 욕심을 채우지 않았음 하네. 다희가 힘들어하는데도 곁에 두고자 강요한다면 그건 욕심이지 사랑이 아니지 않겠나."

서후는 선뜻 대답하지 못했다. 강요든, 욕심이든 그녀를 보내는 일은 하지 않을 참이었다.

"대답이 쉽지 않겠지. 그러나 난 들어야겠어. 이게 내가 지금 다희에게 해줄 수 있는 전부니 자네 마음 잘 들여다보고 말해주게."

서후는 멀리 흐르는 미시간 호의 강물을 보았다. 한 교수가 원하는 대답을 쉽게 내놓을 수 없었다. 다희와 헤어지는 건 그의 계획 안에는 없다. 생각조차 하지 않았다. 한 교수는 그의 결정이 아닌 그녀의 결심대로 따라달라고 말했다. 그녀의 처분을 기다려야 한다. 그 안에 서후의 욕심을 섞을 수 없다는 걸 약속하라고 한다.

"제가 설득하는 것도 안 되겠습니까? 죄송합니다. 솔직히 다희가 떠나겠다고 하면 제가 이성을 가질 수 있을지 저조차도 확신이 서지 않습니다."

"그래, 그게 솔직한 마음이겠지."

"하지만……, 제가 충분히 설득하고 이해시켰음에도 불구하고 다희가 떠나겠다 결정하면……."

한 교수는 서후를 돌아보았다. 서후는 앞쪽에 시선을 두었다. 시선이 흩어지면 어렵게 먹은 마음이 흔들리게 될까 봐 움직일 수 없었다.

"이 일로, 제가 싫어지고 떠나겠다면…… 그녀가 그렇게 결정한다면…… 잡지 않겠습니다. 그때는 강요하지, 않겠습니다."

"그래. 고맙네. 그 마음 정하기도 쉽지 않았을 텐데. 얘기해주니 고맙군."

서후는 어려운 과제를 마음에 떠안아버렸다. 이제는 다희를 믿는 수밖에 없다. 이토록 무기력했던 순간이 또 있었던가.

"나머지는 자네가 알아서 잘해주리라 믿겠네. 부디 다희를 잘 잡아주게. 부탁함세."

서후는 큰 산을 넘은 듯 막막함을 한 꺼풀 벗은 듯했다. 여전히 가슴 한켠은 무거웠지만 그래도 한 교수가 반대한다는 말을 거둔 것만으로도 안심이 되었다. 이제는 가장 하기 싫고, 가장 하기 어려운 일이 남았다. 그녀에게 이 사실을 알려야 한다.

저 유유히 흐르는 물이 마냥 부러웠다. 시간이 제 편이길 희망했다. 시간의 강물이 이 모든 고난을 훌쩍 뛰어넘어준다면 얼마나 좋을까. 걸어온 싸움을 한 번도 회피한 적 없는 그마저도 이 현실은 참으로 버겁기만 했다.

새벽 어스름이 짙게 드리워진 다희의 아파트에 무거운 정적이 흐른다.

소파 위에 다리를 끌어안고 웅크린 채로 고개를 숙인 다희가 있다. 얼마나 오래 그 자세로 굳어 있었는지 몸마저 뻣뻣하게 말라 있었다. 고갈돼버린 눈물샘, 끝없이 흘러내리던 눈물이 만들어놓은 뺨 위의 자국들. 숨조차 내뱉기 어려울 만큼 쩍쩍 들러붙은 가슴 속. 수만 가닥으로 생채기가 난 심장. 생체활동이 멈춘 듯 공허한 가녀린 몸.

집 전화벨이 울렸다. 받기 전까지 결코 끊지 않겠다는 듯, 거기 있는 거 알고 있으니 당장 받으라는 듯 끊임없이 울렸다. 그러나 몸이 움직여지지 않았다. 손을 뻗을 수도 없었다.

끊어진 전화벨. 곧바로 휴대전화 진동이 울렸다. 소파 위에 놓인 휴대전화가 그녀 대신 몸살을 앓고 있다.

미국에 체류 중인 그는 그녀가 깊은 수면에 잠겨 있을 시간에 전화하는 적이 없었다. 그러나 어젯밤부터 통화가 되지 않는 게 걱정이 되었는지 한 시간 간격으로 계속 전화를 하고 있었다.

'받을까? 괜찮다고 안심시켜줄까?'

하지만 지금 받았다가는 이 고갈된 감정을 들킬 게 분명했기에 포기했다. 잔기침 한 번에 의사를 부를 만큼 유별나게 구는 그였다. 자신이 어떤 결정을 하게 될지 모르는데 걱정부터 끼치고 싶지 않았다.

그예 진동이 멈췄다.

애당초 그를 꿈꾸는 게 불가했고, 그를 소유하려는 걸 허락지 않겠다고. 그 원인은 재력의 차이도, 사회적 신분 차이도 아니라고 했다. 그의 어머니가……. 자애로운 인상 속에 겨울날 찬 서리 같은 단호함이 대표 사무실로 들어서는 순간부터 그녀를 압도했다. 그의 어머니는 이유를 명료하게 말씀하셨다. 시간도 오래 걸리지 않았다.

"한규성 교수가 아버지 맞죠, 한다희 씨?"

불안했다. 헤어지라는 이유에 뜬금없이 등장한 아버지 함자가 낯설었다.

"나는 절대 한다희 씨 아버지를 용서할 수 없습니다. 내 여식을 당신 아버지 때문에 잃었어요. 서후와 제 누나는 사이가 꽤 각별했죠. 아이가 안다면 이 관계는 내가 나서지 않더라도 정리될 테지만, 부모란 게 제 자식 맘 상하는 것을 가장 참지 못하는 존재라. 서후가 다치기를 바라나요? 그런 걸 사랑이라 이를 수 있겠어요? 일말이라도 서후를 사랑한 마음이 진심이라면 아이가 알기 전에 먼저 떠나주었음 해요. 길은 우리가 마련하죠."

그 자리에서 무슨 말을 했는지, 갤러리에서 어떻게 나왔는지, 집까지 어떻게 왔는지 기억에서는 지워지고 없었다. 그녀의 공허한 공간 속에 가득한 사람은 오로지 아빠였다. 보고 싶고 그리웠다. 아빠가 어떤 분인지 안다. 타인의 상처를 보듬고 위로할지언정, 먼저 상처 받고 견뎌낼지언정, 상처 내고 마음 아프게 할 리 없다는 걸 잘 안다.

확인해야 한다. 이대로 주저앉아 있는 건 아무런 도움이 되지 않는다. 서후를 이대로 놓을 수 없다. 어떤 일로 아빠에 대해 그 큰 오해가 생겼는지 확인하고 바로잡아야 한다. 하지만 누구에게 확인해야 좋을지 딱히 떠오르지 않았다. 서후에게 확인할 수는 없다.

그의 어머니를 찾아갈 수도 없다. 아빠에게 물을 수도 없다. 상처에 이제 겨우 딱지가 앉은 사람들에게 제 속 편하자고 상처를 끄집어내 다시 피 흘리게 할 수는 없었다.

자연스럽게 생각 끝에 딸려온 사람이 있었다. 아빠의 입장도, 서후 가족의 입장도 아닌 누구보다 객관적으로 얘기해줄 수 있는 사람. 신뢰할 수 있는 사람.

'연락해야 한다. 지금 당장.'

휴대전화로 손을 뻗는 작은 움직임에조차 현기증이 일었다. 몸을 잠시 움찔거렸을 뿐인데, 굳은 뼈들이 맞부딪치며 극심한 고통이 엄습했다. 육체의 고통은 그저 미진했다. 이 순간 그녀에게 고통은 오로지 받아들이기 어려운 현실에 있었다.

시간은 아침 6시를 이제 막 지나고 있었다. 아무리 마음이 급해도 기다려야 한다. 다희는 눈을 깜빡이는 것도 잊고, 거실의 벽걸이 시계가 7시를 가리키기를 기다렸다.

7시로 바뀌자, 미리 찾아놓은 전화번호에 통화버튼을 눌렀다.

"차 부장님, 한다희예요."

오전 10시가 이제 막 지난 시각, 다희는 아빠가 자주 들렀던 동네 조용한 전통찻집, '차예요'에 자리 잡고 앉았다. 문단에 제법 알려진 시인의 아내가 작게 운영하는 곳이었다. 그래서인지 한 테이블은 문인들의 모임 느낌을 풍기고 있었고, 두 테이블은 조용히 혼자 책을 읽는 사람이 다였다.

다희의 전화 목소리에서 심각성을 느꼈는지 차 부장은 별다른

우아한
짐승의 연애

말 없이 집 근처로 오겠다고 먼저 말해주었다. 그녀가 자리에 앉은 지 5분도 채 되지 않아, 그가 들어왔다.

"너무 이른 시간에 죄송해요. 제 마음이 급해서 실례를 무릅썼어요."

"그건 괜찮아. 대충 짐작은 하고 왔지만, 묻고 싶은 게 뭐지?"

무슨 말을 해야 할지, 무엇부터 꺼내놔야 할지 고민하느라 묵묵히 앉아 있는 그녀에게 시간을 주려고 차 부장은 솔잎차 두 잔을 주문했다. 차 부장이 솔잎차로 하겠냐고 물었을 때, 얘기를 제대로 듣지도 않고 그녀는 고개를 끄덕였다.

여주인이 테이블에 솔잎차를 놓고 물러서자, 다희는 마음을 굳히고 단도직입으로 물었다.

"차 부장님, 아빠 제자시죠?"

"그래."

"윤서후 사장, ……누님도 잘 아셨나요?"

"……"

차 부장의 짙은 눈썹이 갈매기 날개처럼 웅크려졌다. 예상했던 질문이었지만 막상 듣고 보니 그 역시도 충격에 주춤했다.

"아빠와 그분에 대해 알고 싶어요."

"범위를 좀 더 좁혀봐."

"……아빠가, 그분 죽음에 관련이 있나요?"

좀처럼 당황을 모르던 차 부장이 표정을 숨기려 솔잎차를 한 모금 마셨다. 시원하고 알싸한 기운이 입 안과 코끝을 싸하게 감쌌지만 감정은 결코 시원하지 않았다.

"나한테 확인하려는 이유를 먼저 듣고 싶은데. 나로서도 쉬운 말은 아니라."

"사실만 말해주셨음 해요. 어느 쪽으로도 치우치지 않은 사실요. 저도, 그렇게 들을 거구요. 부탁드려요."

"혹……, 윤서후 사장과 헤어질 수 있대도, 그래도 듣고 싶나?"

'아뇨. 헤어지고 싶지 않아 듣겠다는 거예요. 제발 오해라고 얘기해주세요.'

다희는 떨리는 입술을 지그시 물었다가 어렵게 말을 꺼냈다.

"말해주세요. 아빠와 관련된 일이 맞나요?"

차 부장은 시간이 필요하다는 듯, 솔잎차를 한 모금 더 마셨다. 이내 결심을 굳힌 듯 잔을 내려놓고 그녀를 건너다보았다.

"내가 아는 것도 그리 정확한 건 아니야. 당사자가 아니니까. 소문이나 추측 빼고 내가 본 것만 얘기해줄 거야."

"네."

"난 당시 윤서진 교수 개인전을 돕고 있었지. 윤 교수는 꽤 훌륭한 서양화가였어. 재능 생각하면 지금도 아깝단 생각은 들어."

다희는 그의 말에 동조하듯 작게 고개를 끄덕였다.

"내가 아는 한, 한 교수님은 윤서진 교수를 사랑하시지 않았어. 윤 교수의 지독한 짝사랑이었지. 그 일로 괴로워하는 그녀와 가끔 만나 술을 마셨거든. 이런 얘기 계속해도 되겠나?"

"네, 괜찮아요."

"그날……. 한 교수님 뵙고 인사드릴 겸 교수님 개인작업실로 갔는데, 둘이 함께 있었지. 일부러 들으려 한 건 아니었는데, 윤 교수가 마지막이라며 정말 자기는 안 되는 거냐고 물었어. 한 교수님은 돌아가신 다희 씨 어머니를 아직도 많이 사랑한다고 하셨지. 그 대답을 들은 뒤에도 윤 교수는 꽤 덤덤했어. 적어도 내가 듣기로는 그랬지. 윤 교수는 의중을 잘 알겠다고 하더니, 자기 곧 결혼한다고도 얘기하더군. 내가 들은 건 거기까지였어. 그런데……"

"……그런데요?"

"그날 교통사고가 났지. 한 교수님 개인작업실에서 나가자마자, 바로."

"……그게 왜요?"

"오비이락이었던 거지."

"설마 사고를 아빠 탓으로 돌린 건가요?"

"윤 교수 모습이 보기 힘들 정도로 참혹했다고 들었어. 시신이 보기 어려울 정도로 훼손이 많이 되었다고. 엎친 데 덮친 격으로 사고 난 트럭 기사 증언 때문에 유가족의 오해가 더 증폭됐다고 봐. 그 트럭기사 말이 클랙슨을 계속 울렸는데 윤 교수의 차가 중앙선을 넘어 자기 쪽으로 돌진했다고 했거든."

"세상에!"

"죽은 자는 말이 없으니, 산 사람 말을 들을 밖에."

"하지만 사고였잖아요."

"갑작스런 사고였으니 오해가 더 증폭된 거겠지. 한 교수님 작업실에서 나가자마자 중앙선을 침범해서 사고가 났다고 하니, 온갖 억측이 난무했지."

"너무하는군요."

"나중에야 트럭 운전사가 제 잘못을 덮으려고 한 거짓말이라는 게 드러났지만, 사실이 밝혀지기까지 한 교수님은 꽤 고초를 당하셨어."

"아빠……."

다희는 아빠의 참담함을 오롯이 느끼며 괴로워했다. 눈물이 글썽하게 맺혔다. 차 부장은 잠시 말을 멈추었다. 다희가 힘들까 봐 말을 계속 이어야 할지 몰라 망설여졌다.

"힘드신 거 알아요. 하지만 다 말씀해주세요. 죄송해요."

"아냐. 나보다야 다희 씨가 더 힘들겠지. 괜, 찮겠나?"

"네."

차 부장은 차를 마시며 잠시 숨을 골랐다. 그 역시도 지난 일을 떠올리기가 쉽지만은 않았다.

"……결국 한 교수님은 장례식장에서도 쫓겨나셨어. 윤 교수 어머니가 한 교수님 보자마자 고함치다가 혼절해버렸거든. 조용히 나가시길래 따라나가봤더니, 망자 생각하는 마음만 앞서서 유족들 마음은 못 헤아렸다고, 본인 생각이 너무 짧았다며 오히려 당신 탓을 하셨어."

"네……, 아빠라면 그러셨을 거예요."

"한 교수님 시련은 거기서 끝나지 않았지."

"네?"

"다음 학기 정교수 임명을 앞두고 있었는데, 까마득하게 어린 후배에게 자리 뺏기고 학교에서는 갑자기 지방캠퍼스에 정교수 자리를 내주겠다며 자리를 옮겨달라고 나왔어. 그것도 싫은 내색 없이 받아들이셨는데 얼마 지나지 않아 아예 다른 학교로 옮겨주면 안 되겠냐고 했지. 완곡했지만 일방적인 사퇴종용이었어."

"이것도 그 사고와 연관된 거였나요?"

"당사자들이 입을 다물고 있으니, 타인은 그저 추측과 소문을 만들 뿐이지. 그건 제외하고 얘기하기로 했으니까. 옮길 만한 게 못 돼."

"죄송해요."

"이의신청을 하라고 말씀드렸는데 끝내 조용히 마무리하시더니, 시카고로 간다고 연락 한 번 주셨어."

"그거였군요. 갑자기 떠나셨던 이유가요."

"출장길에 시카고 학교로 찾아뵌 적이 있었지. 다만 운이 없었던 거라고 말씀드렸더니, 잘못이 왜 없겠냐며 윤 교수 마음 커지도록 방치한 게 잘못이었다고 하셨지."

'아빠……, 혼자 얼마나 힘들고 외로우셨어요. 그런 줄도 모르고, 저는……'

다희는 넋을 잃은 사람마냥 허공을 응시했다. 부끄러웠다. 제 사랑을 놓칠까 봐 아빠의 아픈 기억을 들춰낸 못난 이기심이 혐오스러웠다. 그렇지만 이런 와중에도 서후를 놓지 못하는 제 꼴이 한심했다.

"내가 해줄 수 있는 말은 여기까지야."

"네……, 고맙습니다. 고마워요……"

다희는 고맙다는 말을 되풀이했다. 생각이 멈춘 탓이다. 어쩌면 생각해야 하는 현실을 받아들이고 싶지 않아 쳇바퀴만 돌려대는지도 모른다. 혼자 감당하기에는 들이닥친 현실이 너무 버거웠다.

　그녀를 바라보는 차 부장의 눈빛이 걱정으로 흔들렸다.

　"힘든 일이겠지만 내 생각에는 두 사람 잘 이겨내리라 봐. 윤서
후 사장이랑 잘 상의해. 그동안 지켜본 윤 사장은 이만한 일에 흔들
릴 사람 아니야."

　"그 사람이 아니라 제가 문제겠죠. 이제 겨우 사실을 알았을 뿐
인데 이렇게 정신을 못 차리고 있잖아요. 무엇보다…… 더는 아빠
힘들게 하고 싶지 않아요."

　"내가 아는 한 교수님이라면 딸의 행복을 가장 우선으로 생각
하실 거야. 절대 혼자 결정하지 말았으 해, 다희 씨."

　다희는 걱정해주는 차 부장에게 희미한 미소로 고맙다는 뜻을
전했다.

　함께 전통찻집을 나왔다. 데려다주겠다는 차 부장에게 그녀는
혼자 잠시 걷겠다고 했다. 날씨가 좋다고 애써 웃어 보이려 했지만,
미소가 그려질 리 만무했다. 차 부장은 더는 권하지 못하고 터덜터
덜 걸어가는 그녀를 한동안 지켜봐주었다.

　완연한 봄이었지만, 여전히 바람은 쌀쌀했다. 다희는 옷깃을 여
미며 걷고 또 걸었다.

　어이없게도 그녀는 모든 게 오해라는 말을 들을 줄 알았다. 그
의 어머니가 잘못 알고 계신 거라고, 잘 말씀드리고 오해를 푼다면
아무 문제도 없을 거라고 어리석은 믿음에 희망을 가졌다.

　무모했던 제 믿음에 허탈한 웃음이 흘렀다. 웃음이 지나간 자리
에는 어그러진 현실에 대한 낙망과 절망이 짙게 드리워졌다. 지금

그녀가 생각할 거라곤 아무것도 없어 보였다.

　인천공항 입국장 문이 열리자, 서후와 박 실장을 포함한 수행원들이 무리를 이루어 걸어 나왔다. 빠듯했던 일정에 체력이 고갈되었지만 그는 머뭇거릴 여유가 없었다. 시간도, 마음도. 한 교수를 만나기 위해 시간을 쪼갰던 터라 그의 일정은 가히 살인적이라 할 수 있었다. 박 실장이 걱정할 정도로 서후는 눈을 붙인 기억이 없었다.
　"박 실장, 전화."
　그는 박 실장에게서 건네받은 휴대전화로 다희에게 전화를 걸었다. 벌써 일주일 동안 통화를 못 해 몹시 초조한 상태였다. 일기처럼 매일 사진을 찍어 전송하겠던 것도 멈췄다. 그녀의 신상에 무슨 일이 생긴 게 분명했다.
　"구기동 사모님께서 갤러리를 다녀가셨습니다."
　임 집사의 보고였다. 그 이후로 그녀와 연락이 되지 않았다. 임 집사는 그녀와 어머니가 접촉한 정황이 없다고 했지만 그대로 받아들일 만큼 서후의 촉은 무디지가 않았다. 그나마 다행인 것은 그녀는 갤러리 출근도 정상적으로 했고, 밝은 모습도 그대로라 했다. 그렇다면 왜 그의 전화를 피하고 있는 건가. 그녀의 마음이 잡히지 않아 더 답답했다.
　가까운 곳에서 익숙한 전화벨이 들렸다.
　서후가 걸음을 멈추고 옆을 돌아보았다. 그곳에 그녀가 있었다. 다희가 휴대전화를 흔들며 활짝 웃었다. 그녀의 미소에 만나자마자 혼내주리라던 결심은 흔적 없이 사라졌다. 그녀의 웃음 한 방으로 모든 근심과 초조함이 녹아 내렸다. 불안함에 엄습당했던 그의 미간이 활짝 펴졌다. 다희가 다가와 사랑스럽게 그의 팔짱을 꼈다.

"잘 다녀왔어요?"

"전화 왜 피했지?"

"서프라이즈 해주려구요. 더 반갑지 않아요?"

"겁 없이 뒷감당 어떻게 하려구."

서후가 여전히 표정을 굳히고, 그녀의 어깨에 손을 둘렀다.

"창재 씨한테 당신 스케줄 살짝 물었어요. 혼내는 거 아니죠?"

"더 들어보고."

"토요일이라 별일 없을 줄 알았는데 오자마자 회의 있대서, 여기서 기다렸어요. 가는 도중이라도 얼굴 보려구요."

"이 비서가 간만에 맘에 드는 짓을 했군."

그녀가 다사한 웃음을 지었다.

'안고 싶었다, 너를.'

'안기고 싶었어요, 당신한테.'

둘은 같은 마음으로 서로에게 의지했다. 서후가 더 바짝 당겨 그녀를 안고, 리무진이 세워진 곳으로 빠르게 걸어갔다.

탁!

리무진에 올라 차문이 닫히자, 서후는 다희의 허리를 끌어와 제 무릎에 올렸다. 망설일 게 없었다. 그녀의 가슴에 얼굴을 묻고 그리운 향을 마음껏 들이켰다. 돌아오면 그녀가 없을까 봐, 흔적 없이 사라졌을까 봐 초조했다. 임 집사에게서 수시로 보고를 받았지만 안심할 수 없었다. 목소리라도 들었으면 안심될 텐데, 그녀는 야속하게도 끝까지 전화를 받지 않았다.

'내 여자의 서프라이즈 진짜 맘에 안 드는군.'

생일선물 만드느라 집에 처박혀 그의 애간장을 녹이더니, 출장 내내 숨소리 한번 들려주지 않아 애달게 해놓고 이게 서프라이즈란 다. 괘씸한 생각에 시스루 블라우스를 뚫을 듯이 그녀의 가슴을 꽉 깨물어버렸다.

"윽! ……아파요."

그녀가 너무 놀란 나머지 소리를 질렀다. 하지만 운전석에서 들었을까 봐 얼른 소리를 낮추며 원망하듯 그를 쩨려보았다.

"앞으로 서프라이즈 하지 마."

그 시간 동안 그녀의 마음이 닫혀버렸을까 봐 참을 수가 없었 다. 상처 입은 짐승처럼 그가 애처로운 눈빛으로 그녀를 노려보았 다. 그의 깊은 동공이 초조하게 흔들렸다. 그녀가 그를 응시했다. 이 내 입을 맞췄다. 잠시 떨어진 입술 새로.

"알았어요. 다신 안 할게요."

그녀의 대답을 삼키며, 그의 입술이 거칠게 덮쳐왔다. 그녀가 달 아나지 못하도록 머리카락을 움켜쥐고 강하게 흡착시켰다. 애끓게 한 그리움의 시간을 보상받으려 보드라운 입술을 탐했다. 그녀가 입술을 열고 자신을 받아들이자 그 순간을 놓치지 않고 들어갔다.

이미 치명적으로 중독된 그녀의 타액을 마르도록 격렬하게 끌 어당겼다. 말라버린 그녀의 입 안을 자신의 타액이 흥건한 혀로 샅 샅이 도배했다. 그녀의 것은 그에게로, 그의 것은 그녀에게로 옮겨 지는 의식 같은 키스가 둘을 지독한 쾌감에 젖어들게 했다.

"보고 싶었다."

"나도요."

블라우스 위 봉긋하게 솟은 가슴을 강하게 애무하던 그의 손이 만족을 모르고 아래로 파고들었다. 순식간에 옷 속을 치고 올라온 그의 성마른 손이 브래지어마저 한꺼번에 들어올렸다. 동시다발적으로 그녀의 턱을 쓸고 목선을 지나온 그의 시선과 입술이 선홍빛 열매를 발견하고는 가차 없이 물어버렸다.

"으읏."

그녀를 탐할 때면 그는 힘 조절에 늘 실패하기는 했으나, 지금은 여타 다른 날보다 더 조절을 하지 못했다. 강압적으로, 폭압적으로 밀려들어왔다. 다희는 그게 더 안쓰러워서 아프다는 말조차 꺼내기 미안해 참았다. 이 고통의 강도가 그녀를 갖고자 하는 그의 솔직한 바람인 줄 알기에, 어쩌면 솔직한 그녀의 마음은 행복이었다. 그녀는 마지막인 것처럼 그에게 자신을 맡겼다.

"하읏."

발긋하게 물든 젖무덤이 그의 입 안에 머금어지자, 그녀의 온몸으로 전류가 퍼져나갔다. 한쪽은 그의 입에, 다른 쪽은 그의 손에 유린의, 탐닉의 속죄물이 되어 처절하게 발겨졌다. 그의 입속에 담긴 유두 끝이 현란한 혀의 움직임이 주는 쾌락에 담뿍 잠겼다. 그녀의 본능은 그에게 처참히 뭉개지기를, 물어뜯기기를 갈망하는지도 모른다. 그를 거부하는 일은 애초에 가능하지 않았던 것처럼, 그의 지칠 줄 모르는 탐닉의 대상이 자신임이 더없는 기쁨이고 쾌감이 되었다.

우아한
짐승의 연애

"이런 빌어먹을 회의."

동물적인 생체시계가 작동한 것인지 리무진이 호텔 근처에 도착하면서 속도를 줄이자, 그는 그녀의 유실을 탐하던 입술을 떼고 머리를 의자 뒤로 휙 젖히며 장탄식을 토해냈다.

애욕에 흠뻑 취한 터라, 그녀는 웃음 한 줄 더하지 못하고 그의 어깨에 얼굴을 묻었다.

"내 집무실에서 기다려."

그녀의 대답을 기다리는 동안 그의 손이 브래지어를 가지런히 내려주고 블라우스 안에서 빠져나왔다. 긍정의 말을 기대하며 자신의 타액이 묻은 입술을 부드럽게 손으로 쓸어주었다.

"당신이…… 집으로, 와줄래요?"

"집?"

다희가 그의 무릎에서 내려와 옆에 앉았다.

"네. 청운동으로요. 할 말, 있어요."

'불안하다. 보내지 말아야 한다. 차 안에, 사무실 안에, 아니 회의실 옆에 데려다 놔야 해.'

"늦더라도 기다릴게요. 회의 잘하고 꼭 와줘요."

그녀가 먼저 손을 포개어왔다. 따스한 온기를 주는 게 더 불안했다. 그녀의 내면으로 흐르는 기류가 전혀 느껴지지 않아, 그는 자리를 뜰 수가 없다.

철컥.

그의 등 뒤에서 차문이 열렸다.

그가 내릴 줄 모르고 자신만을 응시한 채로 머물러 있자, 다희가 포개놓은 손을 꼭 쥐며 안심하라는 듯 웃었다.

"나 배고프면 화나니까 금방 와줘요. 그래줄 거죠?"

어설픈 위로. 슬픔을 모두 가리기엔 너무나 처연한 그녀의 미소. 그는 그녀의 어떤 말도, 어떤 움직임도 의심스러웠다. 이토록 옹졸한 인간이었던가. 아님, 천재지변을 감지하고 날뛰는 본능적인 수컷의 발로인가.

'그래, 네게 맞추겠다. 지금은……'

그녀를 차갑게 보고 싶지 않은데, 그녀를 보는 눈이 웃어지지 않았다. 이것이야말로 서프라이즈라고 한다면 가만두지 않겠다. 수단방법 가리지 않고 곁에 둘 거다. 네 아버지에게 한 약속 따위 안중에 둘까 봐서. 내게서 너를 앗아가려는 그 어떤 것도 용납지 않을 거다. 설령 그게 너라 해도 말이다.

"이 차 타고 가."

"아니."

다희는 그냥 가겠다는 말을 하려다가 삼켰다. 그를 거스르지 않는 게 좋겠다는 생각이 들었다.

"네. 그럴게요."

매서운 눈길을 거둔 서후가 차에서 내려섰다. 차문을 잡고 있던 박 실장이 야멸치게 둘 사이를 갈라놓듯 문을 닫아버렸다.

쿵!

다만 차문이 닫혔을 뿐인데 서후는 제 심장이 떨어져 내리는 것만 같았다.

박 실장에게 다희를 집까지 데려다주라 하고, 기사에게 그곳에 계속 머물라고 지시했다. 박 실장이 운전기사에게 지시를 하는 내내, 서후는 등을 돌리지 않았다. 그녀도 창문을 내리지 않았다. 박 실장이 그의 뒤에 와 붙었다. 그녀를 실은 리무진이 움직이자 그는 곧장 앞을 향해 걸었다. 오직 그 길 하나밖에 없는 사람처럼.

오롯이 그의 안에서는 한 여자에게 목표를 둔 남자의 뜨거운 피만이 솟구치고 있었다.

'이대로 보내도 괜찮을까?'

움직이는 리무진 안에서 다희는 어둡게 가려진 차창 너머의 서후의 등을 응시했다. 고집스럽게 뒷모습만 보여주는 그가 걱정스러웠다. 그녀 혼자만의 생각일지는 몰라도, 차에서 내리기 전의 그는 폭풍전야의 염라 같았다.

회의를 잠시 미루게 하더라도 짧게나마 그녀의 결심을 말해줄 걸 그랬나, 염려될 만큼 위태롭게 보였다. 그러나 차 안에서 그 길고 어려운 말들을 털어놓기에 벅차기도 했고 적당한 상황이 아니라 생각했다. 다만 바라는 것은 그가 회의를 마치고 빨리 그녀에게로 와주는 것이었다.

'해야 할 말이 많아요. 얼른 와요, 서후 씨.'

차 부장에게서 아빠와 윤서진 교수의 얽힌 과거를 들은 이후, 다희는 일주일이라는 시간에서 단 일 분, 단 일 초도 낭비하지 않고서 부지런히 고심하고 숙고했다. 시간이 충분하지 않았기에 제 감정에 휩싸여 울고 비참해할 수가 없었다.

이와 관련된 모두를 행복하게 만들 수는 없겠지만, 적어도 꼬여 있는 이 관계를 풀어낼 수 있는 최선의 방법을 찾아야 한다. 그녀가 구하고자 했던 목표는 모두의 행복이었지만 그것은 애초에 가능하지 않았다. 누군가는 아플 수밖에 없겠지만, 그녀는 최소한의 슬픔을 선택하고 싶었다.

시시때때로 울려대는 전화벨. 그녀도 서후의 목소리가 듣고 싶었지만 받을 수가 없었다. 그를 떠나야 하는가, 역시 고려 대상이었다. 그렇기에 어떤 쪽으로도 결정을 내리지 않은 상태에서 다만 그를 안심시키는 목적으로 즐거운 척, 아무 일 없는 척 전화를 받는 것은 분명한 거짓이고 위선이었다. 그렇게 하고 싶지 않았다. 오히려 그게 더 그를 기만하는 것 같았다. 그래서 그가 얼마나 애를 태울지 알면서도 외면할 수밖에 없었다.

그럴수록 더 생각에 몰두했다. 적어도 그가 돌아오기 전까지 결심을 굳혀 그에게 말해야 한다. 그녀의 결정이 그를 지옥으로 밀어넣는 것이 될지라도 왜 그런 결정을 할 수밖에 없었는지를 설명해야 할 의무가 있다고 믿었다. 그리고 어떤 선택을 하게 되든 상관없이 아빠에 대한 오해를 먼저 풀어야 한다. 반드시 풀어야 한다. 왜곡된 아빠의 진심을 그가 올바르게 받아들이는 것이 전제라야 했다.

청운동 아파트 앞에 리무진이 멈췄다. 다희는 데려다준 기사에게 고맙다는 인사를 하고 아파트로 들어갔다. 집에 들어서서 그가 앉았던 소파로 가 섰다. 고개를 돌려 고등학생 때 아빠와 찍은 사진을 보았다. 액자를 가져와 소파에 앉았다.

'이거 보고, 그렇게 놀랐던 거죠?'

행복하게 해주고 싶었던 그의 생일. 갑자기 불안해하기에 그녀가 꼭 안아줘야 했던 순간을 떠올렸다. 혼자 힘들어했을 그가 안타까웠다. 아빠의 딸이라는 걸 알자마자 심경의 변화를 일으킬 만큼 아빠에 대한 오해가 깊은 건지 그 깊이가 예측되지 않아 다희는 불안했다. 자신이 그를 잘 이해시킬 수 있을까 걱정이 앞섰다.

어젯밤, 그녀는 결정을 내렸다. 결론을 내린 후 가장 먼저 한 것은 아빠에게 전화를 거는 일이었다. 남자친구가 생겼다는 말과 함께 그가 윤서후 사장이라는 말을 했을 때도 별다른 반응 없이 행복하냐는 말만 거듭 물었던 아빠는, 그녀의 결정에 대해 들을 때도 역시 담담했다. 그러다,

— 다희야, 네가 너무 힘들지 않겠니?

그녀는 힘들 거라고 솔직하게 말했다. 어떻게 힘들지 않겠는가. 괜찮다고 말했대도 아빠는 그녀의 마음을 다 헤아릴 테니 부러 밝은 척할 수 없었다.

"아빠, 잘 견뎌낼게요. 이런 결정 해서 죄송해요."

아빠는 한참 동안 말이 없었다. 그러다 꺼내놓은 말은 너무나 의외였다.

— 다희야, 사랑은 미안한 게 아니다. 우선 네 마음에서 아빠에게 미안하다는 마음을 내려놔라. 그리고 윤 사장 부모님에 대해서도 역시 미안할 일이 아니야. 사랑은 두 사람 간의 책임이란다. 네가 용기를 내 책임을 지겠다고 결정한 일인데 누구에게도 미안할 일이 아니지.

"고마워요, 아빠."

— 많이 힘들 거란다. 아플 거야. 전에 아빠가 했던 말 기억하니?

엄마 보내고 돌아와서 슬픔을, 아픔을 어떻게 견디라고 했는지?

"맞서라고 하셨어요. 그래야 슬픔이, 아픔이 저를 두려워한다구요. 그래야 극복할 수 있다고요."

— 그래. 맞서는 동안은 힘들었지만, 결국 우린 잘 극복했지.

"네, 맞아요."

— 아빤 우리 딸이 정말 자랑스럽구나. 힘든 결정이었을 텐데 피하지 않고 다시 맞서겠다고 하니 대견해.

"제가 잘하는 거 맞나요?"

— 글쎄다. 네가 이런 과정 없이 좀 더 무난한 사랑을 했다면 좋았겠지. 어려운 길인 줄 알면서 걸어보겠다는 게 안타깝기야 하지만, 아빠는 늘 너를 응원한다. 잘 해내리라 믿고. 기억해라. 네 뒤에는 항상 아빠가 있을 테니까.

아빠는 통화하는 내내 그녀만 걱정했다. 윤서진 교수의 죽음에 대한 대가를 덤덤히 치르고 있는 아빠의 짐을 이해한다는 말을, 아빠가 얼마나 힘들었을지 알게 되었다는 말을 감히 꺼내놓을 수 없었다.

언제나 큰 산처럼 느꼈던 아빠다. 윤 교수의 죽음에 대해 책임을 떠맡는 다분히 억울한 상황조차 망설임 없이 당신 몫으로 받아들인 그 너른 마음을 알게 되었을 때, 아빠에 대한 견고한 신뢰가 한층 더 두터워졌다.

아빠가 시카고로 향할 때 유일하게 마음에 걸렸던 것은 딸인 그녀였을 거다. 엄마의 부재로 외롭지 않도록 하려고 항상 아빠의 마음은 딸에게 있었음을 잘 안다. 그래서 한동안은 작품 활동을 거의

하지 않았다. 작품에 몰입하는 동안 딸을 혼자 두게 될까 봐 애초에 시작조차 하지 않았다.

고등학교에 진학하고 그녀도 미대에 뜻을 두면서 아빠가 작품 활동을 하지 않는 것이 안타까웠다. 그게 자신 때문이라는 걸 알고는 더더욱 그냥 있을 수 없었다. 아빠의 등을 떠밀다시피 해서 작업실로 들어가도록 했다. 억지로 작품이 나오지 않는다는 것은 알고 있었지만, 일을 작파하면서까지 자신을 돌보는 것은 원하지 않았다.

그래서 딸과 함께하고자 하는 마음을 버릴 수 없는 아빠와, 아빠의 작품 활동이 계속되기를 바라는 딸이 찾아낸 합의점은, 함께 작업실에서 보내는 거였다. 그녀는 아빠의 작업실에서 미대 준비를 했다. 미대 입시를 준비하는 친구들은 족집게 과외를 받는 거라며 진정으로 그녀를 부러워했다.

그만큼 그 품에서 떼어놓지 않았던 딸이었다. 그렇게 아끼던 딸을 홀로 두고 시카고로 가야 하는 결정을 내렸을 때의 애통한 심정을 그녀는 잘 알 수 있었다. 한국에 남겠다는 말을 들었을 때, 딸을 설득할 말을 선뜻 찾지 못했을 그 아린 심중이 읽혔다.

아빠는 힘든 길을 선택한 딸에게 그리 말했다. 항상 아빠가 지켜봐주겠다고. 언제든 그녀가 돌아보면 손 닿을 곳에서 지켜보며 응원하겠노라고. 그 말을 듣고서야 비로소 그녀도 용기를 낼 수 있었다.

'존경하고 영원히 사랑합니다. 당신께서 제 아버지라는 것이 더 없는 행복입니다.'

어두워진 다희의 아파트 앞. 센서등이 켜졌다가 아무 움직임이 없자 스르르 꺼졌다.

서후는 아파트 앞에 도착해 한동안 움직이지 않았다. 그녀를 보내지 않는다는 제 마음은 확고했다. 하늘이 땅이 되고, 땅이 하늘이 된다 해도 그의 마음은 변하지 않는다. 다만 그의 망설임의 이유는 다희에게 있었다.

어머니 진 여사에게서 상처받고 괴로웠을 그 마음을 달래주지도 못했다. 그 마음을 위로해주기도 전에 그녀가 헤어지자고 말할까 봐 두려웠다. 그녀의 말에 이성을 잃을 게 분명한 자신이 오히려 그녀를 다그치고 상처 입히게 될까 봐 걱정됐다. 이 문을 열고 들어가는 순간부터 이성의 문이 닫히고 감성의 문이 열릴까 싶어 선뜻 들어갈 수가 없었다.

언제까지 회피할 수 없는 일. 서후는 마음을 굳히고 초인종을 눌렀다. 영원히 열리지 말았으면 하는 문이 허무할 만큼 빨리 열렸다. 덤덤한 표정의 그녀가 웃으며 나왔다.

"왔어요?"

그녀의 미소가 앞으로의 비극을 감추려는 가면처럼 느껴져, 그의 얼굴을 더욱 굳게 만들었다.

거실 소파에 마주 앉은 서후와 다희. 그녀가 가져다 놓은 두 잔의 오렌지 주스. 둘은 고집스럽게 주스 잔을 응시했지만 어느 누구도 손을 대지 않았다. 그가 먼저 지독하게 침잠된 침묵을 깼다.

"말해. 할 말이란 게 뭔지."

"먼저, 약속해줘요. 내 말이 모두 끝날 때까지 기다린다고."

"……그러지."

'헤어지자는 말만 하지 않는다면 얼마든지 기다린다.'

서후는 입을 다물었고, 다희는 말할 준비를 하느라 심호흡을 했다. 그리고 그녀가 말문을 열었다.

"나, 다 알게 됐어요. 아빠와 윤 교수님에 대해서요."

서후의 심장이 충격으로 오그라들었다. 입이 바짝 말랐다.

"……그래."

"아빠에 대해 당신이 오해하는 게 없었으면 좋겠어요. 가족을 잃은 아픔이 얼마나 참담한지 알아요. 나 역시 엄마를 잃었으니까요. 당신 가족분들이 왜 그랬을까 많이 생각했고 이제는 이해하게 되었어요. 갑작스러운 이별이었을 테니 더 아팠을 거예요. 슬픔이 사무치면 나라도 그랬겠다 감히 생각해봤어요."

"우리 가족에 대해 서운한 마음이 없다는 건가?"

그의 확인하고자 하는 물음에 다희도 선뜻 대답이 나오지 않아 머뭇거렸다.

"……아주 없지는 않았어요. 하지만 부모님과 당신이 겪어야 했던 아픔이 느껴져서, 내 서운함은 금세 털어졌어요. 다만……, 아빠도 그만큼 힘드셨다는 걸 당신만은 이해해줬으면 해요."

"한 교수님 뵀었다. 이번 출장길에 시카고에 들렀어. 죄송하다는 말씀 드렸다."

"그래요? 고마워요. 한결 마음이 편해지네요."

다희는 말한 그대로 마음의 짐이 덜어졌다. 이제는 그와 자신에 대해 얘기할 차례다.

"그래서 당신은? 당신은 날, 떠날 건가?"

'미쳤군, 윤서후.'

서후는 초조함을 다스리지 못하고 불쑥 몹쓸 말을 제 스스로 꺼내놓고 말았다. 그녀가 웃는다. 아무 말도 꺼내지 못하도록 그녀의 입술을 물어버릴까. 떠나겠다는 생각이 사라지도록 짓누르고 괴롭혀버릴까.

그러나 서후는 타는 속내를 감추고, 오히려 느긋하게 소파에 더 깊숙하게 앉았다. 초조함에 사로잡힐수록 믿을 수 없을 만큼 냉철한 이성이 그를 무장시켰다. 그녀가 무슨 얘기를 하든 그의 결론은 변하지 않을 것이기에 취할 수 있는 대담함이었으리라. 차라리 제 스스로 회피하고자 했던 말을 꺼내놓으니 더 차분해졌다.

"당신 곁에 있겠어요."

그녀의 단호한 대답. 서후는 제가 들은 게 다희가 꺼내놓은 말이 맞는지, 아니면 자신이 원하는 대로 곡해해서 들은 건지 확신할 수 없었다.

"뭐?"

"……나 당신 떠나지 않아요. 당신이랑 같이 있을 거예요. 아빠께도 그렇게 말씀드렸어요. 내 사랑을 지켜야겠다구요. 당신 부모님께 허락받고 당당하게 만나고 싶어요."

'한다희, 너…….'

서후의 심장이 요동쳤다. 희열이 몰아쳤다. 하지만 그의 표정은 덤덤했다.

"나, 이기적으로 보여요? 미워요? 아빠와 당신 부모님 아픔 무시하고 내 사랑 지키겠다고 해서 미운가요?"

"……."

그가 침묵하자, 다희는 부쩍 불안해졌다.

"나, 당신 곁에 있어도 돼요?"

"지금 그걸, 질문이라고 해? 너는 대체……."

다희는 그가 발끈하자 이제야 마음이 좀 놓였다. 그녀가 혼자 판단했던 서후의 마음에 확신을 가질 수 있게 됐다. 용기가 생겼다.

"시간이 너무 오래 걸려서 미안해요. 내가 아직 어려서, 판단하고 결정하기까지 너무 어려웠어요. 내 마음, 당신 마음, 아빠, 그리고 당신 부모님까지. 모두 들여다보고 헤아리기에 일주일이라는 시간은 턱없이 부족했거든요. 그래도 나 정말 열심히 생각했어요."

"……그 생각 하느라 내 전화 피한 거고?"

"맞아요. 일부러 피했어요. 어떤 결정을 내릴지 모르는데, 당신 안심시키려고 전화 받는 게 오히려 당신을 기만하는 것 같았어요. 또 내가 흔들리게 될까 봐서요. 무조건 당신 뒤에 숨고 싶어질까 봐 그럴 수 없었어요."

"숨고 싶지 않았다……."

"회피해버리면 내 사랑이 한낱 치기로 보일 테니까요. 그리고 당신이 나에게 준 사랑을 모욕하고 싶지 않았어요."

서후는 치명상을 입었다. 결코 치유되지 않을 지독한 맹독이 그의 온몸을, 그의 정신을 삽시간에 침범하고 지배했다. 그녀는 단 한 번도 제 범주에 머문 적이 없었다. 늘 그가 예측한 그 이상에서, 더 높은 곳에서, 더 깊은 곳에서 그를 지배했다.

그녀를 다만 어린 여자라 생각하고 보살펴주고자 했다. 한없이 쏟아줄 그의 사랑 안에서 행복에 기꺼워하기를 바랐다. 그런 그녀를 바라보는 게 자신의 행복이라 생각했다. 그러나 그의 일생일대 최고의 오판이었다. 그는 자신이 가진 모든 파워를 동원해서 그녀를 지키고자 했지만, 그녀가 가진 최대의 무기에 오히려 그가 가진 것들이 무력해졌다. 저 작은 몸집의 여자가 그 안에는 태산같이 큰 마음을 담고 있다.

그와 함께 정면돌파하자고 한다. 두려웠을 텐데도 장고 끝에 그녀가 내린 결정은 정공법이다. 어찌 사랑하지 않을 수 있을까. 자신의 뒤에 숨겠다 해도 기꺼이 숨겨주었을 거다. 아무도 건드리지 못하도록 그가 지켰을 거다. 그렇게라도 그녀가 자신 곁에 있는 것만으로도 그는 충분했다. 그런데 그녀가 지금 꺼내는 말은 그와 함께 세상과 맞서겠다고 한다. 이야말로 그의 일생일대 최고의 서프라이즈다.

"……이리 와."

"아, 안 돼요. 할 말이 더 있어요. 당신 옆에 가면 할 말 못 해요."

"지금 들은 걸로 충분해."

"끝까지 다 들어주기로 했잖아요."

"좋아. 계속 해봐."

'고문하는 방법도 각양각색이군. 이런 엄청난 고백을 해놓고 다만 지켜보라니.'

서후는 확 낚아채서 안아버리고 싶은 마음을 꾹 눌렀다. 하지만 언제까지 그의 인내심이 발휘될지는 알 수 없다.

"그래서 생각해봤어요. 당신 부모님 마음이 풀릴 때까지, 우리 관계를 허락하실 때까지 우리 시간을 가져요."

"시간?"

"네. 어른들 마음 불편하게 해놓고, 당신이랑 키스하고 자는 건 도리가 아닌 거 같아요."

"……뭐?"

서후는 어쩐지 얘기가 이상하게 흘러간다 싶어 멈추게 하려 했다. 하지만 그녀는 틈을 주지 않고 제 할 말을 계속 쏟아냈다.

"부모님께 허락받을 때까지 시간을 갖고, 설득시켜드려요. 아직은 어떻게 해야 할지 방법을 찾지 못했는데요, 앞으로는 이 문제에 대해 생각해보려구요."

"잠깐! 허락받는 것도, 설득하는 것도 좋은데, 그동안 키스도 못 하고 섹스도 못 하게 한다는 건가? 요지가 그래?"

다희는 고개를 크게 끄덕였다.

'맙소사.'

그가 지금까지 들었던 중 가장 황당하고 어이없는 결론이었다.

"내가 못 하겠다면?"

"키스는 해도 되지 않을까 생각해보긴 했는데요. 그건 당신을 더 괴롭게 만들 거 같아서 아예 시작도 않는 게 좋을 거 같아요."

"못해!"

"네? 왜요?"

'왜라니. 이런 잔인한 여자 같으니.'

우아한
짐승의 연애

앞으로의 험난한 시간은 얼마든지 견딜 수 있고, 부모님 설득하는 일도 그 혼자 다 해낼 수 있다. 그러나 그러기 위해서는 당신이 필요하다는 걸 꼭 내 입으로 말해야겠나? 그걸 꼭 털어놓게 하려는 심산인가? 고단수인 건지, 순진한 건지 감을 잡을 수가 없었다.

　"내가 얼마나 열심히 생각한 건데요. 어느 부분이 마음에 안 드는데요? 말해봐요."

　"키스 금지, 섹스 금지. 절대 용납 못 해."

　"안 돼요. 부모님께 도리가 아니에요. 받아주실 때까지 노력하겠다, 기다리겠다 해놓고 그분들 기만하는 거예요. 나도 절대 용납 못해요."

　"한다희!"

　"싫어요!"

　"……."

　"……."

　"으으, 이런 고집쟁이."

　그녀는 그의 치명적인 약점을 틀어쥐고 조금도 양보하지 않을 생각으로 버텼다. 몇 분 전 휘몰아쳤던 감동의 회오리를 말끔히 단번에 날려버렸다.

　"기어이 금지시키겠다는 건가."

　"당연하죠. 그만 한 각오도 없이 어떻게 부모님을 설득시켜요. 내가 얼마나 고심한 건데, 생각도 안 해보고 화부터 내고, 정말 실망이에요."

　"내 생각은 했어? 이 어이없는 결론을 무조건 받아들여야 할 나는 고려 대상이긴 했나?"

"그럼요. 부모님들께 죄송하지만, 당신을 가장 많이 생각했어요. 그러니까 곁에 있겠다고 결정한 거구요."

그에게는 결국 지옥을 맛보라는 거다. 지옥에서 천국으로 데려다놓더니, 너무나 간단히 다시 지옥으로 밀어버렸다.

"키스는 할 거야."

"안 돼요. 이건 전적으로 당신 생각해서 하는 말이에요. 절대 키스에서 안 멈추잖아요."

"멈출게."

"안 된다구요. 아까 차에서 한 거 잊었어요? 당신 못 멈춰요."

"차에서 감질나게 해놓고 이게 말이 돼?"

"그때 안 된다고 어떻게 말해요. 설명할 시간이 부족했는데, 회의를 망치게 할 수 없었다구요."

"아무튼, 그건 내 문제야. 내가 하나는 포기할 테니까 키스는 당신이 포기해. 절대 양보는 없어."

"고집쟁이."

"누가 할 소리. 이제 이리 와."

다희는 속상해서 가만히 앉아 있었다. 그가 안고 싶어 하는 만큼, 그녀도 안기고 싶었다. 브레이크를 걸지 못하는 건 그가 아니라 어쩌면 그녀 자신이었다. 매순간 시험대에 오를 것이다.

그녀가 제 생각에 골몰해 있는 동안 그가 참지 못하고 다가와 그녀를 단번에 일으켜 세웠다. 언제 화를 냈나 싶게 짜증이 걷힌 그의 따스한 눈동자가 자신을 올려다보는 그녀의 초롱한 눈동자를 그

으하게 감쌌다.

"다희야."

"……."

"한다희."

"……네."

"고맙다. 고마워, 다희야."

그는 더는 참지 못하고 그녀를 와락 끌어안았다. 꽉 움켜쥐고 으스러지게 포옹했다. 그의 향기가 그녀의 몸속으로 스며들었다.

"……사랑한다."

힘든 시간을 견뎌준 그녀에게 내리는 상이다. 사랑이라 말하지 않아도 알 수 있었던 그의 사랑. 그 말을 영원히 꺼내놓지 않는대도 서운하지 않았다. 사랑받는다는 것을 온몸과 온 마음으로 알려주었기에 그녀도 강요하지 않았던 그 말.

"사랑한다."

"……나두요. 사랑해요."

그녀의 작은 얼굴이 그의 두 손에 포옥 담긴다. 눈앞에 있어도, 서로의 눈 안에 가득 담아도 그립고 보고 싶은 얼굴. 한 점의 애욕도 담기지 않은, 오롯이 서로를 향한 사랑만을 담은 입술이 맞닿는다. 부드럽고 따스하고 다정한 연인의 입맞춤. 사랑하는 여인에게 사랑하는 남자가 주는 입맞춤이 길고 길게 이어졌다.

갤러리 주차장으로 빠른 걸음으로 뛰다시피 해서 들어서는 다희. 얼굴에 초조함이 가득 어려 있다. 가까운 곳 검정 세단 옆에 기사로 보이는 남자가 서 있었다. 그녀는 좀 더 속력을 내어 남자에게 다가갔다. 남자는 정중하게 인사하고 차 뒷문을 열어주었다.

다희는 몸을 낮추어 열린 문 안쪽을 보았다. 그녀를 외면하며 시선을 앞에 두고 앉아 있는 진 여사가 보였다. 그녀는 인사하고 차에 올라탔다. 기사는 문을 닫고 멀찍이 떨어졌다.

"한다희 씨, 생각 정리 됐나요?"

"……네."

다희는 제 결심을 들었을 때, 진 여사의 반응이 어떨지 몰라 몹시 긴장했다.

"어느 나라로 갈지 알아야 준비를 하지. 아무래도 아버지가 있는 곳이 낫지 않겠어요?"

진 여사는 그녀의 결심 따위 안중에도 없는 듯했다. 완강한 태도만 놓고 보면 다희는 당연히 서후를 떠나야 하고, 나라 이름을 하나라도 꺼내놓으면 당장 비행기 티켓을 내놓을 듯 밀어붙였다.

"어른이 묻는데 대답이 쓸데없이 늦군요."

"죄송합니다. 제가 드릴 말씀과 다른 질문을 하셔서요."

"다른 질문을 한다? 그 말은 한다희 씨는 떠날 생각이 없다는 건가요?"

"결론부터 말씀드리자면, 그렇습니다. 제 결론은 원하시는 답이 아니에요."

"맹랑하군."

"……."

"한 교수와 우리 집안 악연에 대해 잘 모르는 것 같군요."

"알고, 있습니다."

"다 알고도 서후 곁에 있겠다는 건가? 이해가 안 되는군요. 서후를 안 시간도 얼마 되지 않으니 그 감정이 깊다고 할 수도 없는데. 역시 내 생각이 맞는 건가? 오를 수 없는 나무에 기어이 발을 얹겠다는 심본가?"

진 여사가 그녀의 심정을 건드리기 위해 억지를 쓰고 있었지만, 다희는 마음에 담지 않았다.

"지금 하시는 말씀은 제 생각이 아닙니다. 서후 씨랑 저, 사귀다가 서로 감정이 식어서 헤어질 수는 있다고 생각해요. 사랑이라는 건 감정인데 항상 한결같을 거라고 장담할 수 없겠죠."

"그러니 어리석은 감정에 속지 말라는 게지. 판단이 서지 않을 때는 어른 말을 듣는 게 현명하다는 걸 왜 모르나?"

"제 말은 헤어지는 이유가 서로의 사랑이 변해서라면 받아들이겠다는 거예요. 제가 옆에 있는 게 서후 씨를 불행하게 한다면, 제 감정을 정리하는 게 맞겠죠. 하지만 지금처럼 가족 간의 오해가 이유라면, 저는 전혀 그럴 생각이 없습니다."

"한다희 씨는 우리 서후를 감당할 깜냥이 못 됩니다. 서후는 한낱 감정 놀이에 시간 빼앗길 만큼 한가하지 않아요. 사회적 위치가 그렇고, 그 아이가 짊어져야 할 책임이 막중하단 말입니다. 서후의 반려자는 이런 기본적인 걸 이해하고, 보필해줄 수 있어야 해요. 알아듣겠어요?"

"물론 그것도 중요하겠죠. 하지만 서후 씨 행복은요?"

"……?"

"저랑 함께 있을 때 서후 씨 표정이 얼마나 행복한지 한번 봐주셨으면 좋겠어요."

진 여사는 다희가 확신에 찬 얼굴로 당당히 말하자 속이 뜨끔했다. 서후의 어린 시절이 슬쩍 겹쳐졌다. 서진과 서후는 잘 웃는 아이들이었다. 남매가 항상 꼭 붙어 다니며, 뭐가 그리 좋은지 여기저기 함박웃음을 터뜨려댔다. 아들의 행복했던 표정은 그때가 전부였다. 엄마인 자신조차 돌려놓지 못했던 아들의 표정이었는데, 자신의 옆에 앉은 이 여자애가 아들의 행복을 말하고 있다.

"저는 서후 씨가 행복한 게 좋습니다. 그 사람이 계속 행복할 수 있도록 옆을 지켜줄 생각이에요."

회상에 잠겨 있던 진 여사는 자신도 모르게 다희를 바라보았다. 다희도 미소 지은 채로 진 여사를 바로 응시했다. 진 여사는 잠시 일렁였던 제 속내가 보일까 봐, 좀 더 차가운 가면을 썼다.

"어른 뒤통수 치는 못된 버릇이 있군요. 지난번에는 가만히 듣기만 해서, 정리하고 얘기하겠거니 마음 놓게 해놓더니. 이런 식으로 어영부영 몇 마디 내놓는다고 내가 두 사람 허락할 줄 알았다면 포기하는 게 좋아요."

"오늘은 더 말씀 안 드릴게요. 원하시는 말이 뭔지는 알지만, 제 생각이 아닌 말씀을 드릴 수는 없어요. 어른께 말대답하는 걸로 비춰질 테니, 저도 마음이 편치 않습니다."

"기가 막히는군. 난 할 말 끝났으니 그만 내려요."

"다음에 또 뵙겠습니다. 안녕히 가세요."

차문을 열고 나온 다희는 진 여사를 향해 허리를 숙여 인사했다. 다희를 외면하고 앞쪽에 얼굴을 고정시킨 진 여사는 인사를 받지 않았다.

그녀가 차문을 닫고 돌아서는데, 주차장으로 요란한 굉음을 내며 차 한 대가 들어서더니 그녀를 향해 무서운 속도로 돌진했다. 평소라면 겁이 났겠지만, 진 여사와의 대면으로 경직된 긴장이 아직 덜 풀렸는지 다희는 차의 속도를 전혀 두려움으로 받아들이지 못했다.

끼이익.

그녀 옆에 한 치의 오차도 없이 멈춰선 블랙 재규어. 운전석 문을 열고 서후가 내려섰다. 아침 출근하는 차 안에서 그가 분명 말했다. 오전과 오후 내내 마라톤 회의가 있어 하루 종일 통화가 어려울 거라고 했다. 달리 그에게 물어볼 것도 없었다. 이미 그의 표정에서 모든 걸 다 알고 왔다는 게 읽혔다. 방법은 모르겠지만 진 여사가 그녀를 찾아왔다는 걸 안 그는 회의를 팽개쳐두고 바로 달려온 거다.

'벌써부터 이렇게 감싸고 돌면 곤란해요, 윤서후 씨.'

"괜찮아?"

"여긴 뭐 하러 와요."

"들어가."

"서후 씨."

서후는 걱정하는 다희에게 다정한 미소를 머금었다.

"어머니는 걱정 말고 들어가. 나중에 통화하자."

"별말 없으셨어요."

서후는 그 말에는 대꾸하지 않았다. 믿을 리 없는 말이라도 해야 했다. 기름통을 끌어안은 듯한 그를 조금이라도 진정시키고 싶었다.

"당신 믿어요. 내가 사랑하는 윤서후니까."

서후는 다희의 등을 가만히 토닥였다. 여기 오는 동안 끓어올랐던 분노가 그녀의 다정한 말에 스르르 사그라졌다. 굳어 있던 서후의 표정이 녹아드는 걸 보고서야 다희도 한결 마음이 편해졌다.

"알았어. 어머니 잘 모셔다 드릴게."

"……네."

서후가 멀찍이 떨어져 있던 기사를 쳐다보자, 그가 황급히 뛰어와 운전석에 올랐다. 진 여사를 태운 세단이 움직였다. 서후는 다희의 얼굴을 쓰다듬었다.

"간다."

서후가 재규어에 오르더니 먼저 움직인 세단의 뒤를 바짝 따라붙었다. 그 모습을 바라보는 다희의 얼굴이 다시 걱정으로 어두워졌다.

우아한
짐승의 연애

+17

구기동 본가로 들어선 진 여사와 서후는 서로를 외면했다. 진 여사의 가방을 들고 따라온 메이드에게 진 여사가 짧게 지시를 내렸다.

"집 안에 사람 비워."

"네, 사모님."

메이드는 진 여사의 가방을 가까운 곳에 내려놓고 황급히 사라졌다.

"나한테 할 말 있는 눈치구나. 방으로 가자. 누가 들을까 창피하다."

"아니요. 드릴 말씀 없어요."

방으로 향하려던 진 여사가 멈춰 서서 서후를 돌아보았다.

"갑자기 나타나서는 할 말이 없다구?"

"네, 저는 없습니다."

서후는 거짓말처럼 편한 표정을 짓고 있었다. 진 여사는 그런 아들의 표정이 갖는 의미를 알 수 없어 당황스러웠다.

"내가 그 아이를 어찌할까 봐 염려돼서 득달같이 달려왔던 거 아니었니?"

"처음에는 그랬지만 다희 얼굴 보니 괜한 걱정을 했다 싶네요."

"못난 놈. 그깟 여자애가 뭐라고, 회사도 팽개쳐두고 볼썽사납게."

"다희가 저한테 그런 사람입니다. 저를 사람답게 만들어요. 그 사람 만나기 전까지는 감정에 솔직한 게 뭔지 몰랐습니다. 물론 제가 사랑을 하게 될 거라고도 생각 못했습니다. 요즘 저 무척 행복합니다, 어머니."

"그 행복 타령, 오늘 참 많이 듣는구나. 그동안은 행복하지 않았다는 거냐?"

"누나 사고가 있기 전까지는 우리 가족에게도 행복이란 게 있었고, 웃음이란 게 있었죠."

"그러니 하는 말이다. 네 누나가 어쩌다 그리 허망하게 갔는데, 이게 다……."

"어머니……."

서후의 얼굴이 어둡게 침잠했다. 진 여사는 차라리 방금 전까지 편안한 미소를 짓던 아들의 얼굴이 오히려 낫겠다 싶었다.

"5년이나 지났어요. 누나 사고는 다만 운이 없었던 겁니다."

"여자한테 홀리더니 이젠 뵈는 게 없는 모양이구나. 네 누나가 한, 그 작자 작업실만 가지 않았어도 그 사고는 일어나지 않았다."

"아니요. 우리에겐 원망할 사람이 필요했던 겁니다. 그게 애꿎은 한 교수님이었던 거구요. 아닌가요?"

진 여사의 말문이 막혔다. 감춰져 있던 자신의 치부가 들춰지자 부끄러움으로 속에서 불길이 일었다. 딸의 사고와 한 교수가 무관하다는 것을 그녀도 모르지는 않았다. 아들의 말대로 그녀에게는 원망할 누군가가 필요했다. 그래야 살아질 것 같았다.

서후는 더 차분한 어투로 말을 이어갔다.

"한 교수님 만나 뵙고 왔습니다. 원망 한 마디 않으셨어요. 학교에서 밀려나고, 하나뿐인 딸과도 헤어져서 이국땅에 혼자 외롭게 나가 계셨는데도 우리를 이해한다고 말해주셨어요."

"이런 얘기를 쓸데없이 왜 들어야 하는지 모르겠구나."

진 여사의 어조가 사뭇 낮아졌다.

"어머니, 부탁드릴 게 있습니다. 이제 2층 서진 누나 방 정리해요."

"뭐, 뭐라구? 서진이 방을 왜 건드려!"

서후의 갑작스러운 제안에 진 여사가 파르르 떨었다.

"어머니 지난 5년 동안 2층 한 번도 안 올라가셨어요."

"그게 어쨌다는 거냐. 서진이 방을 그대로 두는 거랑 내가 2층에 안 올라가는 거랑 무슨 상관이야"

"저 이제는 어머니랑 누나에 대해 편히 얘기하고 싶습니다. 누나가 얼마나 예뻤는지, 그림은 얼마나 잘 그렸는지, 얼마나 다정했는지, 얼마나 잘 웃었는지 추억하고 싶고, 누나를 기억해주고 싶어요."

"……."

진 여사의 꼿꼿했던 다리가 휘는 듯했다. 그녀는 아들에게 흔들리는 모습을 보이고 싶지 않아 단단히 힘을 주었다.

"누나도 그걸 바라지 않을까요, 어머니?"

"그만해라. 더 듣고 싶지 않다."

진 여사는 서후를 두고 돌아섰다. 그러나 서후는 계속 말을 이었다. 어렵게 시작한 누나 얘기를 끝도 맺지 않고서 도로 주워 담고 싶지 않았다. 언제 또 어머니와 이런 말을 하게 될지 모르겠기에 끈을 바짝 틀어쥐었다.

"누나가 좋아할까요? 누나를 가장 많이 추억해줘야 하는 가족이 자신에 대한 기억을 다 지운 걸 알면 슬프지 않겠어요?"

"누가 서진이를 지웠다는 거냐. 내 가슴에 아직 생생하게 살아 있는데, 누가 지워."

진 여사가 아들을 향해 노기 서린 감정을 고스란히 뿜어냈다.

"그래요. 지금처럼요. 지금처럼 누나를 얘기해요, 어머니."

"뭐?"

"아프면 아픈 대로, 좋으면 좋은 대로요. 누나가 그리운데, 사무치게 보고 싶은데, 저랑 누나 얘기를 함께 해줄 사람이 없어요."

"……."

"그러니까 이제는 어머니가 먼저 말을 걸어주세요. 저 갑갑한 방 안에 누나 혼자 두지 마시고, 어머니가 먼저 올라가세요. 누나가 기다려요, 어머니."

이내 진 여사의 다리가 휘청이더니 주저앉았다. 서후가 얼른 다가가 어머니를 부축해 같이 내려앉았다.

"……."

"……."

서후는 어머니의 호흡이 가지런해지기를 기다려주었다. 한참 동안 서로의 체온에 의지한 채로 가만히 앉아 있었다.

"……저도 기다릴게요, 어머니."

서후는 진 여사의 흔들리는 눈빛에 희망을 걸어보기로 했다. 어머니와 누나의 조우를 시작으로 단단히 얽혀 있는 감정의 실타래가 조금씩 풀려나가길 바랐다.

서후는 어머니를 방으로 데려가 눕혀드리고는 밖으로 나섰다. 정원으로 나오니 아버지 윤 회장이 밀짚모자를 쓰고서 나무를 돌보고 있었다. 서후가 다가섰다.

"아버지."

"그래."

"죄송합니다."

"……."

윤 회장은 의중을 파악할 길 없는 표정으로, 끝이 상한 나무줄기를 가지치기 할 뿐이었다.

"한낱 치기로 가볍게 담은 사람이 아닙니다."

"……그래, 그런 것 같구나."

"평생을 함께하고 싶은 여자입니다. 아버지가 도와주세요."

"……!"

어릴 때조차도 도움을 청하지 않았던 아들의 난생처음 도와달라는 말에 윤 회장은 깊은 주름 위에 더 깊은 주름을 잡았다. 그러나 그는 꼿꼿하게 등을 돌린 채로 나무줄기만 잘라냈다.

"마음이 건강한 사람입니다."

"사람이야 차차 만나보면 알겠지. 지금은 네 어머니를 다독이는 게 우선이지 않겠냐."

"네. 서두르지 않을 겁니다. 제 마음이야 한시라도 빨리 그 사람 선 뵈고 허락받고 싶지만, 그건 그 사람도 원하지 않습니다."

"그래."

"……."

서후는 윤 회장이 쳐내는 나뭇가지가 아래로 떨어지는 걸 묵묵히 보고 있었다. 부자간에 어색한 침묵이 흘렀다.

"진즉 이렇게 쳐냈어야 했는데, 살아날까 싶어 놔두었더니 오히려 더 많이 다치게 생겼구나."

"네."

"너무 오랫동안 네 어머니를 외롭게 혼자 둔 것 같구나. 그때는 저 사람이 너무 위태해서, 저 사람마저 서진이 따라갈까 봐 방치했다. 한 교수 원망하는 마음이라도 붙잡아야 살지 싶어서 말이다."

"알고 있습니다. 저도 마찬가지였습니다."

"네 어머닌 너무 걱정 마라. 사리분별이 분명했던 사람이다. 서진이 잃은 충격이 그만큼 컸던 게지. 사람이 달라진 건 아니다. 어느 부모가 자식을 잃고 제정신일 수 있겠냐. 한 교수도 그 마음을 헤아려주고 다 감수해준 게지."

"그럼 아버지는 다희를 반대하지 않으시는 건가요?"

"서두르지는 말자꾸나."

서후는 그것만으로도 충분했다. 더 바란다면 욕심이었다.

산들바람이 분다. 부드럽게 솔솔 불어오는 미풍이 오랜만에 같

우아한
짐승의 연애

은 나무를 보며 서 있는 부자의 마음을 위로했다. 싱그러운 5월을 불러오는 바람이 정원의 아름드리 나뭇가지를 스치고 지나간다.

"아앗! 뜨거워!"

"에구, 저런. 괜찮니, 다희야?"

"네, 괜찮아요."

다희는 한식요리가이자 주영의 엄마인 김순채 여사의 조리실에서 타래과를 만드는 중이었다. 기름 온도를 재보려고 작은 밀가루 반죽을 떨어뜨렸는데 기름이 갑자기 튀었다.

"내가 다 해줄 테니 넌 이리 나와 있어."

"안 돼요. 엄마가 해주시면 무슨 의미가 있어요. 조심해서 할게요. 옆에서 방법만 알려주세요."

"이렇게 요령 피울 줄 몰라서, 윤 사장 어머니를 어찌 당해낼까 걱정이다. 쯧쯧."

다희는 순채의 걱정하는 소리가 이미 들리지 않았다. 새벽에 나와서 점심시간이 되도록 그녀가 만든 타래과는 고작해야 다과 상자 하나를 겨우 채우는 정도였다. 만들기야 더 만들었겠지만 모양이 제대로 잡히지 않은 것들을 빼고 나니 그랬다.

"뭐야, 아직도 안 끝났어?"

주영이 조리실 문을 열고 들어섰다.

"넌 왜 이제야 나타나. 할 일도 없으면서 일찍 나와 도와줬어야지."

"김순채 여사님, 엄마 딸 공사가 엄청 다망하걸랑요?"

"공사다망 같은 소리 하고 있네. 매일 클럽에서 술 처먹느라 지금까지 늘어져 있었던 거 여기 모르는 사람 있냐?"

"어장관리 하려면 다 그런 거야."

"헛짓거리 그만하고 조신하게 있어. 이 서방 관리나 잘하고. 지난주에 보니까 얼굴이 해쓱해져서는."

"아아, 그만 좀 해. 이 서방은 무슨 이 서방이야, 징그럽게. 누가 이창재랑 결혼해준대?"

순채가 주영의 등을 세게 후려쳤다.

"으악! 엄마, 아파!"

"명심해. 이 서방 울리는 날에는 우리 호적에서 바로 파버릴 거니까."

"대체 초등학교 때부터 파겠다는 호적은 왜 아직도 그대론데."

"진짜 파버린다."

"파, 파! 하나도 안 무섭거든요!"

"엄마! 주영아! 조용히 좀 해요. 정신 사나워 죽겠잖아요."

다희는 주영과 순채가 눈만 마주치면 으르렁거리며 싸우는 것에 면역이 돼 있었다. 하지만 지금은 사정이 좀 달랐다. 갤러리에서 진 여사와 서후가 찬바람 날리며 가고 난 이후, 다희는 마음이 편치 않았다. 서후가 별일 없었다며 위로했지만, 그 말만 믿고 가만있을 수가 없었다. 그래서 단단히 마음 먹고 진 여사에게 전화를 넣어 간신히 약속시간을 받아냈다. 그녀의 전화를 몇 번 물렸던 진 여사는 집으로 오라고 허락해주었다.

다희는 제 타는 속내와는 아랑곳없는 두 모녀의 싸움이 달가울리가 없었다. 약속시간은 다가오는데, 선물로 가져갈 타래과는 아직 완성되려면 멀었으니 점점 속이 새카맣게 타들어갔다.

"계속 싸우려면 둘 다 나가든가요."

"아냐, 아냐. 엄마가 뭐 도와줄까? 대신 튀겨줄까?"

순채는 주영에게 눈을 흘겨 보이면서도, 다희에게는 다정하게 눈웃음을 지으며 다가섰다.

"제대로 튀겨진 건지 봐주세요. 이럴 때 뒤집는 거 맞아요?"

"그렇지, 그렇지. 아유, 때깔 곱게 얌전히 잘도 튀기네. 주영인 매번 가르쳐도 태워먹기 일쑨데. 우리 다희는 어째 하날 가르치면 열을 깨칠까."

주영은 팔짱을 낀 채로 순채를 주시했다.

"엄마, 이제라도 안 늦었어. 이참에 딸 바꿔보는 거 어때? 한 교수님이 우리 아빠 되는 거 나도 바라는 바야."

"나야 아쉬울 거 없다. 한 교수님한테서 허락만 받아 와. 냉큼 호적 파줄 테니까."

"엄마!"

"왜!"

주영과 순채가 서로를 잡아먹을 듯이 노려보았다.

"엄마, 주영아, 제발 좀!"

다희가 애원하듯 보아도 주영과 순채는 서로를 팽팽히 노려볼 뿐이었다. 다희는 이제 두 사람이 야속하기까지 했다.

'집중하자, 집중. 시간이 없어.'

다희는 이 자리에 두 사람이 없다고 생각했다. 그러니 한결 마음이 편안해졌다.

진 여사가 만나러 와도 좋다는 허락을 한 이후, 그녀가 가장 먼저 한 것은 서후를 단속하는 일이었다.

"절대 구기동에 오지 말아요. 나 혼자 어머니 뵐 거니까 그때처럼 달려오지 말라구요."

"얼굴 보러 갈 거야."

"그건 핑계잖아요. 내가 할 수 있는 일은 그냥 믿고 맡겨줘요. 당신 도움 필요하면 언제든 얘기할게요."

서후는 모든 도움을 뿌리치는 그녀를 결코 이해하지 못하는 눈치였지만, 결국은 그녀가 원하는 대로 따라주었다.

"후아, 다 했다."

순채가 내어준 다과 상자에 가지런히 담고 나니 제법 그럴싸해 보이기까지 했다. 뿌듯해하며 주영과 순재에게 내보였다.

"그래, 잘했다. 잘 묶어서 줄 테니 이리 내."

순채가 다과 상자를 받아서 포장을 단정하게 했다. 그러는 동안에도 다희가 걱정되어 입을 가만 쉬지 않았다.

"주영이라면 모를까, 별로 걱정 안 할 거지만, 떨지 말고, 실수하지 말고 평소 하던 대로 조신하게. 알았지?"

"네."

"다희가 어린애야? 그런 걸 단속하게?"

"가만 좀 있어봐, 너는. 다희야, 그렇다고 기죽을 것도 없어. 당당하고 똑 부러지게 하고 싶은 말 다 해. 재벌이 뭐 별거냐. 돈 좀 많은 거 빼면 그 사람들이나 우리나 하루 세 끼 먹는 건 똑같지."

우아한
짐승의 연애

"내 말이 엄마 말이야. 절대 기죽지 마."

아웅다웅 싸우던 주영과 순채는 어느새 한마음으로 다희를 걱정했다. 정작 진 여사를 만나러 가는 건 그녀인데, 두 사람이 더 긴장한 듯 보였다. 어려운 일이 생길 때마다 가족처럼 걱정해주는 두 사람이다. 진 여사를 만날 생각에 다소 긴장했던 다희는 두 사람 덕분에 안정을 찾았다.

오월의 신록이 완연한 구기동 대문 앞에, 그린 원피스를 입은 다희가 서 있다. 봄보다 더 화사하고 청초한 그녀였지만, 표정은 그리 밝지 않았다. 긴장하지 말자 다짐할수록 표정이 더 굳어졌다.

"후우."

한숨을 여러 번 내쉬었다. 이번에는 꼭 누르리라 했지만 또 누르지 못하고 버튼 위에서 멈췄다. 결심을 굳힌 그녀가 초인종을 누르자, 한참의 시간을 두고 메이드의 음성이 들려왔다.

— 네.

"안녕하세요. 한다희예요. 오늘 찾아뵙기로."

— 네.

감정을 전혀 파악할 수 없는 메이드의 육성 뒤로 둔탁한 소리와 함께 육중한 문이 열렸다.

대문을 열고 들어서자 산중턱쯤 되는 높은 곳에 한옥과 양옥을 절묘하게 접목시킨 저택이 보였다. 저택에 이르기까지 대리석 돌로 깔끔하게 길이 나 있었다. 매일같이 이 긴 오르막을 오르내릴 수 있을 만큼 두 분의 다리 건강이 좋은 건지. 아니면 현관까지 차로가 마련돼 있는 건지 오지랖 넓은 걱정이 들었다.

"우와."

저절로 다희는 탄성을 터뜨렸다. 길 양옆으로 펼쳐진 잔디밭의 그 끝이 보이지 않았다.

정원 한쪽에 양쪽으로 다리를 벌려 세워놓은 사다리 꼭대기에 올라, 나뭇가지를 가위로 쳐주는 작업을 하는 어르신이 보였다.

"어르신이 저런 위험한 일을. 떨어지면 어쩌시려구."

다희는 자신이 한심했다. 진 여사를 만나러 온 제 코가 석자인데, 맡은 일 열심히 하는 분을 괜히 걱정하나 싶었다.

'으유, 또 오지랖 나온다.'

다희가 어르신 걱정을 접고 집 안으로 들어섰을 때, 진 여사의 모습은 보이지 않았다. 그녀를 맞아준 것은 나이 들어 뵈는 메이드였다. 메이드는 다희의 손에 들린 다과 상자를 받아들고 다실로 안내해주고는 곧장 나가버렸다. 혼자 남겨진 다희는 그나마 옆에 놓아둔 타래과 상자와 함께 남겨진 게 그나마 다행이라고 위안 삼았다.

그렇게 시간이 흘렀다. 다실에 들이자마자 그녀라는 존재가 지워진 건 아닐지 엉뚱한 상상이 일었다. 그래도 어른을 만나러 온 자리에서 지루하다고 일어나 서성일 수는 없어 꿋꿋하게 자리를 지켰다. 여기서 또 얼마만큼의 시간이 흘러야 할지. 그만큼 아빠에 대한 오해가 깊은 것 같아 마음이 아렸다.

달칵.

소리에 다희의 고개가 문으로 향했다. 무거운 표정의 진 여사가 들어왔다.

"안녕하세요."

그녀가 자리에서 일어나 인사를 했다. 하지만 진 여사는 그녀에게 시선을 주지 않고 맞은편에 와 앉았다. 진 여사가 자리에 앉는 것을 보고, 다희도 앞에 앉았다. 진 여사는 자리가 불편한지 창 밖을 계속 응시했다.

"타래과 좀 만들어봤어요. 혼자 한 건 아니고, 친구 어머님께 도움 받았습니다. 입맛에 맞으셨음 좋겠어요."

다희가 타래과 상자를 들어 탁자에 올리려 하자, 진 여사는 차갑게 상자를 일별하고 다시 아까와 똑같은 자세로 고개를 돌렸다.

"가져왔으니, 그냥 둬요."

좀 뻘쭘해진 다희는 상자를 옆 자리에 다시 내려놓았다.

"말씀 낮추세요."

"불편하다는데도 굳이 찾아오겠단 이유가 뭐죠?"

별다른 용건이 있던 게 아닌 터라, 다희는 말문이 잠시 막혔다. 가장 하고 싶은 말이야 당연히 아빠에 대한 오해를 풀었으면 하는 거겠지만, 아직 마음이 굳게 닫혀 있는 진 여사에게 이런 분위기 속에서 꺼내놓을 말은 아닌 듯했다.

"……그럼, 내가 하나 묻죠."

"아, 네."

다희는 먼저 말을 걸어준 진 여사에게 하마터면 감사하다고 꾸벅 고개를 숙일 뻔했다. 그만큼 이 자리가 다희에게는 불편하고 어려웠다.

"왜 우리 서훕니까? 가족 간의 불미스러운 일을 알고 있다니 묻는 말이에요. 불편한 관계를 감수하면서까지 서후를 놓지 않겠다는 한다희 씨의 본심을 듣고 싶군요. 왜 우리 서후를 포기 못하겠다는 건지."

진 여사의 어조에서 매서운 기운은 얼마쯤 빠져 있는 듯 느껴졌다. 다희 자신만 그렇게 느낀 거라 해도, 한결 마음이 편해지는 건 사실이었다.

"이유는 아주 간단합니다."

"뭐가 말입니까?"

"서후 씨랑 있는 게 행복해서요. 지난번에 제가 잘못 말씀드렸어요. 저 때문에 서후 씨가 행복한 게 아니라, 서후 씨 때문에 제가 행복한 거였어요. 떨어져 있으면 불행하고 함께 있으면 행복해요. 그럼 같이 있어야 하는 거 맞잖아요."

진 여사가 다희를 깊은 눈으로 보았다. 어린 나이에 엄마를 잃었다지만, 그녀의 어디에서도 어두운 구석 한 점 찾을 수 없었다. 몇 차례 불편한 관계로 부딪혔지만, 다희는 한 번도 진 여사를 원망하지 않았고 낯빛에 찡그림을 담지도 않았다.

'천성이 밝은 아이군. 한 교수 여식만 아니었다면……'

사람 보는 눈이 어둡지 않았기에 진 여사는 다희가 여간 아까운 게 아니었다. 왜 서후가 이 아이를 마음에 두었는지도 알 수 있었다.

큰 사업을 맡는 서후가 사사로이 정에 끌리지 않는 게 다행이라며 남들 듣기 좋으라고 말했지만, 엄마로서의 진짜 속내는 그렇지가 않았다. 따뜻한 가정을 이루길 바랐고, 위안을 줄 수 있는 아내를 만나기를 바랐다. 그런데 근래 들어 아들에게서는 부쩍 그런 따뜻한 기운이 느껴졌다. 반가운 일이었다. 하지만……, 그 기운을 가져다준 이 아이를 맘껏 아껴줄 수 없었다. 곁을 내줄 수 없어 안타깝기는 진 여사도 마찬가지였다. 진 여사 자신도 제 마음의 빗장이 열리지 않아 답답했다.

"너무 모호하군요. 그때 얘기하지 않았던가요? 감정이란 변할 수 있으니 후에 사랑하는 마음이 없어지면 헤어질 수도 있다고 했던 거 같은데, 그렇죠?"

"네, 맞습니다."

"그 말은 한다희 씨 감정을 본인도 백 퍼센트 확신할 수 없다는 말이기도 하구요."

"네."

"본인도 자신할 수 없으면서, 왜 내가 두 사람 관계를 지켜봐야 하는지 모르겠군요."

"돌아가신 엄마가 해주셨던 말이 있는데 들려드려도 될까요?"

"그래요."

"다희 너를 오늘 가장 많이 사랑한다. 오늘 가장 많이 사랑한다고 하셨어요."

"오늘?"

"네, 오늘요. 암투병 하느라 엄마는 병원에 오래 계셨어요. 어린 마음에 엄마가 빨리 나았으면 좋겠다는 말을 하고 싶은데, 뭐라고 해야 좋을지 모르겠더라구요. 그래서 내일은 퇴원할 수 있냐고 물어봤었거든요."

"……."

진 여사는 다희가 차분히 하는 말에 서서히 빠져들고 있었다. 분명 제 아픔을 털어놓고 있으면서도, 다희는 다사하게 웃으며 얘기를 차분하게 이어나갔다.

"그때 엄마가 그러셨어요. 내일은 하느님만 알고 계신 거라 퇴원할 수 있을지, 하늘나라로 갈지 알 수 없다고요. 하지만 엄마가 확실히 말해줄 수 있는 건 오늘, 지금 이 순간 우리 딸을 가장 많이 사랑하는 거라고 하셨어요."

"그랬군요."

"제 확신을 알고 싶으시다면, 이렇게 말씀드릴 수는 있어요. 저는 오늘 서후 씨를 가장 사랑하고 있습니다. 이건 분명한 사실이에요."

진 여사는 서후가 했던 말을 이해할 수 있었다.

'아픔에 맞서는 용기를 이 아이를 통해 배웠다더니, 이런 모습 때문이었군.'

"어머님이 참 현명한 분이셨군요."

"네? 아, 가, 감사합니다."

다희는 순간 제 귀를 의심했다. 진 여사에게서 칭찬을 들으리라곤 예상치 못했던 터라 당황해서 그만 말을 더듬고 말았다. 눈물빛이 살짝 어렸다.

"이제 그만 돌아가봐요."

진 여사의 목소리에서 이제 냉랭함은 전혀 느껴지지 않았다.

"네."

자리에서 일어나 인사를 하고 다실을 나서던 다희가 휙 돌아섰다. 지켜보던 진 여사와 눈이 마주쳤다.

"고맙습니다. 엄마 애기 들어주셔서, 정말 감사해요."

갈쌍한 눈에 햇살처럼 눈부신 미소를 담고 다희는 진 여사에게 재차 인사하고는 다실을 나섰다.

진 여사는 나가는 그녀의 뒷모습을 담담한 표정으로 보았다. 더 있겠다 고집 부리지 않는 마음이 예뻐 보였다. 어른을 불편하지 않도록 배려하는 마음 씀씀이가 보였다. 그런 다희의 고운 모습을 발견할수록 진 여사는 마음이 점점 불편해져 한숨이 깊었다.

달그락, 달그락, 철컥, 끼리릭.

수년간 켜켜이 먼지가 쌓인 경첩에서 스산한 소리가 났다. 서진의 방, 문이 열렸다. 차마 들어서지 못한 채로 안을 바라보고 있는 진 여사.

딸칵.

문을 연 메이드가 조명 스위치를 켜놓고 진 여사 뒤로 움직였다.

"……따로 부를 때까지 내려가 있어."

"네, 사모님."

메이드가 내려가고도, 진 여사는 보이지 않는 금지선이 드리워져 있는 듯 선뜻 방 안으로 들어가지 못했다. 곧 이어 슬리퍼 끄는 소리가 들리고, 5년 만에 그녀가 딸의 방으로 들어섰다.

"하아."

가구를 덮어둔 실크천이 빛바래 있었고, 가족사진 대신 딸이 그린 가족 그림이 벽 한쪽에 덩그러니 매달려 있었다. 진 여사가 그림 앞으로 가 섰다. 아들의 말이 맞았다. 그림 속에서는 네 사람 모두 더없이 행복한 미소를 짓고 있었다.

"서진아."

'아, 얼마 만에 소리 내 불러본 이름인가.'

"네, 엄마."

딸이 제 이름을 듣고, 대답을 해오는 듯한 착각마저 일었다. 가슴이 에였다.

한 교수를 사랑하게 된 딸은 그에게서 사랑받지 못해 슬퍼했고, 엄마의 지독한 반대에 괴로워했다. 그런 딸을 바라보는 진 여사도 가슴 아팠지만, 금이야 옥이야 키운 딸을 애 딸린 홀아비에게 내줄 수 없었다. 그래서 진 여사는 더 모질게 서진을 대했다. 딸의 마음을 돌리려고 2년이 넘도록 모진 소리만 해댔다.

"미안하다, 아가."

서진이 죽은 그날 아침에도, 차라리 같이 죽자고 딸 가슴에 못을 박았다. 한 교수를 사회에서 매장시켜버리겠노라고 엄포를 놓았다.

"그러지 마세요, 엄마. 한 교수님 포기했어요. 그분은 돌아가신 사모님만 사랑하세요. 나 혼자 사랑하고, 존경한 거예요."

진 여사의 눈에 회한의 눈물이 고였다. 가족의 웃음을 앗아간 장본인이 자신이기에, 이 모든 불행이 제 탓이기에, 두려운 마음에 가족 그림을 애써 외면했다. 자리를 떠나려던 그녀의 몸이 천천히 다시 돌아섰다. 액자 아래 놓여 있는 책상. 그 위에 일기장이 펼쳐진 채로 놓여 있었다.

'왜 여기 나와 있지? 누가 들어왔었나?'

진 여사는 펼쳐져 있는 일기장을 그대로 들어올렸다. 동글동글한 딸의 필체가 가득했다.

엄마가 한 교수님을 찾아가셨다.

글귀를 읽은 진 여사의 얼굴이 엉클어졌다.

"마, 말도 안 돼."

마지막 인사를 하려고 그분 작업실을 찾아갔다. 하지만 발길을 돌렸다. 차마 교수님을 볼 수가 없었다. 그곳에……, 그곳에 엄마가 계셨다. 아, 엄마……. 마지막으로 찾아가봐야 될 것 같다. 어머니를 대신해 사고해야 한다. 딸을 너무 사랑한 나머지 그분께 험한 말을 해야 했던 어머니를 이해해달라고 말해야 한다.

"세, 세상에. 서진아, 너, 네가 거기 있었어? 엄마의 모진 꼴을 기어이 본 거였니?"

진 여사의 다리가 푹 꺾였다. 의자를 잡고 버텨보려 했지만, 의자를 붙잡은 채로 바닥에 쓰러지고 말았다.

"나를 원망했구나. 내가 너를 사지로 몰았던 거였어, 내가, 내가……."

"여보!"

어느새 올라와 있었던 윤 회장이 황급히 다가왔다. 내려앉으며 얼른 진 여사를 부축했다.

"저 어떡해요. 우리 서진이가 나 때문에, 결국 내가 죽였어요, 우리 서진이."

"이 사람아, 그게 무슨 말이야. 정신 놓으면 안 돼."

"미안하다, 서진아. 미안해."

"어허, 이 사람 정말 큰일 나겠군."

"죄송해요, 여보."

"좀 일어나 봐요. 일어날 수 있겠어요?"

"……여보."

윤 회장은 진 여사를 부축해서 일으켰다. 침대에 아내를 앉히고, 그도 옆에 나란히 앉았다. 끓어오르는 오열을 참느라 앙다문 그녀의 입술 새로 애참한 신음소리가 흘렀다.

윤 회장은 아내가 울 수 있도록 잠시 놔두었다. 침대에서 일어선 그가 바닥에 떨어진 일기장을 주워들었다.

"다, 당신이세요? 일기장 당신도 보셨어요?"

"내 불찰이오. 제자리에 꽂아두었어야 했는데."

윤 회장은 책꽂이에 일기장을 두고, 다시 아내 곁으로 와서 앉았다.

"내가 혐오스럽죠? 딸을 죽게 한 장본인이 다른 사람 원망하는 걸 왜 두고 보셨어요. 아, 아니에요. 내 잘못이에요. 다 내 업보예요."

진 여사는 자기혐오를 견디지 못하고 손으로 얼굴을 가렸다. 차마 남편의 얼굴을 볼 수가 없었다. 엄청난 충격 앞에 그녀의 다부진

우아한
짐승의 연애

어깨가 푹 꺾였다. 윤 회장은 가만히 아내의 등을 다독였다.

"터무니없는 소리. 그건 사고였어. 누구도 알 수 없었던, 누구도 원하지 않았던 사고 말이오."

"아니에요. 내가 한 교수만 찾아가지 않았더라도, 그 흉한 모습을 서진이가 보지만 않았더라도 우리 아인 죽지 않았어요. 날 대신해 한 교수를 찾아가 잘못을 빌겠다고, 거길 가서는."

"어허, 이 사람아, 당신 탓이 아니야."

"아니에요, 내 탓이에요. 다 내 탓이에요."

진 여사의 눈에서 눈물이 후두둑 떨어졌다. 기어이 그녀가 무너져 내렸다. 한 교수에 대한 미움만이 그 단단한 어깨를 지탱해주고 있었다. 사실을 외면해야만 그녀가 살 수 있었다. 하지만 그렇게 외면하는 동안, 그녀의 속은 오히려 더 썩어들어갔다.

"서진인 당신 이러는 걸 바라지 않을 거요. 그만 아이가 편히 잠들 수 있도록 해줍시다."

"그 여린 것이 얼마나 힘들었을까요. 얼마나 고통스러웠을까. 얼마나 무서웠겠어요."

윤 회장은 아내의 어깨를 꼭 끌어안았다.

'미안하오. 진즉에 당신의 죄책감을 덜어주었어야 했는데.'

그는 아내의 무거운 짐을 이해했다.

서진의 장례식을 치르고 얼마 지나지 않았을 때였다. 세계에서 주목하는 예술인 중에 한 교수가 선정되었다는 기사가 대서특필되었다. 방송사에서는 앞을 다투어 한 교수를 집중 조명하는 다큐멘터리를 제작했다.

아내는 극도로 분노했다. 서진의 죽음을 제대로 인정하지 못하고 있던 그녀에게 한 교수의 승승장구하는 모습은 눈엣가시처럼 비쳤다. 초상집 옆에서 꽹과리가 울린다면 누군들 얼굴 찡그리지 않을까마는, 한 교수에 대한 아내의 증오는 일시적인 감정이 아니었다. 시간이 갈수록 증오심은 증폭되었다. 나중에는 아예 서진이 한 교수와 크게 다투고 분한 심정을 가누지 못해 달려오는 트럭에 달려들었다고 억지까지 쓰기에 이르렀다. 그렇지 않다고 아무리 달래본들, 아내의 강퍅하고 꼬인 심정을 돌려놓을 수는 없었다.

"가만 두지 않겠어요. 서진이 목숨 값을 톡톡히 치르게 하겠어요."

윤 회장이 진 여사의 증오에 대한 심각성을 느꼈을 때는 이미 한 교수는 한국 땅을 떠난 뒤였다. 그때라도 아내를 만류하고 오해를 바로잡아야 했다. 아내가 마음을 다쳤다는 걸 인정하고, 치료해 주고, 도와주어야 했다. 하지만 그는 하지 않았다. 오히려 그릇된 판단을 하고야 말았다. 한 교수를 원망하는 게 그녀가 살아가는 힘이 되지 않을까 하고 안일하게 생각했던 거다. 그것이 아내의 상처를 더 깊이 곪고 썩게 한다는 걸 몰랐다.

윤 회장은 무참히 무너져 내리는 아내를 바라보며, 지켜주지 못한 자신을 책망했다. 한숨을 짓는다.

"여보, 이제라도 늦은 건 아니지 싶은데."

"모르겠어요."

"마음 굳게 가져요. 내가 옆에 있잖소."

진 여사는 눈물 젖은 눈으로 남편을 바라보았다. 윤 회장은 따뜻한 미소로 어루만지며 아내의 등을 쉼 없이 다독였다.

+18

　서후는 Y호텔 국내와 동남아 지역 총지배인 회의에 참석하느라 지난주 내내 다희를 만나지 못했다. 홍콩과 국내 제주도와 경주를 거쳐서 이제 방금 서울 Y호텔에 도착했다. 경주에서 전용 헬리콥터로 이동한 그는 헬리콥터에서 내리면서 휴대전화를 확인했다. 예상한 일이었지만, 부재중 전화가 한 통도 없었다.

　"고집불통."

　지난 토요일 구기동에 다녀온 그녀가 걱정돼 조바심이 났다. 그가 한국을 잠시 벗어나기만 하면 크든 작든 일이 생겼기에 그는 온전히 마음을 놓을 수가 없었다. 제 눈으로 그녀의 상태를 체크하고 싶었다.

　호텔 옥상에서는 헬리콥터 소음 때문에 통화를 잠시 미룰 수밖에 없었다. 사무실로 향하는 복도에서 그녀에게 전화를 걸었다. 신호음이 짧게 울렸고 바로 전화를 받았다.

　― 어! 회의 다 끝났어요?

　전화가 연결되자마자, 그녀가 기다렸다는 듯 반갑게 그를 반겼다.

"퇴근했나?"

— 그럼요. 당신은 지금 어디예요?

"호텔."

— 호텔? 아, 아직 경주에 있구나? 서울은……, 언제쯤 와요?

서후는 그녀의 어투에서 이상징후가 포착되지 않을까 예민한 더듬이를 드리웠다.

"지금 서울이야. 막 도착했어."

— 그래요? 나 지금…….

서후가 사장실로 들어섰다. 일어나 있던 비서진들이 일제히 인사했다.

"저, 사장님……."

이 비서가 뭔가를 보고하려 했지만, 서후는 관심을 두지 않고 다희와의 통화를 유지하며 그대로 집무실로 들어갔다.

— 당신 사무실에 있는데? 언제 와요?

문이 열리자, 소파에 앉아 있는 그녀가 보였다.

"어? 바로 왔네?"

다희도 그가 바로 나타나자 놀란 눈을 하며, 그를 보았다. 전화를 끊고 일어나 그에게 다가온다. 서후 뒤에 서 있던 박 실장이 집무실 문을 닫고 나가는 게 보였다. 다가온 그녀가 그대로 서후의 허리에 양팔을 두르고 꼭 안긴다. 그의 가슴에 얼굴을 묻는다.

"아, 보고 싶었어요."

서후가 그녀의 턱을 가볍게 쥐고 들어올리고, 눈을 마주친다.

"보고 싶었으면 이렇게 해야지."

"아, 맞다."

그가 귀엽게 웃는 그녀의 눈에 가벼운 키스를 해준다. 사랑스러운 볼을 감싸고 이내 입술을 삼키고, 혀를 삼켰다. 묻고 싶은 말이 한가득이지만, 이 순간은 그 무엇보다 갈증을 채우고 싶었다. 이대로 밀어붙여 그녀를 소파에 눕히고 양껏 탐하고 싶었다. 그녀의 매혹적인 몸을 보고 싶었다. 그때 다희가 아무리 단호하게 고집을 부렸다 한들, 동의하지 말았어야 했다. 치밀어 오르는 본능을 잠재우는 일은 결코 쉽지 않았다. 그녀의 입술을 강렬히 탐해도 갈증은 쉽사리 채워지지 않았다. 늘 더 갈급하게 되었다.

서후는 끝 간 데 없는 인내심을 발휘하며 그녀를 간신히 떨어뜨려놓고는 소파로 가 나란히 앉았다. 그제야 그녀의 얼굴을 살피기 시작했다. 며칠 새 얼굴이 상하지는 않았는지, 혹여 마음고생을 하지는 않았는지 훑었다. 다행히 눈에 보이는 변화는 없어 보였다. 제 눈으로 확인하고 나니 좀 안심이 되었다.

"어머니 만난 일은 어땠어?"

"얘기한 그대로예요. 갤러리에 오셨을 때보다는 훨씬 편하게 대해주셨고, 엄마 얘기도 잘 들어주셨구요."

"돌아가신 엄마 얘기를 했어?"

"네. 당신을 사랑하는 마음이 시간이 지나면 변할 수도 있는데, 그런 감정을 어떻게 믿을 수 있겠냐고 하셔서요. 그걸 설명하느라 예전에 엄마가 해준 말을 해드렸어요."

"나한테도 해줄 수 있나? 들어보고 싶은데."

"얘기해줄 수는 있는데, 아직 일 안 끝났어요? 나 배고파요."

다희가 고개까지 갸웃 기울이며 앙증맞게 배고픈 표정을 지어 보였다. 서후가 그녀의 볼을 아프지 않게 꼬집고, 손가락으로 톡톡 건드렸다.

그가 인터폰을 누르려 긴 팔을 뻗치는데, 인터폰이 먼저 울렸다. 그가 버튼을 누르고 대답하자, 박 실장이 차분하지만 빠르게 얘기했다.

— 사장님, 수화기를 들어주시겠습니까?

서후는 그녀가 들어서는 곤란한 얘기일 거라 생각하고, 대꾸 없이 바로 수화기를 들었다.

"무슨 일입니까?"

— 구기동 사모님께서 입원하셨습니다.

"언제요?"

— 일요일 저녁에 응급으로 입원하신 걸로 확인됩니다. 회장님께서 조용히 사장님만 다녀가시라고 연락 주셨습니다.

"알겠습니다. 5분 뒤에 출발하죠."

— 네.

서후가 수화기를 내려놓고 다희를 돌아보았다.

"급한 일 생겼어요?"

"어쩌지? 식사 같이 못하겠다."

"괜찮아요. 당신 얼굴 봤잖아요."

다희가 먼저 일어서자, 무거운 표정으로 서후도 따라 일어났다. 그의 표정을 읽은 다희가 걱정하며 물었다.

"안 좋은 일이에요?"

"……별일 아냐."

그녀가 바짝 다가섰다. 편하게 웃으며 그의 얼굴을 제 손으로 따뜻하게 감싸더니 아래로 끌어당겼다. 자신은 까치발을 들어 몸을 높인다. 위로를 주는 부드러운 키스를 하고 떨어진다.

"전화할게. 기다려."

"네."

서후는 다희를 다시 안고 싶었지만 차마 안지 못했다. 자신의 떨림이 그녀에게 전이될까 봐 더 안을 수 없었다.

대학병원 VIP 병실 내, 의료진이 윤 회장 내외에게 인사하고 병실을 나섰다. 집에서 따라온 메이드가 진 여사를 침대에 눕혀주고 이내 병실에 붙어 있는 거실로 나갔다. 진 여사가 윤 회장을 걱정스럽게 본다.

"들어가세요. 저보다 더 힘들어 보여요."

윤 회장이 자신을 더 걱정하는 아내를 안쓰럽게 본다. 잠시 회한에 젖었던 그가 심중 깊숙하게 묻어두었던 얘기를 한 자락 꺼내놓았다.

"당신이…… 참 잘 웃는 사람이었다는 걸 잊고 살았소."

"……!"

진 여사는 남편의 갑작스런 얘기에 잠시 움찔했다.

"우리 서진이도 참 잘 웃는 아이였지. 당신 닮아서 웃는 게 참 예뻤어."

"여보……."

"……퇴근해서 들어오면 늘 현관 밖까지 당신과 서진이, 서후 웃음소리가 들렸소. 퇴근한다는 연통을 미리 해주지 않는다고 당신이 늘 불평했던 거 기억하오? 내가 왜 그랬는지 알아요? 그 웃음소리를 계속 듣고 싶어서였어."

남편의 회고에 그녀도 자연스럽게 자신의 감정을 드리웠다.

"네, 알고 있었어요. 아이들이 당신 어려워해서 당신이 들어오면 입을 다물어버렸으니까요. 그걸 섭섭해하리란 생각은 했죠."

"섭섭한들 어쩌겠나. 내가 맡은 일이 버거워 회사 건사하기도 힘든 못난 인사였는걸. 단 한 번도 아이들을 따뜻하게 안아주지 못했으니 할 수 없지."

"자책 마세요. 서진이도, 서후도 당신을 존경했어요. 그건 제가 알아요."

"그렇게 이끌어준 게 당신이었잖소. 내가 왜 그걸 모르겠나."

진 여사는 자신의 심장에 단단하게 굳어 있던 멍울이 울렁대는 게 느껴졌다. 남편이 딸의 이름을 지금처럼 자연스럽게 꺼내는 것은 없던 일이었다. 서진을 떠나보낸 이후, 두 내외 사이에서 그 이름은 고집스럽게도 거론되지 않았다.

"하고 싶은 말씀 하세요. 갑자기 예전 얘기까지 꺼내신 이유가 뭐예요?"

"한 교수 여식도 어미를 일찍 여의었다고 했지?"

"……네. 어른인 저도 죽음 앞에서 의연하지 못했는데, 그 아인 어린 나이에 엄마를 여의고도 참 밝게 잘 자랐더군요."

"대견하군. 그만큼 심지가 굳은 아이를 들인다면 우리 집도 예전처럼 웃음을 다시 찾을 수 있지 않겠나?"

"여보……."

"아이들이 참 기특하지 않소. 제 뜻대로 안 되어 나쁜 마음 먹고 저희들 좋을 대로 나가 살겠다고 할 수도 있을 터인데. 우리 마음이 풀리도록 기다린다잖소. 서후도 그 아이가 다부지게 잡아주는지 회사 일을 예전보다 더 빈틈없이 해내고 있으니 말이오."

"그예 제가 꺾여야 한다는 말씀이군요. 하지만 전 아직 한 교수를 볼 자신이 없네요."

"시간이 필요한 일이겠지. 당신한테 강요할 생각은 없소. 하지만 어쩐지 지금이 우리의 과오를 바로잡을 때가 아닐까 싶네. ……나는 말이오, 한 교수가 참 고맙소. 우리한테 얼마든지 항변할 수도 있었고, 한 교수 명성이라면 딸아이와 헤어지지 않고도 한국에서 작품 활동이든 학교든 길을 찾을 수 있었을 텐데, 그러지 않았으니."

윤 회장의 덤덤한 말투 때문인지, 진 여사는 이 불편한 사실을 들으면서도 예전만큼 마음이 부대끼지 않았다. 그녀의 말투도 한층 누그러졌다.

"한 교수에게 다른 뜻이라도 있었다는 말씀이세요?"

"왜 그랬을까 생각해봤지."

"……."

"그게 다 서진일 아꼈다는 마음 같더군. 사랑이 아니었을 뿐, 후배로서, 인간으로서 서진일 아꼈으니 그런 선택을 해주지 않았겠나. 한 교수도 서진이가 먼저 간 것을 무척 안타까워했다는 말일세. 두 아이가 이렇게 인연이 된 것도, 우리의 잘못을 바로잡으라고 기회를 주는 것 같지 않나?"

"절 부끄럽게 하시는군요."

"조금 더 일찍 깨달았으면 좋았을 것을, 나이 들어 이제야 알았으니 수치는 나에게도 있지."

"제 잘못인 걸 알고도, 뭘 해야 하는지 알면서도, 망설이는 제가 한심하시죠?"

"사람도 참. 그러니 우리가 행복하단 걸세. 아이들이 우리를 기다려준다 하잖나. 그 시간에 당신도, 나도 뭔가를 해야 싶은데."

진 여사는 자신 역시 무거운 짐을 털어버리고 싶었으나 아직은 쉽지 않았다. 남편과 아들이 그녀에게서 듣고자 하는 말이 무엇인지는 알지만, 여전히 가슴속에 자리 잡은 서진의 그림자가 애달프기만 했다. 그러나 윤 회장의 의중을 누구보다 잘 아는 그녀이기에 남편이 애써 꺼내놓은 말을 무조건 반대만 할 수는 없었다.

"알겠어요. 저도 다르게 한번 생각해보겠어요."

"고맙구만. 정작 이 얘기를 하고자 한 건데 쓸데없이 말이 길어졌네."

"서후 부르셨어요?"

"곧 도착한다는군. 아이가 오면 당신이 먼저 곁을 좀 내주면 좋겠어."

"……"

진 여사는 가타부타 대답하지 못했다. 윤 회장이 아내를 따스한 시선으로 위로했다.

노크소리가 들렸다.

두 노부부가 문으로 고개를 돌린다. 그리고 그들이 기다리던 아들 서후가 문을 열고 들어선다. 무거운 표정의 그를 윤 회장이 먼저 미소로 반긴다.

"왔구나. ……당신 쓰러졌다는 얘기에 서후가 많이 놀랐나보구만."

서후가 여전히 표정을 풀지 못하고 침대 가까이 다가온다.

"어머니."

"왔니? 별일 아닌데, 바쁜 사람 괜스레 걱정 끼쳤네."

서후는 어머니의 밝은 표정을 보는 게 더 마음이 쓰였다. 죄송해서 고개를 제대로 들 수조차 없었다.

"서후야, 아버지 집에 모셔다 드리렴. 너무 오래 나와 계셔서 힘드실 게다."

"네, 알겠습니다."

"그리고……, 나 퇴원하거든 그 아이 집에 다시 다녀가라고 전해라."

서후와 윤 회장이 의외라는 얼굴로 진 여사를 동시에 본다.

"지난번에는 내가 손님 대접 변변히 못해 그런다고 하렴."

"……어머니."

"아직 허락하는 건 아니니 앞서가진 말고. 말했듯이 손님 대접이 소홀해서 맘에 걸려 오라는 거다."

"다희는 이걸로도 충분하다고 할 겁니다. 고맙습니다. 정말 좋아하겠네요."

"팔불출 같으니라고."

진 여사가 퉁명스레 말하고 몸을 돌렸다. 서후가 미워서가 아니었다. 서툴게 속을 내보인 게 쑥스러워 얼굴을 감추고자 등을 돌린거였다.

그제야 굳어 있던 서후의 표정이 풀렸다. 오는 동안 얼마나 암담했는지 모른다. 다희를 얻기 위해서는 못할 짓이 없다고 생각했지만, 막상 어머니가 다희를 만난 이후로 쓰러졌다는 말을 듣고는 담담할 수가 없었다. 어머니가 조금씩 마음을 내주는 게 보여, 기쁘고또 감사했다.

윤 회장이 서후의 어깨를 툭툭 치며 인자하게 웃었다. 그도 아버지를 보며 웃었다. 서로 말하지 않아도 마음을 꿰뚫는 부자지간의 염화미소였다.

심신쇠약으로 병원에 입원했던 진 여사는 쉬는 겸 해서 건강검진까지 마치고 며칠 후 건강하게 퇴원했다. 그리고 병실에서 서후에게 약속한 대로, 한 달 후 다희를 정식으로 집에 초대했다.

그렇게 다희는 다시 구기동 대문 앞에 섰다. 떨리는 마음이야한 달 전과 다를 바 없었지만, 이번의 떨림은 지난번과는 다른 의미였다. 진 여사가 서후나 일하는 사람을 통하지 않고 직접 전화를 걸어 초대해준 것이다. 기쁜 나머지 그 통화를 끝내고 나서 제 볼과곁에 있던 주영의 볼을 몇 차례나 꼬집어보았다. 세게 꼬집은 볼이아팠지만, 영문 모르고 볼을 꼬집힌 주영에게서 등을 맞아 아팠지만, 기쁨이 커서 아픈 줄도 몰랐다.

초인종을 누르자 다희를 알아보았는지 누군지 묻지도 않고 문이

열렸다. 한 번 다녀가 그런지 정원으로 올라서는 길이 낯설지 않았
다. 다희의 든든한 조력자인 주영의 모친, 김순채 여사가 준비해준
전복인삼초를 넣은 가방을 한 번 추스르고 씩씩한 걸음으로 돌계단
을 올랐다. 그때,

"어어어, 위험해요."

다희는 소리를 지르며 정원 일각에서 일하는 어르신을 향해 달
려갔다. 어르신은 사다리에서 내려서다가 위험하게 휘청였다. 득달
같이 달려간 다희는 전복인삼초 가방을 내던지다시피 해서 버려두
고, 사다리를 꽉 부여잡았다. 놀란 나머지 저도 모르게 버럭 큰 소
리를 냈다.

"할아버지!"

어르신은 사다리가 휘청일 때보다, 다희의 큰 목소리에 오히려
놀라는 눈치였다. 하얀 황사마스크로 얼굴을 가린 그는 그녀를 깊
은 눈으로 응시했다.

"누구신가?"

"누구인건 나중에 물으시고, 일단 저 잡고 내려오세요. 어서요."

어르신은 다희의 재촉과 다부진 태도에 그녀가 내민 손을 잡고
안전하게 아래로 내려섰다.

"자, 아가씨, 이제 됐나?"

"다른 분은 없어요? 연세도 있으신데 왜 굳이 사다리에 올라가
세요. 위험하게."

"……이게 위험해 뵈나?"

"그럼요. 이렇게 높은 데 치는 건 젊은 사람 시키세요. 할아버

지는 여기 아래쪽만 하시구요. 요령껏 해야죠. 설마 이 넓은 정원을 혼자 관리하는 건 아니시죠?"

자신을 정원사로 오인하는 다희를 응시하는 어르신의 눈이 가늘게 늘어졌다.

"혼자 하는 거야 아니지만."

"아님, 함께 일하는 분이 연세가 더 많으세요? 그래서 직접 하신 거예요?"

"……그러게. 내가 가장 젊은 거 같은데?"

"정말요? 할아버지보다 더 연세 많은 분더러 올라가라 할 수도 없고, 좀 곤란하네요. 어쩌지……?"

다희는 서후에게 말해서 어르신이 위험한 일을 않으시도록 부탁하려 했는데, 괜히 중뿔나게 거들었다가 오히려 연세 많다는 이유로 해고당하시지는 않을까 싶었다. 그래도 걱정이 돼 그냥 지나칠 수 없었다.

"……아가씨?"

"네. 아, 죄송해요. 생각 좀 하느라. 도와드렸으면 좋겠는데 제가 별로 힘이 없네요. 괜히 어려운 일 안 하시게 부탁했다가 해고당하실까 봐 얘기도 못하겠고."

어르신은 그런 다희를 흥미로운 듯 지켜보았다. 다희는 뭔가 좋은 생각이 떠올랐는지 금세 미소를 지었다.

"아, 이렇게 해요. 사다리를 튼튼한 걸로 준비해달라고 할게요. 흔들리지 않는 튼튼한 걸로요. 그 정도는 해드릴 수 있을 거 같은데, 어떠세요?"

우아한
짐승의 연애

"사다리를 바꿔준다고? 거 괜찮은 생각이네. 나 잘리지 않게 잘 좀 거들어줘요."

"네, 걱정 마세요. 제 백이 좀 든든하거든요."

어르신, 윤 회장은 어린 나이에도 사정을 두루두루 살필 줄 아는 따뜻한 심성의 그녀가 곱게 보였다. 아들 녀석이 사람 보는 눈이 영 몹쓸 것은 아니다 싶었다.

다희는 윤 회장에게 인사하고 안으로 가려다가 다시 돌아섰다.

"할아버지, 혹시 타래과 좋아하세요?"

"좋아하지."

"다행이다. 다음에 오게 되면 좀 만들어 올게요. 한 번 배워봤는데 맛이 나쁘지 않았거든요."

"그래요. 또 봅시다."

"네. 쉬엄쉬엄 일하세요."

다희는 자신이 누구에게 말을 걸었는지도 모르고 해맑게 돌아섰다.

"이런, 단단히 오해했네."

윤 회장은 마스크를 벗어내며 집으로 들어가는 그녀의 뒷모습에 대고 혼잣말을 했다. 안 그래도 아내 때문에 긴장해 있는 다희가 자신이 일하는 어르신이 아니라는 걸 알면 얼마나 당황할지 눈앞에 훤히 그려졌다.

"오늘도 인사를 못하겠군."

윤 회장은 오랜만에 너털웃음을 터뜨렸다. 한번 터진 웃음은 좀처럼 거둬지지 않았다. 그가 해고당할까 봐 전전긍긍하던 다희의 맑고 바른 심성이 계속해서 그를 간질여댔다.

구기동 대문을 열고 나온 다희는 문 앞에서 눈에 익은 리무진
이 대기 중인 걸 보고, 입술을 샐쭉하게 다물었다. 조수석에서 내
린 박 실장이 뒷문을 열었다. 다희는 박 실장에게 고맙다는 의미로
목례를 했다. 차에 타지 않은 채로 몸만 낮춰서 안을 들여다보았다.
서후는 짐짓 무심한 척 서류를 검토 중이었다.

"오지 말라니까요."

다희의 말투가 불퉁스러웠지만, 서류에 사인하는 서후의 표정
은 느긋했다.

"회사 들어가는 길이라. 타."

"당신이 내려요."

서후는 사인을 마친 서류를 옆으로 내려놓으며 다희의 표정을
살폈다. 걱정한 것보다는 나쁘지 않은 표정이라 다행이다 싶었다.

"날씨 좋아요. 당신이랑 걷고 싶어요."

그는 어려운 일 아니라는 표정으로 차에서 내렸다. 박 실장에게
대기하라는 지시를 하고 다희 곁으로 와 섰다. 늘 차로만 다녔던 구
기동 길을 그녀와 손을 잡고 천천히 걸었다. 그의 일상과는 어울리
지 않는 한가로움이 마음을 편안하게 했다.

"나 부탁 있어요."

그녀가 서후의 팔을 다른 손으로 감싸 안으며 그를 올려다보았
다.

"얼마든지."

"뭔지 들어보지도 않고요?"

"어려울 게 뭐 있어. 말해."

"여기 정원 가꾸는 어르신을 봤는데요."

"정원 가꾸는 어르신? 본가에서 일하는 사람 중에 어르신으로 보이는 사람이 있다구?"

"네. 높은 나무 가지치기 할 때 사다리 오르는 일이 종종 있으신가 봐요. 그런데 사다리가 너무 위험해 보여서요. 튼튼한 걸로 교체해줄 수 있어요?"

서후는 의문이 들었다. 그가 알기로는 정원일은 따로 업체를 불러 정기적으로 관리하고 있다. 그리고 본가에서 일하는 사람 중 어르신이라 불릴 만한 사람은 없었다. 정년퇴임 기간이 정해져 있는 것은 아니었지만 본가에서 일을 하다 나이가 들면 노후를 보낼 수 있는 가게를 마련해주어 내보내는 것이 지금까지의 통례였다.

서후가 또렷하게 대답을 해주지 않자, 다희는 단박에 못을 박는 얘기를 꺼냈다.

"절대 연세 많다고 해고하면 안 돼요. 절대로요. 그냥 튼튼한 사다리로 바꿔주기만 하면 돼요. 내가 괜히 나선 거 아시면 부모님 심기 불편하실 수 있으니까 당신이 알아서 조용히요, 네?"

"일단 알아볼게."

"알아보는 걸로는 안 돼요. 절대 해고하지 않는다, 그리고 사다리 바꿔준다, 분명히 해줘요. 할아버지랑 약속했단 말예요."

무조건 약속을 받아내겠다는 태도로 나오는 다희를 보자, 협상 타이밍이라는 기막힌 서후의 촉이 발동했다.

"당신은 뭘 해줄 건가?"

"네? 그게 무슨……."

"내가 당신이 원하는 대로 그 어르신 해고도 안 시키고 사다리도 교체해주면, 당신은 나한테 뭘 해줄 거지? 기브 앤드 테이크 모르나?"

"정말 이러기예요?"

"내 협상조건은 당신 안게 해주는 거."

다희는 멈춰 서서 그와 마주보았다. 손을 뿌리치려 했지만 서후가 잡은 손을 놔줄 리 없었다.

"치사해요."

"날 이렇게 만든 건 당신이야. 키스만으로 버틴 게 벌써 51일이야."

"그러니까요, 얼마나 지났다고 만날 때마다 채근하냐구요. 어머니 허락 받으려면 더 많이 기다려야 하는데요."

"그러니까 협상하자는 거잖아."

'으으.'

말로는 그를 못 이긴다는 걸 알면서도, 항상 밀리는 걸 알면서도 다희는 그에게 또 말려들었다. 어르신 일을 빌미로 그가 이렇게 나올 줄은 정녕 몰랐다. 이러면 그에게 수치심을 불러일으키는 수밖에 없었다. 진짜 그러기는 싫었는데.

"당신은 나랑 자고 싶다는 생각밖에 없어요?"

"그래. 너랑 자고 싶다는 생각만 해. 요즘 내가 그래. 아니, 당신 만난 이후로 계속 그래."

'어, 이렇게 나오면 안 되잖아요. 화를 내야죠. 부끄러워해야
죠. 왜 이렇게 당당해, 이 남자?'

다희는 당황스러워 무슨 말을 해야 될지 몰라 횡설수설했다.

"그건 사랑이 아니에요."

"나한테는 사랑이야. 나조차도 당황스러울 만큼 확실한 사랑이
다. 당신 알기 전까지는 몰랐는데. 이게 내 사랑 같다."

"서후 씨……."

"다 거짓이라 해도 매순간 당신을 안고 싶은 거 이건 명확한 내
진실이야. 당신을 내 몸에서, 내 머릿속에서, 내 심장에서 떼어놓고
는 내가 살 수가 없어."

'무슨 사랑한다는 말을 이렇게 가슴 절절하게 외쳐요.'

자신의 남자가 그녀를 향해 사랑을 외치고 있다. 머뭇거림 없이,
주저 없이, 망설임 없이 사랑한다고 말한다.

다희는 서후의 허리에 팔을 두르고 그가 주는 사랑을 붙잡으
려 꽉 안았다. 평온한 줄 알았던 그의 심장이 사랑을 외치던 그 강
도만큼 큰 소리로 뛰고 있다. 그녀만이 알고 있는 그의 본모습이다.
그의 외면은 위기의 상황에서조차도 범상치 않은 냉철함으로 무장
되지만, 그의 내면은 긴장으로 식은땀이 흐른다. 그의 진정한 속내
는 오직 그녀만 알고 있는 비밀이다. 어쩌면 서후 그 자신도 모를 수
도 있는 그녀만의 비밀이다.

"당신만 벌 받는 거 아니에요."

"……."

"나도 함께 벌 서고 있어요. 당신 안고 싶어서 나도 매순간 참아

요."

"절대 양보 못한다는 건가?"

"미안해요. 그래도 어머님이 먼저 불러주셨잖아요. 조금씩 엉킨
실타래가 풀리는 거 같아요. 어쩐지 예감이 좋아요."

서후는 그녀의 얼굴을 두 손에 가두고 기분 좋아지는 미소를 지
으며 보았다.

"마냥 해맑지, 한다희 씨."

"그런 의미에서……."

"어영부영 협상 마무리 지을 생각 마."

녹아내리던 그의 표정이 단박에 서늘한 협상가의 그것으로 변
했다. 서로 절대 양보란 없을 거라는 듯 팽팽한 시선을 주고받았다.

"흐흠."

다가온 박 실장이 곤혹스러운 듯 헛기침을 했다.

"뭐죠?"

서후가 다희와의 눈싸움을 지속하면서 물었다.

"회장님 전홥니다."

"……!"

둘은 동시에 눈싸움을 거두고 박 실장을 보았다. 서후는 박 실
장이 내밀고 있는 휴대전화를 건네받았다.

"네. 아버지."

다희는 표정이 읽히지 않는 서후의 얼굴을 가만히 들여다보았
다. 그는 의미를 알 수 없는 "네, 네."라는 짧은 대답만 할 뿐이었다.

잘하고 나왔다 생각했는데, 다희는 자신이 실수한 게 있나 싶어

불안했다. 어르신에게 말을 건넨 것이 잘못이었나? 결국 어머님의 심기를 건드리고 만 걸까. 어르신이 괜히 자기 때문에 곤혹스러워진 것은 아닐지 걱정이 되었다. 그녀의 머릿속이 복잡하게 꼬였다. 전화를 끊은 서후는 박 실장에게 휴대전화를 넘기며 지시했다.

"박 실장님, 이 사람 집에 데려다주고 다시 이리로 와요."

"사장님께서는……."

박 실장은 서후의 동선을 물어왔다.

"그동안 나는 구기동에 있을 겁니다."

"네."

박 실장은 먼저 차가 있는 곳으로 갔다.

다희는 불안함을 담고 서후를 제 쪽으로 돌려놓았다.

"무슨 일이에요? 내가 실수했어요?"

"그러게. 한다희 씨 오늘 큰 건 한 거 같네."

"무섭게 왜 그래요. 그 어르신 일이에요?"

"부모님 기다리신다. 가서 뵙고 집으로 갈게."

"네, 알았어요. 그런데요……, 어르신은 아무 잘못 없어요. 그분한테 일 생기지 않게 당신이 꼭 방패막이 돼줘요. 그건 약속해줄 수 있죠?"

"……그래, 꼭 그렇게 할게."

서후는 다희의 뒷머리를 잡고 가까이 끌어왔다. 그녀의 고운 입술에 부드러운 키스를 했다.

'용기를 달라는 의미일까?'

다희는 제 걱정을 잠시 묻어두고 그에게 키스를 되돌렸다.

쨍그랑!

퇴근해서 본가로 날아온 서후는 현관에 들어서면서 접시 깨지는 소리를 가장 먼저 듣게 되었다. 뒤이어 메이드와 다희의 옥신각신하는 소리가 간간이 들려왔다.

"이걸 어째. 사모님이 아끼시는 접시를……."

"가까이 오지 마세요. 다쳐요. 내가 치울게요. 그냥 두세요."

"아니에요. 제가 얼른 치울게요. 다희 아가씨는 물러나 계세요."

서후가 주방으로 곧장 가려는데, 진 여사가 뒤에서 불렀다.

"못난 놈, 들어가서 뭐하게."

"어머니."

"알아서 하게 그냥 두거라. 사람 다루는 법도 알아야 한다."

"들어가보시면 안 돼요? 아직 어려서 긴장 많이 해요."

"이 정도 일은 너끈히 처리할 게다. 다희 걱정은 그만하고 들어와. 회장님 기다리신다."

"다희 얼굴만 잠깐 보고 갈게요."

"서후야, 아버지 오래 기다리셨다."

"······알겠습니다."

서후는 마지못해 어머니를 따라 서재로 향하면서도, 그녀가 걱정돼 마음은 이미 주방에 닿아 있었다.

그녀는 두 달 전부터 진 여사에게서 요리를 배우고 있었다. 진 여사는 번거롭다 하면서도 딱히 거절하지 않았다. 처음 요리를 배우러 본가에 왔을 때, 다희는 자신이 정원사로 오인한 어르신이 윤 회장인 걸 알고는 빨간 홍시가 된 채로 그 자리에서 꽤나 오랫동안 움직이지 못했다. 정원사에게 주기로 약속한 타래과를 든 채로 윤 회장에게 건네지도, 차마 물리지도 못했다.

"으앗! 다쳤어요? 어디 봐요."

서재로 가던 진 여사와 서후가 동시에 멈춰 서서 주방을 보았다.

"난 괜찮으니까 다희 아가씨나 저리 물러나 있어요. 아가씨 다칠까 봐 더 걱정돼요, 저는."

"어디 봐요. 으아아, 피 많이 나잖아요. 약부터 발라요. 미세스 김, 미세스 김, 약상자요. 약상자 주세요, 얼른요."

다희와 메이드의 옥신각신하는 소리를 가만히 듣던 진 여사와 서후가 웃음을 터뜨렸다.

"봐라. 잘하고 있다 했잖니. 들어가자."

"네."

서후는 일전에 그녀가 했던 말을 떠올렸다.

"주방 아줌마들이랑 엄청 친해졌어요. 처음엔 서먹했는데 이제는 딸 삼고 싶다는 분도 생겼어요."

자신이 아니더라도 어찌나 여기저기서 사랑을 해주려는 사람들이 넘쳐나는지, 은근슬쩍 질투가 나기도 했다. 어머니 말대로 주방 일은 그녀에게 맡겨둬도 괜찮겠다 안심하며, 윤 회장이 기다리는 서재로 들어갔다.

서후가 서재로 들어서니 윤 회장이 찻잔을 마주하고 앉아 있었다. 아버지에게 간단히 인사를 하고 그도 자리에 앉았다.

"한 교수한테 네 어머니 얘기는 전했니?"

윤 회장이 아내를 대신해 먼저 말문을 열었다.

"네. 두 분만 괜찮으시면 출국 전에 뵙는 것도 좋겠다고 하세요."

"출국이 다음 주라고?"

"화요일 오전요. 다음 학기 준비도 하셔야 되고, 그룹전시 초청을 받으셔서 작품 준비 때문에 오래 못 계신다네요."

"당신 생각은 어때? 한 교수 출국 전에 약속 잡는 거 괜찮겠소?"

가만히 부자간의 대화를 듣고 있던 진 여사는 남편에게 고개를 끄덕이며 웃어 보였다. 그녀가 아들을 돌아보며 궁금한 것을 물었다.

"한 교수가 날 보는 게 편치 않을 텐데, 불편해하지는 않으시던?"

"오히려 감사하다고 하시던데요. 무엇보다 어머니가 마음 편해지신 것 같아 다행이라고요. 한 교수님은 처음부터 서운하거나 원망

같은 건 없었으니까, 그 점은 염려 안 하셔도 돼요, 어머니."

"그래, 정말 고마운 일이구나. 마음의 짐이 한결 가벼워졌다."

서후가 진 여사의 손을 두 손으로 포개어 잡았다.

"저도 감사해요. 다희 잘 받아주시고 한 교수님에 대한 오해도 푸시고. 저야말로 정말 감사합니다."

"한 교수 연락처를 알려다오. 초대하기 전에 내가 먼저 통화를 해야지 싶다."

"그래주시면, 한 교수님도 두 분 뵙기가 편하실 겁니다."

"제 생각엔 한 교수를 집으로 초대하고 싶은데, 당신 생각은 어떠세요?"

"당신만 좋다면 밖에서보다야 집이 좋겠지. 그렇게 합시다. 당신이 한 교수 초대한다는 걸 알면 다희가 좋아하겠군. 다희, 주방에서 그만 고생하라 해라. 네가 얼른 해방시켜줘. 식사 준비한다고 하루 종일 고생 많이 했다."

"아이가 다 좋은데, 요령 피울 줄을 몰라요. 쉬엄쉬엄 한들 누가 뭐란다고."

"어머니, 지금 다희 걱정해주시는 거예요?"

"걱정은 무슨. 흉보는 거다, 이 녀석아."

진 여사는 말은 통명스럽게 했지만, 입가에는 인자한 미소를 띠었다.

"서후가 나오란다고 나오겠어요. 내가 해야죠. 이만 나가볼게요."

그녀가 자리에서 일어나 서재를 나섰다. 윤 회장이 나가는 아내의 뒷모습을 가만히 지켜보았다. 서후도 웃으며 어머니의 뒷모습을 눈으로 좇는다.

"어머니가 많이 노력하시네요."

"네 눈에도 그리 보이냐?"

"그럼요. 잘 보입니다. 다희를 아끼시는 마음이 잘 보입니다."

"그래, 이제 거의 다 온 것 같구나."

윤 회장은 마음고생을 한 아들을 인자한 눈빛으로 어루만졌다. 서후는 아버지의 그 따뜻한 위로 속에서 이제야 한시름 놓을 수 있었다.

늦여름의 마지막 폭염이 기승을 부리던 어느 날, 서후와 다희는 세계 3차대전을 방불케 하는 신경전을 벌이고 있었다.

낮 동안 아스팔트를 달구었던 열기가 스며들어 있는 지면에서는, 밤이 깊어져도 여전히 후끈한 기운이 올라왔다. 한남동 서후의 저택으로 들어선 세단이 현관 앞에 멈추어 섰다. 뒷좌석에서 심각한 분위기의 서후가 먼저 내리고, 허리를 낮추어 차 안을 들여다본다.

"내려."

뒷좌석에 앉아 있는 다희는 꼼짝도 않았다. 서후는 할 수 없이 반대편으로 가서 차문을 열고, 그녀를 앉은 그대로 안아 올렸다.

"놔요. 나 정말 화났다구요."

"피차일반이야."

서후는 발버둥치는 다희를 힘껏 품에 가두고, 실외 수영장이 있는 정원 뒤편으로 향했다.

임 집사의 솜씨가 분명한 샴페인 성찬이 준비되어 있었다. 서후
는 그녀를 의자에 내려놓고 바로 옆으로 의자를 끌어와 앉았다. 뚱
한 표정의 그녀는 가득 차 있는 수영장 물을 보며 퉁명스럽게 말했
다.

"집에 갈 거예요."

"얘기 마저 끝내고."

"난 할 말 없어요."

"대체 왜 화가 난 거야. 화낼 사람이 누군데."

"그 얘기 계속 할 거면, 듣지도 않을 거고 말하지도 않을 거예
요."

"아니! 난 오늘 분명히 해야겠어. 피할 생각 하지 마."

"······."

다희는 야속한 듯 서후를 보았다.

"네 입으로 한 약속 지켜. 어머니가 한 교수님 집으로 초대해서
서 가족 식사도 잘했고, 한 교수님 비행기 타시기 전에 너를 잘 부
탁한다는 말씀도 하셨어. 그리고 당신 오늘 처음으로 어머니가 무
섭지 않았다고 했고, 아닌가?"

"맞아요."

"그런데 왜 안 된다는 건데. 인정받았으면 금지해둔 거 풀어야
지. 왜 고집을 피워."

"아직 결혼 허락받은 게 아니잖아요. 이제 어머니가 내 얼굴 제
대로 봐주시는데, 더 참아줄 수 없어요? 정말 이래야겠어요?"

"얼렁뚱땅 넘어가지 마. 당신 분명히 허락받으면이라고 했지, 결혼 허락이라고 안 했어."

"당연히 결혼 허락이라고 생각할 줄 알았죠."

서후는 한 치의 양보도 없는 그녀를 뚫을 듯이 노려보았다. 앙다물린 잇새로 차마 꺼내기 구차한 말을 뱉고야 말았다.

"111일째다."

"뭐가요?"

"금욕생활 한 지 111일째라구."

"세상에, 그걸 기억해요?"

"내게는 가장 중요한 안건이니까. 협상하자. 오늘 담판 지어서 끝내."

"싫어요. 안 해요. 당신이랑 협상해서 내가 이긴 적 없잖아요."

"이기고 지는 협상 아니야. 명시를 해놓자는 거지. 처음 얘기 나왔을 때 문건을 만들어놨어야 하는데. 일단 당신이 말해봐. 어머님이 어떤 말씀을 하셔야 허락인 건지, 단어를 정확하게 얘기해."

"그것도 안 해요."

"대체 왜!"

"그, 그건, 말 못해요."

"아니, 난 들어야겠어. 얘기해."

다희는 곧 울음이 터질 것 같은 애처로운 눈망울로 서후를 보기만 했다.

"나랑 자는 게 싫어진 건가?"

그녀가 말도 안 되는 소리라는 듯 그를 노려보았다. 서후는 그

우아한
짐승의 연애

나마 안심이 되어 한숨을 내쉬었다.

"화내지 않을 테니 말해. 왜 계속 금지시켜놔야 하는 건지 말해
봐."

"내가……."

"당신이, 뭐?"

"……내가, 당신을, ……밤새 괴롭힐까 봐."

"뭐?"

"……한번 시작하면, 떨어지기 싫어서, ……당신 회사도 못 보낼
것 같아서 그래요."

다희는 부끄러워 더듬대며 말하더니, 나중에는 민망함을 덮으
려 큰 소리로 외쳐댔다. 그리고는 허리를 숙여 무릎에 얼굴을 파묻
고 가려버렸다.

"창피하게 왜 이런 말까지 하게 해요."

"당신을 어쩌면 좋지?"

"……?"

그녀의 수줍은 고백에, 그의 단전 아래를 강렬한 전율이 훑고
지나갔다. 봉인되었던 결계가 엄청난 기운에 산산이 부서졌다. 그
안에 가까스로 잠재워놓았던 욕정과 탐욕이 일제히 공중으로 튀어
올라 광포한 춤을 추기 시작했다. 그 섬뜩한 기운을 느꼈는지 그녀
의 어깨가 파르르 떨렸다.

서후는 그녀의 어깨를 잡고 일으켰다. 그녀의 얼굴 가득 붉은
꽃이 물들어 있다. 그가 다정하게 바라보았다.

"내가 늘 바라던 거야."

"싫어요. 그렇게 말하지 마요."

"날 유혹해줘."

"네?"

그의 갑작스런 말에 그녀가 굳은 채로 그를 본다.

"소원이야. 오래 잘 기다렸잖아. 이제 나한테 상을 줘야지, 아가씨."

"어떻게요?"

"보고 싶어."

"뭘요?"

서후가 다가와 키스했다. 두 사람을 둘러싼 후끈한 대기보다 둘의 감정이 한층 더 달아올랐다. 머금은 것을 놓지 않으려 서로를 감싸고 휘젓고 끝없이 흡입했다. 그의 입술을 놓기 싫어하는 그녀를 서후가 슬며시 떼어놓았다. 아쉬움에 그녀의 눈빛이 그에게 애원하고 있었다. 그가 흐뭇한 미소를 짓는다.

"그날 밤처럼 당신을 보고 싶어."

"그날 밤?"

의문을 담고 있는 그녀에게 그가 손을 뻗었다. 그리고 원피스를 한 번에 벗겨버렸다. 그녀가 의식하기도 전에 속옷마저 모두 사라지고 없었다. 정원에서 알몸이 된 그녀가 부끄러워하며 두 팔로 가슴을 가렸다.

"뭐 하는 거예요? 집 안에 사람들은요?"

서후는 자기 옷을 남김없이 벗어던지며, 서운함을 슬쩍 깔아서 얘기했다.

"당신은 아직도 나에 대해 전혀 파악을 못하는군. 당신 이렇게 두려고 어떻게 했을 것 같나?"

다희는 여전히 가슴을 가린 채로 저택을 올려다보았다. 불이 꺼져 있어 온통 어두웠다. 인기척 역시 들려오지 않았다. 들리는 거라곤 옷을 벗느라 움직이는 그의 부스럭거림이 전부였다.

"……아무도 없군요."

"한다희 씨, 이젠 나한테도 관심 좀 가져주지. 그동안 어머니한테 밀려나서 무척 서운했어."

다희는 어머니까지도 질투하는 그가 더없이 사랑스러웠다.

'내 남자의 나신. 그녀가 한껏 안아주기를 원하는 내 남자의 모든 것.'

"그날 밤처럼 보고 싶다는 게 무슨 말이에요?"

"당신, 처음 본 그 밤."

다희는 그가 말하는 게 설마 그때인가 싶어 갸웃하며 말했다.

"혹시…… 싱가포르요? 그 해변?"

서후는 크게 고개를 끄덕였다.

"정말 그게 보고 싶어요?"

그는 다시 크게 고개를 끄덕였다. 보고 싶은 마음을 가득 담았다. 잠시 망설이던 그녀가 수영장을 보았다가 다시 그에게로 고개를 돌렸다. 이내 마음을 굳혔다.

"알았어요. 당신이 원하는 대로 해줄게요."

의자에서 일어난 그녀가 수영장으로 천천히 다가갔다. 의자에 앉아 그녀의 나체를 감상하는 서후에게로 돌아서서 뒷걸음질로 천천히 움직였다. 길게 흘러내린 머리카락이 그녀의 어깨와 가슴골을 야릇하게 가렸다. 매혹적인 그 모습이 그를 한층 더 감질나게 만들고 조바심을 불러일으켰다.

첨벙.

그녀가 수영장으로 사뿐히 뛰어들었다. 시선은 여전히 그와 마주치고 있다. 아니, 그를 유혹하고 있다.

그의 일상에 불청객으로 뛰어들었던 아름다운 나신이 있었다. 그 해변에. 못마땅하고 불쾌했던 기분을 한방에 날려버렸던 고혹적인 여신이 자신의 사유지에 들어와 있었다.

그녀가 두 손에 물을 모아 공중으로 들어올렸다. 쏟아지는 물줄기가 그녀의 맑은 얼굴 위로, 풍만하고 탐스러운 가슴 위로, 가녀린 어깨 위로 에로틱하게 흩어졌다. 그날 밤처럼 그를 끝없이 미혹시키고 있다. 이래도 자신을 구하러 뛰어들지 않겠냐는 듯 최면을 걸어온다.

"까르르."

훑으며 지나는 물줄기의 간지러움을 못 견디겠는지 그녀가 어린아이처럼 천진난만하게 웃는다. 그 웃음마저 에로틱하게 번졌다.

서후가 의자에서 몸을 일으켰다. 수영장 가장자리에 이르렀다. 서서 그녀를 잠시 더 내려다본다. 그녀가 입가에 장난스런 미소를 머금더니, 그대로 수면 아래로 사라졌다.

서후에게서 툭 실소가 터졌다. 이제는 사랑스러운 그녀를 구해내야 할 시간이다. 그는 망설임 없이 수영장으로 뛰어들었다.

첨벙.

수면 아래 눈을 꼭 감고 물에 잠겨 있는 그녀가 보였다.

'나의 여자, 나만의 여신.'

다가가 그녀의 입술에 입을 맞추고 떨어졌다. 그대로 허리를 안아 들어올렸다. 그가 수영장 바닥을 발로 디디고 서자, 눈을 감고 있던 그녀가 그의 목에 팔을 휘감았다. 다리로 그의 단단한 허리를 휘감았다. 그녀가 그를 응시한다. 그도 그녀를 응시한다.

"누구 허락 받고 들어왔지? 겁도 없이."

"당신이 불러서요."

"내가 부르는 소리를 들었나?"

"네. 당신이 불러서 갔어요."

"내 초대에…… 응해줘서 고맙다."

그녀가 다정하게 키스하고 떨어진다. 그 탐스러운 붉은 입술에 투명하고 맑은 웃음을 담는다.

"왼손 올려봐."

그의 말에 그녀가 목에 둘렀던 왼손을 앞으로 가져다 놓았다. 그가 한 손으로 그녀를 지탱하고, 한 팔을 물 아래에서 들어올렸다. 그의 새끼손가락 중간에 물빛을 받아 한껏 눈부신 광채를 발산하는 반지가 있었다.

"아!"

반지를 본 다희의 눈빛이 흔들렸다. 심장이 뻐근하도록 감동이 밀려들었다.

"오래 기다렸다. ……받아줄래?"

"……."

다희는 제 눈으로 보고도 믿기지 않았다. 그와 접촉된 모든 곳에서 파르르한 전율이 일었다. 눈물마저 맺힌다.

"……받아줄래?"

"……네."

그녀의 대답과 동시에 맺혔던 눈물이 방울져 떨어졌다.

서후가 다희의 약지에 반지를 끼웠다. 반지에 그녀의 심장이 연결되었다.

"항상 함께하자."

"네."

그녀의 입술이 그의 입술에 내린다. 그의 입술에 걸린 달빛을 그녀가 머금는다. 그의 눈 속에 담긴 달빛을 삼킨다. 그리고 그녀의 밀실로 그를 받아들인다. 하얀 달빛이 부서지는 물 위로 둘이 만들어 내는 동그란 원이 끝없이 번져나갔다. 두 사람이 함께할 행복이듯 한없이 동그라미가 수면 위로 번져나갔다.

그 후, 에피소드 1

　불야성을 이루는 싱가포르 야경에서 점점 멀어져 어두운 바다
로 나아가니, 촘촘하게 수놓은 별들이 일제히 바다로 쏟아져 내릴
듯이 밤하늘에 한가득 보였다. 별빛을 삼켜대는 도시의 불빛이 사라
지니 흐리마리했던 별빛조차도 앞을 다투어 제 빛을 내기 시작했다.
　싱가포르 센토사 섬 인근 바다 위. 칠흑 같은 어둠 속에 거대한
흰색 크루저요트가 다이아몬드처럼 찬연하게 빛을 내고 있었다. 요
트 덱 위는 화려한 색색깔의 양란으로 수놓여 있고, 선두 덱에는
푹신한 방석이 놓여 있는 비치체어 두 개와 여러 개의 커다란 사각
트레이에 스테이크와 과일, 해산물 요리가 풍성하게 차려져 있으며,
와인병과 보디가 아름다운 크리스털 와인 잔에 짙붉은 와인이 담겨
있는 채였다.
　멈춰 있는 요트 내에서는 어떤 인기척도 나고 있지 않았고, 인적도
느껴지지 않았다. 바닷물이 요트 워터라인에 부딪히는 소리만이 그
바다 위에 무언가가 있음을 알게 할 뿐이었다.
　철썩, 철썩, 쏴아아.
　"으음, 흐으응"

잠투정이 가득 실린 다희의 교음이 하얗게 부서지는 포말 속에 섞여 선실에서 간간이 흘러나왔다.

Y호텔 최고급 스위트룸을 고스란히 옮겨놓은 듯한 선실 내부. 타원형의 큰 침대 위에 나체의 서후와 그 위에 역시 나체의 다희가 잠들어 있다. 투명한 그녀의 피부에는 이미 수차례의 쾌락과 열락을 증명하듯 분홍빛의 열꽃이 흐드러져 있었다. 탈진해버린 그녀를 제 나신 위에서 잠재웠던 서후는 한 시간도 지나지 않아 손가락으로 그녀의 얇은 귓불을 간질이며 잠을 깨워댔다. 비몽사몽간에 잠투정을 하는 아이처럼 다희는 그의 가슴에 얼굴을 부벼댄다.

"으으응."

그녀의 의식이 슬쩍 걸쳐지는 반응을 오래 기다렸다는 듯, 둘의 위치가 순식간에 바뀌었다. 다희는 그의 아래에 눕혀져서도 피곤한 눈꺼풀을 들어 올릴 수 없었다.

"한참 참았다. 더는 불가능해."

서후의 허스키하게 잠긴 목소리가 안쓰러울 정도로 고요했다.

"……뭘 참아요?"

다희는 여전히 잠기운이 풀리지 않아 가까스로 한 마디를 꺼냈고, 다음 말은 머릿속에서만 맴돌았다.

'무얼 참았다는 거죠? 당신도 나랑 잠든 게 아니었나요? 어떻게 그럴 수가 있죠.'

몸을 전혀 움직일 수 없는 자신과는 달리, 그에게는 여전히 기력이 남았다는 게 도무지 이해가 안 됐다.

어제 서울 Y호텔에서 결혼식과 피로연을 끝났을 때는 이미 어

우아한
짐승의 연애

두운 밤이었다. 이후로도 끝없이 이어지는 하객들을 상대하느라 두 사람은 녹초가 되었다. 서후는 다희가 지친 것을 보고 먼저 스위트 룸으로 올려 보내놓고도, 혼자서 인사를 마치고 새벽녘이 되어서야 돌아왔다.

잠든 그녀를 깨운 서후는 한숨도 못 잤는데도 전혀 지친 기색이 없었다. 그러고 보니 아침 비행기 시간에 맞춰 호텔에서 나올 때도, 싱가포르로 향하는 비행기 안에서도 그가 잠든 모습은 역시 보지 못했다. 지치기는커녕 앞으로 둘만 남겨질 시간을 기다리는 즐거움 으로 소풍 전날의 아이마냥 활기 넘쳐 보였다.

센토사 코브 그의 사유지 내 저택에 도착하니, 먼저 와 있었던 임 집사가 요트 출항 준비를 끝내놓고 있었다. 다희는 얼결에 요트 에 태워졌고, 정신을 차렸을 때는 요트가 망망대해 한가운데에 멈 춰 서 있었다. 요트가 멈추자 선원들은 작은 보트에 옮겨 타고 말끔 히 사라져버렸다.

그 시간 이후로, 서후는 다희를 제 품에서 한시도 떼어놓지 않 았다. 가뭄으로 쩍쩍 갈라진 논바닥 틈새로 단비를 흡수하듯 한없 이 그녀라는 단비를 제 빈 속에 채우고 또 채웠다. 그러고도 더 달 라고 요구했다.

"당신 자야 해요."

"잠은 언제든 잘 수 있어. ……당신을 더 원해."

서후는 한 시간 전 녹초가 된 그녀를 몸 위에 재우면서, 이번만 은 두어 시간 재우리라 마음먹었다. 할 수 있다면 그 역시 잠을 청 하고 싶었으나 그녀의 나체가 주는 고문의 시간을 처절하게 견뎌야 했다.

"강철 체력인가 봐."

"당신은 강심장이구. 내가 옆에 있는데 천연덕스럽게 잠을 잤어?"

"나 때문에 못 잔 거예요? 잠시 떨어져 있을까요?"

그녀는 여전히 눈조차 뜨지 못했고, 자신이 무슨 말로 그를 괴롭히는지도 몰랐다.

"다희야아……."

서후는 제 마음을 알아주지 않는 다희가 원망스러워, 탄식을 담아 애절하게 불렀다. 그녀는 단연코 고수가 확실하다. 그녀 열네 살 때 이미 인정했던 바대로, 그녀는 '은둔고수'가 확실하다. 말간 얼굴로 아무 사심 없이 떨어져 있자는 어마무시한 말로 그를 삽시간에 파르르 끓어오르게 한다.

"절대 안 떨어질 거다."

"으읏, 서후 씨."

그녀의 떨어져 있자는 말로 서늘해졌던 심장을 다시 달궈놓으려, 그가 그녀의 입술을 덮쳤다. 성난 파도처럼 그녀 안으로 몰아치듯 침입한다.

수마에 덮쳐 무의식 쪽에 더 가까이 발을 들여놓고 있는 그녀의 반응은 오히려 더 솔직하고 능동적이었다. 긴장해서 교성을 안으로만 삼키는 순간과는 모든 게 달랐다. 더 빨리 해달라고, 더 처절하게 짓이겨달라고 몸으로 재촉했다. 광기에 사로잡혀 그녀 위에서 격렬하게 춤추도록 이끌었다.

우아한
짐승의 연애

"으응. 더요, 더. 어서 해요."

그가 물러서면 그녀가 엉덩이를 들어 나가려는 그를 물고 늘어졌다. 뻐근할 정도로 조여서 그를 움쭉달싹 못하게 만들었다. 다시 밀고 들어간 그녀의 내부는 더 열정적으로 반응했고 더 촉촉하게 적셨다. 서로를 집어삼킨 채로 뜨거운 호흡과 농밀한 신음이 같이 엉켜들었다.

무정하고 아름다운 여신의 고문을 견뎌낸 승자에게 내리는 오르가즘의 극치였다.

"흐읍."

다희는 제 육체가 보이는 솔직함이 믿기지 않았다. 그녀의 솔직한 육체는 그에게 더 해달라고 끊임없이 말하고 있다. 그녀의 내부에서 빠져나가려는 그를 붙들고 앙탈을 부렸다. 점점 수마가 걷히면서 수치스러운 감정이 떠올랐지만, 후회한들 이미 벌어진 일이었다. 자신의 모습이 생경하고 어색했지만, 인정할 수밖에 없다. 그와 함께 있으면 황홀한 위험은 언제까지나 이어질 것이고, 그럴수록 그녀는 제 자신도 알 수 없는 무의식의 조종을 받아 그를 끝없이 갈망하고 갈급하리라는 것을.

"다희야……."

"아아, 아아앗! 네. 하읏."

그가 뜨거운 분출을 끝내고 그녀 위로 무너져 내렸다. 그의 거친 호흡이 귓가에 계속해서 남아 있었다. 그 후에 잔인할 정도로 만족감을 드러내는 거친 신음소리가 들리자, 그녀의 달아오른 얼굴에 미소가 감돌았다. 파정의 뜨거움이 그녀 안으로 퍼지는 것을 느끼는 이 시간이 그녀는 몹시도 흥분되고, 황홀했다. 그녀가 서후의 머리카락에 손가락을 묻고, 다정하게 쓸어내린다.

"다희야."

"······네."

"밖으로 나가자. 당신이랑 함께 보고 싶은 게 있어."

"뭔데요?"

"먼저 말해주면 재미없어."

서후가 그녀의 입술에 진한 키스로 마무리를 하고, 흰 시트로 감싸서 들어올렸다.

선두 덱으로 나온 서후는 다희를 푹신한 의자 위에 내려놓았다.

다희는 서후가 자신을 내려놓고 떨어지기에 무얼 하나 싶어 보았다. 그들 곁에는 하늘을 향해 놓여 있는 천체망원경이 있었고, 그 옆에는 역시 하늘을 향해 있는 DSLR 카메라가 보였다. 삼각대 위에 놓인 카메라는 장기 노출이 가능한 망원렌즈가 부착되어 있었다.

차륵······ 차륵······. 일정한 속도로 셔터가 자동적으로 눌리는 소리가 간헐적으로 들렸다.

그가 천체망원경을 잠시 들여다보고는 만족스러운 표정을 지으며 그녀에게 돌아왔다. 그녀의 등을 감싸 안으며 뒤에 앉아 긴 다리 사이에 그녀를 가두고는 머리를 가슴에 기대게 했다.

"배는 안 고파?"

그녀가 대답 대신 고개를 가로저었다. 서후의 입가에 옅은 미소가 어렸다.

우아한
짐승의 연애

"당신한테 줄 결혼선물로 뭐가 좋을까 생각해봤어."

"이미 넘칠 만큼 받았는걸요."

욕심 없는 그녀의 대답에 서후는 정수리에 입맞춤을 했다.

"다희야, 하늘을 봐."

다희가 그의 말대로 하늘을 올려다보자, 믿을 수 없는 장관이 펼쳐졌다. 길게 꼬리를 문 유성이 바다 위로 떨어져 내렸다. 그 황홀한 광경에 심취해서 그의 가슴에 묻고 있던 머리를 들어 꼿꼿하게 앉아 하늘을 보았다.

"마음에 들어? 결혼선물."

얼떨떨한 다희는 밤하늘과 제 남자를 번갈아 보며, 지금을 현실로 느끼려고 노력했다.

"엄밀히 말하면 내가 준비했다기보다는 자연이 주는 선물이야."

"어떻게 한 거예요?"

서후는 놀란 눈을 동그랗게 뜨고 쳐다보는 그녀를 귀엽게 보며, 피식 웃었다. 다희에게서는 서후가 유성우를 만들었다고 믿는 듯한 천진난만함이 엿보였다. 그의 매직 쇼였다고 과장을 한다 해도, 지금의 그녀라면 충분히 믿어주고도 남으리라. 그는 즐거워하며 사랑스러운 그녀의 볼에 가벼운 입맞춤을 했다.

"쌍둥이자리 유성우야."

"쌍둥이자리?"

"응. 육안으로 볼 수 있을까 반신반의했는데, 다행히 선물을 주네. 망원경으로 보는 것보단 우리 눈으로 직접 보는 게 더 신비하지?"

그가 12월 결혼식 일정을 잡은 이유도 이 유성우를 보여주고 싶어서였다.

이 불타는 낭만적인 쌍둥이자리 유성우. 소행성 3200파에톤이라는 천체가 태양의 중력으로 부서져서 우주에 흩뿌려진 부스러기들이 남아 있는 스페이스를 지구가 통과할 때 볼 수 있는, 3대 유성우 중 하나였다.

"고마워요. 나처럼 행복한 신부가 또 있을까?"

"앞으로가 더 행복할 거다. 약속할게."

그녀가 고개를 돌려 그의 얼굴을 가져와 부드러운 입맞춤을 한다.

"나도 약속해요."

멋없는 과학적 풀이야 무엇인들 상관없었다. 화려하게 불사르며 떨어지는 유성우를 보며 그 빛이 사르기 전 소원을 빌면 이루어진다는 말이 한낱 낭설일지라도, 지금 그녀와 함께 본 쌍둥이자리 유성우에 그는 제 소원을 한껏 실었다.

"우리 아기 빨리 갖자. 널 닮은 귀여운 딸을 보고 싶다."

"아기요?"

부끄러움을 느꼈는지, 그녀의 귓불에서 열기가 느껴졌다.

"그래. 이미 아기 이름도 지었어."

"뭔데요?"

"벼리."

"벼리? 윤, 벼리?"

"음. 모든 일에 중심이 되고, 뼈대가 되는 사람이 되라고. 난 우리 아기가 당신처럼 단단하게 자랐으면 하거든."

우아한 짐승의 연애

달빛에 드러난 그녀의 어깨에 그가 입술을 눌렀다 뗐다. 그가 그녀의 앙증맞은 턱을 가볍게 쥐어 제 쪽으로 돌려놓았다.

"벼리, 엄마, 우리 아기 이름 마음에 드나?"

그녀에게서 민망함 때문인지, 쿡 웃음이 솟았다. 자못 심각하게 보는 그에게 마음에 든다는 미소를 지어 보였다.

"네, 벼리, 아빠."

그가 웃으며, 다시 입맞춤을 한다.

"또, 떨어진다."

다희가 얼른 고개를 돌려 밤하늘에 타원형으로 하얗게 그려지는 유성을 그와 함께 바라봤다. 그리고 아무 말 없었어도 한마음으로 벼리를 바라는 마음을 담았다.

"정말 낭만적인 결혼선물이네요. 고마워요."

"나야말로 고마워."

그가 다시 그녀의 얼굴을 돌려 자신을 보게 했다. 그의 심연 같은 검은 눈동자에 맑은 그녀만이 한가득 고였다.

"나와 결혼해줘서 고맙다."

"나도요. 나랑 결혼해줘서 고마워요."

감사를 되돌리며 다희가 서후에게 키스했다.

그의 허벅지를 타고 올라앉자 그녀를 감쌌던 흰 시트가 허리 아래로 떨어져 내렸다. 단단한 가슴에 손을 대고 그를 체어에 드러눕도록 밀었다. 그녀의 긴 머리가 흘러내려 그의 어깨와 가슴을 스치며 찰랑찰랑 유혹했다. 그의 눈동자에 고인 맑은 샘물을 마시듯 다희가 그의 눈에 차례차례 입맞춤을 한다. 그 여린 입술 그대로 곧고

수려하게 뻗은 콧대를 지나 그의 입술을 찾아 머금었다. 서로의 혀가 엉켜들고, 서로의 몸을 탐하는 손놀림에 애욕이 스몄다. 그녀의 밀실에서 맑은 애욕의 물이 흘러내렸고, 어느새 솟아오른 그의 분신을 한껏 받아들였다.

"으음."

두 사람에게서 충족감에 휩싸인 신음이 자연스럽게 새어나왔다. 그의 손이 그녀의 허리와 탄력 있는 엉덩이를 부드럽게 애무하며, 조심스러운 움직임을 유도했다.

서후는 손을 뻗어 그녀의 얼굴을 쓸어내렸다. 섬세한 목선과 쇄골을 지나, 진분홍빛 유두가 꼿꼿하게 선 젖무덤을 담뿍 쥐었다.

춤추는 그녀의 하얀 살결이 달빛 아래 눈부시게 부서졌다.

여린 그녀의 몸이 그를 덮으며 안겨왔다. 밭은 숨결이 그의 가슴을 간질이며 흩어졌다. 그는 그녀의 등과 허리를 어루만지며 다독였다.

온전한 그만의 여인.

하늘에 촘촘하게 들어차 앉은 별빛이 모두 사라지는 날까지 함께할 그만의 연인.

그가 존재하는 이유가 되어준 유일한 여자.

서후는 그녀를 제 품에 가득 안은 채로, 하늘에 호를 그리며 떨어지는 유성을 보며 그 혼자만의 소원을 빌었다.

다희야, 너 한 사람만이 나의 연인이, 나의 아내가 되어라.

그의 소원 하나만을 담은 커다란 유성이, 한 남자의 지고지순한 순애보를 안고 어두운 해수면 밑으로 조용히 자취를 감추었다.

그 후, 에피소드 2

4년 후, 봄 햇살이 따스하게 스민 청담동 거리.

전혀 속력을 낼 수 없는 복잡한 거리임에도 불구하고, 도로에 스키드마크가 그려질 것으로 연상되는 자동차 굉음이 요란했다.

끼이익, 스슥, 끼익!

— 자기야, 제바알!

"조용해!"

— 제발 차 멈춰. 자기 운전하면 위험해.

"나 지금 엄청 열 받았거든. 말리지 마."

— 주영아, 우리 애기를 생각해야지. 워워, 제발. 워워.

"거의 다 왔다니까. 정신 사나우니까 끊어."

— 주영아, 주영아.

탁!

운전석에 앉아 있는 주영은 짜증스럽게 핸즈프리 버튼을 꺼버리고 이어폰을 내던졌다. 그녀는 지금 몹시 호흡이 거칠었다. 출산을 대비해서 미리 배워둔 라마즈 호흡법을 구사하며 폭풍 운전 중이다.

그녀가 걱정된 창재는 전화가 끊어지자마자 다시 연락을 해왔지만, 주영은 가볍게 무시했다.

"송유리임, 너 이 계집애 오늘 죽었어."

주영은 칼 같은 차선 바꾸기를 하며, 눈앞에서 알짱거리는 차들을 추월해 속력을 높였다. 창재의 울음소리인 양 휴대전화가 연속해서 구슬프게 울려댔다. 그녀는 여전히 남편의 부름을 무시했다.

청담동 준디자이너 숍 주차장에 멈춘 주영의 차. 주영은 만삭의 임산부라는 것도 잊고 우사인 볼트급 속도로 차에서 내려 숍으로 들어갔다.

그녀가 안으로 들어가고 얼마 지나지 않아, 좁은 골목으로 들어온 검정 고급 세단이 매장 앞에서 멎었다.

운전석에서 내린 기사가 뒷좌석 문을 열자, 정장 차림에 머리를 우아하게 세팅한 진 여사가 먼저 내려섰다. 내려선 진 여사는 차 안으로 팔을 뻗어 손녀딸 벼리를 안아들었다. 그 뒤로 턱시도를 차려입은 윤 회장이 따라 내렸다. 병아리처럼 노란 원피스를 입은 벼리를 보는 진 여사와 윤 회장의 얼굴에서는 미소가 걷히지 않았다.

"함미, 힘들어. 내려. 내려요."

"아유, 내 강아지. 할머니 힘들까 봐 걱정되세요? 할머니 힘 하나도 안 들어요."

"아아, 함미 힘들어요."

윤 회장은 옥신각신하는 두 사람을 인자하게 바라보다가,

"이번에도 당신이 져야 될 것 같은데? 우리 벼리 할아버지한테 오련?"

"아앙, 하찌 힘들어. 벼리 걸어요."

진 여사는 제대로 발음이 되지 않는 앙증맞은 입으로 할아버지와 할머니를 걱정하는 손녀가 한량없이 귀여워, 품에 꼭 품고 뺨을 부볐다. 어린 손녀는 그 부드럽게 어르는 품이 마냥 좋아 제 얼굴을 할머니 얼굴에 꼭 붙이고 함빡 웃었다.

벼리는 구김살 없이 키우느라 싫은 소리 한 번 안 했는데도, 어린 나이답지 않게 마음 씀씀이가 고운 아이였다. 맛있는 게 제 입으로 들어가기에도 바쁠 나이에 식구 수대로 먼저 입에 쏙쏙 넣어준 후에야 제 입으로 가져갔다.

"함미 아파요? 하찌 아파요?"

집안사람 누구든 아파서 몸져누우면 연신 얼굴이며 손에 뽀뽀하기도 하고, 간호한다며 자리를 뜰 생각도 않고 있다가 그 옆에 같이 누워 잠들곤 했다. 한적하기만 했던 구기동 본가가 요 고물고물한 녀석 하나로 시끌벅적해지고 사시사철 봄기운이 완연했다.

다희는 따로 살림을 내라는 진 여사의 뜻을 꺾고서 신혼살림을 기어이 구기동 본가에 차리고 함께 지냈다.

"앞으로 아기도 태어날 텐데, 저 혼자 못 키워요. 서후 씨가 최소 네 명은 낳아야 한대요."

며느리는 아기를 봐줄 손이 없다는 궁색한 변명을 늘어놓았지만, 진 여사든 윤 회장이든 그녀가 적적한 노인들의 마음을 살펴 제 편안함을 접었음을 잘 알고 있었다. 그토록 다사한 마음씨를 가진 며느리의 심성을 고스란히 물려받은 손녀딸이었으니 더없이 곱고 사랑스러울 뿐이었다.

"함미, 함미."

"우리 벼리, 내려줄까요?"

벼리는 몸이 휘청거릴 정도로 고개를 끄덕인다. 이럴 때 모습은 꼭 제 엄마와 판박이다.

진 여사는 벼리를 내려놓았다. 아이는 양손에 진 여사와 윤 회장의 손을 나눠 잡고 매장 안으로 들어섰다.

윤 회장 내외를 알아본 매장 여직원이 다가와 공손히 인사를 하면서도 곤란한 표정을 감추지 못했다. 진 여사는 여직원의 표정을 슬쩍 읽었지만, 별 내색 없이 말을 건넸다.

"우리 애기 옷 준비 다 됐죠?"

"네, 사모님. 그런데……."

전전긍긍하는 여직원의 태도를 못마땅하게 보던 진 여사가 뭐라 운을 떼려는데, 2층에서 귀에 익숙한 여자의 앙칼진 목소리가 들려왔다.

"당신이 뭔데 이래라저래라야. 다희가 이 드레스 나한테 양보했다잖아."

"양보가 아니라, 뺏은 거겠지. 그리고 천 번 만 번 다희가 양보했다 해도, 내가 안 돼. 오늘 전시회 주인공 드레스를 당일에 뺏는 게 말이 돼?"

"주인공? 어이없어. 언제부터 큐레이터가 전시회 주인공이야?"

"나 태교에 좋잖아서 험한 말 하기 싫거든? 이쯤에서 곱게 물러나지?"

"당신이나 빠져. 난 이 드레스 입어야겠으니까."

그 목소리 주인공을 알아챈 진 여사의 눈초리가 매섭게 가늘어졌다. 진 여사는 윤 회장을 돌아보며 말했다.

"회장님, 벼리랑 계세요. 잠시 다녀올게요."

윤 회장은 작은 소란을 들었지만, 짐짓 모른 척했다.

"그럽시다. 벼리야, 할아버지랑 둘이 있자."

"네."

"회장님 자리로 모시세요."

"네, 사모님."

진 여사는 여직원의 에스코트를 받으며 윤 회장과 벼리가 휴게실로 가는 것을 잠시 보고, 2층으로 올라갔다.

탈의실이 비치된 2층으로 올라서니, 한쪽 구석에 수석 디자이너와 주영, 유림이 서로 낯을 붉히며 서 있었다. 주영과 유림은 서로를 팽팽한 시선으로 노려보며 한 치의 양보도 하지 않았고, 사이에 낀 여자 디자이너는 어느 편도 들지 못해 동동거렸다. 주영은 만삭의 배를 무기로 들이대며 목에 핏대를 세우고 있었다.

"이봐요, 송유림 씨. 내가 그동안 다희 시누라 몇 번이나 그냥 넘겼는데, 더는 못 참겠어. 이번뿐이면 내가 말도 안 해. 지난 Y호텔 창립기념일 때도 다희가 먼저 예약한 드레스 가로챘죠? 벼리 돌잔치 때도 그랬고. 한두 번이어야 말을 않지. 당신 다희한테 콤플렉스 있어?"

"코, 콤플렉스? 내가? 내가 뭐가 아쉬워서 다희한테 콤플렉스를 가져!"

주영은 한숨을 토해내며 배를 천천히 어루만졌다.

"지금 하는 짓이 그렇잖아. 다희가 서후 씨한테 아무 말도 안 하니까 계속이잖아. 자꾸 이런 식이면 내가 서후 씨한테 당장 말한다."

"기, 기막혀. 다희도 안 하는 짓을, 당신이 뭔데 난리야. 다희가 시켰어? 내 앞에선 사람 좋은 얼굴 해가며 입으라고 해놓고, 뒤로는 당신 시켜서 나 망신 주라고 시킨 거야? 그래?"

"뭐라고? 이게 진짜. 야! 송유림! 너 정말 안 되겠구나. 좋게 말로 끝낼라 했는데, 너 오늘 나한테 좀 맞자, 어!"

"어머머, 당신이 깡패야? 다희는 뭐 이런 친구를."

"다희라니!"

진 여사의 노기 띤 일갈이 날이 선 유림과 주영 사이를 갈랐다. 갑작스러운 진 여사의 등장에 소란에 싸여 있던 세 사람이 바짝 얼어붙었다. 세 사람 중 가장 바짝 얼어붙은 것은 다름 아닌 유림이었다.

"외, 숙모."

진 여사가 유림을 뚫을 듯이 노려보며 다가섰다.

"유림이는 남고, 두 사람은 자리 비우지."

주영과 수석 디자이너가 어깨를 좁게 옹크린 자세로 뒷걸음질쳐 1층으로 내려갔다. 주영은 유림을 통쾌하다는 듯 쏘아보았다. 진 여사의 상태로 봐서는 최소 사망진단임이 느껴졌다.

'흥! 쌤통이다, 요 기집애야.'

주영은 보란 듯이 배를 내밀고 1층으로 내려갔다. 배를 슬슬 어루만지며 순식간에 쌈닭으로 변한 엄마의 모습을 첫대면하고 놀랐

우아한
짐승의 연애

을 제 아기를 위로했다.

진 여사는 두 사람이 완전히 사라지기까지 시간을 두었다. 그 사이에 유림은 심장까지 얼어붙었다.

"유림이 너, 계속 벼리 어멈을 다희라고 불렀던 거냐? 그래?"

"네? 그, 그게……, 항상 그런 건 아니고."

"벼리 어멈이 너보다 한 살 어리다고 해도, 서후가 네 손위면 응당 언니라고 해야 한다. 내가 앞에 있든 없든 앞으론 항상 언니라 호칭해라. 알아듣니?"

"네."

유림은 진 여사가 옷에 대한 얘기가 없자 내심 안도했다. 조금 전 주영이 예전에 다희와 옷 문제로 부딪힌 일들까지 거론했는데, 진 여사가 그것까지는 듣지 못했구나 생각했다. 유림은 얼른 화제를 돌려야겠다 생각했다.

"외숙모님, 노여움 푸세요. 제가 앞으로는 꼬박꼬박 언니라고 할게요. 원래 언니라고 했어요. 아까는 좀 화가 나서요."

진 여사는 유림의 애교 어린 눈웃음에 조금도 흐트러짐 없이 있다가 차갑게 다음 말을 이었다.

"그리고 오늘 벼리랑 벼리 어멈 옷은 내가 같은 스타일로 맞춰 준 옷이다. 너에게 내줄 생각 없으니 그렇게 알거라."

"네? ……네, 숙모님."

"앞으로 벼리 어멈 옷에 한 번만 더 탐을 냈다간 내가 가만있지 않겠다. 네 나이가 몇인데 여태껏 옷투정 하는 버릇을 못 고친 게냐."

"그게 아니라, 다희, 아니, 언니가 저더러 입으라고 해서……."

"바깥출입 없다고 사람 심성 보는 눈까지 어두운 줄 아는구나. 네가 먼저 내놓으라 하니 집안 시끄럽지 않게 하려고, 속없는 것이 무조건 양보했겠지. 내 말이 틀렸니?"

"……아뇨."

"윤 대표와 네 얘기를 좀 해야겠다. 집안 어른으로서 네 경거망동을 더는 좌시하기 어렵겠구나. 이런 천둥벌거숭이를 어찌 다른 집안에 여일 수 있을까. 집안망신인 줄 알면서 교육 못 시킨 내 잘못도 있으니."

"……."

"다음 주부터 구기동으로 오거라. 예절 선생 붙여서 적당한 혼처 나올 때까지 교육 받아라. 진즉에 했어야 했는데 늦은 감이 없지 않아."

"저, 저는……."

"빠져나갈 생각 아예 않는 게 좋을 게다."

진 여사는 유림을 노려보다가 차갑게 돌아섰다.

"따라 내려오너라. 회장님도 와 계시니 인사 드리고 넌 그만 들어가봐라."

"네? 저도 전시회에 가기로 했는데요."

"넌 올 것 없다. 옷도 마땅찮을 테니 이만 집으로 돌아가는 게 좋지 않겠어?"

"자, 잘못했어요, 숙모님."

"입으로만 꺼내놓는 게 무슨 의미겠니. 인성이 달라져야 믿는

우아한
짐승의 연애

게지. 따라오너라."

진 여사는 유림의 대답을 더는 들을 것 없다는 듯 무시하고 1층
으로 내려갔다.

유림은 망연자실했다. 지금껏 언제나 제 편을 들어주던 진 여사
가 차갑게 돌아서니, 어찌할 바를 몰라 멍하게 서 있을 뿐이었다.

그동안 서후 눈을 피해 옷 문제로 시시때때로 다희를 괴롭혔다.
다희가 입이 무거운 편이라 지금껏 들키지 않고 제 뜻대로 옷을 빼
앗을 수 있어 내심 통쾌했다. 그녀의 옷을 탐낸 것은 서후를 차지
한 것도 못마땅했지만, 무엇보다 어떤 옷이든 잘 소화하는 그녀에게
강한 질투를 느껴서였다. 작게는 가족모임에서, 크게는 창립기념일
파티에서 퀸의 자리를 내준 게 몹시 못마땅했다. 못난 제 탓은 하
지 않고 다희가 선택한 옷을 빼앗으며 그나마 마음의 위안을 가졌
던 것이다. 하지만 그마저도 이제는 시들해질 참이었다. 그렇게 옷
을 빼앗는다 해도, 차선책으로 선택한 옷을 입고 나선 다희는 언제
든 어느 자리에서든 자신을 제치고 퀸이 되었기 때문이다.

'이번이 마지막이었는데, 이번만 뺏고 더는 안 하려고 했는
데……'

이제 와 후회한들 무슨 소용일까 싶었다. 진 여사에게 들킨 이
상 자신에게는 어떠한 여지도 없었다. 이런 상황은 지금껏 겪어본
적 없어 그녀는 몹시 당황했다.

'엄마, 나 어떡해.'

소용없다. 엄마는 당연히 진 여사 편을 들 게 뻔하다.

'아빠, 어쩌면 좋아.'

부질없다. 아빠에게 도움을 요청해야겠으나 이번만은 힘들 거다. 평범한 교수 출신인 아빠가 윤 회장 내외에게 약한 분이라는 걸 누구보다 잘 안다. 살면서 이렇게 암담한 적이 또 있었을까 싶어 유림은 눈물이 글썽하게 맺힌 채로 그 자리에 굳어버렸다.

5월의 남산은 산줄기마다 화사한 봄꽃이 따스한 봄볕에 흐드러지게 피어올랐다.

남산자락에 그림처럼 들어앉은 Y갤러리. 그 서관 건물 위에 '조각가 한규성 전시회, 인간과 자연의 교감' 대형 현수막이 주름 하나 없이 팽팽하게 걸려 있다. 야외 조각전시장에는 열 점 이상의 그의 조각 작품이 전시되었고, 상설전시회 내에도 소품 위주의 조각상과 한 교수 제자들의 조각품이 함께 놓였다. 세 가지의 섹션으로 나뉜 그의 연도별 작품과 한 교수가 추구하는 작품세계를 소개하는 화면도 준비되어 있었다.

한 교수의 전시회는 첫 기획을 맡게 된 큐레이터 한다희의 작품이었다. 이제는 승진해서 이사가 된 차 부장이 다희에게 직접 제안한 기획이었다. 다희는 기쁜 마음으로 차 이사의 제안을 수락했고, 타지에서 외떨어져 지낸 아빠에게 특별한 선물이 될 수 있다는 생각에서 그 어느 때보다도 열심히 전시회를 준비했다.

야외 조각전시장 일각, 버버리코트를 멋스럽게 입은 한 교수는 아내와 어린 다희의 모녀상 앞에 서 있었다. 개인수장고 내에 보관돼 있던 원작품이 이번 전시회를 계기로 세상에 다시 나왔다. 한 교수 작품 세계의 전환점이 된 의미 있는 작품이라며 다희가 반드시

우아한
짐승의 연애

전시하자고 고집하기도 했지만, 그게 아니었다 해도 이 조각상은 아내와 다희에게 준 선물이었기에 딸이 원하는 대로 해주고자 생각했다. 그래서 전시회가 끝난 후에도 계속 이 자리에 전시될 예정이었다.

"여기 계셨습니까?"

한 교수가 돌아보니, 언제 왔는지 사위 서후가 뒤에 서 있었다.

"출장 갔다더니, 공항에서 바로 오는 길인가?"

"네, 아버님."

서후가 스스럼없이 아버님이라 부르는 소리에 한 교수의 입가에 미소가 서렸다. 서후가 옆에 와 섰다.

"이거였군요. 어머님과 다희요."

모녀상을 보는 서후의 입가에 따스한 웃음이 걸렸다.

"이 조각상 보고, 벼리가 자기랑 엄마라고 했답니다."

"왜 안 그렇겠나. 내 보기도 그런걸. 이때 다희가 꼭 벼리 이맘때 모습이었지."

서후는 한 교수의 표정을 잠시 살피고, 다음 말을 꺼내놓았다.

"아버님, 지난번 제가 말씀드렸던 거 생각 좀 해보셨습니까?"

"……글쎄. 시카고 쪽도 쉽게 정리할 상황이 아니니, 시간이 좀 걸리지 싶은데."

"물론 아버님 명성으로는 시카고예술학교에 계속 계시는 것도 좋겠지만, 이제는 다희와 함께 계셔주셨으면 합니다. 다희도 내색은 안 해도 내심 귀국하셨으면 하구요. 이번 전시회 준비하면서 얼마나 즐거워했는지 모릅니다."

"그 녀석 마음이야 왜 모르겠나. 나 역시 곁에 있어주고픈 마음이야 항상 같지."

"아버님만 결정해주시면 여기 일은 제가 알아서 준비하겠습니다. 아버님께서야 원치 않으시겠지만 그래야 제 마음이 편하구요. 시카고 쪽 후임 문제가 걸리는 거라면 그 또한 제가 학교 측과 상의하겠습니다."

"……."

"제가 무뢰배처럼 보여, 마음 상하십니까?"

"그럴 리가 있나."

한 교수는 서두르는 서후의 의중이 모두 다희를 아끼는 마음에서 기인함을 알고 있기에, 거리끼는 바는 없었다.

"오늘은 결정해주십시오, 아버님. 다희 곁에 계셔주세요."

"……고맙네. 이번 학기에 정리하는 걸로 학교에 얘기해두지."

서후는 그 어려운 결정에 만족한 웃음을 지었다. 한 교수가 웃으며 고개를 끄덕이고, 서후의 어깨를 다정하게 다독였다.

"외하찌."

한 교수와 서후의 고개가 저절로 한 곳으로 움직였다.

화이트톤의 칵테일드레스를 세트로 맞춰 입은 다희와 벼리가 다가오고 있었다. 다희의 손을 잡고 아장아장 걸어오던 벼리가 한 교수를 발견하고는 두 팔을 벌리고 뒤뚱걸음으로 달려오다, 속도를 제어하지 못하고 그 자리에 콩 주저앉았다. 아이를 지켜보던 세 사람의 심장이 함께 쿵 주저앉았다.

"벼리야!"

놀란 한 교수가 한걸음에 달려가 벼리를 일으켜 안아 올렸다.

"벼리 안 아파요. 안 아파."

벼리는 손바닥을 톡톡 치며 흙을 털어내는 시늉을 했다. 걱정으로 보는 한 교수의 목에 앙증맞은 팔을 두르고, 그의 볼에 귀여운 입술과 얼굴 전체를 부비며 반가움을 표시했다.

"엄마한테 안아달라 하지. 혼자 걸어왔어?"

"엄마 안 돼. 엄마 배, 벼리 동생 있어."

"어? 동생?"

한 교수는 놀란 눈으로 다가서는 다희를 보았다.

서후는 그녀의 어깨에 손을 두르며 고개를 끄덕여 보였다. 다희의 얼굴은 부끄러움으로 홍조가 들었다.

"어제 병원 다녀왔답니다. 8주차라네요. 저도 오는 길에 들었습니다, 아버님."

"그래. 잘했구나. 잘했어."

한 교수는 잘했다 연신 말하면서도 딸아이의 얼굴이 예전만 못하다 느껴 안쓰러움과 측은함이 더 컸다.

"몸은 괜찮니?"

"네, 아빠. 병원에서도 별 문제 없다고 했어요."

"어른들은 아시고?"

"네. 어머님은 벌써부터 1층으로 방 옮기라고 하세요. 2층 오르내리기 힘들다고요."

"그래, 그래. 조심해야지."

다희는 한 교수에게 걱정 말라는 듯 다정하게 웃었다.

"당신이 좋아할 만한 소식 있어."

그녀가 서후를 올려다보았다.

"아버님께서 결정하셨어. 이번 학기 끝으로 귀국하시기로. 당신 임신 축하선물 주시려고 오늘 말씀해주시네."

"아, 정말요? 아빠, 드디어 결정하신 거예요?"

한 교수는 금세 기쁨의 눈물이 그렁하게 차오르는 딸의 갈쌍한 눈을 시선으로 어루만졌다.

"아직 애구나. 그만한 일로 울려 하니."

"고마워요, 아빠. 정말 고마워요."

"히잉, 엄마 울어?"

지금껏 어른들 담소를 가만히 지켜보던 벼리는 엄마의 눈시울에 맺힌 눈물을 보자, 자동적으로 울먹거렸다.

"아냐, 벼리야. 엄마 우는 거 아냐."

다희가 얼른 달랬지만, 이미 눈물방울이 맺힌 벼리는 이내 울음을 터뜨리고 말았다. 초롱한 눈망울에서 커다란 눈물이 방울방울 떨어졌다.

서후가 한 교수의 품에서 벼리를 건네받았다. 벼리는 제 아빠의 너른 품에 얼굴을 묻고 아앙, 더 큰 소리로 울었다. 서후는 그의 손바닥 하나로도 다 가려지는 딸의 등을 부드럽게 쓸어내리며 울음을 달래주었다. 엄마의 감정을 제 것인 양 느끼는 딸이 대견하고 예뻐서, 우는 게 안쓰럽기보다는 사랑스러웠다. 다희와 한 교수는 자신들 때문에 작은 눈이 붉게 물드는 게 마냥 안타까웠다.

"한 교수님."

벼리에게 온 신경이 집중되어 있어 다가오는 인기척을 느끼지 못했던 세 사람이 여직원을 발견했다.

"윤 대표님께서 기다리세요."

"알았습니다."

"아, 맞다. 이 말씀 드리려고 왔던 참인데. 다녀오세요. 어머님, 아버님도 와 계세요. 전시회 전에 뵙고 싶다고요."

다희는 제 용무를 잊은 걸 깨닫고, 황급히 말했다.

"알았다. 이따 보자."

한 교수는 벼리의 등을 한 번 쓰다듬고, 여직원의 뒤를 따라 갤러리 건물 안으로 사라졌다.

서후는 벼리의 짧은 울음이 그칠 시간을 잠시 두었다가, 부드러운 어투로 달랬다.

"엄마 우는 게 그렇게 싫어?"

"응."

"슬퍼서 운 게 아냐. 외할아버지 한국 오신다고 해서 좋아서 운 거야."

벼리는 아빠의 가슴에 기댔던 고개를 반짝 들고, 뜻을 알지 못해 말똥말똥한 눈망울을 굴리며 아빠와 엄마를 번갈아 보았다.

"엄마, 좋음 웃어."

서후와 다희의 입가에 티 없는 웃음이 걸렸다.

"그래, 우리 벼리가 정답이다. 좋으면 웃어야지, 그렇지?"

벼리는 서후의 말에 고개를 크게 끄덕였다. 서후는 딸의 머리를 쓰다듬었다.

"우리도 가자."

서후는 벼리를 안은 그대로, 다희의 어깨에 팔을 둘렀다. 다희가 벼리의 얼굴에서 눈물 자국을 지우며, 딸과 의미심장한 눈빛을 나누었다.

"벼리야, 우리 아빠한테 할 말 있었잖아?"

"응."

"할 말?"

서후는 모녀의 눈빛이 갑작스럽게 변하는 것을 알아채고 얕은 불안감이 스치는 것을 느꼈다. 그를 궁지에 몰아세우고 밀어붙일 때나 보이던 눈빛이었다.

"뭐지? 이 서늘함은?"

"우리 협상해요."

"또? 이번엔 안건이 뭐야?"

"당신이 벼리와 만든 한다희 소유권에 대한 협상 말예요."

"……내가 또 양보할 게 남았다는 건가?"

서후는 극도의 위협을 느끼고 몸을 잔뜩 사렸다.

"소유권을 주장할 또 한 아이가 생겼잖아요?"

다희는 의기양양하게 아랫배를 살살 두드렸고, 서후는 입술을 지그시 물었다.

"그건, 일단 보류하지. 몇 개월 남은 사안이야."

"안 돼요."

서후는 벼리에게 들리지 않게 다희의 귓가에 대고 소곤댔다.

"반으로 줄어든 것도 충분히 괴롭거든."

우아한
짐승의 연애

"당신 집착이 보통을 넘잖아요. 이젠 아이들한테 양보 좀 하시죠, 윤서후 씨?"

"벼리 몫을 나누도록 해. 난 당신 절반으로도 만족하기 힘들어."

"당신, 어떨 때는 벼리보다 더 어려 보이는 거 알아요?"

"상관없어. 당신에 대한 소유권을 지키기 위해서라면 차일디시해지는 것쯤이야 감수하지."

"내가 안 돼요. 삼등분이 제일 공평해요."

"아니. 내가 절반. 아이들이 몇이 생기든 저희들끼리 나누는 게 가장 현명해."

"윤서후 씨!"

"딜?"

서후는 전혀 물러설 기색 없이, 재빠르게 협상을 마무리 지으려 했다. 협상의 고수다운 타이밍 공략이었다.

"벼리야, 딜?"

"오키, 딜."

"벼리야!"

다희가 벼리에게 안 된다고 하려는 찰나에, 서후는 얼른 딸의 작은 볼에 도장키스를 하고 사랑스러운 아내의 볼에도 도장키스를 했다. 덩달아 벼리까지 제 아빠와 엄마 볼에 도장키스를 하고 까르르 웃음을 터뜨렸다.

"이건 무효야. 집에서 다시 얘기해요."

"벼리야, 눈 감아."

"응?"

"여보!"

벼리는 아빠의 큰 손이 눈앞을 가리자, 뭔지 알겠다는 듯 더 크게 까르르 웃었다. 딸아이의 웃음을 신호로 서후가 다희의 입술을 머금었다. 촉촉하고 달콤한 입맞춤에, 아이의 사랑스러운 웃음까지 더해져 행복이 몽실몽실 퍼져 나갔다.

내 앞에 행복,

내 뒤에 행복,

내 아래에 행복,

내 위에 행복,

내 주위 모든 곳의 행복.

나바호 족 인디언의 행복을 비는 노래가 바람에 실려 들려온다.

— fin.

작가 후기

'처음'이라는 단어의 사전적 의미는 이렇다고 합니다.

'일의 과정에서 시간적으로나 순서상 맨 앞에 놓이는 부분.'

이 순간을 거치는 않는 어떤 시간도 순서도 존재하지 않다는 것이, '처음'이라는 단어가 주는 매력인 것 같습니다.

안녕하세요. 저는 '우아한 짐승의 연애'라는 제목으로 '처음' 로맨스 소설을 쓴, 정은기입니다.

앞으로도 집필작업을 꾸준히 이어나갈 테고, 더 나은 작품을 쓰기 위해 노력하겠지요. 하지만 제 생애 처음이 되는 이 작품을 맞는 지금의 벅찬 감동과 설렘을 대신하는 책이 나오기는 쉽지 않을 것 같습니다.

저와 이 소중한 '처음'을 함께해주신 분들께 지면으로나마 인사를 전하고 싶습니다.

도서출판 가하 이승진 과장님, 장윤희 편집자님. 흠집 많은 글을 함께 고민해주고, 더 나은 '자식'이 되도록 애정 가져주신 점, 잊지 않겠습니다. 여러분 같은 숨은 공로자분들 덕분에 '우아한 짐승의 연애'가 세상에 나올 수 있었어요. 감사해요.

어떤 순간에도 믿어주고 자랑스러운 친구라 말해주는 지기지우 은주. 조악한 글 솜씨에 늘 잘한다, 잘하고 있다 응원 아끼지 않았던 카스티엘 김진영 작가님. 멀티비타민 같은 동생이고 따뜻한 심성을 지닌 미림 양. 그리고 부끄럼쟁이 내 좋은 친구들. 다들 고마워요. 늘 제 옆에 있어줄 거죠? 믿습니다.

마지막으로 내 자랑스러운 가족들. 언제나 든든한 버팀목이 돼주시는 사랑하는 아빠, 내 인생 최고의 조력자이자 응원단인 다정한 엄마, 흔들리는 순간마다 힘을 주는 든든한 오빠, 보는 것만으로도 에너지 충전되게 해주는 조카 녀석. 항시 신뢰의 눈빛으로 바라봐주는 가족이 있어 행복한 글쟁이가 될 수 있었습니다.

늘 '처음' 자세로 열심을 다하는 좋은 글 쓰는 이가 되겠습니다.

'우아한 짐승의 연애' 주인공 서후와 다희처럼 다들 행복하십시오.

2013년 늦여름,
정은기